LINDA LADD

Der
stille Schrei
der
Toten

Deutsch von Christian Kennerknecht

Weltbild

Originaltitel: *Head to head*
Originalverlag: Pinnacle Books, New York

Copyright © 2006 by Linda Ladd
Published by Arrangement with KENSINGTON PUBLISHING CORP.,
New York, NY, USA

Dieses Werk wurde vermittelt durch die Literarische Agentur
Thomas Schlück GmbH, 30827 Garbsen.

Besuchen Sie uns im Internet:
www.weltbild.de

Die Autorin

Linda Ladd ist die erfolgreiche Autorin nervenaufreibender
Psychothriller. Seit 1984 hat sie 21 Romane veröffentlicht, die
Gesamtauflage ihrer Titel umfasst mehr als drei Millionen
Exemplare. Linda Ladd hat zwei erwachsene Kinder und lebt
mit ihrem Mann in Missouri.

Weltbild Taschenbuch

Prolog

Leben mit Vater

Niemand wusste, was im Haus des Einbalsamierers wirklich geschah. Es lag an einer staubigen Straße außerhalb der Stadt und war vollkommen unauffällig. Von einem Wald aus Weißeichen, Ahorn- und Hickorybäumen umgeben, war es im Jahr 1902 erbaut worden, aber die weißen Schindeln waren von den vielen Bewohnern, die das Haus im Lauf der Jahrzehnte gesehen hatte, unzählige Male neu gestrichen worden. Eine umgebaute Remise befand sich am hinteren Ende des Anwesens, wo ein breiter Bach über glatte, braune Steine dahinfloss. Beide Gebäude waren vernachlässigt und grau verwittert, und von den weißen Schnitzornamenten über den Veranden und den ehemals prunkvollen Geländern blätterte die Farbe, was dem gesamten Anwesen einen öden, verlassenen Eindruck verlieh. Das Esszimmer des Wohnhauses hatte einen Sitzplatz in einem Erkerturm mit Blick auf die umlaufende Veranda, und über dem Esszimmer, im Obergeschoss des Erkers, lag ein großes Schlafzimmer.

Das Anwesen befand sich seit seiner Erbauung im Besitz ein und derselben Familie; von Generation zu Generation war der jeweils älteste Sohn der Eigentümer und Nachfolger im einträglichen Metier des Balsamierers tätig gewesen. Die weitläufigen Räume hatten die Zeiten überdauert, düster und mit verblichenen, geblümten Tapeten und schweren Mahagonimöbeln, vor denen die Kinder sich in der Dunkelheit fürchteten. Das unvollendet gebliebene Dachgeschoss war verstaubt, und es gab dort nichts außer einigen Schrankkoffern, Büchern und dem Geruch von Mottenkugeln.

Das Haus hatte nie Besucher, es sei denn, jemand kam mit dem Auftrag, einen Verstorbenen für die Trauerfeier und die Beerdigung auf einem der Friedhöfe der Stadt vorzubereiten. Der Balsamierer verrichtete seine Arbeit im kühlen Untergeschoss des Hauses. Zu dem Zweck war unter einer der Seitenveranden ein Zugang erbaut worden, der über eine Rampe in den laborartigen Arbeitsraum führte. Die Toten wurden mit schwarzen Leichenwagen angeliefert, und die Männer, die sie brachten, dämpften ihre Stimmen, wenn sie die Bahren über den mit Backstein gepflasterten Gehweg zur Kellertür rollten.

Der Balsamierer war ein groß gewachsener Mann von kantiger Statur und kräftig genug, die Toten, wie schwer sie auch waren, alleine auf die kalten Stahltische im Keller zu hieven. Er trug einen schwarzen Stiftenkopf und einen Vollbart, den er manchmal zu trimmen vergaß, und bewohnte das Haus zusammen mit Frau und Kind. Er war ein sehr strenger Mann, der darauf bestand, dass die familiären Verhaltensregeln akribisch beachtet wurden. War das nicht der Fall, z. B. wenn seine Frau oder das Kind sich seinen Anordnungen widersetzten, begab er sich bedachtsam zu einer Kammer oberhalb der Kellertreppe, in der an einem Haken das ehemalige Abziehleder für das Rasiermesser hing. Dieses Züchtigungsinstrument hatte es in der Familie gegeben, soweit er sich zurückerinnern konnte. Sein Vater hatte es angewandt, um einen Mann aus ihm zu machen, und davor hatte sein Großvater danach gegriffen. Es war aus schwarzem Leder, dünn geworden im Lauf der Zeit und hier und da mit einigen bräunlich schimmernden Stellen, und die metallene Schnalle am Ende war verfärbt und halb zerbrochen, sodass sie eigentümliche Narben auf dem Fleisch hinterließ, die aussahen wie Halbmonde. Der Balsamierer hatte viele Halbmonde auf seinem Rücken, ebenso seine Frau und das Kind.

Als das Kind ein Alter erreicht hatte, in dem die Mutter ihm Lesen und Rechnen beibringen konnte, hatten sie beide gelernt, die strengen Regeln im Haus des Balsamierers einzuhalten. Die Mutter behielt das Kind jede Minute des Tages in ihrer Nähe, nur ab und an verließen sie heimlich das Haus für einen Spaziergang im Wald, damit das Kind sich austoben und spielen konnte. Sobald sie weit genug vom Haus entfernt waren, wagten sie es, die Stimme zu erheben – innerhalb des Hauses sprach man durchweg in einem ehrerbietigen Flüsterton. Sie blieben nie lange aus und achteten stets darauf, rechtzeitig zurück zu sein, damit genügend Zeit für die Zubereitung des Abendessens blieb, denn erst abends verließ der Balsamierer die Toten im Keller des Hauses. Das gemeinsame Abendessen war seit jeher ein im Haus des Balsamierers streng eingehaltenes Ritual. Obgleich sie nie einen Gottesdienst besucht hatten, legten alle drei allabendlich ihren Sonntagsstaat an und begaben sich in das Esszimmer mit seinen bräunlichen Tapeten, auf denen vor wolkenverhangenen Bergen im Hintergrund chinesische Bauern Reiskarren zogen.

Die Regeln für dieses Ritual waren wie in Stein gemeißelt. Zuerst badete die Mutter das Kind und wusch sich dann selbst, denn der Balsamierer legte größten Wert auf Reinlichkeit. Sobald sie sich fein gemacht hatten, nahm sie das Kind an der Hand und führte es in die Küche, wo das Kind still am Küchentisch saß und ihr beim Kochen zusah. Wenn sie überhaupt miteinander redeten, dann im Flüsterton, denn einmal war der Balsamierer frühzeitig heraufgekommen und hatte sie bei ihrem Regelbruch erwischt. Aber das war nur einmal passiert. Nachdem die Spuren der Bestrafung verheilt waren, erhoben beide, weder die Mutter noch das Kind, ihre Stimme niemals mehr über ein Flüstern hinaus, nicht einmal, wie sie es früher zu tun pflegten, draußen im Wald.

Jeden Abend exakt um fünf Minuten nach sechs Uhr servierte die Mutter das Essen auf dreibeinigen, von kleinen, weißen Teelichten beheizten Rechauds auf dem Tisch im Speisezimmer. Dann zog sie die schweren braunen Samtvorhänge zu, knipste die Lampe über dem Esstisch aus und entzündete die Kerzen in den beiden fünfarmigen Leuchtern, von welchen einer exakt in der Mitte der Anrichte stand, der andere genau in der Mitte des

Esstisches, denn der Balsamierer speiste gern bei Kerzenlicht. Dann nahmen die Mutter und das Kind an gegenüberliegenden Seiten des Tisches Platz und legten die Hände auf die exakt richtige Art und Weise verschränkt in den Schoß, die rechte Hand über der linken, wobei der Daumen der rechten Hand in den gekrümmten Fingern der linken ruhte. Schweigend saßen sie da und warteten, bis der Balsamierer mit bedächtigen Schritten die Kellertreppe hochkam.

Sobald er in der großen Eingangshalle mit den beiden Ross-haarsofas und der fast zwei Meter hohen antiken Standuhr ange-kommen war, sperrte er die Kellertür mit einem altmodischen Schlüssel ab, den er zur Sicherheit auf dem oberen Rand des Türstocks aufbewahrte. Seine Familie sprach kein Wort, wenn er in den ersten Stock hinaufging, wo er seine blutverschmierte schwarze Lederschürze abnahm, sich die Hände wusch und seinen besten schwarzen Anzug und ein weißes Hemd mit schwarzer Krawatte anzog. Wenn er sich dann auf den Weg ins Esszimmer machte, lauschten sie auf das Knarzen der großen Treppe und erstarrten, wenn die Flügeltür zum Foyer aufging. Einer großen, dunklen Bedrohung gleich füllte er den Tür-rahmen aus, und keiner der beiden hätte es gewagt, von seinem Teller aufzusehen.

So war es auch um punkt halb sieben an diesem winterlichen Abend Anfang November. Nach einem vier Wochen dauernden Spätsommer war es plötzlich kalt geworden. Eisige Windböen trieben das Eichenlaub über die Wege und ließen über Nacht Eisblumen auf den Fenstern wachsen. Es war viel zu kalt im Haus, aber das war nie anders gewesen. Bei tiefen Temperaturen hielten sich die Leichen im Keller besser frisch.

Der Balsamierer machte die Tür hinter sich zu, schritt an den Tisch heran und versicherte sich wie immer, ob ihn die Mutter so gedeckt hatte, wie er sich das vorstellte. Das Kind saß absolut still da, als der Vater seine große Hand auf den Tisch legte, um die Position des Tellers des Kinds zu überprüfen. Genau eine Daumenlänge musste der Abstand zwischen der Tischkante und dem unteren Rand des Tellers betragen, der zu einem Service mit blauem chinesischem Muster gehörte, das sich seit hundert Jahren im Besitz der Familie befand. Das Kind atmete erleichtert auf, als der Balsamierer feststellte, dass er exakt richtig lag. Dann vermaß er das Trinkglas des Kindes, indem er sich versicherte, dass es nur bis zu einer Daumenlänge vom oberen Rand her mit Milch gefüllt war. Dann widmete er sich der Position der Besteckteile. Messer und Löffel mussten exakt einen Daumen weit auseinanderliegen, die Gabel so dazwischen, ohne dass eine Berührung stattfand. Als Hilfe beim genauen Abmessen diente der Frau ein hölzernes Eisstäbchen, das der Balsamierer auf das richtige Maß zugeschnitten hatte. Sie verwendete es bei verschiedenen Tätigkeiten im Haushalt mit äußerster Gewissenhaftigkeit. Der Vater überprüfte die Serviette des Kindes und stellte fest, dass sie ordnungsgemäß gestärkt und gebügelt und exakt auf ein Drittel gefaltet war. Er ging um den Tisch herum und vermaß das Gedeck der Frau, dann sein eigenes.

»Sehr gut«, flüsterte er und tätschelte den nach unten geneigten Kopf der Frau.

Der Balsamierer setzte sich, während ihn seine Familie genau im Auge behielt, um zu wissen, wann sie die Hände zum Gebet falten sollte. Er sprach ein Gebet über das Thema Pflicht und Gehorsam, bis die Uhr in der Eingangshalle mit lang nachhallenden Schlägen verkündete, dass es sieben geworden war. Beim dritten Schlag flüsterte er sein Amen, worauf alle drei zu ihren Servietten griffen und diese gemeinsam entfalteten. Darauf nahm er die Platte mit gebratenem Schinken, legte seiner Frau und dem Kind mit einer Gabel eine Scheibe auf, um dann den Rest auf seinen Teller zu legen. Den gedämpften Reis und die Schwarzaugenbohnen verteilte er nach demselben Muster. Dann warteten sie, bis er seine Gabel in die Hand nahm, und zusammen nahmen sie alle drei den ersten Bissen. An diesem Abend begannen sie mit dem Reis.

Keiner sagte ein Wort – es widersprach den Regeln, beim Abendessen zu sprechen, selbst im Flüsterton –, und wenn sie mit ihrer Portion fertig waren, bevor es acht schlug, saßen sie schweigend da und warteten auf die ersten sanften Schläge. An diesem Abend kam es um achtzehn Minuten vor acht zu einer unvorstellbaren Katastrophe. Das Kind ließ eine Salatgabel fallen, die klirrend zu Boden fiel und mehrere Reiskörner auf dem verblichenen, rot und braun gemusterten Perserteppich verstreute.

Alle erstarrten. Mutter und Kind blickten auf den Balsamierer und sahen wie die vom Hals ausgehende Röte in seinem Gesicht immer höher stieg und es zunehmend verdunkelte. Er legte seine eigene Gabel exakt eine Daumenlänge vom Teller entfernt ab und richtete den Blick auf das Kind, das, die Augen vor Schreck geweitet, einen jammernden Klageton aus den Tiefen seiner Kehle vernehmen ließ.

Die Mutter flüsterte: »Bitte, bitte nicht.«

Die Augen des Balsamierers richteten sich schlagartig auf sie, worauf eine so schnelle Bewegung erfolgte, dass sie die Faust überhaupt nicht sah, die ihr mitten ins Gesicht schlug. Den Schlag begleitete das entsetzliche Geräusch berstenden Knorpels, und das Blut spritzte nur so auf das weißleinene Tischtuch und sammelte sich in kleinen Pfützen zwischen den Reisresten auf dem Teller des Kindes. Es traf sie mit so großer Gewalt, dass sie auf ihrem Stuhl nach hinten umkippte und bewusstlos und blutend auf der Seite liegen blieb.

Der Balsamierer packte das Kind an den dünnen Schultern und schüttelte es so heftig, bis es nach Luft schnappte. Der Riese von Mann schleppte das Kind hinüber zur Mutter und warf es mit dem Gesicht nahe dem Kopf der Mutter zu Boden. Der Balsamierer glitt mit seiner Hand über Nase und Mund der Mutter, bis sie rot war und vom warmen Blut der Mutter glitschte; dann rieb er mit der blutigen Hand über das Gesicht des Kindes.

Der Vater flüsterte barsch: »Verstehst du, was du angerichtet hast? An dir klebt das Blut deiner Mutter, und es bleibt so lange, bis du deine Lektion gelernt hast. Bis zu deiner Geburt hat mir deine Mutter immer gehorcht. Wir waren glücklich, solange du nicht geboren warst, du widerlicher, dummer Balg. Und wehe, du wagst es, zu heulen. Sollte ich auch nur eine Träne sehen, setze ich deine Mutter zurück auf diesen Stuhl und schlage ihr noch einmal ins Gesicht. Ich schlage sie wieder und wieder, bis du endlich gehorchst. Hast du mich verstanden?«

Der Balsamierer setzte das Kind mit Gewalt wieder zurück auf seinen Stuhl, und das Kind aß den blutgetränkten Reis, während das Blut der Mutter auf seinem Gesicht zu einer braunen Kruste eintrocknete. Das Kind blickte kein einziges Mal mehr zu seiner Mutter.

Das Kind war fünf Jahre alt.

1

Der Anruf erreichte mich um 5.35 Uhr auf meinem Handy. Als Detective im Sheriff's Department des Bezirks Canton bekomme ich häufig Anrufe zu dieser frühen Stunde, in der Regel jedoch keine wie diesen. Die Aushilfe in der Zentrale sagte: »Das ist, würde ich mal sagen, ein richtiger Mord, Claire! Der Wahnsinn, unglaublich, oder?« Vermutlich dürfte Ihnen das einiges darüber sagen, was wir hier am Ozarks-See normalerweise als spannendes Ereignis empfinden. Eine Hochburg von Mord und Schwerverbrechen sind wir in unserem beschaulichen Missouri wahrlich nicht. Meistens schlagen mein Kollege Bud Davis und ich uns mit Gartenzwergdiebstählen herum, oder es hat jemand eine nicht jugendfreie Nachricht auf dem Anrufbeantworter von Maudie's Schönheitssalon hinterlassen. Das kommt mir in den Sinn, weil ich erst gestern so einen Fall hatte und ihn obendrein im Alleingang lösen konnte. Aber für mich ist das in Ordnung. Viele Jahre lang war ich für Morde und Überfälle in Los Angeles zuständig, für Mord und Totschlag auf kalifornische Art. Von daher war ein gemächliches Leben mit gestohlenen Gartenzwergen der Hauptgrund für mich, in den Mittleren Westen abzutauchen.

Mein Herzschlag beschleunigte sich, denn Mord bleibt nun mal Mord. Ich setzte mich auf die Kante meiner Couch. Ich schlafe häufig auf der Couch, weil ich sonst kaum zum Schlafen komme, und richtete meine verquollenen Augen auf den Bootssteg vor meinem kleinen Häuschen mit seinen bis zur Erde geneigten Dachflächen. Die Bucht lag still und ruhig, das dunkelgrüne Wasser plätscherte sanft an dunkelgrün bewaldete Uferzonen. Der Himmel versuchte wie an jedem Morgen pünktlich zu ergrauen, der See hingegen hatte seine Nebeldecke hochgezogen und raunte vor sich hin: »Noch nicht, noch nicht, lass mich bitte noch schlafen, nur zehn Minuten.«

»Und stell dir vor, Claire, du ahnst es nicht!« Ich fühlte mich nicht zu derlei Ratespielchen aufgelegt, aber die Frage war ohnehin rein rhetorisch. In der Zentrale saß eine Aushilfe namens Jacqueline, kurz Jacqee, was schon alles sagt. Andererseits ist sie die jüngste und flatterhafteste von vier Töchtern des Sheriffs. Sie verbrachte die College-Sommerferien zu Hause, und ich vermute mal, eine Neunzehnjährige mit dem Hauptfach Modedesign hatte ihren Spaß daran, am frühen Morgen Ratespielchen mit Polizistinnen zu veranstalten. Jacqee also fuhr fort, weiterhin völlig überdreht. »Eine Hollywoodberühmtheit. Kannst du dir das vorstellen? Hör mal, ein richtiger Star, live hier bei uns am See und tot!«

Allmählich fragte ich mich, was Jacqee da wohl geraucht hatte auf der Wache. »Okay, Jacqee, ich bin jetzt bereit. Beruhige dich und sag mir, wann und wo.«

»Cedar Bend Lodge.«

»Du lieber Himmel.« Jetzt nahm ich ihr das mit der Berühmtheit ab. Cedar Bend Lodge war die einzige Topadresse an der eintausendfünfhundert Meilen langen gebirgigen und zerklüfteten Uferlinie des Sees. Und was noch schlimmer war, dieses Luxusetablissement für Reiche gehörte dem weltberühmten Psychoschwätzer Nicholas Black. Natürlich hatte ich noch nicht die Ehre gehabt, den gut aussehenden und aalglatten Dr. Black persönlich kennenzulernen, aber angeblich trug er die Nase noch höher als seine glamourösen Hollywood-Patienten. Kurz gesagt: Ich hatte überhaupt keine Lust, mit ihm irgendetwas zu tun zu haben.

»Du musst Bud Davis anrufen. Ist die Polizei schon vor Ort?«

»Mm-hmm. O'Hara. Sie hat gerade Dienst.«

»Weiß Charlie von der Sache?« Ich hatte den Eindruck, ich müsste Jacqee erst einmal erklären, wie der Laden läuft. Die befasste sich doch sonst mit Saumlängen und dem Schnitt von Folkloreblusen.

»Daddy musste gestern Abend nach Jeff City. Er hat was zu bequatschen mit dem Gouverneur und diesen Typen.«

Oh, mit denen.

»Alles klar, ich bin unterwegs«, sagte ich und dann fiel mir ein, wen ich da an der Strippe hatte. »Hör zu, Jacqee, du behältst die Sache für dich, verstanden? Absolut. Vor allem die Presse darf kein Wort erfahren. Ist das klar?« Eigentlich selbstverständlich, ja, aber man wusste ja nie bei einer Jacqee mit Doppel-E am Ende.

»Ey, du glaubst wohl, ich bin ganz blöd, oder was?« Ja, Jacqee, das bist du, und noch viel mehr. Die Leitung war unterbrochen. Wahrscheinlich fühlte sich die Modespezialistin jetzt vor den Kopf gestoßen, aber in dem war sowieso nicht allzu viel drin. Nun denn.

Ich nahm meine übliche Zehn-Sekunden-Dusche, kämmte mir mein kurzes Blondhaar nass aus der Stirn, schlüpfte in ein schwarzes T-Shirt und Jeans und in meine knöchelhohen Nikes, legte das Schulterhalfter inklusive meiner 9 mm Glock an und befestigte mein Abzeichen am Gürtel. In exakt zwei Minuten war die ermittelnde Beamtin startklar.

Der Ozarks-See, ein künstlicher Stausee, war 1931 mit dem Bau der Bagnell-Staumauer entstanden und nach mehr als siebzig Jahren beeindruckend wie eh und je. Ich überquerte das imposante Bauwerk in meinem Auto, die Fenster hatte ich heruntergelassen, um dem Koffeinentzug entgegenzuwirken. Nicholas Blacks Erholungszentrum für Reiche lag an einer besonders gefragten Ecke im Süden der Halbinsel Horseshoe Bend, und ich drückte auf der Fahrt über die gewundene Küstenstraße mächtig aufs Gas. Wenige Tage später sollte die Cedar-Bend-Regatta beginnen, und Ströme von Touristen würden sich in die Julihitze ergießen, um dem Ereignis beizuwohnen. Das hatte uns gerade noch gefehlt. Ein Mordfall pünktlich zum Auftakt des Rennens.

Ich erreichte das von Natursteinsäulen flankierte Zufahrtstor der Ferienanlage Cedar Bend nach einer Viertelstunde und bog mit meinem schwarzen Explorer zügig ein, nahm dabei aber leider noch die Ausläufer eines gigantischen Blumenbeets mit. Fleißige Lieschen in rosa und weiß und dunkelrote Petunien, um genau zu sein. Du lieber Himmel, wahrscheinlich hatte ich jetzt den Gärtner-Notruf ausgelöst und irgendwo piepste es wie verrückt. Peinlich berührt hielt ich mich von nun an brav auf dem Fahrweg quer durch Dr. Blacks penibel manikürten 18-Loch-Golfplatz, pures Vergnügen auf grünem Smaragd für Touristen mit viel Kohle und möglichst wenig Gebrechen. Wenig später tauchte das Hauptgebäude im Blockhausstil vor mir auf; es bestand aus den dicksten Baumstämmen, die ich je gesehen hatte, und nicht enden wollenden Fensterfronten aus dunklem Spiegelglas. Das berühmte 5-Sterne-Restaurant Two Cedars war die Hauptattraktion des Hauses und befand sich direkt neben der in Schwarz und Gold gehaltenen Eingangshalle, aber auch die vier kathedralenartigen Ballsäle mit ihren kristallenen Kronleuchtern und atemberaubenden Ausblicken auf den See waren nicht gerade zu verachten.

Ja, doch, dieser Prachtbau konnte sich sehen lassen. Die ungefähr drei auf vier Meter große Eingangstür mit Bleiglasfenstern schimmerte in Smaragdgrün, Rubinrot und Topasblau. Sie war ganz klar für den Empfang von Gästen gedacht, die nicht an den Ozarks-See gekommen waren, um im Urlaub zu knausern.

Ich brauste unter einen Vorbau von der Größe eines Basketballfelds, dessen Säulen aus abgeflachten, übereinander gestapelten Feldsteinen bestanden, und bremste beim Anblick einer Sicherheitskraft ab. Ich ließ das Fenster herunter und präsentierte mein Abzeichen.

Suze Eggers erkannte ich auf den ersten Blick. Sie war die beste Freundin meiner Nachbarin Dottie Harper. Suze kam an mein Auto heran, eindeutig stolz auf ihre schicke schwarzbraune Uniform, die ihre schlanke, athletische Figur betonte. Ich wusste, dass sie als Security-Frau für Black arbeitete, aber in meinen Augen litt sie an einer massiv gestörten Selbstwahrnehmung. Hin und wieder hatte ich schon über ihre sexuelle Orientierung nachgedacht, Dottie hingegen hatte mir versichert, sie sei absolut hetero.

»Oha, Detective Claire Morgan, so früh zugange und gut aussehend wie immer.«

Verstehen Sie, was ich meine? Vielleicht war sie ja doch lesbisch, und Dot hatte sich einfach getäuscht.

»Hi, Suze, was ist los? Hier soll angeblich ein Mord passiert sein?«

»Keine Sorge, Ma'am, Sie haben Ihren Mord. Und frisch zum Frühstück serviert.«

Häh?

Suze grinste und nahm betont langsam ihre schicke braune Mütze mit dem Cedar-Bend-Logo ab. Mit einer Hand stützte sie sich auf dem Dach meines Autos ab und beugte sich zum Fenster herunter. Mir wehte ein starker Unisex-Duft entgegen, möglicherweise Calvin Klein, aber ich hatte vergessen welcher. Jedenfalls war mir danach zumute, das Fenster hochzudrehen und durch die Scheibe mit ihr zu sprechen. Sie sagte: »Die Lady musste in einem dieser schicken Bungalows dran glauben. Sie wissen, was ich meine? Diese Häuschen, für die man pro Woche ein paar Riesen hinblättert.« Suze schien der Mord mit einer gewissen Genugtuung zu erfüllen. Kein gutes Zeichen.

Sie schwieg und sah mich eine Minute lang an. Es musste sie eine Menge Zeit gekostet haben, ihre weißblonden Haare so zurechtzuzupfen, dass die abstehenden Strähnen nur an den Spitzen ein wenig einknickten. Sie hatte dichte, gerade Augenbrauen über dunklen, nervösen Augen. Vielleicht war sie aber lediglich aufgeregt. *Oh je, das war wirklich nicht gut.*

»Tatsache ist«, Suze senkte die Stimme, und ich glaube, sie dachte, wir waren jetzt richtige Kollegen, »durchgeknallt ist gar kein Ausdruck für diesen Täter. Er hat sie eiskalt abgemurkst.«

Wie sie daherredete. Ich stellte mir vor, wie sie vor einem

Spiegel stand, in der Hand eine Spielzeugpistole, und brüllte: »Keine Mätzchen. Alles hört auf mein Kommando oder ich schieße!«

»Die Leiche, Suze, haben Sie sie gefunden?«

Ihre Augen blitzten erneut auf. »Nein, ein Gast hat sie gefunden, eine alte Dame.«

Ich sagte: »Und das Opfer?«

»Berühmt ohne Ende, genauso wie die Alte, die sie gefunden hat. Die da draußen sind alle stinkreich. Ihre Bungalows lagen direkt nebeneinander. Die Alte sagt, sie sei früh aufgestanden und zu dem großen Schwimmdock rausgeschwommen. Macht sie angeblich jeden Morgen. Wie auch immer, kaum hatte sie die Tote gesehen, drehte sie schier durch und wäre beinahe abgesoffen. Aber dann hat sie es doch noch zurück nach Hause geschafft. Sie stürzte sich auf den Notrufknopf und hielt ihn so lange gedrückt, bis ich ankam. Ich war geschlagene vier Minuten bei ihr, und als ich ging, da hat sie immer noch geschrien wie am Spieß. Dann habe ich sofort euch alarmiert. Ganz vorschriftsmäßig, Detective. Ich weiß, was in so einem Fall zu tun ist. Schließlich wollte ich selber mal Polizistin werden.«

Wunderbar. »Haben Sie irgendetwas am Schauplatz angefasst?«

Suze runzelte die Stirn und fuhr sich durch die gegelten Haare. Wir staunten beide, wie viel von dem Zeug an der Hand kleben geblieben war, worauf sie die Hand an ihrer Hose abwischte. »Ich hab Ihnen doch gesagt, ich weiß, wie man sich in so einem Fall verhält. Natürlich habe ich nichts angefasst. Ich bin rübergegangen und hab einen Blick auf die Leiche geworfen, nur um sicherzugehen, dass die Alte keine Märchen erzählt.«

»Und Sie haben den Schauplatz gesichert, nachdem Sie uns verständigt hatten?«

»Klar hab ich das. Ich habe die Straße genau hier an der Stelle überwacht, bis die erste Polizistin eintrudelte. Eine gewisse

O'Hara, glaube ich. War in null Komma nichts da. Sie ist dieses heiße neue Ding, das Charlie angeheuert hat.«

So viel zu diesem Thema. Ich zog den Schalthebel zurück. »Okay, Suze, wo muss ich hin?«

»Sie fahren den Hauptweg entlang, eine Meile, schätze ich mal. Er führt direkt zu Dr. Blacks Privattor. Nicht zu übersehen, glauben Sie mir. Darauf prangt ein riesiges Messing-B. Dann halten Sie sich links und folgen dem Weg zum Wasser. Da ist noch ein Sicherheitstor, aber Ihr Kollege sagt, er lässt es offen, bis Sie kommen.«

Also war Bud tatsächlich vor mir angekommen. Das würde mich ein Dutzend Donuts kosten. »Hören Sie zu, Suze, hier kommt niemand durch, nur Polizei und die Leute von der Spurensicherung, klar?«

»Klar, natürlich. Die Gäste hier stehen sowieso alle frühestens mittags erst auf. Die feiern die ganze Nacht durch und schlafen dann aus bis zu ihrem Termin beim Doc.«

Ich bat Suze, keine Details vom Tatort auszuplaudern, und fuhr los. Unterwegs kam ich an Hunderten von roten Rosen vorbei, die die grob gezimmerten Holzzäune schmückten und einen süßen, sommerschweren Duft verströmten, der mich an Anstecksträußchen bei Schulabschlussbällen erinnerte. Ich bin nur einmal auf so einem Ball gewesen, aber ich bekam tatsächlich ein Rosensträußchen. Es war aus Plastik, aber was zählt, ist doch die Absicht, stimmt's?

Die Luft war noch kühl, aber schon um neun würde uns die Sonne bei lebendigem Leibe rösten. Im Gegensatz zu den paradiesischen Bedingungen Kaliforniens ist ein Juli in Missouri so heiß wie die Hölle. Ich fuhr an schweren eisernen Toren vorbei, die bewaldete Grundstücke mit Luxusappartements sicherten.

Nun kam ich in die exklusivste Gegend, wo die Bungalows wie Edelsteine von Lichtungen gefasst wurden, umgeben von dichteren Waldungen, die bis an das Wasser heranreichten. Black musste ganze Hundertschaften ehemaliger Disney-World-

Gärtner angeheuert haben, um diese Pracht zu schaffen und zu erhalten. Orangefarbene Trompetenblumen rankten sich dekorativ um Überwachungskameras, andere richteten ihr elektronisches Auge von hohen Masten aus frei und ungehindert in die Gegend. Fremde, die sich hier herumtrieben, würden auffallen wie ein Profi-Basketballspieler in einer Schulmannschaft mit lauter Zehnjährigen. Trotzdem hatte Blacks Sicherheitstruppe scheinbar versagt. Ich würde jedes einzelne Mitglied seines Mitarbeiterstabs vernehmen müssen, um zu erfahren, ob jemand auffällige Personen auf dem Gelände beobachtet hatte.

Blacks Toreinfahrt ragte vor mir auf, denkbar protzig und auffällig. Irgendwo jenseits dieses gewaltigen Portals, das Erinnerungen an den Buckinghampalast heraufbeschwor, hatte Nicholas Black mitten in den Ozark-Wäldern wie durch Zauber ein hollywoodeskes Anwesen entstehen lassen. Mich interessierte die Frage *warum?* Einmal hatte ich den Bau sogar schon gesehen, vom Wasser aus, als ich mit Dottie beim Fischen gewesen war. Das Sonnenlicht brach sich so grell an einer dreistöckigen, fast nur aus Glas bestehenden Fassade, dass man davon Kopfweh bekam. Cedar Bend stammte ursprünglich aus dem Jahr 1962. Vor etwa fünf Jahren kam das Anwesen als Teil einer Konkursmasse zu einem Spottpreis in Blacks Hände und wurde von ihm mit Millionenaufwand umgebaut. Gerüchten zufolge war er von dem Ausblick vom ersten Moment an so hingerissen, dass er nicht eher ruhte, bis es ihm gehörte. Ein richtiger Donald Trump und obendrein Doktor der Medizin. Er war eine echte Berühmtheit und stand ständig im Mittelpunkt des Medieninteresses, wobei er sich besonders gern mit vollbusigen Blondinen im Arm präsentierte. Noch eine Vorliebe, die er mit »dem« Donald teilte. Und zugegebenermaßen sah auch er teuflisch gut aus.

Ich hielt an und inspizierte das Zufahrtstor zum Tatort. Es stand sperrangelweit offen, keine Wache in Sicht. Hervorragende Polizeiarbeit, wirklich. Ich bog ein, und nachdem es zunächst einmal ein Stück steil bergab gegangen war, entdeckte

21

ich den Bungalow. Ein Traum aus Rundholz, Feldsteinen und Glas, wunderbar eingerahmt von sich im Wind wiegenden blaugrünen Zedern und dem tiefgrünen Wasser des Sees.

Neben Buds Bronco in neutralem Weiß parkte ein dunkelbrauner Streifenwagen, und da stand Connie O'Hara, alleine in der Einfahrt, hübsch, blond, fünfundzwanzig und sah in ihrer braunen Uniform unglaublich dünn aus. Charlie hatte die junge Kollegin auf mein Drängen hin eingestellt, und ich war froh, dass eine weitere Frau das Department geknackt hatte. O'Hara war noch jung und unerfahren; sie hatte die Polizeiakademie jedoch als Drittbeste ihres Jahrgangs abgeschlossen und in Kansas City Dienst getan, bis ihr Mann, der bei der Highway-Patrouille war, versetzt worden war. Wir übten gemeinsam am Schießstand und trainierten auch ab und an zusammen im Kraftraum. Bis jetzt entwickelte sie sich prächtig.

Dann fiel mein Blick auf den silberfarbenen Van und die beiden Typen, die herauskletterten. Na wunderbar, Peter Hastings und Jake, sein widerwärtiger Kameramann. Ich stellte den Motor ab und stieg aus. In Sekundenschnelle hatte mich Hastings aus dem Hinterhalt erwischt, Jakes Kamera im Anschlag. Ich wandte mich ab und ging einfach weiter. Der aufdringliche Produzent war beinahe so abstoßend wie seine geistlose Fernsehshow, in der wirkliche Cops geehrt werden sollten, die aber letztlich nur Sensationsberichte von Verbrechensschauplätzen lieferte.

Warum Hastings und seine Crew sich auf den Weg ins tiefste Missouri in die Ozarks-Region gemacht haben, um ein entlegenes Sheriff's Department unsterblich zu machen, war eigentlich die interessantere Frage, aber niemand schien eine gute Antwort darauf zu haben. Nun war größte Vorsicht angesagt. Hastings hatte das große Los gezogen – ein Mordfall, der sich so richtig ausschlachten ließ – und diese Chance würde er sich nicht entgehen lassen.

Ich nickte O'Hara zu und versuchte, den Reporter abzuschütteln, aber Pete ließ sich davon nicht beeindrucken. Beide

Typen kamen wie Kakerlaken auf mich zugewuselt und schnitten mir den Weg ab. Die Kamera erfasste mich in Großaufnahme, als ich unter dem gelben Absperrband hindurchtauchte und auf die Eingangstür des Bungalows zustrebte.

»Nur ein Statement bitte, Detective Morgan. Verlässlichen Quellen zufolge ist hier ein Mord passiert. Können Sie das für unsere Zuschauer bestätigen?«

Sicher klopfte er nur mal so auf den Busch, ich hielt inne, und da Charlie uns angewiesen hatte, nett zu den Fernsehleuten zu sein, ging ich auf seine Fragen ein. »Ich bin eben erst am Schauplatz eingetroffen, Mr Hastings. Ein Kommentar zu diesem frühen Zeitpunkt wäre unangemessen.«

Hastings hielt ein Live-Mikro über das gelbe Absperrband. »Ist es richtig, dass es sich bei dem Opfer um eine berühmte Schauspielerin handelt, die hier war, um vom Kokain loszukommen? Können Sie das zumindest bestätigen, Detective? Können Sie uns den Namen nennen?«

Ich hoffte inständig, dass dies nicht stimmte, und fragte mich gleichzeitig, woher Hastings diese Informationen überhaupt hatte. Jacqee oder Suze? »Kein Kommentar. Nur eines sage ich Ihnen, Sir, es wäre vielleicht besser, die Kamera einzupacken und draußen am Tor vor der Einfahrt zu warten, bis wir hier fertig sind. Deputy O'Hara, würden Sie bitte Mr Hastings und seinen Kameramann zum Tor am oberen Ende des Hügels begleiten und weitere Besucher fernhalten, bis die Ermittlungen am Tatort abgeschlossen sind.«

»Gewiss, Ma'am.« Mit möglichst ernster Miene begleitete O'Hara die TV-Leute in Richtung Ausgang. Hastings murmelte noch etwas vor sich hin, und es war nicht nett, was er sagte. Erleichtert, dass ich das Pack los war, überquerte ich die pittoreske kleine Bogenbrücke, die zu einer umlaufenden Veranda führte. An den Seiten standen überall Terrakottagefäße mit rot blühenden Geranien. Das weitläufige, rustikale Holzhaus ragte auf die Wasseroberfläche des Sees hinaus, was in meinen Augen einer architektonischen Meisterleistung gleichkam. Es gab einige Fenster an der Vorderfront, aber ich hätte wetten können, dass es noch sehr viel mehr gab mit direktem Blick auf den See.

In den Wäldern der Umgebung war es absolut still. Die Wellen plätscherten sanft gegen verwitterte Pfähle, und irgendwo weit oben in den Baumwipfeln trällerte sich ein Rotkehlchen die Seele aus dem Leib. Ich verstand jetzt, warum die Prominenten diese Wildnis aufsuchten, um zu sich selbst zu finden. In der Stille und Einsamkeit dieses friedlichen Ortes konnten sie wirklich allen Stress vergessen. Nur dass nun leider ein Mörder in die idyllische Abgeschiedenheit unserer Wälder eingebrochen war.

2

Bud Davis stand in der Eingangstür und präsentierte sein breitestes Grinsen. Er sprach mit jenem schleppenden Georgia-Akzent, der den Mädchen schwache Knie und Ohnmachtsanfälle bescherte, außer mir natürlich; ich bin dagegen immun. Die meisten Ladys waren es aber nicht, und er setzte seinen Südstaatencharme ein wie ein Angler seinen Spinnköder.

»Du solltest dir vielleicht mal einen Donutsvorrat im Auto zulegen. Ich bin immer vor dir am Tatort.« Bud sah für seine zweiunddreißig Jahre geradezu jungenhaft gut aus und trug sein dichtes, goldbraunes Haar stets so exakt geschnitten, dass jeder Schauspieler vor Neid erblasst wäre. Leider nur hatte er das Pech gehabt, dass ihn sein Vater nach seiner Lieblingsbiermarke, Budweiser, getauft hatte. Wie er sich je dazu herablassen konnte, in Atlanta das Böse zu bekämpfen, konnte ich nie nachvollziehen, obschon ich natürlich froh war, dass er von diesem Moloch von Stadt irgendwann die Schnauze voll gehabt hatte und hierher gezogen war, wo er bald sein Hobby gefunden hatte: Jagen und Wandern. Einmal wollte ich einen Beweis dafür sehen, dass auch nur ein Haar seiner Frisur jemals nicht richtig gesessen hätte, worauf er mit einem Foto ankam, das ihn als Undercover-Ermittler zeigte, in einem dreckigen Flanellhemd, mit fettigen langen Haaren und einem Nasenring. Für ihn musste es die Hölle gewesen sein, penibel wie er war, verlottert wie der letzte Penner durch die Gegend zu laufen. Tatsächlich hatte der Bursche einen solchen Horror vor Schweißflecken, dass er stets einen Stapel frisch gebügelter Oberhemden im Auto dabeihatte.

Buds Augen waren graublau und hatten sich voller Abscheu an meinem zerknitterten T-Shirt festgesehen. Okay, ich hatte es also schon in der vorhergehenden Nacht getragen. Doch hier handelte es sich um einen Mord, und ich hatte es eilig gehabt. Wer mochte mir daraus einen Strick drehen? Ich kümmerte mich nun einmal wenig um Äußerlichkeiten wie Kleidung oder Frisur. Letztes Jahr zu Weihnachten hatte er mich schwer enttäuscht mit einem Geschenkabo für mehrere Besuche in einem schicken Salon namens »Lockenwunder«. Ich bin einmal dort aufgetaucht für eine stundenlange zermürbende Styling-Session bei einem Typen, der mich dauernd als seine Freundin bezeichnete, meine hohen Wangen und meine blauen Augen bewunderte und mir riet, ich solle mich als Model bewerben, weil ich so groß und schlank sei. Nach der Prozedur sah ich ziemlich bescheuert aus und gab den Gutschein dezenterweise an Dottie weiter, die begeistert war und genügend lange blonde Haare hatte, um die ganze Crew dieses Ladens in Begeisterung zu versetzen.

Ich sagte: »Nun mach mal halblang, Bud. Es ist verdammt früh, sechs Uhr morgens. Was zum Teufel machst du denn? Springst im Morgengrauen aus dem Bett und wirfst dich in Schale, nur für den Fall, dass ein Anruf kommen könnte? Du bist doch ein normaler Mensch und kein heimliches *GQ*-Model.«

Bud lachte. »Meine Mama sagte immer, Frauen stehen auf gepflegte Männer. Um gut auszusehen, muss man sich nur ein bisschen Zeit nehmen.«

»Ja, genau, sechs bis zehn Stunden.« Ich drehte mich um und sah, wie der Van von den Fernsehfritzen die Zufahrt hinauffuhr und verschwand. »Wie hast du es geschafft, Hastings aus dem Haus zu halten?«

»O'Hara hätte unter Umständen ihre Waffe gezogen. Ich habe ihr gesagt, sie kann sie abballern, wenn sie will.«

»Hastings hat eben behauptet, das Opfer sei eine bekannte Schauspielerin. Sag, dass das nicht wahr ist, Bud, bitte.«

Bud grinste. »Nun, Julia Roberts ist es gerade nicht, aber sagt dir der Name Sylvie Border was?«

»Seifenoper?« Bei dem Namen machte es klick bei mir, aber ich verband kein Gesicht damit. Ich war mir nicht einmal sicher, in welcher Soap sie mitspielte. Seit meinen Tagen am College an der Louisiana State University ist mir das Nachmittagsprogramm schnuppe. Das dürfte Ihnen einen Eindruck davon vermitteln, wie weit mein akademisches Engagement auf dem College ging.

Die Haustür stand weit offen, und ich besah mir den großzügigen Eingangsbereich mit seinem verschnörkelten Messingleuchter über dem whiskeyfarbenen Marmorboden, in dem sich das Glänzen des Leuchters spiegelte. Dieses bisschen Luxus musste schon sein für Nicholas Blacks Zweitausend-Dollar-pro-Woche-Gäste.

»Blacks Assistentin sagt, Sylvie Border sei hier gewesen, um die Dienste des Meisters persönlich in Anspruch zu nehmen, zusätzlich zum normalen Erholungs- und Entspannungsprogramm am See.«

»Seine Assistentin? Ist Black selbst nicht da?«

»Im Moment nicht. Ihr Name ist Michelle Tudor, aber sie möchte Miki genannt werden. Ist das nicht allerliebst? Miki mit einem *k* und zwei *is*. Ich habe sie mit dem Mord frühmorgens konfrontiert, als sie noch nicht ganz wach war, aber sie hat sich schnell gefangen und mich darüber informiert, dass Seine Durchlaucht gestern Abend im Privatjet nach New York geflogen ist für ein Interview in der, und jetzt halt dich fest, Claire, in der heutigen Frühausgabe der Today Show.«

»Black hat also ein Alibi? Wir werden es überprüfen, ehe wir ihn von der Liste der Verdächtigen streichen. Wie steht's mit Miki mit einem *k?* Wo ist sie denn gewesen?« Was hatte es nur mit diesen blöden Namen plötzlich auf sich? Was war denn aus Mary und Jane und Cathy geworden? Konnten die Leute etwa nicht mehr schreiben?

»Angeblich hat sie wegen eines Fußballturniers ihres Sprösslings das ganze Wochenende in Lenexa, Kansas, verbracht. Sie sagt, ihr Mann sei da gewesen und noch fünfzig andere Leute, die ihren Aufenthalt dort bestätigen können. Sie wollte, sobald sie zurück ist, zu einem Gespräch vorbeischauen.«

»Und wann wird das sein?«

»Sie chartern einen Flug. Noch eine Stunde vielleicht.«

»Suze Eggers zufolge hat eine Nachbarin die Leiche gefunden.«

»Ja, die Lady aus dem Nachbarbungalow war schwimmen im See und hat das Opfer entdeckt. Sie war im ersten Moment völlig fassungslos darüber, was es war.«

Ich schaute ihn an. »*Was* es war?«

Bud steckte mir ein Paar Schutzhandschuhe und Papiergamaschen zu. »Du wirst es nicht glauben, wie viel Mühe sich dieser Kerl gegeben hat.«

Ich streifte die weißen Latexhandschuhe über und lehnte mich dann gegen die Verandabrüstung, um die Papiergamaschen über meine Nikes zu streifen. Bud stand an der Tür und ließ mir, ganz Gentleman, den Vortritt ins Foyer. Nach den ersten Schritten blieb ich stehen und nahm den Raum in Augenschein. Der Leuchter brannte und erhellte einen großen, runden Eichentisch mit einer Platte aus weißem Marmor. Langstielige, pinkfarbene Rosen in einer fächerförmigen Vase, die wie von Lalique aussah, zeigten erste Ermüdungserscheinungen. Ein schwerer Geruch, der mich an Leichenhallen erinnerte, lag in der Luft. Auf dem Tisch lag ein weißes Kärtchen. Ich beugte mich vor und las, was darauf stand, ohne es in die Hand zu nehmen. *Willkommen in Cedar Bend, Liebling. Lass es dir gut gehen, erhol dich, und bis bald* stand da in kleiner, schräg geneigter Handschrift geschrieben. Darunter stand der Name *Nick*.

Darauf betrat ich durch einen geschwungenen Bogengang ein lang gestrecktes Wohnzimmer, das auf den See hinausging. Draußen war es mittlerweile taghell, und das durch drei große Dachfenster einfallende Sonnenlicht zeichnete sich in drei rechteckigen Flächen auf dem Parkettboden ab. Alles war makellos sauber, wozu auch der schwere, schneeweiße Teppich vor dem Sofa passte. Ein halbes Dutzend raumhoher Terrassentüren eröffnete einen spektakulären Blick auf den glitzernden See.

Auf der Veranda waren diverse Sitzmöbel aus weißem Schmiedeeisen und mit blau-weiß gestreiften Polsterauflagen zu geselligen Gruppen arrangiert. Vorne, mit Blick auf das Wasser, standen Liegestühle aufgereiht, unterbrochen von großen Terrakottagefäßen voller Geranien und Ringelblumen.

»Okay, du hast mich genug auf die Folter gespannt, Bud. Wo ist sie?«

»Hier draußen.« Ich folgte ihm über das Hochglanzparkett zu einer halb geöffneten Verandatür. »Hätte ewig dauern können, bis jemand die Leiche findet, wenn die Lady von nebenan nicht eine Runde schwimmen gegangen wäre.«

Die rückwärtige Veranda erstreckte sich weit in den See hinaus. Eine Treppe führte zu einer tiefer gelegenen Bootsanlegestelle hinunter. Ich bereitete mich innerlich vor. Von L. A. her war mir der Anblick von Blut und verspritzter Gehirnmasse weitgehend vertraut, sodass mir bei Terminen am Tatort nicht schlecht wurde, und auch der unvergleichliche Gestank verfaulender Leichen war mir nicht neu, die Art und Weise, wie er sich in den Haaren und der Haut festsetzte, bis ich ihn kaum mehr wegwaschen konnte. Im Gegensatz zu manchen Polizeibeamten und Gerichtsmedizinern jedoch konnte ich tote Körper nicht nur wie ein Stück Fleisch betrachten oder als Lagerstätten für Beweismaterial; für mich waren es Ehefrauen, Mütter, Töchter, Menschen mit trauernden Hinterbliebenen.

Mordopfer durchlebten Schreckliches in ihren letzten Momenten auf dieser Welt, unsägliche Schmerzen und unvorstellbare Ängste. Niemand verdiente so etwas, und nun würden Bud und ich und andere abgehärtete Ermittler Sylvie Borders Körper untersuchen, daran herumhantieren und in ihn eindringen und ihr ganzes Leben sezieren, um herauszufinden, wer, was, warum.

Ein Rettungsboot der Wasserwache durchpflügte mit ohrenbetäubendem Lärm die ruhige Seeoberfläche und kam direkt auf uns zu. Es war nicht mehr weit von der Veranda entfernt, da stellte der Mann am Steuer den Motor ab, und es wurde urplötzlich still. Nur noch das Plätschern und Gurgeln des Wassers war zu hören, dessen Wellen sich an den Pfählen unterhalb des Verandabodens brachen. Einer der Männer, ein Taucher bei der Staatspatrouille, war im letzten Monat nach einem Selbstmord von einer Brücke eingesetzt gewesen. Die anderen kannte ich nicht. »Sieht mir nach einer Bergungsaktion aus.«

Bud nahm seine teure, verspiegelte Sonnenbrille ab und steckte sie in seine Brusttasche, während das Rettungsteam Taucheranzüge anlegte. »Wirf mal einen Blick nach unten und verrat mir, welcher Irre zu so etwas fähig ist.«

Ich beugte mich über die hüfthohe Balustrade und sah auf das Wasser neben der eine Etage tiefer liegenden Bootsanlegestelle. Der See war an der Stelle ungefähr drei Meter tief und von den Bugwellen des Rettungsboots leicht aufgewühlt, aber nicht so stark, dass es meine Sicht behinderte.

Sylvie Border saß aufrecht auf einem im schlammigen Untergrund eingesunkenen Stuhl. Sie war vollkommen unbekleidet, und ihre Haut glänzte unter Wasser blässlich weiß, beinahe silberfarben. Ihr Gesicht konnte ich nicht sehen, aber ihre Haare waberten in der Strömung auf und ab. Der Killer hatte nicht nur sein Opfer auf einem Stuhl versenkt, sondern auch einen Tisch, Geschirrteile und Besteck, die kompletten Gedecke für drei Personen, als erwartet Sylvie auf dem Grund des Sees Gäste zum Abendessen.

Als ein Schwarzbarsch durch die langen, wehenden Haarsträhnen schwamm und an der rechten Wange des Opfers zu knabbern anfing, richtete ich mich auf und fuhr mir mit den Händen über das Gesicht. »Eindeutig ein Geistesgestörter. Jemanden so zurückzulassen, an einem Tisch sitzend. Was er wohl damit sagen wollte?«

Bud packte einen Streifen Kaugummi aus, riss eine Hälfte davon ab und steckte sie in den Mund. »Dass er ein krankes

Arschloch ist, das wollte er damit sagen. Stell dir das mal vor, Claire. Um das alles zu arrangieren, muss er eine ganze Weile mit ihr unter Wasser gewesen sein. Sogar Gabeln und Brotteller hat er in die Unterwasserwelt verpflanzt.«

Ich wagte einen weiteren Blick in die Tiefe. Wer auch immer dafür verantwortlich war, wusste genau darüber Bescheid, wie man einen Tisch richtig deckt. Der Killer musste eine Menge Zeit in dieser trüben und lautlosen Welt verbracht haben, um Besteck und Kelchgläser so sorgfältig zu arrangieren. »Er hat sie am Stuhl festgebunden.« Ich blinzelte leicht, um zu sehen, wo er sie gefesselt hatte.

»Richtig, Ma'am.« Bud zeigte ins Wasser. »An den Handgelenken, den Waden, am Hals und an den Fußgelenken. Silberfarbenes Isolierband, und nicht gerade wenig.«

Ich sog hörbar Luft ein und richtete meinen Blick in Richtung Yachthafen, während ich versuchte, die makabre Vorstellung loszuwerden, wie der Mörder immer wieder aufs Neue zu der Leiche hinuntertauchte. »Weiß man was von der Lady, die die Leiche gefunden hat?«

»Die Frau eines Neurochirurgen aus New York, Jüdin und reich genug, um sich hier am Arsch der Welt auf Blacks Tausend-Dollar-die-Stunde-Couch zu legen.«

»Er nimmt tausend Dollar für eine Stunde?«

»Hab ich gehört.« Bud schob die zweite Hälfte seines Kaugummis in den Mund, das Einzige, wonach er süchtig war, abgesehen von seidenen Armani-Anzügen. »Eins sag ich dir, dieser Black zockt hier ganz schön ab. O'Hara zufolge heißt die Lady Madeline Jane Cohen.«

»Wo ist sie denn im Moment?«

»Einen Bungalow weiter. Wartet darauf, dass wir kommen, um sie zu vernehmen.«

»Okay, wir hören, was sie zu sagen hat, sobald wir hier fertig sind.« Ich sah mir das Opfer noch einmal an, dieses Mal mit einem etwas neutraleren Blick. Ich hatte ja schon mit einigen Gewaltverbrechen zu tun gehabt, darunter sogar etliche, bei denen der Täter das Opfer in einer bestimmten Pose zurückließ, aber etwas derart Bizarres war mir noch nie begegnet.

»Ms Cohen hat einen ziemlichen Schock abbekommen. Sie schwamm direkt über das Opfer hinweg. Als sie dann erkannte, dass es ihre nette Nachbarin war, die da auf einen Stuhl gefesselt unter ihr im Wasser saß, geriet sie in Panik, schluckte den halben See und schaffte es gerade noch zurück ans Ufer.«

»Der Täter hat sich dieses Arrangement eine Wahnsinnsmühe kosten lassen. Ich nehme an, du weißt, was das bedeutet?«

»Dass er sich nicht allzu viele Sorgen darüber gemacht hat, ertappt zu werden«, sagte Bud und hielt mir einen Streifen Kaugummi hin.

»Genau. Du hättest Detektiv werden sollen.« Ich griff nach dem Kaugummi und wickelte es gedankenverloren aus. »Glaubst du, sie war schon tot, als sie ins Wasser kam?«

Bud zuckte mit den Schultern, setzte seine Pilotenbrille wieder auf und rückte sie zurecht. »Wer weiß, was so einen Verrückten antörnt? Wir werden die Todesursache ja bald von der Gerichtsmedizin erfahren.« Er schob die Manschette seines makellos gestärkten Hemds zurück und sah auf die Uhr. »Sie sollten jede Minute hier eintreffen. Ich habe Buckeye sofort verständigt.«

»Wie oft, glaubst du, ist er abgetaucht, um alles so hinzukriegen?«

»Keine Ahnung. Zigmal. Vielleicht ist er ja Schaufensterdekorateur bei einem piekfeinen Innenausstatter.«

Dieser Bud. Immer einen Scherz auf Lager.

»Hast du dich schon im Haus umgesehen?« Ich hielt Ausschau, ob sich nicht irgendwelche Touristenboote näherten. Niemand kam mir in die Nähe des Tatorts, nicht solange ich darüber wachte.

»Nein. Ich bin auch erst kurz vor dir hier angekommen. Die Leiche hat O'Hara mir gezeigt. Ihr zufolge wurde nichts angefasst, weder drinnen noch draußen.«

»Stand die Haustür offen?«

»Ja, Suze Eggers sagt, die Haustür und auch die Verandatür waren beide offen, als sie hier ankam.«

»Okay. Lass uns sehen, was wir drinnen finden, ehe die Spurensicherung eintrifft. Sie bleibt auf alle Fälle, wo sie ist, bis die Gerichtsmedizin eintrifft. Ich will, dass die Bergung auf Video aufgenommen wird.«

»Buckeye bringt sein gesamtes Team mit. Er sagt, Charlie hat ihn von Jeff City aus angerufen und die komplette Mannschaft hier herausbeordert, weil es sich um eine von Blacks privilegierten Luxuspatientinnen handelt.«

Mehr Sorgen machte ich mir wegen allzu neugieriger, mit Nikons bewaffneter Touristen. »Wie sieht's mit Angehörigen aus? War Sylvie Border verheiratet?«

»Soweit ich weiß nicht.«

»Sie war als Einzelgast hier gemeldet?«

»Ja, laut Miki Tudor und der Kleinen an der Rezeption. War schon seit fast zwei Wochen hier zum Entspannen, einschließlich täglicher Therapiesitzungen bei unserem Guru hier vor Ort. Nach dem, was ich gehört habe, hat sie wohl eine Menge Zeit mit ihm verbracht.«

»Sehr interessant. Okay, dann wollen wir mal. Damit wir's hinter uns bringen.«

3

Im Bungalow war alles tipptopp in Ordnung; auf Blacks Zimmerservice war nun mal Verlass. Trotzdem stimmte etwas nicht. Nicht dass ich mich in der Welt der Luxushotels besonders gut auskannte, aber mein Bauchgefühl sagte mir einfach, dass die Reichen und Schönen und besonders Filmstars nicht hinter sich herräumten. Sylvie war wahrscheinlich die typische Diva, verwöhnt und umhätschelt, und diese Leute hingen ihre Kleider nicht auf. Ich nahm mir vor, nachzufragen, wann die Mädchen hier zum letzten Mal sauber gemacht hatten und was sie von Sylvie hielten. Ich vermisste die herumliegenden Zeitschriften, die nassen Handtücher und die halbleeren Kaffeetassen. Wie ich es von mir zu Hause gewohnt war.

»Von einem Kampf ist hier weit und breit keine Spur zu sehen.« Bud zerknüllte ein Kaugummipapier und steckte es in die Hosentasche.

Ich sagte: »Kann sein, dass der Täter das Haus gar nicht betreten hat. Vielleicht hat er sie draußen auf der Veranda überrascht. Vielleicht hat sie gerade ein Nickerchen in der Sonne gemacht oder sie aalte sich im Whirlpool.« Ich warf einen Blick aus dem Fenster. »Der Wald reicht bis an den Bungalow heran, und das Unterholz ist dicht genug, dass sich darin jemand verstecken kann, wenn er nicht gesehen werden will.«

»Bestimmt«, sagte Bud, »wenn er es geschafft hätte, den rund neunzig Überwachungskameras und noch mal so vielen Angestellten aus dem Weg zu gehen, die hier überall herumwuseln.«

»Wir müssen, wenn wir hier fertig sind, einen Beamten abstellen, der auf dem Gelände Streife geht. Und die Spurensicherung muss auch den Wald hinter dem Bungalow durchkämmen.«

»Am Wochenende hat es ja ein bisschen geregnet. Vielleicht ist der Boden feucht genug, und wir finden einen Fußabdruck.« Bud fasste an seine blaue Seidenkrawatte und rückte den Knoten zurecht. Er machte das an die hundert Mal am Tag, eine Angewohnheit, die er sich zugelegt hatte, seit er nicht mehr rauchte. Bud sagte: »Mit etwas Glück können wir vielleicht die Schuhgröße ermitteln. Falls er ein Stalker war und ihr öfter auflauerte, hat er vielleicht einen Zigarettenstummel oder ein Kaugummipapier hinterlassen.«

»So sorglos ist dieser Typ nicht. Es ist die Tat als solche, die ihn anmacht und die er minutiös inszeniert wie für ein Fotoshooting. Ich vermute, dass er das alles von langer Hand geplant und in seiner Fantasie wieder und wieder durchgespielt hat. Kontrolle, Wirkung, Macht, darauf kommt es ihm an. Man muss nur mal sehen, wie viel Zeit er sich dafür genommen hat. Er will, dass wir uns fragen, warum er sie auf diese Art und Weise umgebracht hat. Das ist seine Botschaft an uns, und unsere ganze Aufgabe besteht darin, herauszufinden, warum. Auf alle Fälle war das bestimmt kein Verbrechen aus Leidenschaft. Dieser Typ hat Eiswasser in den Adern.«

Ich schaute hinaus und sah, wie das Taucherteam Unterwasserkameras bereitstellte. »Man könnte hier auch problemlos mit einem Boot aufkreuzen. Stell den Motor früh genug ab, und du kannst lautlos ans Ufer oder die Anlegestelle gleiten. Oder ein Kanu. Damit kannst du diese Stelle von überallher erreichen. Du brauchst nur so lange zu warten, bis es dunkel wird, und vom Wasser her sieht dich kein Mensch mehr.«

»Hm-hm. Dazu sind die Sicherheitsmaßnahmen hier vor Ort zu streng. Hast du die Überwachungskameras oben an der Einfahrt gesehen?«

Ich nickte. »Du kannst ja den Film sicherstellen lassen, aber für so blöd halte ich den Täter nicht.«

»Schon passiert. Hab dem Manager gesagt, dass wir im Lauf des Vormittags zum Hauptgebäude kommen, um uns die Filme anzusehen.«

Ich schüttelte den Kopf. »Mir ist das hier alles viel zu ordentlich. Sieht aus wie eine Szene aus einem dieser edlen Wohnmagazine oder wie bei dir zu Hause.«

»Du hältst mich also für ordentlich. Und? Ist das etwa ein Verbrechen? Dann komm mal mit und sieh dir das große Schlafzimmer an. Man könnte meinen, die Zimmermädchen hätten aus irgendeinem Grund einen großen Bogen drumherum gemacht.«

»Würden die niemals machen, es sei denn auf ausdrücklichen Wunsch.«

»Das Gästezimmer ist makellos, ebenso wie die Badezimmer. Beide kleinen Schlafzimmer haben eine eigene Veranda mit Whirlpool, aber der große Whirlpool ist auf der rückwärtigen Veranda zum See. Die Betten sind gemacht, die Küche ist sauber, nichts steht herum. Ihr eigenes Schlafzimmer ausgenommen, war Miss Border ausgesprochen ordentlich.«

»Oder der Mörder hat erst mal sauber gemacht, nachdem er mit ihr fertig war.« In mir machte sich eine düstere Vorahnung breit. »Ich bin mir sicher, der macht keine Fehler. Der macht es uns so schwer wie nur irgend möglich. Erst treibt er sein Spielchen mit seinen Opfern, dann mit uns.«

»Opfern? Du glaubst, er ist ein Serienkiller?«

»Genau. Er hat sie genauso in Szene gesetzt, wie er es sich zuvor in seiner Fantasie ausgemalt hatte, und mein Bauch sagt mir, dass er genügend Übung hatte, alles richtig hinzukriegen.«

Bud sagte: »Wie ein kleines Mädchen, das mit Barbiepuppen spielt und sie in Pose setzt. Genau so sieht sie auch aus, wie ein armes Barbiepüppchen aus Malibu.«

»Okay, lass uns sehen, was wir finden können, ehe Buckeye hier ankommt. Vielleicht ist der Typ ja unvorsichtig geworden, aber ich glaub's nicht.«

»Ich knöpf mir den Schreibtisch vor.« Bud steuerte auf einen grazilen Sekretär an der hinteren Wand zu.

»Aber sei bitte vorsichtig. Ich will möglichst exakte Fotos vom Schauplatz haben. Wenn er mit uns spielt, hat er vielleicht absichtlich Spuren hinterlassen.« Wegen meiner Erfahrung mit Mordfällen leitete ich die Ermittlungen, aber Bud konnte auf vier Jahre Verbrechensbekämpfung beim Police Department von Atlanta zurückblicken, und seine Tätigkeit als Geheimermittler hatte seine Instinkte geschärft.

Ich durchsuchte das Wohnzimmer nach jeder noch so kleinen Auffälligkeit. Ein ausladendes Sofa aus feinstem Leder im selben blassgelben Farbton wie die Wände dominierte den Raum. Es stand in einem zweieinhalb Meter weiten Bogen um einen aus Naturstein gemauerten Kamin. Fünf marineblaue Chenille-Kissen verteilten sich in perfekter Ausrichtung über die dick gepolsterte Rückenlehne. In der Mitte dieser Sofalandschaft stand ein Cocktailtisch, dessen Glasplatte auf einem bizarr gebildeten Stück Treibholz ruhte. Der einzige Gegenstand auf dem Tisch war eine flache Schale aus schwarzem Stein. Ich kniete mich hin und besah mir die Glasplatte von unten. Es waren keine sichtbaren Fingerabdrücke vorhanden. Möglicherweise hatte der Mörder die Platte extra abgewischt. Sollte es trotzdem welche geben, würde Buckeye sie finden.

In der Schale lagen eine komplizierte TV-Fernbedienung und ein Satz Schlüssel. Ich nahm meinen Kugelschreiber heraus und angelte mir den Schlüsselring. Daran hingen drei goldene Schlüssel; auf einem prangte das Zedern-Emblem der Anlage, offenbar der Bungalow-Schlüssel, das andere war ein Autoschlüssel für einen Mercedes und ein dritter schließlich sah aus wie ein kleiner Gepäckschlüssel. Außerdem baumelte an dem Schlüsselring eine runde Goldplakette mit dem NBC-Pfauenlogo. Ich fragte mich, wie die New Yorker NBC-Bosse wohl auf das Hinscheiden ihres Stars reagieren würden. Dann legte ich die Schlüssel vorsichtig zurück. Vielleicht war ja eine gewisse Publicity-Sucht das Motiv des Täters. Vielleicht verschanzte er sich in irgendeinem dunklen Loch vor dem Fernseher und gierte nur drauf, dieses kleine Viertelstündchen im Rampenlicht zu stehen.

Ein Riesenteil von Flachbildfernseher bildete eine Einheit mit einer ultramodernen Stereoanlage, für die vielleicht sogar ich einen Mord begangen hätte. Ich war außerhalb meiner Arbeit nicht besonders aktiv, aber auf Musik konnte ich nicht verzichten, sanfte Musik, wenn ich nachts wach lag und an all die traurigen Erlebnisse in meiner Vergangenheit dachte. Die TV-HIFI-Einheit bestand aus polierter Eiche und war zwischen zwei große Seitenfenster ohne Vorhänge eingepasst. Auch hier war alles makellos sauber, staubfrei bis in den letzten Winkel. Selbst der aus einem Messingtopf quellende künstliche Efeu glänzte sauber und rein. Ich öffnete die oberste Schublade und ging die beachtliche Sammlung an CDs und DVDs durch. Darunter befand sich auch ein gutes Dutzend Pornofilme. Die zweite Schublade war tiefer und komplett leer. Ich drückte auf den Knopf des DVD-Spielers, die Schublade glitt heraus, leer.

In der angrenzenden Küche gab es noch mehr polierte Eiche und glänzenden beigefarbenen Marmor. Eine komplett ausgestatte Bar mit Polsterhockern befand sich in der Nähe eines Fensterplatzes mit Blick auf die dichten Wälder. Ich versuchte das Gewirr aus Blättern und das dichte Unterholz mit meinen Blicken zu durchdringen und fragte mich, ob der Mörder dort draußen im Dunkeln gelauert hatte und sich, fasziniert von dem Fernsehstar, seine kranken Pläne nochmals durch den Kopf gehen lassen hatte. Oder hatte Sylvie die Person gekannt, die sie auf dem Seegrund verschwinden ließ? Ein Freund, ein eifersüchtiger Liebhaber, ein unbekannter Feind?

Auf der Anrichte stand unter einem beigen Wandtelefon ein Anrufbeantworter. Unangeschlossen. Daneben gab es einen Doppelkühlschrank mit Eis- und Wasserspender an der Tür. Ich zählte sechs Literflaschen Perrier und fünf Packungen mit gemischtem Salat. Im Türfach fand ich eine Flasche Italian Dressing, die Diätvariante, und eine halbe Flasche weißen Zinfandel aus Kalifornien.

Sylvie hatte entweder ihre Einkäufe vernachlässigt, oder aber sie war eine jener magersüchtigen Hollywood-Schönheiten, die kaum genügend Kraft für die obligatorischen Liebesszenen hatten, bei denen die Paare die abenteuerlichsten Verrenkungen vollführten und zum Schluss regelmäßig auf dem Boden landeten. Systematisch öffnete ich eine Schranktür nach der anderen und machte sie wieder zu. Dann sah ich unter dem Spülbecken nach dem Mülleimer, der bis auf einen sauberen weißen Plastikmüllbeutel leer war.

»George Clooney als Arzt in ›Emergency Room‹ hätte in dieser Küche operieren können«, sagte ich zu Bud. »Entweder hat sie kaum einen Fuß hier hereingesetzt oder sie hat übermenschliche Qualitäten. Oder deine Mutter macht für sie sauber.«

Bud warf mir einen gespielt beleidigten Blick zu. »Hey, meine Mutter hat mich zu dem gemacht, was ich heute bin. Ordnung ist das halbe Leben. Aber damit kannst du natürlich nicht allzu viel anfangen.«

»Hast du mir nicht mal gesagt, deine Mutter hat sogar Unterwäsche gebügelt?«

»Und? Hast du ein Problem damit?«

Ich grinste breit, während Bud die Sachen auf dem Schreibtisch unter die Lupe nahm. »Schau mal, was ich da gefunden habe, Claire. Die Post von zwei Wochen, alles feinsäuberlich geordnet und gestapelt. Die Briefe der letzten beiden Tage sind noch ungeöffnet. Und« – er hielt einen Bogen Papier in die Höhe, feinstes cremefarbenes Bütten – »da haben wir eine nette kleine Mitteilung von unserem guten Dr. Black, in der er sich darüber beschwert, dass sie ihre Vereinbarung mit ihm aufgekündigt hat. Vor zwei Tagen datiert.«

»Hatten die beiden etwa Knatsch miteinander?« Neugierig darauf, was das für eine Beziehung gewesen sein könnte, ging ich zu Bud an den Schreibtisch und nahm zwei auf hellblauem Papier geschriebene Briefe zur Hand. Beide waren in derselben, beinahe unleserlichen Handschrift adressiert, und auch beim Absender musste ich zweimal hingucken.

»Jetzt rate mal, wer die geschrieben hat. Gil Serna.«

»Gil Serna? Der immer die fiesen Typen spielt?«

»Möglicherweise lief da ja was zwischen den beiden.« Stirnrunzelnd dachte ich über die möglichen Konsequenzen nach. »Das hätte uns gerade noch gefehlt! Wenn eine Berühmtheit seines Schlages rührselige Fernsehinterviews gibt.«

Der zweite blaue Umschlag war offen, und mit spitzen Fingern zog ich ein einzelnes Blatt heraus. Ich überflog die wenigen handschriftlichen Zeilen. »Sieht so aus, als hätte unser fieser Junge etwas vom grünäugigen Monster Eifersucht abbekommen. Er droht nämlich, hier aufzukreuzen, und rate mal, wem er vorhat, in den Hintern zu treten?«

»Dr. Black, vermute ich mal?«

»Richtig. Und der süße Gil bezichtigt sie hier explizit, eine Affäre mit ihrem Quatschonkel zu haben, ganz zu schweigen davon, dass sie Gil betrügt und seine Anrufe ignoriert. Was vielleicht auch erklären würde, warum ihr Anrufbeantworter ausgesteckt ist. Gil Serna scheint mir ein wenig außer Kontrolle. Wäre interessant, zu wissen, wo er die letzten paar Tage verbracht hat.«

»Wie wär's, wenn ich mich darum kümmere?« Bud zog sein Handy schwungvoll heraus, als wäre es ein Zauberstab. Manchmal hatte ich den Eindruck, es wäre wirklich einer. Er kam an so gut wie jede Information heran, nur indem er ein paar Nummern wählte. Praktisch, ihn in der Nähe zu haben.

»Lass dir von Blacks Assistentin keinen Bären aufbinden. Ich will genau wissen, wann Black das Grundstück verlassen hat, wie er es verlassen hat und mit welchem Ziel. Außerdem will ich ihn mir vorknöpfen, bevor er sich mit seiner Assistentin absprechen kann oder mit sonst jemandem, der ihm unseren Kenntnisstand steckt. Wenn die beiden wirklich was zusammen hatten, wäre es interessant, zu sehen, wie er auf die genaueren Umstände von Sylvies Tod reagiert.«

»Okay, Boss. Klingt so, als wäre Buckeye hier.« Bud stand auf, als die Haustür aufging und scherzhaftes Geplänkel ins Wohnzimmer drang.

Buckeye Boyd war der für unseren Bezirk zuständige Gerichtsmediziner, und ich nickte der bunten Crew von Kriminalisten zu, die nun hereinströmten. Alles wirklich ausgebuffte Spezialisten, die jedoch aussahen, als kämen sie direkt aus einem Ozzy-Osbourne-Konzert. Zum Glück für uns im Sheriff's Department Canton brachten die Immobilien rund um den See Millionen an Steuern ein, wodurch wir finanziell so gut ausgestattet waren wie ein Police Department in der Großstadt. In diesem besonderen Fall würden wir die Unterstützung aller nur verfügbaren Kriminaltechniker brauchen.

»Und du, Bud, wolltest wohl gerade zu 'ner Hochzeit, oder was?«, sagte Buckeye sofort. Er versäumte keine Minute, seinen ewigen Kleinkrieg mit Bud aufzunehmen. »Oh Mann, von jetzt an werd ich sicher daran denken, im Smoking zu erscheinen, wenn es um einen Mord geht. Das vergess' ich immer wieder und ich hab, zum Teufel noch mal, keine Ahnung, woran das liegt.«

»Du bist einfach von Natur aus ungeschliffen, Bucko, kleiner Schmutzfink. Da kannst du gar nichts dafür.« Bud trug es mit Fassung, wenn Buckeye über seine Eleganz lästerte. Das Gefrotzel war nicht neu für ihn. »Verdammt, dieses Hemd hast du schon seit sechs Jahren nicht mehr gewechselt. Warum tust du uns allen nicht einen Gefallen und lässt es durch deine Frau entsorgen, ehe es auf eigenen Beinen davonläuft?«

Buckeye gab sich gekränkt. »Hey, das ist mein Angelhemd und bringt mir Glück. Mein Boot ist voll betankt bis oben und bereit rauszudonnern, sobald ich die Kleine hier eingesackt, markiert und in die Stadt gebracht habe. Ich habe heute normalerweise frei, falls du das vergessen hast. Ich bin nur hier, weil Charlie extra aus Jeff City angerufen und um meine Mitarbeit gebeten hat, bevor ihr Penner alles vermasselt.«

Bud erwiderte: »Vermasseln? Wir? Jetzt mach aber halblang, Mann. Wir sind so gut, dass die Opfer uns unbedingt haben wollen.«

Ich sagte: »Sie ist draußen im Wasser, Buckeye. Packen wir's an.«

»Ihr habt also 'ne Wasserleiche, hm?« Buckeye sah mich an. Er hatte schneeweißes, volles Haupthaar, die Haare im Gesicht aber waren schwarz – die Brauen, sein Schnauzbart und ein kurzer, gepflegter Kinnbart. Er hatte sein ganzes Leben am See verbracht, und seine Anwartschaft auf ewigen Ruhm bestand in den vielen Trophäen als Sieger von Barsch-Angelturnieren. Er gab gern offen und gegenüber jedermann zu, sein Geschick im Obduzieren von Leichen rühre von den zahllosen Fischen her, die er im Lauf der Jahre filetiert hatte.

»Richtig, aber es kommt noch was dazu. Die Tote ist Sylvie Border, die Königin der Seifenopern.«

»Mach keinen Scheiß. Sie ist die Kleine, die Amela spielt? Diese sexy Göre mit der Frisur wie Jean Harlow?«

»Du weißt, wer Sylvie Border ist?« Ich war erstaunt, dass Buckeye in punkto Nachmittagsprogramm auf dem Laufenden war.

»Klar. Sie ist der Liebling meiner Frau. Brigitte hat seit zwanzig Jahren keine einzige Folge von *A Place in Time* versäumt. Und vor gar nicht langer Zeit brachte *Entertainment Tonight* einen Beitrag über ein Brusttattoo, dass Sylvie sich zugelegt hat. Sogar bis ins Tätowierstudio hat das Fernsehteam sie begleitet. Auf dem Hintern hat sie auch noch ein kleines Gänseblümchen, aber das wollte sie dann doch nicht herzeigen.«

Die Sache wird immer noch merkwürdiger, dachte ich. »Heißt so Sylvies Serie? *A Place in Time?*«

»Ja. Die derzeitig Aktuelle. Kommt jeden Tag um ein Uhr, gleich nach den Mittagsnachrichten. Brigitte sagt, sie gewinnen heuer den Emmy als beste Soap des Jahres.«

»Vicky soll alles auf Video aufnehmen und so viele Fotos machen wie möglich. Dann nehmt ihr euch die Bude von oben bis unten vor. Der Typ hat alles arrangiert, und zwar peinlich genau, versucht also zu kriegen, was ihr nur könnt. Ich spekuliere vor allem auf Fußabdrücke, und da ist vor allem der Wald vor dem Haus interessant.«

Buckeye wandte sich seinem Team zu. »Hey, Vicky, die Leiche

befindet sich draußen im Wasser. Beeil dich, draußen auf dem See wartet ein Zehnpfünder auf mich.«

Bud war mit seinem Handy beschäftigt. »Genau, Buckey, mit diesem Monsterbarsch liegst du uns schon seit Jahren in den Ohren. Vielleicht schreckt ihn ja dieses abscheuliche Hemd ab.«

»Los jetzt, bevor hier die ersten Jetboote auftauchen, weil die Leute Fotos von ihrem Soapstar machen wollen«, sagte ich. Ich war nicht zu Scherzen aufgelegt. »Ihr Name und Details vom Tatort sind strikt geheim, bis sämtliche Beteiligten vernommen sind. Ist das klar?«

Bud hatte bereits den Presseagenten von Gil Serna erreicht. Er hielt mir den gereckten Daumen entgegen, als ich ins Schlafzimmer ging und darauf wartete, dass Vicky ihre Ausrüstung draußen auf der Veranda aufgebaut hatte. Bud führte unterdessen ein angeregtes Telefonat. Er würde sicher alles in Erfahrung bringen, was wir wissen mussten. Mit seinem Charme konnte er jede Nonne bezirzen.

Das Schlafzimmer war ein einziges Chaos. Merkwürdig, in Anbetracht der peniblen Ordnung, die hier sonst überall herrschte. Das Gesamtdekor war in cremefarben und rosé gehalten, sündhaft teuer, die zerknautsche Bettdecke mit Seidendamast bezogen. Man musste schon neidlos anerkennen, dass Nicholas Black sich mit seinem Tausend-Dollar-die-Stunde-Honorar bei der Ausstattung seiner Bungalows nicht lumpen ließ.

Ich musste grinsen, als Johnny Becker hereingeschlendert kam. Wir nannten ihn Shag, weil der Bursche aussah wie Shaggy aus der Scooby-Doo Show. Er trug ein vergilbtes T-Shirt, das vielleicht einmal weiß gewesen war, und verblichene Skatershorts, die ihm baggyartig bis über die knochigen Knie hingen. Die Schuhe waren die gleichen Nikes in orange-schwarz, wie ich sie trug. Johnny war Ende zwanzig und eindeutig kein Durchschnittstyp, was die zahlreichen Ohrringe bewiesen, mindestens zwanzig, sowie die nach allen Richtungen abstehenden Dreadlocks. Charlie sah über Shags exzentrisches Auftreten hinweg, weil jener unbestritten ein Händchen für Leichen hatte und einer der besten Kriminalisten südlich von Kansas City war. Er trieb Charlie auf der ganzen Linie in den Wahnsinn und hatte obendrein noch einen Heidenspaß dabei. Er war in der Ozarks-Region geboren und aufgewachsen und voll und ganz damit zufrieden, tagsüber seine Obduktionen vorzunehmen und abends mit seiner Playstation zu spielen.

»Hey, Claire, hast du diesen neuen Film mit Bruce Willis schon gesehen?«

»Noch immer auf dem Willis-Trip, Shag?«

»Klar. Er ist der Größte.« Shag stellte seinen Aluminiumkoffer ab und sah sich um. »Der Wahnsinn. Hast du dir die Kleine da draußen schon mal angesehen? Also wer so was macht, muss wirklich 'ne Schraube locker haben.« Er schüttelte den Kopf, sodass seine Dreadlocks wie ängstliche kleine Würmer herumzappelten. »Buckeye sagt, wir können rauskommen. Vicky hat ihre Aufnahmen im Kasten, und die Taucher sind dabei, die Lady zu bergen.«

»Also los. Wir dürfen uns keine Fehler leisten, ist das klar, Shag? Für die Medien ist dieser Fall ein gefundenes Fressen. Peter Hastings hat bereits versucht, hier rumzuschnüffeln.«

»Ich weiß. Unsere Ankunft hier haben sie auch gefilmt. Kein Problem. Ich bin der Beste, das weißt du doch. Mach dir keine Sorgen.«

4

Das Wasser war nun klar, und wir gingen alle zur Anlegestelle hinunter, um die Bergung zu beobachten. Es war, als würde man durch den gläsernen Rumpf eines Schiffs hindurch eine Szene aus einem Horrorfilm verfolgen. Drei Taucher schwebten unter der Wasseroberfläche um Sylvie Border herum und machten Fotoaufnahmen aus allen nur erdenklichen Blickwinkeln, während Vicky und Shag die Szene von außerhalb fotografierten. Die hüftlangen Haare des Opfers wogten in der Strömung, ein Anblick, den ich nicht lange aushielt. Stattdessen hielt ich Ausschau nach eventuell näher kommenden Booten.

»Sie sind fertig«, sagte Bud.

Mit einem Handzeichen gab ich die Bergung frei.

Stille machte sich breit, was ungewöhnlich war für eine Tatortermittlung. Wir kannten uns alle recht gut, und manchmal war eine beiläufige Unterhaltung hilfreich, und sei es nur, um die Anspannung zu lindern. Der Stuhl war eingesunken und steckte bis zu den Waden des Opfers im Schlamm, sodass die Taucher ihn mit Kraft herauslösen mussten, einer an der Rückenlehne, zwei an den Seiten.

Eine Minute später tauchte die Leiche an der Oberfläche auf. Das Wasser strömte über den nackten Oberkörper, sodass die Haare wie gebleichter Tang in einem wirren Muster am Gesicht und an den Brüsten festklebten. Bud und Buckeye packten den Stuhl an den Armlehnen und zogen ihn auf das Anlegedeck. Beim Anblick des Opfers musste ich an einen schmählich entsorgten Müllsack denken. Nun würden Sylvies sterbliche Überreste von mir und meinen Freunden untersucht, herumgestoßen und aufgeschlitzt werden. Das war zwar notwendig, aber in meinen Augen auch irgendwie obszön.

Ich ging neben dem Stuhl in die Hocke. Beide Arme des Opfers waren mit Klebeband am Stuhl festgebunden, an den Handgelenken und am Ellbogen. Die Haut war nach der langen Zeit im Wasser verrunzelt und schimmerte bläulich. Die Fingernägel waren scharlachrot lackiert und perfekt maniküre: Drei Nägel der rechten Hand waren eingerissen beziehungsweise abgebrochen. Der linke Daumennagel war fast ganz abgerissen. »So ohne Weiteres hat sie sich nicht versenken lassen«, sagte ich.

Bud beugte sich nach unten und betrachtete den lose baumelnden Daumennagel. »Dürfte wohl ein paar Kratzer abbekommen haben, ehe er ihr den Garaus gemacht hat.«

»Du meine Güte, dieser Typ ist der Psychopath des Jahrhunderts.« Shags Videokamera summte leise vor sich hin, während er sprach. Er schritt langsam um die Leiche herum und hielt akribisch alle unsere Äußerungen und Handgriffe fest.

Buckeye kniete sich vor den Stuhl. »Keine sichtbare Todesursache. Möglicherweise ist sie ertrunken oder wurde stranguliert. Mach 'ne Nahaufnahme von diesen Blutergüssen«, sagte er über die Schulter hinweg zu Vicky. »Besonders von den stark ausgeprägten an den Oberarmen. Und da ist dieses Brusttattoo, von dem ich euch erzählt habe. Lieber Gott, sie hat es sich gerade erst machen lassen. Und ich hab noch dabei zugeguckt.«

Ich starrte auf das fünf Zentimeter große Tattoo auf ihrer linken Brust und runzelte die Stirn. Es war in grün und gelb gehalten und stellte die Fee Naseweis aus Peter Pan dar. »Ihre Schenkel sehen auch schwer verunstaltet aus. Und seht auch mal diese halbkreisförmigen Wunden am Rumpf an. Wie könnten die denn zustande gekommen sein, Buckeye?«

»Sieht so aus, als hätte er sie mit irgendwas geschlagen oder aufgekratzt, allerdings gehen manche Verletzungen nicht auf das Konto des Täters.«

Buckeye verwies auf eine Reihe roter Wundmale im wächsernen Fleisch eines ihrer Arme. »Sie diente die ganze Nacht lang den Fischen als Fraß. Auch Schildkröten haben sich an ihr schon gütlich getan, aber nicht so schlimm, wie wenn sie noch länger im Wasser geblieben wäre.«

»Es ist einfach nur widerlich«, sagte Buckeye.

Ich sagte: »Vicky, mach jetzt die Ganzkörperaufnahmen; dann streichen wir ihre Haare zurück, damit du das Gesicht fotografieren kannst.« Vicky trat nach vorne, eine stille, dickliche Frau um die vierzig mit drei Teenagern zu Hause und einem Mann, der eine Bootswerft besaß. Vicky verrichtete ihre Arbeit zügig, mit ernster Miene und ohne ein Wort zu sagen. Als sie fertig war, trat sie wieder zurück. Ich zog meinen Kugelschreiber heraus und hob eine von den feuchten Haarsträhnen an. Das Gesicht zeigte die Einwirkung brutalster Schläge und war bis zur Unkenntlichkeit verquollen. Ein grotesker Anblick. Auf einer Breite von fünf Zentimetern war silberfarbenes Isolierband um ihren Hals und die dekorativen Eisenstäbe der Stuhllehne gewickelt, sodass der Kopf die aufrechte Position beibehielt.

»Die Gesichtshaut sieht ein bisschen seltsam aus, Buckeye. Was könnte das denn sein?«

»Donnerwetter, was sieht denn nach einer Nacht unter Wasser noch normal aus?«

»Teilweise löst sie sich schon ab.«

Buckeye sagte: »Vermutlich haben sich die Fische über den Kopf als Erstes hergemacht, weshalb das Gesicht stärker in Mitleidenschaft gezogen wurde als der Rest des Körpers.«

»Müssen ja wahre Heißhungerattacken gewesen sein. Wir müssen diesen Irren unbedingt schnappen«, sagte Bud und lehnte sich gegen das Geländer. Er klang so angewidert, wie ich mich fühlte. Er wandte sich Buckeye zu, nun ohne jedes Geflachse. »Was meinst du, Buckeye? Warum hat er sie so an einen Tisch gesetzt?«

»Weiß der Himmel«, sagte Buckeye, während er Shag beim Filmen zusah und ich gerade die letzten Haarsträhnen aus ihrem Gesicht hinter die Ohren strich. »Sie trägt noch ihre diamantenen Ohrstecker. Es war also kein Raubüberfall.«

»War sicher nicht einfach, diese kleine Szene auf dem See-grund zu arrangieren.« Ich erhob mich und blickte auf das Opfer hinab. »Dazu war mehr als ein Tauchgang erforderlich. Das heißt, er musste mehrmals auftauchen, um Luft zu holen, oder er hatte eine vollständige Taucherausrüstung.«

»Gott, und sie war so schön«, sagte Buckeye.

»Meinst du, du kannst ihr irgendwelche Hinweise entlo-cken?«, fragte ich ihn.

Buckeye verzog das Gesicht und schüttelte den Kopf. »Aus meinem Angeltrip wird jedenfalls so schnell nichts werden. Ich versuche, so viel wie möglich herauszufinden, aber ich habe nicht allzu große Hoffnungen. Sobald Shag fertig ist, liefern wir sie ein, so wie sie ist. Das Band entferne ich dann im gerichts-medizinischen Institut. Sieht so aus, als hätte er es ihr mindes-tens ein Dutzend Mal um den Hals gewickelt. Wenn wir Glück haben, bekommen wir ein paar einzelne Fingerabdrücke, aber ich bin skeptisch.«

»Passt bloß gut auf diese Aufnahmen auf«, sagte ich zu Shag und Vicky. »Um die Entwicklung kümmert ihr euch höchstper-sönlich. Ich will nicht, dass diese Gruselbilder bei der Presse landen.« Ich streifte die Handschuhe ab. Die Leiche musste so schnell wie möglich aus der Öffentlichkeit verschwinden. »Lass uns gehen, Bud. Wie sagtest du, hieß die Lady noch mal, die sie gefunden hat?«

»Cohen, Madeline Jane Cohen. Ich habe eine uniformierte Beamtin für sie abstellen lassen. Sie ist ziemlich durcheinander und wartet schon seit dem frühen Morgen auf uns.«

Madeline Jane Cohen saß in einem schwarzen Badeanzug, einem Einteiler, Modell etwa 1932, auf ihrem Sofa; auf ihren krampfadrigen Schenkeln hielt sie eine Pistole Kaliber .22. Sie richtete die Waffe zwar nicht direkt auf uns, hätte aber sicher jedem sofort ein Loch in den Kopf geballert, der auch nur eine falsche Bewegung gemacht hätte, so verängstigt wirkte sie.

»Ma'am, Sie werden die Waffe nicht brauchen.« Bud sah mich

kurz an, um sich dann der alten Dame mit aller gebotenen Vor-sicht zu nähern. Mit einer schreckhaften Alten war keineswegs zu spaßen. Über den weißen Teppich verlief eine Spur nasser Flecken, die die alte Dame wahrscheinlich hinterlassen hatte, als sie zum Telefon gelaufen war. »Überlassen Sie die Waffe mir, Mrs Cohen. Sie brauchen keine Angst zu haben; wir lassen einen Beamten hier, der bis zum Eintreffen Ihres Mannes auf Sie auf-passt. Sie können ganz unbesorgt sein. Alles wird gut.«

»Er ist unterwegs«, sagte Mrs Cohen. In ihrer heiseren Stimme schwang Nervosität, und entsprechend fahrig waren ihre Bewegungen, als sie Bud die Waffe brav aushändigte. »Gegen Mittag wird er hier sein mit dem ersten Flug vom Airport LaGuardia. Er konnte es auch nicht glauben. Da lebt man vierzig Jahre lang mitten in New York, und nie ist auch nur irgendwas in dieser Richtung passiert. Mort und ich waren im letzten Dezember siebenundvierzig Jahre verheiratet, und in der ganzen Zeit bin ich nie alleine im Urlaub gewesen. Und sehen Sie, was passiert, kaum fahre ich mal alleine weg. Eins hab ich mir geschworen, nie wieder verlasse ich die Stadt. Mit den vielen Menschen um einen herum lebt man da oben viel sicherer. Oh mein Gott, die arme Kleine. Sie war so ein liebes Ding. Ich habe sie um ein Autogramm gebeten und hab auch eins bekommen, und sogar noch eins dazu für meine Enkeltochter Katerina.«

Ich sagte: »Sie waren wohl mit Sylvie Border gut befreundet?«

»Oh, nein, nein. Ich habe sie erst vor ein paar Tagen kennen-gelernt. Vor drei Tagen, meine ich. Ja, es muss der Dienstag gewesen sein, als ich aus dem Wellness-Center im Haupt-gebäude gekommen bin. Ich habe sie sofort erkannt, weil sie in letzter Zeit so viel im Fernsehen zu sehen war. Noch kurz vor meiner Abreise habe ich sie auf *Entertainment Tonight* gesehen, wie sie sich ein Tattoo machen ließ. Sie und Lorenzo – das ist ihr Freund und Liebhaber im Fernsehen – werden beschuldigt, ihren Stiefvater wegen seines Geldes ermordet zu haben. Das stimmt natürlich nicht, es war einfach nur dumm gelaufen, weil man dieses japanische Messer, die Tatwaffe, bei ihnen zu Hause gefunden hat. Zuletzt stellt sich heraus, dass ihr eigener Bruder der Täter ist, und sie verrät ihn an die Polizei. Der Typ war wirklich fies.« Ihre Stimme schwankte, als fiel ihr gerade ein, dass die Realität ja eine ganz andere und Sylvie tot war. Ihre Augen weiteten sich kreisrund.

»Klingt so, als wären Sie ein großer Fan von ihr«, sagte ich, um sie wieder auf den Boden der Tatsachen zurückzuführen.

»Es ist die beste Soap überhaupt, aber das ist jetzt vorbei. Ohne Sylvie wird sie nicht wieder so, wie sie war. Niemals. Sie hat die Rolle der Amelia so gut gespielt. Dafür haben sie alle geliebt.« Madeline kamen die Tränen, und sie schlug die Hände vors Gesicht. Sie schluchzte leicht.

»Mein Name ist Claire Morgan, Detective am Sheriff's Department hier in Canton. Meinen Kollegen Bud haben Sie schon kennengelernt. Wir ermitteln im Mordfall Border.« Ich warf einen Blick auf den bestickten Ohrensessel neben mir. »Darf ich mich setzen, Mrs Cohen?«

»Aber natürlich, meine Liebe, bitte. Ich bin so durcheinander, dass ich nicht einmal vernünftig denken kann.«

»Das ist doch verständlich.« Ich nahm einen Notizblock aus meiner schwarzen Ledertasche, setzte mich und schlug ihn auf. »Erzählen Sie uns doch bitte genau, was am Dienstag bei Ihrer ersten Begegnung mit Ms Border passiert ist. Ist Ihnen an diesem Tag irgendetwas aufgefallen an ihr, etwas Ungewöhnliches?«

Mrs Cohen schüttelte den Kopf. »Sie war einfach nur nett, sehr nett. Hat sogar gewartet, bis ich einen Stift und Papier vom Hauptgebäude geholt hatte für die Autogramme. Sie war so was von freundlich, als wäre sie ein ganz normaler Mensch. Dasselbe gilt für Dr. Black. Ich kann Ihnen gar nicht sagen, wie oft ich ihn schon in diversen Morgenshows gesehen habe, vor allem in der *Today Show*. In der ist er ja schon fast Stammgast. Trotzdem verhält er sich mir gegenüber, als wäre ich eine alte Freundin. Dabei bin ich seine Patientin.«

Bud neigte sich Mrs Cohen leicht zu. »Befand sich Sylvie in

Begleitung von Dr. Black, als Sie sie zum ersten Mal gesehen haben?«

»Richtig. Die beiden hatten zusammen Mittag gegessen. Ein hübsches Paar. Sie ist eher klein und blond, er dagegen groß und dunkel.«

»Hatten Sie sie auch früher schon mal zusammen gesehen? Waren die beiden ein Paar?« Ich fragte ziemlich unverhohlen drauf los, aber mich interessierte der Eindruck, den Mrs Cohen von dieser Beziehung hatte.

»Sie meinen, ob sie ein Liebespaar waren?« Madeline zuckte mit den Schultern wie ein Vögelchen und begann am ganzen Leib zu zittern, worauf Bud ihr eine Chenille-Decke vom anderen Ende der Couch reichte. Sie war muschelfarben.

»Vielen Dank, mein Lieber«, sagte sie sichtlich entspannt. Dem Charme des Südens konnte sich nun mal keiner widersetzen, ich hatte es schon immer gesagt. »Ich weiß es wirklich nicht, ob sie ein Liebespaar waren oder nicht. Sie verstanden sich sehr gut, wissen Sie, lachten viel und waren einfach gern zusammen. Beim Weggehen fasste sie ihn am Arm, aber das hat nicht viel zu sagen, oder?«

Ich nickte. »Haben Sie nur dieses einzige Mal mit dem Opfer gesprochen, Mrs Cohen?«

»Ja, sonst bin ich ihr nur immer kurz begegnet, beim Schwimmen. In grauer Vorzeit war ich mal ein richtiger Profi. In den 50er-Jahren habe ich im Brustschwimmen zehn Medaillen geholt, und noch heute habe ich einen ordentlichen Zug drauf.« Bud und ich zeigten uns entsprechend beeindruckt und warteten. »Das war meistens morgens, wenn sie auf der Veranda ihren Kaffee trank«, sagte Mrs Cohen, wobei ihre Stimme zunehmend hohl klang. »Sie hat mir immer zugewinkt. Die arme Kleine, sie war fast noch ein Kind, und jetzt ist sie tot. Und warum saß sie so an diesem Tisch? Sie saß doch an einem Tisch unter Wasser, nicht wahr? Das hab ich doch gesehen, stimmt's?«

Ich nickte und sagte: »Genau das wollen wir klären, Ma'am, wer sie umgebracht hat und warum. Sind Ihnen letzte Nacht irgendwelche ungewöhnlichen Geräusche aufgefallen? Laute Schreie oder etwas anderes? Oder haben Sie eine auffällige Person bemerkt?«

»Nein, nein, nicht dass ich wüsste. Aber ich nehme jeden Abend so gegen acht ein paar Tylenol extra stark, damit ich früh genug aufstehen kann, ehe die ersten Boote auf dem See sind. Meine Arthritis macht mir doch sehr zu schaffen. Dabei ist es aber doch so friedlich mit den ganzen Sicherheitsmaßnahmen von Dr. Black. Wie konnte das überhaupt passieren? Nur ein Haus weiter. Ich kann in diesem See nie wieder schwimmen. Allein der Gedanke, wie sie da unten im Wasser saß. Mort will mich nach Hause zurückholen. Ich darf doch nach Hause, oder? Sie haben nicht vor, mich festzuhalten, oder?«

»Nein, Ma'am, gewiss nicht.« Bud klopfte ihr auf die Schulter. »Aber Ihre Personalien würden wir gerne aufnehmen, damit wir uns bei Ihnen melden können, falls wir noch Fragen haben.«

»Ist doch sehr interessant, dass Black und Sylvie so miteinander geturtelt haben«, sagte Bud, als wir Mrs Cohens Bungalow verließen. »Wie wär's, wir überprüfen das Alibi von der Assistentin auf seine Stichhaltigkeit?«

Leben mit Vater

Das Kind saß neben der Mutter auf dem Bettrand. Sie war wieder einmal schwer misshandelt worden, weil eines der weißen Hemden des Vaters nach dem Waschen noch Blutspuren am Ärmel aufwies. Dafür hatte er sie mit dem Abziehleder gezüchtigt, bis sie nicht mehr laufen konnte.

Sie flüsterte dem Kind zu: »Er bleibt bis zum Abendessen im Keller. Er kommt jetzt sicher nicht herauf.« Als sie die Hand nach ihm ausstreckte, stöhnte sie auf vor Schmerz. »Du darfst mich niemals verlassen, so wie ich dich nie verlassen werde. Wir bleiben für immer zusammen.« Sie fing an zu schluchzen, leise, damit der Balsamierer es nicht hörte. Das Kind blickte aus Angst um die Mutter erschrocken zur Tür, weinte aber nicht, denn das hätte den Regeln widersprochen. Nach einiger Zeit schlief sie ein, und das Kind ging ans Fenster und schaute hinaus. Es war ein schöner Frühlingstag. Der Rosenstrauch, den die Mutter an einem Spaliergitter nahe dem Seiteneingang heranzog, stand in voller Blüte. Rosen liebte sie über alles. Sie schnitt davon Sträuße und stellte sie in einer Vase neben das Bett des Kindes, und ihr Duft erfüllte den Raum. Die Mutter lag nun ruhig da, einen Arm hatte sie über die Augen gelegt.

Auf Zehenspitzen bewegte sich das Kind in den Flur im oberen Stockwerk hinaus. Tagsüber war es im Haus nicht unheimlich so wie abends, wenn die Kerzen brannten und Schatten über die Wände flackerten wie Finger, die nach etwas griffen, und die Möbel wie gefährliche Monster in Warte-stellung geduckt lauerten. Aus dem Keller drang der Klang der Säge des Balsamierers wie ein entfernter Klageton herauf, als würde jemand weinen. Der Vater war also beschäftigt, und man konnte sich gefahrlos aus dem Haus schleichen.

Draußen im warmen Sonnenschein sog das Kind, das es nicht gewohnt war, allein zu sein, die frische Luft ein. Die Mutter behielt das Kind ständig an ihrer Seite. Es war gegen die Regeln, das Haus zu verlassen. Angst stieg hoch und erschwerte das Atmen, verschwand aber wieder, als süßer Rosenduft heranwehte. Die Mutter liebte Rosen so sehr. Sie wäre glücklich, welche an ihrem Bett zu haben.

Das Kind rannte los, erreichte den üppig blühenden Rosenstrauch und brach drei Rosen ab, ehe sich ein Auto auf der Straße näherte. Ein schwarzer Leichenwagen bog in die Einfahrt, und das Kind versteckte sich hinter dem dicken Stamm eines Eichbaums ganz in der Nähe, als die Kellertür unterhalb der Veranda geöffnet wurde. Der Vater kam die Treppe herauf, und dem Kind stockte vor Schreck der Atem, als der Balsamierer sich im Hof umsah. Dann rief der Fahrer des Leichenwagens hallo, und der Vater ging ihm über den Backsteinweg entgegen.

Wenige Minuten später rollten der Balsamierer und der Fahrer des Leichenwagens eine Bahre den Gehweg entlang und verschwanden mit einem toten Körper im Keller. Das Kind saß in der Hocke hinter dem Baum und wartete, bis der Mann den Leichenwagen weggefahren hatte, und rannte dann auf die rückwärtige Veranda zu.

Im Eiltempo flog das Kind über die Veranda und durch die Küche und erreichte gerade in dem Moment die Vorhalle, als der Balsamierer eintrat. »Glaubst du, ich weiß nicht, was los ist? Du schleichst durch das Haus trotz meiner Verbote. Glaub jetzt bloß nicht, du könntest dich hinter den Röcken deiner Mutter verstecken.«

Der Balsamierer packte das Kind um die Hüfte und stieg in den Keller hinab. »Du hast meine Regeln absichtlich gebrochen, stimmt's? Du hast mir im Keller hinterherspioniert. Aber ich kann dir schon zeigen, was ich den ganzen Tag über im Keller mache. Ist auch höchste Zeit, dass du fauler, hässlicher Balg deinen Unterhalt verdienst.«

Der Balsamierer hatte diese Worte in seinem schrecklichen,

bösen Flüsterton gezischelt, und das Kind fürchtete sich. Der Keller war groß und dunkel bis auf zwei fluoreszierend helle Lichtkegel, die zwei lange Metalltische erleuchteten. Auf beiden Balsamiertischen lagen nackte Körper, und aus einem kamen merkwürdige schwarze Schläuche heraus, die in große braune Flaschen mündeten. Es roch furchtbar, wie das Jod, das ihm die Mutter nach einer Bestrafung auf die halbmondförmigen Wunden tupfte. Ein anderer Geruch ging von den toten Körpern aus, ein eigenartiger, unangenehmer Gestank, und die Luft war so kalt, dass das Kind zitterte.

Der Vater bestand darauf, dass sich das Kind auf den Tisch neben den Körper aus dem schwarzen Leichenwagen setzte. »Ich werde dich lehren, ungehorsam zu sein und das Haus alleine zu verlassen. Du bist genau wie deine Mutter. Böse, von Grund auf böse.« Er strecke den Arm aus und tauchte mit den Fingern in die Pfütze Blut, die sich an einem Ende des schräg geneigten Tisches gesammelt hatte. Er verschmierte es auf dem Gesicht des Kindes. »Du hast nun das Blut von diesem toten Mann an dir, du undankbarer Balg. Bleib bloß sitzen. Und wehe, du fängst an zu heulen. Ist das klar? Du weißt, was passiert, wenn du heulst. Nun mach schon, heul wie ein kleines Baby.«

Das Kind rührte sich keinen Zentimeter, als der Balsamierer sein Werk an der Leiche begann; es weinte nicht, als das Skalpell die Adern öffnete und das Blut herauszusickern begann.

Das Kind war sieben Jahre alt.

5

Ich versichere Ihnen, dass ich nichts, aber auch gar nichts zu verbergen habe. Ebenso wie Dr. Black«, sagte Miki Tudor abwehrend. Sie sah aus wie Grace Kelly. Ihr zurückgebundenes aschblondes Haar wurde von einer geschmackvollen Schildpattklemme gehalten. Als Schmuck trug sie dezente Perlohrstecker und dazu passend eine Halskette mit größeren Perlen, und zwar echten, teuren, soweit ich das beurteilen konnte. Allerdings könnte ich in Wirklichkeit eine echte Perle nicht von einer Pfefferminzpastille unterscheiden. Miki fingerte an ihrem Collier herum, war also weniger entspannt, als sie tat.

»Hübsche Perlen«, sagte ich.

»Danke«, erwiderte sie.

Bud machte der jungen Frau schöne Augen, und zwar ganz unverhohlen, was aber auch wiederum nichts Neues war. Junggesellen konnten nun mal keiner attraktiven Frau widerstehen. Das lag in ihrer Natur. Ms Tudor dagegen ignorierte sein Schmachten; sie zeigte sich vielmehr zutiefst empört darüber, dass zwei Beamte der Strafverfolgung anzunehmen wagten, sie oder ihr illustrer Arbeitgeber könnten in ein Verbrechen verwickelt sein.

»Niemand wirft Ihnen beiden auch nur irgendetwas vor.« Meine Stimme blieb möglichst ruhig. Ich hatte gelernt, geduldig zu sein. Warum die Lady erschrecken, ehe wir alles erfahren hatten, was wir wissen wollten. Miki Tudor war nicht die erste von mir vernommene Person, die alle Schotten dicht gemacht hatte. »Wir würden gerne die Videos der Hotelüberwachung sehen.«

»Ich glaube, dafür bräuchten Sie zuerst einen Durchsuchungsbefehl«, sagte Miki und sah mir dabei unverwandt in die Augen. Bewachte ihren Herren wie ein gut situierter Hund. Ein Pudel mit Perlenschmuck.

»In manchen Fällen trifft das durchaus zu. Aber meistens geht es ohne. Wer nichts zu verbergen hat, kommt uns in der Regel bereitwillig entgegen. Wäre schade, Ms Tudor, wenn Sie bei einer polizeilichen Untersuchung einen schlechten Eindruck hinterließen, noch dazu ohne jeden Grund.«

Die ach so selbstsichere Miki wirkte leicht verunsichert, und ich bohrte sofort nach.

»Uns ist vollkommen klar, dass diese Zeit für das Hotelpersonal schwierig ist, aber wenn Sie mit uns zusammenarbeiten, könnten Sie die Sache vereinfachen und beschleunigen.«

Bud beschloss, seinen südlichen Charme zum Einsatz zu bringen. Darauf verstand er sich bestens und wusste das auch. Mit der taufrischen Miki Tudor gelang ihm das besser als mit der doch eher angejahrten Madeline Jane Cohen. »Glauben Sie mir, Ms Tudor, wir gehen nicht davon aus, Sie hätten irgendetwas damit zu tun. Wir würden nur gern den Mörder so schnell wie möglich schnappen.« Sein strahlend weißes Lächeln war besonders einnehmend, seine Augen schmachtend und sein Georgia-Akzent weich wie Butter. Miki nahm umgehend die Hand von der Kette und hörte sofort auf, daran herumzufummeln.

Vielleicht mochte sie ja keine Polizistinnen. Die meisten Frauen misstrauten ihrem eigenen Geschlecht, und ich schon gleich gar, aber ich war ja schon immer ein burschikoser Wildfang gewesen. Was sollte man dazu noch sagen.

Miki verschränkte die Hände auf ihrem weißen Schreibtisch in französischem Landhausstil. Die Fingernägel waren makellos, perfekt französisch manikürt. Miki Tudor war der Inbegriff kühler Eleganz und hatte offenbar ein Faible für alles Französische. Sie sah definitiv gut aus, und ich hätte einen Wochenlohn drauf gewettet, dass Miki ihre wuchtige Hornbrille nur zu dem Zweck trug, von ihrer Schönheit abzulenken. Ihre kobaltblauen Augen blickten müde und misstrauisch hinter den großen Gläsern hervor. Sie war nervös und bemüht, dies nicht zu zeigen.

Vielleicht hatte sie ja etwas zu verbergen, aber ich machte eher ihre angegriffenen Nerven und den Nachtflug aus Kansas City für ihren Zustand verantwortlich.

»Sie haben wenig geschlafen, Ms Tudor, und natürlich ist das alles ein Schock für Sie. Wäre es Ihnen lieber, das Gespräch auf morgen zu verschieben? Wenn Sie einigermaßen ausgeschlafen sind?«

Das Angebot überraschte Blacks persönliche Assistentin über die Maßen, von Bud ganz zu schweigen. Ich ignorierte seinen fragenden Blick und achtete auf Mikis Reaktionen, in denen ich lesen konnte wie in einem offenen Buch. Die Mimik der Menschen und ihre Körpersprache faszinierten mich schon immer. In der Regel lag ich mit meinen Intuitionen goldrichtig, und ich hatte genügend gesunden Menschenverstand, auf meine innere Stimme zu hören, wie man sagt. Miki war übermüdet. Und nun war Miki dankbar; ihre großen blauen Augen wurden feucht, aber es kullerten keine Tränen. Trotzdem hielt sie plötzlich ein hauchdünnes Spitzentaschentuch in ihrer Hand und tupfte sich mit anmutiger Geste die nicht vorhandenen Tränen vom Gesicht.

»Entschuldigen Sie bitte, aber ich bin nur im Moment gerade sehr bewegt. Ich kann nichts dafür. Ich bin erschöpft und vollkommen fassungslos. Wie kann so etwas in Cedar Bend passieren? Das hätte ich nie für möglich gehalten. Außerdem kenne ich Sylvie. Seit sie hier Gast ist, sind wir gute Freundinnen geworden. Wir laufen beide gern, und letzte Woche sind wir jeden Tag drei Meilen miteinander gelaufen.«

Sie seufzte tief und schüttelte den Kopf, wobei ihre Frisur sich keinen Millimeter bewegte. Sie hatte auch überhaupt keine Falten, nicht einmal auf der Stirn. Botox ließ grüßen. »Ich weiß gar nicht, wie ich das verkraften soll«, sagte sie und sah mich mitleidheischend an. Okay, als Polizistin bin ich mehr als skeptisch. Tatsächlich meinte ich zu sehen, wie sie sich ihre Verpflichtung gegenüber Dr. Black und Cedar Bend in Erinnerung rief. Ihre Augen verengten sich zu kleinen Schlitzen.

»Wir tun alles Menschenmögliche, wirklich alles, um unsere Gäste zu schützen. Nick besteht auf schärfsten Sicherheitsmaßnahmen, besonders was unsere Patienten betrifft.«

Hatte sie wirklich Nick gesagt? Interessant. Dr. Black und seine rechte Hand schienen sich ja gut zu verstehen.

»Mann, wie furchtbar. Dass Sie mit ihr befreundet waren und überhaupt.« Bud lehnte sich nach vorne, und für einen Moment dachte ich schon, nun würde er ihr gleich die Hand drücken, was er aber unterließ. Er sagte: »Trotz allem brauchen wir Ihre Hilfe, um den Täter zu fassen. Falls Sie sich dazu in der Lage fühlen. Wissen Sie, ob das Opfer Feinde hatte? Oder hat sie vielleicht Probleme erwähnt, die seit ihrem jüngsten Aufenthalt hier am See aufgetaucht sind?«

»So nahe standen wir uns nun auch wieder nicht. Jedenfalls noch nicht so nahe, als dass sie mit mir über ihre persönlichen Probleme gesprochen hätte. Tatsächlich kennt Nick sie viel besser als ich. Er ist fix und fertig und konnte fast nicht mehr sprechen, als ich ihm erzählte, was passiert ist.«

Ich sagte: »Weiß er etwas darüber, in welcher Verfassung sich Sylvie am Abend vor ihrer Ermordung befand?«

»Nein. Er war derjenige, der die Fragen gestellt hat«, sagte Miki. »Und mir waren natürlich längst nicht alle Details bekannt. Er will so bald wie möglich mit Ihnen sprechen, sodass Sie ihm sagen können, was genau passiert ist.«

»Wann kommt er zurück?«

»Morgen früh. Heute hat er noch Geschäftstermine in New York, und am Abend ist er Talk-Gast bei Larry King. Seine Termine sind Black immer heilig.«

Na gut. Ich sagte: »Ich will ihn sprechen, sobald er zurück ist. Für welche Zeit erwarten Sie ihn?«

»Er kommt mit seinem Privatjet zurück, aber wahrscheinlich wird er die Nacht über noch in New York bleiben. Er hat ein Loft in Manhattan, und seine Exfrau wohnt auch in der Gegend. Meistens besucht er sie.«

»Wie ist der Name seiner Exfrau?« Ich setzte den Stift auf meinen Notizblock.

»Jude.«

»Nachname?«, fragte ich.

»Aber doch nicht *sie?*« Bud war sofort ganz Ohr. »Sie meinen doch wohl nicht dieses dänische Supermodel?«

»Ja, sie ist ziemlich berühmt.«

»Na aber hallo. Vor ein paar Jahren war sie auf dem Titel der *Sports Illustrated.* Ich erinnere mich noch gut daran.«

Bud war ganz außer sich. Immerhin war es die Bikiniausgabe. Wahrscheinlich hing die Seite gerahmt in seinem Bad. »Wie lange ist Dr. Black schon geschieden?«

»An die fünf, sechs Jahre, glaube ich.« Der Themenwechsel schien ihr zu missfallen. Sie lehnte sich zurück. »Ehrlich gesagt, es wäre mir lieber, wenn Sie derlei Dinge mit ihm persönlich besprechen würden. Mich geht das wirklich nichts an.«

»Natürlich.« Ich nickte verständnisvoll von Frau zu Frau. »Wenn Sie mir ungefähr sagen, wann er hier sein wird, kann ich auf ihn warten, damit wir das Gespräch möglichst bald hinter uns bringen.«

Miki gefiel dieser Ton. »Dr. Blacks Terminkalender gerät oft durcheinander, verstehen Sie. Er ist ein sehr bedeutender Mann, aber der Flugplan sieht es vor, dass er New York um fünf Uhr morgens Ortszeit verlässt. Somit müsste er nach unserer Zeit um sechs hier eintreffen.«

»Der frühe Vogel fängt den Wurm, oder nicht?«, sagte Bud. Er grinste. Charmeur und Detective in einer Person.

Miki entspannte sich so weit, dass sie ein Lächeln zustande brachte. »Dr. Black braucht anscheinend nicht so viel Schlaf wie andere. Für mich ist es unvorstellbar, wie er mit so wenig auskommt.«

Neugierig geworden, warum Black kaum schlafen konnte, hakte ich nach. »Er ist ja als Analytiker von Filmstars sehr berühmt, aber hat er denn noch andere Interessen, die seine Zeit beanspruchen?«

Miki war sofort Feuer und Flamme, von den Glanzleistungen ihres Chefs zu erzählen. »Gerade hat er sein letztes Buch abgeschlossen, und seinem Verlag zufolge wird es wieder ein Bestseller.« Sie strahlte regelrecht vor Stolz.

»Ein weiterer Bestseller?«

»Nick hat bereits vier Selbsthilferatgeber geschrieben, die alle auf Platz Eins der *New York Times*-Bestsellerliste gelangten.«

Jetzt fiel mir ein, mal etwas darüber gelesen zu haben, dass er Bücher schrieb. Bud setzte sich gerade hin und grinste. »Vielleicht erscheinen ja in seinem nächsten Buch Claire und ich.«

Bud versprühte mittlerweile einen derartigen Zauber, dass man ihm raten würde, sich eine Königskobra samt Flöte anzuschaffen. Seine Bemerkung entlockte der ernsten Miki jedoch ein weiteres Lächeln. »Gut möglich. Er liebt es, seine Mitmenschen ausgiebig zu beobachten. Immerhin ist er Psychiater.«

»Ich würde ihn gerne am Flughafen treffen. Könnten Sie das arrangieren, Ms Tudor?«

»Er landet auf dem hoteleigenen Behelfsflugplatz vor Camdenton und fliegt dann per Hubschrauber hier ein. Nick hat ganz in der Nähe einen Landeplatz einrichten lassen.«

»Fast so wie der Präsident, wenn er aus Camp David heimkehrt, hm?«, sagte Bud.

Ein drittes Lächeln war nicht drin. Pack die Kobra wieder in den Korb. Mach Kleinholz aus der Flöte. Tatsächlich ignorierte Miki ihn und konzentrierte sich auf mich. »Unsere hochprominenten Gäste hassen Paparazzi, was auch der Hauptgrund dafür ist, dass sie ihren Urlaub in Cedar Bend verbringen. Wir organisieren Privatflüge und behandeln ihren Aufenthalt bei uns mit absoluter Diskretion.«

Ich sagte: »Mit der Abgeschiedenheit hat es schnell ein Ende, wenn die Presse erst einmal von dem Mord erfährt. Es ist nur eine Frage der Zeit, bis sie erfahren, was mit Ms Border passiert ist.«

»Dessen sind wir uns sehr wohl bewusst, Detective Morgan.« Sie reagierte störrisch und gereizt. »Ich bereite gerade eine Art Kommuniqué vor, will es aber von Nick absegnen lassen, ehe ich an die Presse herantrete.«

»Sie können keine Informationen rausgeben, so lange die Familie von Ms Border nichts von allem weiß. Haben Sie denn eine Ahnung, wer ihre nächsten Verwandten sind?«

»Oh, darum hat Nick sich längst gekümmert. Er war der Meinung, das sei er Sylvies Familie schuldig, weil es hier passiert ist.«

Das erstaunte mich doch sehr. »Er hat schon mit der Familie gesprochen?«

»Mittlerweile wohl schon, nehme ich an. Er hatte jedenfalls die Absicht.«

»Ist er denn mit der Familie befreundet?«

»Das kann ich Ihnen nicht sagen.«

»Wir brauchen die Namen und persönlichen Angaben zu den Familienmitgliedern. Wir müssen uns mit jedem Einzelnen unterhalten.«

»Zu Patienteninformationen habe ich überhaupt keinen Zugang. Das müssen Sie schon mit Dr. Black persönlich ausmachen.«

Ich wechselte die Verhörtaktik. »Wissen Sie, Ms Tudor, ob Sylvie in Schwierigkeiten steckte?«

»Nein, sie hat jedenfalls nichts verlauten lassen. Aber das hätte sie sowieso nicht. Wie schon gesagt, so nahe standen wir uns nicht. Trotzdem war ich immer sehr gern mit ihr zusammen. Ich glaube, ich habe sie ziemlich bewundert. Sie war doch ein großer Star bei NBC.«

»Hatte sie einen festen Freund?«

»Sie hat Gil Serna etliche Male erwähnt«, räumte Miki zögernd ein. Sie fühlte sich wohl als Verräterin. »Einmal ließ sie durchblicken, dass sie sich in jüngster Zeit nicht sehr gut verstanden hätten. Aber etwas an ihm mochte sie. Das sah ich schon daran, wie sie sich von Grund auf veränderte, wenn sie von ihm sprach.«

»Wie meinen Sie das?«

»Einmal rief er an, als ich bei ihr im Bungalow war. Wir kamen gerade vom Laufen zurück, und sie schien sich wirklich über seinen Anruf zu freuen. Sie fing sofort an zu strahlen, wissen Sie, so wie jemand, der wirklich glücklich ist. Jedenfalls hatte ich diesen Eindruck.«

»Hat er sie jemals hier draußen besucht?«

»Oh, nein. Und wenn doch, dann würden wir es bestimmt nicht wissen. Dieses Mal war sie eigentlich nur für ein paar Wochen hier.«

»Dieses Mal?«

Miki zuckte zusammen, als hätte sie ein Geheimnis preisgegeben, fasste sich aber schnell wieder. »In der Regel kommt sie zwei bis drei Mal pro Jahr hierher. Sie hält wirklich große Stücke auf Nick.«

»Würden Sie sagen, Ms Tudor, die beiden sind mehr als nur gute Freunde?«

Miki wich meinen Blicken aus. Wollte sie die Unwahrheit sagen? »Nicht dass ich wüsste, aber ich maße mir auch gewiss nicht an, in Nicks Privatleben zu schnüffeln.«

»Und Sie?«

Miki war ganz verwirrt. »Ich?«

»Hatten Sie einmal eine Liebesbeziehung mit Dr. Black?« Direkte Fragen brachten die Leute manchmal ganz schön aus der Fassung.

»Nein. Niemals.« Eine unzweideutige Antwort auf eine Frage, die sie als impertinent empfand. Ich glaubte ihr.

»Lassen wir das«, sagte Bud. »Sie sind verheiratet, nicht wahr?«

»Falls das von Interesse für Sie ist, ich lebe in Scheidung, bin aber in keiner Weise mit Nick verbandelt, und er ist auch nicht der Grund für meine Eheprobleme. Ich arbeite für ihn. Ich schätze und bewundere ihn mehr als sonst jemanden in meinem Leben, aber mehr auch nicht. Erkundigen Sie sich bei den Angestellten hier im Haus, wenn Sie mir nicht glauben. Jeder meiner Kollegen wird Ihnen bestätigen, dass unsere Beziehung seit jeher rein beruflicher Natur war.«

»Wir haben keinen Grund, das anders zu sehen, Ms Tudor. Wir machen lediglich unsere Arbeit und haben nicht die Absicht, Ihnen in irgendeiner Weise zu nahe zu treten.«

»Gewiss«, sagte Miki frostig. »Also wenn Sie sich die Bänder unserer Videoüberwachung ansehen möchten, kann ich das gerne arrangieren. Aber nun ist mein Zeitlimit wirklich überschritten.«

6

Ich fass es nicht. Sieh doch mal, wer hier unserer Lady einen Besuch abstattet, kurz bevor sie auf Tauchstation ging.« Bud hieb auf einen Knopf, und der schwarze Porsche, der gerade in Sylvie Borders Zufahrt einbog, erstarrte in der Bewegung. Gemeinsam standen wir vor einer Monitorwand im Security-Büro von Cedar Bend. Hinter dem Steuer saß eindeutig Nicholas Black. Bud hatte das Band genau zu dem Zeitpunkt angehalten, als Black in die Kamera spähte. Die Zeitangabe lautete 9:37 P.M.

»Lächelt direkt in die Kamera. Sehr aufmerksam, Doktorchen. Das heißt, er befand sich in der Mordnacht am Tatort«, sagte Bud mit einem Kopfnicken. »Okay, er ist gegen halb zehn dort eingetroffen, und ich wette einen Doppelwhopper mit Käse darauf, dass Buckeye sagen wird, er befand sich im fraglichen Zeitfenster bei ihr. Frage Nummer zwei lautet – wie lange dauert es, bis Blacks Flitzer wieder rausfährt?«

Ich schwieg, da die Bandaufzeichnung wieder anlief. Blacks Porsche kam vom Bungalow heraufgefahren, aber dieses Mal blickte der Fahrer nicht in die Kamera. Das Gesicht war sogar abgewandt, als der Wagen in die Hauptstraße in Richtung Hauptgebäude einbog. Während der Fahrt wurde er von weiteren Kameras erfasst, bis er schließlich das Einfahrtstor durchquerte und verschwand.

»Er fuhr also offensichtlich um 0.30 Uhr wieder ab. Verdammt viel Zeit für einen nächtlichen Patientenbesuch, findest du nicht, Claire? Vor allem, wenn sie keine Liebesbeziehung haben.«

Ich lehnte mich gegen den Schreibtisch und starrte stirnrunzelnd auf die Monitore. Ich dachte darüber nach. »Spul noch mal zurück, Bud, damit wir sehen, ob da sonst noch jemand im Auto war.«

Bud ging um die Konsole herum und drückte ein paar Knöpfe. Das Band spulte zurück, und das Auto schob sich wieder ins Blickfeld, aber es war zu dunkel, um auf dem Beifahrersitz jemanden auszumachen. »Er trägt jetzt eine Kappe.« Bud zeigte auf dem Monitor. »Als er ankam, trug er keine.«

»Wenn überhaupt er am Steuer sitzt. Es könnte auch jemand anders sein.«

»Könnte eine Sie sein, oder vielleicht auch Sylvie höchstpersönlich.«

»Wäre möglich, ist aber doch unwahrscheinlich.«

»Stimmt.«

»Vielleicht sollten wir uns gleich alle Bänder ansehen, Bud. Warum nicht gleich bis zu dem Tag zurück, an dem Sylvie Border in Cedar Bend ankam. Dann wissen wir, ob sie sonst noch irgendwelchen Besuch bekommen hat. Vielleicht würde es sich sogar lohnen, ihre früheren Aufenthalte hier zu überprüfen, sofern Black seine Bänder so lange aufbewahrt.«

»Okay, ich beschlagnahme alles, was ich nur kriegen kann.«

»Miki hat uns ihr Okay gegeben. Es soll jemand die Bänder für uns raussuchen, während wir uns unter der Belegschaft umhören.«

Die Einzelbefragung nahm den ganzen restlichen Tag in Anspruch. Ich unterhielt mich mit zahllosen Mädchen vom Zimmerservice und mit Küchenangestellten, während Bud sich das sonstige Personal vorknöpfte. Nach einem vierzigminütigen Gespräch mit einem achtzehnjährigen Zimmermädchen, das vor lauter Angst nur stotterte, beendete ich die Aktion und kümmerte mich um Sylvies Bungalow. Ich legte Wert darauf, dass er sicher abgeriegelt und für die Pressemeute nicht erreichbar war. Bud war bereits in die Stadt zurückgekehrt, um Charlie zu informieren, den wir um fünf Uhr aus Jeff City zurückerwarteten.

Um acht Minuten nach sechs stieg ich in den Explorer und verließ das Gelände von Cedar Bend. Müde und gegen einen jener Migräneanfälle ankämpfend, die mich seit ein paar Jahren plagten, kam ich zu dem Schluss, dass es nicht gerade rosig um Nicholas Black stand.

Bis jetzt war er die einzige Person, die an diesem Tag oder dem Tag zuvor den Bungalow des Opfers betreten hatte. Und er hatte Sylvie im Lauf ihres zweiwöchigen Aufenthalts noch fünf weitere Male besucht, zusätzlich zu den Therapiesitzungen in den Privaträumen seiner Luxusherberge. Außer ihm war niemand im Umfeld des Bungalows der Toten gesichtet worden. Sylvie selbst war auf den Bändern auch nicht zu sehen gewesen, aber ich hatte noch einen ganzen Stapel davon als Hausaufgabe mitgenommen.

Dichter Verkehr herrschte auf der Bagnell-Staumauer, als ich sie überquerte. Auf dem See tummelten sich zahlreiche Boote, von denen viele Wasserskiläufer hinter sich im weiß schäumenden Kielwasser herzogen. Dazwischen schossen wie lästige Mücken überall Wassermotorräder hin und her. Der Monat Juli war der turbulenteste hier am See, und die Cedar-Bend-Regatta und Blacks traditionellerweise am vierten Juli stattfindendes Feuerwerk, das draußen auf dem See von Barkassen aus abgebrannt wurde, zogen Besucher in hellen Scharen an. Die in den großen Ferienanlagen stattfindenden Tagungen noch gar nicht mitgezählt. Der Portier von Cedar Bend hatte mir gesagt, dass allein dort in jener Woche vier Tagungen stattfänden; fünfzig weitere seien schon geplant, ehe die große Neujahrsgala anstand, die Black für Freunde und Klienten veranstaltete, mit einem noch pompöseren Feuerwerk, Unmengen von Champagner und geladenen Medienvertretern.

Heute war ich ganzen Trauben von Tagungsgästen begegnet, alle angetan mit Shorts, schwarzem Panamahut und Tagungskarte, aber sie müssten schon Fertigkeiten à la James Bond draufhaben, um in einen der Bungalows einfach so einzudringen. Trotzdem würde man die Teilnehmerlisten noch überprüfen müssen.

Mein Kopf dröhnte mittlerweile. Der Verkehr war kaum auszuhalten, und ich musste meinen Wunsch unterdrücken, die Sirene einzuschalten, das Blaulicht aufs Dach zu knallen und auf der Standspur nach Hause zu brettern. Ein besonders langsam dahinkriechender Minivan ging mir dermaßen auf die Nerven, dass mir etliche unfreundliche und durchaus drastische Bemerkungen über die Lippen kamen, aber ich wurde in keiner Weise ausfallend, schrie nicht herum und machte auch keine obszönen Gesten. Letztlich weiß ich mich dann doch zu benehmen.

Endlich dann, endlich verließ ich den Highway 54 und bog rechts ab auf die private Schotterstraße, die ich mit Harve Lester und Dottie Harper teilte. Plötzlich fiel mir ein, dass mein Kühlschrank jenem von Sylvie Border sehr ähnlich sah, bis auf den Wein und den Salat. Ich ging die Einkaufsliste durch, die ich auswendig im Kopf hatte. Also, es gab keine Milch, kein Brot, keine Eier, keinen Schinken, kein gar nichts. Etwas zum Essen wäre nicht schlecht, aber die Verlockung war nicht so groß, als dass ich mich dafür noch einmal ins Verkehrsgetümmel gestürzt hätte. Ich meinte, ich würde mich an eine Dose Chili im Küchenschrank erinnern, aber es konnte auch Hundefutter für den schwarzen Mischling sein, der gelegentlich hier vorbeistreunte.

Mein Briefkasten rückte ins Blickfeld, verrostet und alt und regelrecht verloren neben den übergroßen, nagelneuen Silberkisten von Harve und Dottie, einer davon so groß, dass ein Kleinkind bequem darin Platz gefunden hätte. Ihre silbernen Nummern strahlten im Dunkeln, während die Filzstiftstriche auf meinem kaum mehr leserlich waren. Meine Nachbarn hatten tatsächlich Post bekommen, aber ich fuhr vorbei, ohne anzuhalten. Meine Post nahm Dottie mit und bewahrte sie in einem kleinen Weidenkorb auf ihrer Veranda auf, falls ich je Interesse daran zeigte.

Mit Harve Lester war ich seit Jahren gut befreundet, und Dottie, obschon ein verhindertes Blumenkind ohne irgendwelche Gemeinsamkeiten mit uns beiden, kümmerte sich dennoch rührend um ihn. Es war die beste Idee, die Harve je gehabt hatte, sie als Pflegerin und Haushälterin zu engagieren.

Damals in L. A. waren Harve und ich Kollegen, und meine Anstellung bei Charlie hatte ich ihm zu verdanken. Er hatte im Dienst einen Schuss abbekommen und war seitdem von der Hüfte abwärts gelähmt. Eigentlich war er weitgehend selbstständig, aber seit Dottie vor zwei Jahren aufgetaucht war, wurde doch vieles leichter für ihn. Sie ließ ihn nie über längere Zeit alleine, es sei denn an den Wochenenden, wenn sie sich mit Suze Eggers herumtrieb und Gewichte stemmte und Kajak fuhr, um ihren athletischen Körper einigermaßen in Form zu halten. Ich mochte sie wirklich sehr, und sie war auch meine Freundin.

Als ich es in Kalifornien nicht mehr aushielt, bot Harve mir an, kostenlos in eine Art Fischerhütte zu ziehen, die ihm gehörte und etwa achthundert Meter Uferlinie von seinem Haus entfernt lag. Von seiner Großmutter hatte er ein neun Hektar großes Grundstück in Exklusivlage geerbt, das mittlerweile ein Vermögen wert war, und das er fast so sehr liebte wie Dottie. Über seine Gefühle für sie sprach er nie, vielleicht weil Dottie sie nicht erwiderte. Ihre Beziehung war also rein platonischer Natur, aber ich kannte ihn gut genug und brauchte ihm nur in die Augen zu sehen und wusste Bescheid.

Als ich mich Harves Haus näherte, kam Dottie gerade aus der verglasten Veranda heraus und winkte. Ich bremste ab und ließ das Fenster herunter.

»Hey, Claire! Gleich gibt's Abendessen! Komm doch rein und erzähl uns etwas über diesen Mord drüben in Cedar Bend.«

Na toll. Es hatte sich also schon herumgesprochen. Das verhieß nichts Gutes. Dann machte es klick! bei mir: unsere gemeinsame Freundin Suze. »Ich weiß nicht so recht, Dot. Ich hab jede Menge Arbeit und obendrein Kopfschmerzen.«

»Ich hab meine Spezial-Lasagne mit extra viel Mozzarella im Ofen. Und gegen deine Kopfschmerzen mach ich dir 'nen Grog.«

Ich zögerte und überließ es erst einmal meinem Magen, auf diese verlockende Aussicht zu reagieren. Italienisch war Dotties Spezialität. Ich stellte mir vor, wie ihre üppige Lasagne in der Form brutzelte, und spätestens in dem Moment knickte ich ein.

»In zehn Minuten bin ich da. Ich will nur noch schnell duschen und mich umziehen.«

Dottie signalisierte ihr Einverständnis und verschwand wieder im Haus. Die Fliegengittertür schlug hinter ihr zu, und ich steuerte mein eigenes Reich an. Dort stieg ich aus und blickte zur Anlegestelle, wo mein kleines Boot vor Anker lag, aber vor meinem geistigen Auge erschienen Fische, die Sylvie Borders übel zugerichtetes Gesicht anknabberten. Ich verdrängte das Bild sofort wieder, wie ich es als Profi gelernt hatte. Ja, dieser Tag war nicht der Brüller, aber was sollte man machen?

Zwanzig Minuten später saß ich frisch geduscht und in einem sauberen T-Shirt, abgeschnittenen Jeans und Sandalen in Harves Esszimmer, vor mir ein Glas von Dotties zu Recht berühmten Grogs, allerdings die kalte Variante mit Eis. Die Rezeptur hatte sie extra für Harve erfunden, um seine Muskelverspannungen zu lindern. Mir half das Gebräu gegen meine Kopfschmerzen, und ich konnte mich dabei besser entspannen als bei irgend sonst einem Getränk. Meine Stimmung verbesserte sich schlagartig in dem Moment, als Harve in seinem motorisierten Rollstuhl hereingerollt kam und mir offen zulächelte.

Mit seinen einundfünfzig Jahren wirkte er überaus athletisch, was damit zusammenhing, dass er ein begeisterter Gewichtheber war und sich ja täglich in seinen Stuhl hinein- und wieder herauswuchten musste. Obwohl er mit seinem Körper von der Hüfte an abwärts nichts anfangen konnte, hatte ich nie auch nur ein Wort der Klage von ihm gehört. Er sah gut aus und hatte markante Gesichtszüge. Seine Augen und die Haare hatten dieselbe stahlgraue Farbe. Gewiss half er mir mit seiner stets positiven Art, mein Leben zu meistern. Er war mein bester Freund auf der ganzen Welt. »War ja wieder mal ein netter Tag für dich, nicht wahr?« Harve positionierte seinen Stuhl an der Stirnseite des Tischs.

»Das kannst du laut sagen.« Ich verteilte das Besteck auf dem Tisch und musste sofort wieder an Sylvie denken; also griff ich beherzt zur Salatzange und kippte Dotties selbst gemachtes Parmesan-Dressing – ein Spezialrezept – über das bereitstehende Grünzeug. Sie machte die besten Salatsaucen diesseits von New York City, und ich steckte eine Gurkenscheibe in den Mund. Mein Magen war sauer auf mich, weil ich den ganzen Tag über nichts gegessen hatte. Manchmal konnte mich mein Magen auf den Tod nicht ausstehen.

Harve sagte: »Ich habe dich gehört, als du schon kurz vor Tagesanbruch losgebraust bist. Das ist nie ein gutes Zeichen.«

Harve stand sehr früh auf, manchmal schon um vier. Er liebte die ruhigen Morgenstunden und nutzte sie gerne für seine Arbeit. Er baute Webseiten und war verdammt gut darin. Was den Computer anging, war er eigentlich ein Genie.

»Wie hast du von dem Mord erfahren?«

»Dottie weiß es von Suze, und heute Morgen kam es auch im Polizeifunk.« Diese Jacqee. Was für eine Plaudertasche!

»Wirklich furchtbar und allem Anschein nach ist Nicholas Black der Hauptverdächtige.«

Harve atmete hörbar aus, aber in seinen Augen zeigte sich das alte Feuer. Niemand ermittelte mit mehr Begeisterung in Mordfällen als er, und seine Erfolgsquote konnte sich noch heute sehen lassen. Im Police Department von L.A. war er mein Mentor gewesen.

Ich vertraute ihm bedenkenlos, und er war der Einzige von meinen Freunden, vor dem ich keine Geheimnisse hatte.

»Wer ist denn das Opfer?«

»Sagt dir der Name Sylvie Border was? Seifenopernstar?«

»Ach du meine Güte«, rief Dottie aus der Küche. Sie hielt

eine riesige ofenheiße Auflaufform mit Lasagne in den Händen. Sie trug gelbe Ofenhandschuhe mit roten Grinsegesichtern, wobei die Handschuhe farblich zum T-Shirt passten. Das sagte ziemlich viel über Dot aus. »Das ist doch Amelia aus *A Place in Time!* Wie kann so ein guter Mensch ermordet werden?«

Harve zuckte verlegen mit den Schultern. »Dottie und ich schauen diese Serie. Sie läuft, wenn wir draußen auf der Veranda zu Abend essen.«

»Jeder scheint diese Serie zu kennen. Bei dem Täter handelt es sich um einen Irren, Harve. Wir müssen ihn schnellstmöglich schnappen.« Während ich knapp Bericht erstattete, sank Dottie auf einen Stuhl, in den Händen hielt sie noch immer die Form mit der Lasagne. Ihre blauen Augen waren vor Schock geweitet.

»Oh, mein Gott.« Sie atmete schwer und sah aus, als würde ihr gleich schlecht werden.

Ich sagte: »Tut mir leid. Ich hätte besser bis nach dem Essen warten sollen.«

Harve sagte: »Schon okay. Hältst du Black wirklich für so pervers? Ich würde ihn nicht so einschätzen.«

Ich zuckte mit den Schultern. »Wird sich zeigen. Angeblich war er ja im Flieger unterwegs nach New York, als der Mord passiert ist. Morgen früh will ich ihn mir als Erstes mal vorknöpfen. Hättest du Lust, schnell einen Bericht über Black zusammenzustellen?«

Harve nutzte sein immenses Computerwissen nicht nur zum Erstellen von Webseiten, sondern auch dafür, flüchtige Personen für private Auftraggeber oder die Strafverfolgungsbehörden ausfindig zu machen. Er stellte Dossiers über jede x-beliebige Person zusammen und verdiente damit doppelt so viel Geld wie als Lieutenant Detective in L. A.

»Eine recht große Datei über Black hab ich bereits. Sie stammt aus der Zeit, als er hier das ganze Land aufgekauft und diesen Riesenwirbel verursacht hat. Wir können ja nach dem Abendessen mal einen Blick reinwerfen. Aber eins kann ich dir jetzt schon sagen. Er hat über die Psychiatrie hinaus jede Menge weiterer Interessen. Er ist ein richtiger Immobilienmogul. Besonders Hotels haben es ihm angetan. Er kauft ganze Urlaubsresorts auf und zockt richtig ab, indem er Kliniken für seine First-Class-Patienten reinsetzt.«

»Ich will alles über ihn wissen bis zu dem Treffen morgen früh, einschließlich der bevorzugten Farbe seiner Socken.«

»Verlass dich ruhig auf mich, meine Liebe.«

Mit einem Messer säbelte ich dicke Scheiben von einem knusprigen, noch lauwarmen Laib Toskanabrot ab. Mir lief das Wasser im Mund zusammen, als Dottie endlich das Vorlegebesteck nahm und die Lasagne in gleich große Stücke zerteilte.

Ich trank einen Schluck von meinem Eistee, als Harve mir meinen Teller reichte. »Black ist heute Abend bei *Larry King Live* zu Gast. Wie wär's, wenn wir uns das angucken und ihr mir sagt, welchen Eindruck ihr von ihm habt?«

»Lass dir eines gesagt sein, Claire. Er sieht irre gut aus«, sagte Dottie, während sie eine Riesenportion Lasagne auf Harves Teller häufte. Ihrer Meinung nach sollte er zunehmen. »Ich bin ihm mal begegnet. Hab ich das je erwähnt?«

»Du hast ihn persönlich kennengelernt?« Ich nahm eine Scheibe Brot und reichte den Teller an Harve weiter.

»Sag ich doch. In Kansas bei einer Signierstunde bei Barnes & Nobel im Plaza Country Club. Er hat echt hellblaue Augen. Fast wie Eis möchte man meinen, aber dann glaubst du, der Blick brennt sich in dich ein, wirklich sehr intensiv. Er sagte ›Für wen ist das Buch?‹, und wisst ihr was, ein paar Sekunden lang konnte ich mich nicht einmal an meinen eigenen Namen erinnern. Ich kam mir so was von blöd vor, wie eine verliebte Teenie-Göre.« Sie schüttelte den Kopf.

»Hast du das Buch noch?«, fragte ich.

Dottie nickte. »Mm-hmm. Auf meinem Zimmer. Ich habe auch alle seine anderen.«

»Kann ich sie mal ausleihen?«

»Klar. Erinnere mich daran, bevor du weggehst.«

Ich sah zu Harve. »Bist du ihm mal begegnet?«

»Das nicht, aber mit dieser dicken fetten Datei, die ich über ihn habe, komm ich mir vor wie sein lange vermisster Bruder. Du wirst es nicht glauben, wo dieser Typ seine Finger überall im Spiel hat.«

»Ich kann es kaum mehr erwarten, in seine Privatsphäre einzudringen.« Beim ersten Bissen meiner Lasagne schloss ich verzückt die Augen. Mein Magen machte mir nichts vor. Ich war wirklich komplett ausgehungert.

Nach dem Abendessen gingen Harve und ich in sein Büro, eine zu diesem Zweck umfunktionierte Glasveranda mit Blick auf die ruhige Bucht. Als Erstes holte Harve ein Foto von Nicholas Black auf den Bildschirm. Dottie hatte schon recht gehabt.

Er sah in der Tat sehr gut aus. Natürlich hatte ich ihn schon gesehen, aber nur ab und an mal kurz im Fernsehen. Aus der Nähe betrachtet, hatte er eindeutig Ausstrahlung. Die schwarzen Haare waren kurz geschnitten, eine elegante Businessfrisur, für die er sicher jedes Mal zweihundert Dollar hinblätterte. Das eher hagere Gesicht mit den hohen Wangenknochen war stark gebräunt. Seine himmelblauen Augen, die auf mich gar nicht eisig wirkten, sahen direkt in die Kamera. Sein Äußeres hatte etwas von den amerikanischen Ureinwohnern, und ich musste unwillkürlich an einen halbnackten Sioux-Krieger auf einem sich aufbäumenden schwarzen Mustang denken. An Sexappeal fehlte es diesem Mann wahrlich nicht. Sogar ich, die ich seit Jahren mit keinem Mann mehr geschlafen hatte, konnte mich seiner Wirkung nicht entziehen.

Ich sagte: »Er sieht aus, als würde ihm die ganze Welt mit allem Drum und Dran gehören.«

»Ja? Viel fehlt ja nicht mehr.«

Danach holte Harve mit ein paar Mausklicks die Hintergrundinformationen auf den Bildschirm – seitenweise. Geboren war Black in Kansas City, Missouri. Vielleicht war er deshalb hier in der Wildnis gelandet. Eltern verstorben. Keine Geschwister. Vordiplom an der Tulane University, Hauptdiplom an der Columbia University. Nach drei Jahren Dienst bei der Armee der medizinische Abschluss als Psychiater in Harvard. Ich setzte mich zurück und drehte mich auf dem Stuhl hin und her.

»Mann, und bei dem Aussehen hätte er wirklich was aus sich machen können. Was ist er denn wert?«

»Er ist stinkreich, besitzt Immobilien auf der ganzen Welt, hauptsächlich Hotels, wie schon gesagt. Entweder hat er geniale Berater gehabt, oder aber er ist selbst ein gewiefter Geschäftsmann oder der allerletzte Gauner. Mit seinen Aktiengewinnen weiß er nicht mehr wohin, und noch mehr Kohle macht er als Arzt. Er hat Praxen überall auf der Welt. Im Moment bringen die Bestseller das große Geld, die Dot so gern liest.«

»Hast du die Bücher auch gelesen?«

»Himmel, nein. Aber seit Dottie in diese Augen gesehen hat, ist sie sein größter Fan.«

»Ich hör alles«, rief Dottie aus der Küche, wo sie gerade den Geschirrspüler einräumte.

Ich war zwar nicht die geborene Leseratte, wollte aber dann unbedingt ein Exemplar nach Hause mitnehmen. »Und er praktiziert wirklich weltweit?«

»Ja. Er unterhält schicke kleine Psychiaterpraxen in New York, L. A., London, Paris, Rom, Tokio, und in Moskau soll auch schon eine geplant sein. Er hat ausgewählte Stellvertreter dort sitzen, aber er besucht die einzelnen Praxen auch selbst regelmäßig für Termine mit bestimmten Patienten. Ein umtriebiger Bursche. Sein Geld zu zählen muss Tage beanspruchen.«

»Und doch lebt er hier zurückgezogen im guten alten Missouri am Ende der Welt. Passt irgendwie nicht zusammen. Seiner Assistentin zufolge hält er sich häufig hier am See auf.«

Harve sagte: »Hier steht, er würde in einem Privatflugzeug reisen, einem Lear-Jet. Und einen eigenen Hubschrauberlandeplatz mit einer Bell 430 gibt es obendrein. Ganz zu schweigen von der für ihn maßgeschneiderten Motoryacht, mit der er auf dem See herumkreuzt. Er mag seine Spielsachen und findet auch die Zeit für sie.«

»Wer es sich leisten kann.«

»Für mich nicht nachvollziehbar.«

»Für mich auch nicht.«

Plötzlich plärrte der Fernseher im Wohnzimmer los, gefolgt von Dotties aufgeregten Rufen: »Hey, ihr zwei, *Larry King Live* kann jede Minute losgehen.«

Harve druckte Blacks Dossier aus, und wenig später folgte ich ihm in das Wohnzimmer im Vorderbereich des Hauses. Der Raum erstrahlte in Narzissengelb. Dottie war ein großer Fan der Farbe Gelb, sie verteilte die verschiedenen Töne ausgiebig in ihrer Umgebung: buttergelb, kanariengelb, sonnengelb, Hauptsache gelb. Musste mit ihrem sonnigen Gemüt zusammenhängen. Harves Technikverliebtheit zeigte sich in dem 50-Zoll-Plasmagiganten von Fernseher, flankiert nicht nur von Lautsprechern, sondern von jedwedem elektronischem Schnickschnack, den man sich nur vorstellen konnte. Black war offenbar nicht der einzige Freund von Spielzeug.

Ich besaß ein 12-Zoll-Minimodell, das noch nicht mal über einen Kabelanschluss verfügte, aber es war immerhin ein Farbfernseher. Dennoch erlitt ich fast einen Kulturschock, als ich auf den Bildschirm von der Größe meines Wohnzimmerfensters starrte. Als Black im Bild erschien, reagierte ich auf eine Art und Weise, die mir nicht gefiel. Er sah viel zu gut aus. Ich betrachtete ihn unter dem Blickwinkel professioneller Objektivität, als Verdächtigen in einem Mordfall anstatt als Mann, wobei ich zu ergründen versuchte, was genau diese Reaktion bei Frauen auslöste. Er wirkte geradezu gefährlich sinnlich. Diese Augen glühten viel zu intensiv angesichts des entspannten, selbstbewussten Verhaltens, das er sonst an den Tag legte.

Larry King begann das Gespräch sofort mit der Frage nach seinem neuen Buch. Black hatte ein entspanntes Verhältnis zur Kamera – weltläufig, redegewandt und mit einem kaum hörbaren Akzent, den ich aber nicht genau zuordnen konnte. Kansas City war es ganz sicher nicht.

»Weiß er schon von dem Mord?« Harve stellte eine Toilettenpapierreklame mit kleinen, in Viererpackungen verschwindenden Männchen auf stumm.

»Miki Tudor, seine Assistentin hier vor Ort, sagt, sie hätte ihn informiert. Aber mir fällt auf, dass er sich so gut wie nichts von seinem Schmerz anmerken lässt.«

Dottie brachte auf einem Tablett Kaffee und Käsekuchen mit Kirschen. Mein Magen signalisierte Zustimmung. Sie sagte: »Ich frage mich, warum er so gelassen bleibt und warum er den Auftritt nicht gleich ganz abgesagt hat? Sie war schließlich seine Patientin.«

Ich nahm einen Schluck Kaffee. Koffeinfrei. Igitt. »Stimmt. Sollte es ihm dennoch etwas ausmachen, versteckt er seine Gefühle ziemlich gut. Ich frag mich ja, was er sonst noch alles versteckt.«

»Du wirst ihn eh bald in die Zange nehmen. Mir tut der Typ fast leid.« Harve schenkte Dottie ein Lächeln, als sie ihm Kaffee eingoss. »Warum zeichnest du das Gespräch nicht auf und führst mir danach vor, was du mit ihm machst?«

»Ich wette, er schüttet dich mit seinem Psychogeschwätz zu bis oben hin, um dich abzuwimmeln«, sagte Dottie, während sie schließlich selbst vor ihrem Kaffee und einem Stück Käsekuchen Platz nahm. »Falls du überhaupt noch weißt, wo dir der Kopf steht, wenn er dich mit diesem Killerblick ansieht.«

Harve lachte. »Interessanter Wortgebrauch, Dot.«

»Aber ich bin ja nun gewappnet, dank Harves Dossier. Vielleicht bitte ich ihn ja um eine Einschätzung des Killers aus der Sicht des Psychiaters.«

»Gute Idee«, sagte Harve. »Ich habe gar nicht erwähnt, dass er das FBI in einem Fall einmal beraten hat. Manchmal tritt er auch als Gutachter vor Gericht auf. Du wirst das heute Abend alles lesen.«

»Ich habe heute eine sehr traurige Nachricht erhalten«, sagte

Black im Fernsehen, womit unsere Aufmerksamkeit wieder der Glotze galt. »Eine schreckliche, schockierende Nachricht.«

Ich spürte die aufsteigende Spannung in mir, während Larry King sich gierig die Lippen leckte, hocherfreut darüber, dass die schreckliche, schockierende Nachricht in seiner Show live über den Äther ging. Quoten, Quoten, ein Königreich für Quoten.

»Ich hoffe bloß, er sagt nichts über …« Ich unterbrach mitten im Satz, als Black weitersprach.

»Die wunderbare junge Schauspielerin Sylvie Border, eine sehr gute Freundin von uns beiden, Larry, kam letzte Nacht in meinem Urlaubsresort in Missouri ums Leben.«

King wirkte so verblüfft, wie ich es war. »Was, zum Teufel, denkt sich der eigentlich dabei?« Ich sprang auf. »Das bedeutet, dass hier demnächst die Hölle los sein wird.«

»Oh mein Gott. Sylvie war vor nicht einmal einem Monat hier in der Show.« King linste an der Kamera vorbei, möglicherweise zu seinem Produzenten. »Ich kann es nicht fassen. Sie war so jung … wie …«

Black sah nun aus wie das Leiden Christi. »Es ist eine schlimme Tragödie, und ich kann noch kaum glauben, dass es wahr ist. Heute Morgen habe ich mit ihren Eltern gesprochen, und sie waren verständlicherweise schwer getroffen. Ich will die Presse an dieser Stelle dazu aufrufen, sie in Frieden zu lassen und ihnen Zeit zu geben, in Ruhe zu trauern. Genau das ist der Grund, warum ich damit an die Öffentlichkeit gehe. Ich bitte inständig darum, die Privatsphäre der Familie zu schonen.«

Larry King schüttelte den Kopf und sagte: »Was ist mit ihr passiert, Nick? Dürfen Sie uns nähere Einzelheiten sagen?«

»Sie wurde ermordet aufgefunden«, sagte Black. King schnappte hörbar nach Luft. »Über die genauen Umstände weiß ich nicht Bescheid. Ich befand mich bereits auf dem Weg hierher. Die Bekanntgabe überlasse ich der Polizei. Ich vermute, der Sheriff von Canton übernimmt die Ermittlungen.

Ich kenne Sheriff Charles Ramsay persönlich und ich bin felsenfest davon überzeugt, dass er Sylvies Mörder finden wird.«

»Vielen Dank auch, Black.« Meine Stimme bebte vor Zorn. »Soeben hast du uns sämtliche Kameracrews des Landes auf den Hals gehetzt.«

Dottie sagte: »Wie kam er nur auf die Idee, es derart an die große Glocke zu hängen? Er hätte doch wissen müssen, was er damit auslöst.«

»Vielleicht hoffte er, damit Publicity für sein neues Buch zu bekommen, aber sollte dem tatsächlich so gewesen sein, wird er es schwer bereuen. Ich werde dafür sorgen, dass er in keiner Fernsehshow und auf keiner Signierveranstaltung mehr darüber spricht, es sei denn, er legt es darauf an, dass ich ihm Tag und Nacht im Nacken sitze, und zwar so lange bis dieser Fall geklärt ist.«

Leben mit Vater

Die Mutter litt schlimmste Schmerzen, aber sie zog das Kind an ihrer Hand über den oberen Flur. Der Vater hatte sie wieder einmal mit dem Abziehleder geschlagen, weil sie sich geweigert hatte, das Kind in den Keller gehen zu lassen, wo die Leichen waren. Sie hatte furchtbare Angst gehabt, aber das Kind war zum Abendessen vom Keller heraufgekommen, über und über voll Blut und nach Balsamierungsflüssigkeit riechend. Der Vater behielt das Kind nun den ganzen Tag über von ihr fern im Keller. Er nannte das Kind nur noch Blage, und das Kind war verstockt, sprach kein Wort und hatte leere Augen, in denen seine Qual zu lesen war. Sie sah keinen anderen Ausweg mehr als zu fliehen. Sie musste das Kind wegschaffen. Sie packte das Nötigste für sie beide in einen Koffer, und sobald das Kind nach oben geschickt wurde, damit es sich zum Abendessen fertig machte, nahm sie den Koffer und zog Blage über den oberen Flur. Der Balsamierer hatte Blage bis halb sechs Uhr unten behalten, und ihnen blieb nicht viel Zeit zur Flucht. Sie mussten nun sehen, dass sie wegkamen. Sie griff mit der Hand an die Seite, wo er ihr etliche Rippen gebrochen haben musste, als er sie vor zwei Tagen abends getreten hatte. Sie konnte kaum gehen, und sogar das Sprechen tat ihr weh.

Sie flüsterte dem Kind hektisch zu: »Schnell, schnell, bevor er kommt ...«

Aber er stand unten an der Treppe und wartete. Sie schrie vor Schreck entsetzt auf, und das Kind erwachte aus seiner Starre, weil Schreien einen Regelverstoß bedeutete. Sie rannte in Richtung Hintertreppe, aber der Vater nahm drei Stufen einmal und packte sie an ihren langen blonden Haaren, ehe sie die Tür zuknallen konnte. Er riss das Kind von ihrer Hand und warf es gegen die Wand. Außer Atem glitt das Kind schlaff zu Boden und sah zu, wie seine Eltern miteinander kämpften. Die Mutter rastete schier aus und attackierte den Mann mit allen noch verfügbaren Kräften. Sie hieb ihm verzweifelt ins Gesicht und in die Augen und schrie so lange, bis sie nicht mehr konnte und er sie mit einem heftigen Faustschlag zu Boden warf. Er zerrte sie hoch wie eine Stoffpuppe und drängte sie nach hinten gegen die Wand. Seine Hände hielten ihren Hals umklammert und drückten immer fester zu. Das Kind rappelte sich auf und schrie zum ersten Mal überhaupt, rannte los und warf sich in den Rücken des Vaters. Der Vater schüttelte das Kind ab und rammte ihm die Faust in den Magen.

Keuchend und hustend floh die Mutter in Richtung Vordertreppe, aber er holte sie ein und hielt sie fest und prügelte mit der Faust auf sie ein; dann stieß er sie mit der ganzen Kraft seiner Wut die Treppe hinunter. Sie schrie, verstummte jedoch, als sie auf der Treppe aufschlug und kopfüber hinunterpolterte, bis ihr Kopf mit einem dumpfen Schlag am Fuß der Treppe aufschlug.

»Du bist schuld daran«, tobte der Balsamierer und riss das Kind vom Boden hoch. Unten jammerte und stöhnte die Frau, und das Kind sagte: »Mama, Mama«, und der Vater sagte: »Von mir aus kannst du verrecken, du Hure.«

Dann riss er das wie wild um sich schlagende Kind mit einem Arm an sich und zerrte die Mutter an ihrem linken Fuß die Kellertreppe hinunter, sodass ihr Kopf auf jeder Stufe einzeln aufschlug. Dong … dong … dong. Er strebte auf den Kühlraum zu, wo er die Leichen aufbewahrte. Er stieß das schreiende Kind die dunkle Treppe hinunter, dann packte er die Mutter und stieß sie hinterher.

»Niemand verlässt dieses Haus«, sagte er in einer Stimme, die so hohl klang, wie es das Kind nie zuvor gehört hatte. »Und wenn ich dich für immer hier unten einsperren muss, du wirst es schon lernen, meine Regeln einzuhalten.«

Der Balsamierer ließ die Stahltür ins Schloss fallen, und das Kind nahm den Kopf der Mutter in den Schoß, hielt ihn in seinen Händen und hörte auf das keuchende Pfeifen, das aus ihrem Brustkorb drang. Kalte, schwarze Dunkelheit umgab sie wie eine unangenehm feuchte, böswillige Decke, und das Kind harrte zitternd in der Dunkelheit aus, bis der Atem der Mutter aussetzte, und das Kind allein war mit der Toten.

Am nächsten Morgen stieß der Vater die Stahltür auf, und schräger Lichteinfall erhellte den Raum. Das Kind war ausgekühlt und nahezu bewegungsunfähig. Der Vater hüllte das Kind in eine Decke und setzte es oben im Haus vor ein prasselndes Kaminfeuer. Der Vater hatte seinen Zorn aufgegeben. Er hatte in einem Schaukelstuhl Platz genommen und sah zu, wie sein Kind hemmungslos schluchzte. Dann sagte er: »Wegen dir habe ich deine Mutter die Treppe hinuntergestürzt. Nun ist sie tot, und du bist schuld daran.«

Das Kind sah in die lodernden Flammen.

»Aber ich bin dir nicht böse. Wahrscheinlich ist es am besten so. Ich kann sie so herrichten, dass sie aussieht wie früher, hübsch und strahlend wie immer. Das hättest du doch gern, oder nicht, Blage? Dass sie friedlich und glücklich aussieht?«

Das Kind nickte, vor seinem geistigen Auge das Bild der Mutter mit dem lose baumelnden Kopf und dem in einem stillen Schrei erstarrten offenen Mund. »So ist es gut, Blage. Dieses Benehmen wünsche ich mir. Komm mit. Du kannst mir helfen, deine Mutter herzurichten.«

Der Balsamierer nahm das Kind und kehrte in den Keller zurück. Er setzte das zitternde Kind auf den hohen Drehhocker und ging in den Kühlraum. Als er wieder herauskam, trug er die Mutter auf den Armen. Er legte sie sanft auf den Stahltisch und richtete ihr gebrochenes Genick aus, so zärtlich, wie er sich ihr gegenüber zu Lebzeiten nie verhalten hatte. »Sieh doch, wie schön sie ist mit ihren langen blonden Haaren. Eigentlich könnten wir Zöpfe daraus flechten, damit sie richtig hübsch und ordentlich aussieht. Möchtest du mir dabei helfen?«

Das Kind nickte, und sie zogen gemeinsam die Haarnadeln aus dem großen, weichen Dutt der Mutter. Der Vater nahm einen Schlauch und wusch das Blut aus den Haaren und zeigte dem Kind, wie man Zöpfe flocht.

»So sieht sie doch gleich viel schöner aus. Ein Kinderspiel, diese Platzwunden in ihrem Gesicht zu nähen, und die Blutergüsse kann ich mit Make-up abdecken. Sieh doch. Nun lächelt sie schon fast wieder.« Er drückte den Mund der toten Mutter zu und knetete die kalten, steifen Lippen, bis sie die Karikatur eines Lächelns zeigten. »Sieh doch, wie glücklich sie jetzt ist.«

Das Kind war tatsächlich der Meinung, sie würde nun glücklicher aussehen.

»Du darfst nie jemandem sagen, dass du deine Mutter umgebracht hast«, sagte der Vater daraufhin zu seinem Kind, dicht herabgebeugt und mit eindringlicher Stimme. »Sie würden kommen und dich abholen und dich bei lebendigem Leib in ein tiefes schwarzes Loch sperren. Deine Mutter oder mich würdest du nie wieder sehen.«

Das Kind starrte verängstigt auf ihr entstelltes Gesicht.

»Jetzt kannst du mir helfen, sie herzurichten. So wie wir es mit den anderen gemacht haben, aber dieses Mal ist es etwas ganz Besonderes, weil es deine Mutter ist. Für uns beide ist das eine große Ehre.«

Der Balsamierer holte die scharfen Werkzeuge und die Gummischläuche und die Chemikalien herbei, die er brauchen würde, und rollte das mit einem Tuch bedeckte Instrumententablett neben das Kind. »Du kannst mir die Werkzeuge nacheinander reichen. Wenn du mir zur Hand gehst, kannst du einen Ausgleich dafür schaffen, dass du deine Mutter umgebracht hast.« Er zeigte auf ein bestimmtes Instrument. »Jetzt gib mir mal dieses große Skalpell.«

Das Kind nahm das Skalpell in die Hand. Es fühlte sich schwer und kalt an. Der Vater griff danach und begann zu arbeiten. Das Kind ergriff die kalte Hand der Mutter und drückte sie fest, weinte aber nicht, als der Vater in ihr weiches weißes Fleisch schnitt.

Das Kind war acht Jahre alt.

7

Der Hubschrauberlandeplatz von Cedar Bend lag an der Spitze des Geländes, dort, wo sich auch Blacks Privathaus mit der Praxis befand. Mir war siedend heiß, als ich am folgenden Tag frühmorgens dort eintraf. Nach außen jedoch tat ich so, als wäre ich die Ruhe in Person, Zen in Reinkultur, als Miki mich durch palastartige Marmorflure in Blacks überwiegend in Schwarz und Braun gehaltenes Büro führte. An einer Wand hingen zehn in Leder gerahmte Rorschach-Tintenklecks-Bilder, die ich nacheinander betrachtete. In der Stimmung, in der ich mich gerade befand, sah ich in jedem nur den Leibhaftigen höchstpersönlich. Schließlich wandte ich mich der Fensterfront zu und betrachtete den Sonnenaufgang.

Kurz darauf erfüllte das eindringlich dumpfe Flupp-Flupp von Rotorblättern mein gläsernes Refugium, und die Maschine des Typs Bell 430, von der Harve am Abend zuvor noch gesprochen hatte, schob sich ins Blickfeld. Und nun stelle sich einer mal vor, welche Farbe sie hatte? Wahrscheinlich züchtete Black auch schwarz-braune Coon-Hunde.

Ich sah, wie der Helikopter einen eleganten Schwenk nach rechts machte, ehe er direkten Kurs auf sein Ziel nahm. Black war auf die Minute pünktlich. Kam mir gerade recht. Je früher ich ihn mit meinen Fragen löchern konnte, umso besser. Diesem Doktor Wichtig hatten wir es schließlich zu verdanken, dass schon bald die Medien scharenweise hier einfallen würden, wie Killerbienen, jedoch mit tödlicheren Stacheln.

Ich stand in Blacks Penthouse-Praxis. Sie nahm einen ganzen Flügel im zweiten Stock ein, hatte ich das bereits erwähnt? Mann, war ich beeindruckt. Der Hubschrauber landete exakt auf der kreisrunden Betonfläche, und ich sah, wie der von den

Rotorblättern erzeugte Wind die ruhige Seeoberfläche aufwühlte. Eine uniformierte Sicherheitskraft eilte heran, um Black die Tür zu öffnen, es war aber nicht Suze Eggers. Vielleicht fiel Eggers Black ja auch auf die Nerven.

Angetan mit einem dunkelblauen Anzug, weißem Hemd und roter Krawatte – immer schön die Form wahren –, entstieg Nicholas Black dem Hubschrauber, selbst jetzt noch in ein Handy-Gespräch verwickelt. Er übergab seinen Aktenkoffer der Sicherheitskraft, die wie ein treuherziger Hund hinter ihm hertrottete, während er mit gebeugtem Oberkörper und schnellen Schritts auf einen breiten Anlegesteg hinausging, an dem rund ein Dutzend Motorboote des Typs Cobalt 360 vor Anker lagen.

Mein Gott, ich fühlte mich wie nach Palm Beach versetzt. Wo waren die Polopferde und Prinz Charles? Habe ich schon erwähnt, dass ich eine gewisse Neigung zum Sarkasmus habe? Vor allem bei demonstrativ zur Schau gestelltem Reichtum gehen die Gäule mit mir durch.

Ich sah ihm nach, bis er irgendwo unten verschwand. Mir lief bereits das Wasser im Mund zusammen vor Vorfreude. Meine Finger zuckten, und in meinen Augen zeigte sich dieses gewisse Leuchten. Mit einem fünfzigseitigen Dossier gewappnet, das ich auswendig im Kopf hatte, war ich bereit, ihm den Fuß auf die Brust zu setzen und ihm ein Geständnis abzuringen.

Ich fragte mich, ob er wohl mit Miki Tudor telefonierte. Ich wandte mich um und stellte mit einem Blick durch eine offene Tür fest, dass Miki an ihrem hübschen kleinen weißen Schreibtisch saß, wie immer etepetete herausgeputzt, dieses Mal ganz in Weiß und mit einem glänzenden Perlenstrang um den Hals. Es sah aus, als machte sie sich die Nägel, oder aber sie bewunderte ihren Diamantring. Dabei würde ich ohnehin längst wissen, ob es weitere telefonische Kontakte gegeben hatte, nachdem sie ihn über den Mord informiert hatte; ich hatte mir nämlich eine Auflistung aller zwischenzeitlich geführter Telefonate von Miki wie auch von Black kommen lassen.

Ich straffte die Schultern wie ein Kickboxer, der ich nun mal war. Begierig, willens und bereit. Bei Vernehmungen war ich verdammt gut, sogar wenn ich es mit Psychiatern zu tun hatte. Ich konnte es kaum mehr erwarten, spürte den Drang, auf- und abzutigern, blieb aber ruhig stehen. Der Büro- und Praxis- komplex war mit Blacks Privattrakt, im Wesentlichen ein französisches Schloss, durch einen Verbindungsgang aus Glas verbunden. Vielleicht hielt er sich ja gerade in seinem privaten Versailles auf, um seine Schätze gebührend zu bewundern. Das könnte ein Weilchen dauern. Oder er hatte gerade den Prä- sidenten an der Strippe und beriet ihn in Sachen Krieg gegen den Terror. Oder er entfernte seine Fingerabdrücke von allem, was er angefasst hatte, für den Fall, dass er noch mehr Leute umgebracht und im Anschluss daran eine Dinnerparty unter Wasser für sie geschmissen hatte.

»Tut mir leid, dass Sie warten mussten, Detective.«

Eine tiefe männliche Stimme wie aus dem Nichts. Ich schnellte herum, Nicholas Black stand hinter mir. Die ver- spiegelten Türen des Aufzugs schlossen sich lautlos, und eine durchgehende Spiegelwand entstand. Ich war mir sicher, dass die Verspiegelung nur einseitig war, sodass Black von vornherein gegen Überraschungen gefeit war. Er kam auf mich zu, den Aktenkoffer in der linken Hand, die rechte Hand streckte er mir entgegen. Ich ergriff sie. Sein Händedruck war fest und trocken. So wie meiner.

»Nick Black. Wie ist der derzeitige Stand der Ermittlungen?«

»Claire Morgan, Detective im Sheriff's Department von Canton.«

»Ich weiß, wer Sie sind. Miki sagte mir, Sie wollten mich un- mittelbar nach meiner Rückkehr sprechen. Tut mir leid, ich bin Frühaufsteher.« Er lächelte und deutete auf einen Stuhl. »Nehmen Sie doch bitte Platz. Möchten Sie ein Frühstück? Oder Kaffee? Ich trinke einen. Miki macht hervorragenden Kaffee.«

»Mann, wie nett von Ihnen.«

Black hob eine Augenbraue, und ich beschloss, meinen Ton

zu mäßigen. Er war Spezialist für Töne. Jetzt waren höfliche Umgangsformen gefragt.

Wie eine nebulöse Erscheinung kam Miki in ihrem weißen Businesskostüm hereingeschwebt, inklusive Nylons und hochhackiger Riemchenpumps. In den Händen hielt sie ein silbernes Tablett mit einer Kaffeekanne, einem silbernen Sahnekännchen und zwei weißen Tassen mit Untertasse. Hauchdünnes weißes Porzellan mit einem schwarz-goldenen Streifen am oberen Rand. Keinerlei Muster und kein Monogramm. Schlicht und doch elegant. Dieselbe Art Service, wie es in Sylvies Fall unter Wasser und auch sonst überall in der Anlage verwendet wurde. Ich nahm in dem braunen Ledersessel gegenüber von Blacks massivem Ebenholzschreibtisch Platz. Er war derart auf Hochglanz poliert, dass ich auf der Platte die Wolken im Fenster hinter seinem Rücken gespiegelt sah.

Ich bedankte mich bei Miki und hielt die Tasse mit der Untertasse, auf einer taufrischen weißen Leinenserviette balanciert, auf meinem Schoß. Ich sah ihr nach, wie sie den Raum verließ, und sagte dann: »Ms Tudor ist eine tüchtige Assistentin.«

Ich sagte das bewusst so, dass er glaubte, ich würde annehmen, zwischen ihnen beiden sei mehr als zwischen einem Chef und seiner Angestellten normalerweise. Black schien offenbar darauf einzusteigen, weil er mich kurz fixierte, aber dann entschied er sich doch, meine Bemerkung zu ignorieren. Seine Reaktion verriet mehr, als wenn er die versteckte Andeutung bestätigt hätte. Das wusste er. Und ich wusste es auch. Er sagte: »Miki ist in der Tat ein Schatz. Ich wüsste nicht, was ich ohne sie machen würde. Immerhin hält sie den Laden hier am Laufen.«

Er mag seine Lakaien doch sehr, dachte ich, *diese Kriecher,* bremste mich aber dann. Ich legte die Art Voreingenommenheit an den Tag, die meinen Fall gefährden könnte. Normalerweise reagierte ich nicht so heftig, aber dieser Mann provozierte mich. Etwas an ihm war vielleicht nicht ganz koscher, aber er war nicht dumm, also änderte ich meine Taktik. »Zunächst einmal bedanke ich mich sehr, dass Sie Zeit für mich haben, Dr. Black.«

»Sie dürfen gerne Nick zu mir sagen. Ich bin hocherfreut über das Gespräch mit Ihnen. Sylvie war ein besonderer Mensch. Ganz besonders für mich. Ich will, dass ihr Mörder gefunden wird und die verdiente Strafe bekommt. Ich habe ihren Eltern versprochen, dass ich mich selbst dafür einsetzen werde.«

»Geben Sie öfter Versprechen, die Sie nicht halten können?«

Black fixierte mich, bohrend und eindringlich. Ich kam mir vor wie seine Patientin, hielt aber seinen Blicken stand, bis er sagte: »Ich bin bereit, in jeder erdenklichen Hinsicht, mit Ihnen zusammenzuarbeiten. Sylvies Eltern sind natürlich zutiefst bestürzt. Sie haben mich gebeten, an ihrer Stelle die erforderlichen Gespräche mit den Behörden und den Medien zu führen, und ich fühlte mich verpflichtet, ihrer Bitte nachzukommen.«

»Sie sind wohl sehr gut mit Sylvies Eltern befreundet?«

Black griff nach dem silbernen Sahnekännchen und tröpfelte ungefähr einen Teelöffel voll Sahne in seine Tasse. Jede seiner Bewegungen war leicht und anmutig, und dennoch lässig maskulin. Er hielt mir das Sahnekännchen entgegen. Ich schüttelte den Kopf. »Nein danke, ich trinke ihn schwarz.«

Seine Augen blieben einen Moment zu lange auf mein Gesicht gerichtet; dann stellte er das Sahnekännchen zurück aufs Tablett. Er nahm keinen Zucker. Was für ein Beau, du meine Güte. Er strahlte Charisma aus wie brennend heißer Wüstensand die Hitze. Ich stand nicht so weit jenseits von Gut und Böse, als dass ich das nicht gespürt hätte. Es knisterte eindeutig, und die erotische Spannung war nahezu greifbar, als stünde sie personifiziert im Raum und lachte bei meinem Versuch, ihr auszuweichen. Ich fragte mich, ob er die Spannung auch spürte, denn ich stand voll in ihrem Bann. Aber es würde nie so weit kommen.

Ich hob meine Tasse zum Mund und nippte damenhaft. Nicht dass ich plötzlich zur Dame mutiert wäre, aber ich verstehe es durchaus zu nippen – nur den kleinen Finger spreizte ich dann doch nicht ab. Der Kaffee war stark und wirklich gut, nahezu perfekt. Für Nicholas Black kam natürlich keine koffeinfreie Brühe in Frage, und Miki gab auch hierin ihr Bestes.

Black nahm das Gespräch wieder auf. Er sagte: »Ich kenne die Eltern nicht besonders gut. Wir haben uns bei verschiedenen Gelegenheiten getroffen, und ich fand sie immer sehr nett. Aber ich fühlte mich doch verpflichtet, ihnen diese Schreckensnachricht persönlich zu überbringen, bevor sie im Fernsehen davon erfuhren.«

»Fühlten Sie sich auch dazu verpflichtet, die Schreckensnachricht über CNN weltweit zu verbreiten, oder war das nur ein Publicitytrick zur Vermarktung Ihres neuesten Buchs?«

Blacks Gesichtsausdruck blieb unverändert, aber ich sah, dass sich in diesen blauen Augen etwas bewegte, etwas, das auf Gefahr hindeutete. »Ich nehme eine gewisse Feindseligkeit bei Ihnen wahr, Detective. Glauben Sie etwa, ich hätte Sylvie ermordet? Ist das der Grund für alles? Oder liegt diese Gereiztheit in der Natur Ihres Charakters?«

»Eher Letzteres, würde ich sagen. Vor allem, wenn ich gerade eine hübsche junge Frau mit einem von Fischen angeknabberten Gesicht aus dem See geborgen habe. Und Sie waren, so weit wir wissen, am fraglichen Abend ihr einziger Besucher.«

Er wich meinem Blick nicht aus, nahm aber erst einen Schluck Kaffee, ehe er sagte: »Wahrscheinlich gelte ich so lange als Hauptverdächtiger, bis Sie mein Alibi überprüft haben.«

»Das gilt generell für alle Verdächtigen. Erzählen Sie von Ihrer letzten Begegnung mit Sylvie Border.« Ich zog Notizblock und Stift aus der Tasche und glitt zur Vorderkante des Stuhls. Er ließ mich warten, vielleicht weil er genau bedenken wollte, was er sagte.

»Es war vorgestern Abend, unmittelbar vor meiner Abreise nach New York.«

»Und wo fand diese Begegnung statt?«

»Ich habe sie in ihrem Bungalow besucht.«

»Wie spät?«

»Es dürfte so gegen neun Uhr abends gewesen sein, vielleicht aber auch halb zehn oder zehn.«

»Wann haben Sie den Bungalow wieder verlassen?«

»Ich blieb ungefähr eine halbe oder eine ganze Stunde, glaube ich. Sie war gerade dabei, sich bettfertig zu machen. Sie sagte, sie habe sich früher an diesem Abend mit Miki zum Laufen getroffen und sie sei müde. Wir sind draußen auf der Terrasse gesessen und haben auf den See hinausgeguckt.«

Ich schrieb, ohne aufzusehen. »Sind Sie sich sicher, Dr. Black, was diese Zeitangaben betrifft?«

»Ziemlich sicher. Allerdings sind sie geschätzt, und von daher wären Abweichungen möglich.«

Lüge Nummer eins, die aber doch zählte. Ich sagte: »Aus welchem Grund haben Sie Ms Border in ihrem Privatbungalow besucht?«

Ich behielt ihn jetzt genau im Auge, ob ich vielleicht ein Zögern oder Anzeichen von Schuld bei ihm entdecken würde. Er erwiderte meinen Blick, als wüsste er, was ich vorhatte und wie er darauf reagieren würde. Mich befiel das unangenehme Gefühl, dass er bei jeder polizeilichen Vernehmung seinen Mann stehen würde. Aber, so rief ich mir in Erinnerung, ich war ja auch nicht ganz schlecht, wenn ich wirklich motiviert war.

»Sie hat hier angerufen, um zu fragen, ob ich ihr vielleicht meinen Wagen über das Wochenende leihen könnte, und deshalb habe ich ihn ihr vorgefahren.«

»Sagte sie, wozu sie den Wagen brauchte?«

»Sie sagte, sie müsse zum Supermarkt und außerdem ein paar Sachen in der Mall besorgen.«

»Hat sie Ihren Wagen vor diesem Abend auch schon mal benutzt?«

»Letztes Wochenende, am Sonntagnachmittag. Um einkaufen zu gehen. Sylvie liebte es, zu shoppen.«

Seine Stimme klang jetzt schmerzlich belegt, und es wirkte durchaus echt. Andererseits zeigten die Bilder der Überwachungskamera klar, dass sein Wagen das Grundstück erst um

Mitternacht verlassen hatte. Vielleicht konnte ich ihn dazu bringen, sich in diesem Punkt noch mehr zu verheddern. »Wie sind Sie an jenem Abend denn nach Hause gekommen?«

»Ich bin zu Fuß am See entlang gelaufen. Das geht schneller als über die Straße. Es war eine wunderschöne und sternenklare Vollmondnacht. Ich gehe gerne nachts spazieren. Ich kann dabei gut nachdenken.«

Da hatte er sich sehr geschickt eine brauchbare Geschichte zurechtgelegt.

»Worüber mussten Sie denn nachdenken, Dr. Black?«

»Ich habe mir Sorgen wegen Sylvie gemacht. Außer ihr gibt es weitere Fälle, die mir nicht aus dem Kopf gehen.«

»Und warum haben Sie sich Sorgen um Sylvie gemacht?«

»Sie war nicht glücklich und wollte nicht sagen warum.«

»Und wann, sagten Sie noch mal, haben Sie ihren Bungalow verlassen?«

»Gegen zehn oder halb elf. Ich musste zu Hause noch packen. Wir sind um Mitternacht gestartet.«

»Wir?«

»Meine Crew und ich.«

»Hatten Sie an diesem Abend Sex mit Sylvie gehabt?«

Zum ersten Mal blitzten seine Augen vor Zorn, nahmen aber dann dieses eisige Blau an, von dem Dottie gesprochen hatte.

»Nein, wo denken Sie hin? Ich habe Ihnen doch gesagt, Detective, sie war eine Freundin von mir. Eine gute Freundin und eine Patientin. Wir haben nie miteinander geschlafen, so wie ich auch mit meinen anderen Patientinnen nie schlafe. Ihnen ist doch sicher klar, dass das Arzt-Patienten-Verhältnis dadurch schwer geschädigt würde.«

Ich hatte ihn verärgert, und das war gut so. Verärgerte Menschen machten Fehler und neigten zu Dummheiten. »Ich wollte Ihnen nicht zu nahe treten, Doktor, ich erledige hier lediglich meinen Job.«

Er entspannte sich und lächelte, wobei er strahlend weiße und ebenmäßige Zähne zur Schau stellte, ein richtiges Zahnpastalächeln. Ich fragte mich, ob er Jacketkronen trug oder das Gebiss zumindest regelmäßig bleichen ließ. »Ich habe nichts zu verbergen. Geben Sie Ihren Verdacht, was mich betrifft, so bald wie möglich auf, damit Sie freie Hand haben und den wahren Täter finden.«

»Vielen Dank für diesen Tipp in Sachen polizeilicher Ermittlung. Ich komme bei Gelegenheit gern darauf zurück, und dann werden wir ja sehen, ob wir den Killer finden.« Manchmal kann ich ganz schön sarkastisch werden.

»In Ihnen steckt eine Menge Wut, kann das sein? Ich würde ja zu gerne herausfinden, was da dahintersteckt.«

»Tut mir leid. Ich halte nichts davon, mich für tausend Dollar auf eine Couch zu legen und meine Geheimnisse auszuplaudern. Find ich blöd.« Ich lächelte freundlich. »Außerdem spielen meine persönlichen Belange in einem polizeilichen Ermittlungsverfahren keine Rolle. Sie sind derjenige, der im Fokus unserer Ermittlungsarbeit steht, Dr. Black.« Um die Wirkung zu verstärken, sah ich auf meine Notizen. »Hat sich Ms Border, als Sie sie an diesem Abend gesehen haben, auffällig verhalten oder auf eine Weise geäußert, wie sie es sonst nicht getan hätte?«

»In der Tat. Wie schon gesagt, sie war unglücklich und schon die ganze Woche über sehr durcheinander. Schon bei unserer ersten Sitzung war mir aufgefallen, dass sie total gestresst war, aber wir kamen voran. Einen oder auch zwei Tage lang war sie entspannt und glücklich, und dann, wie aus heiterem Himmel, fiel sie in den Zustand zurück, in dem sie hier angekommen war.«

»Warum war sie durcheinander?«

»Hierbei handelt es sich leider um vertrauliche Informationen, Detective.«

Wir starrten uns an wie in der Aufstellung zu einem Duell. *Er genießt die Situation,* stellte ich fest, *aber das Problem ist, ich auch. Nicht gut und nicht besonders klug.* Ich wollte ihm die Stirn bieten, ihn demütigen. Wie unprofessionell war das? Ich ließ es dabei bewenden und sagte: »Hat sie jemanden namentlich erwähnt, einen Freund, mit dem sie Streit hatte, oder eine Person, die ihr nachstellte, irgendetwas in dieser Richtung?«

»Da die Presse bereits darüber berichtet hat, kann ich sagen, dass sie eine Affäre mit einem Schauspieler hatte. Sie sagte, er habe sie früher an diesem Abend angerufen und sie habe mitten im Gespräch den Hörer aufgelegt.«

»Wirkte sie wütend oder aufgebracht?«

»Nicht besonders, aber Sylvie ist eine Schauspielerin. Das behalte ich immer im Hinterkopf, wenn ich Schauspieler behandle.«

»War es normal in ihrem Fall, dass sie sich verstellte, auch gegenüber guten Freunden, der Sie ja einer vorgeben zu sein?«

»Wir waren gute Freunde«, sagte er nachdenklich. Er überkreuzte lässig die Beine, stützte die Ellbogen auf den Armlehnen ab und legte die Fingerspitzen aneinander. Ich vermutete, das war wohl eine seiner Lieblingspositionen, den nachdenklichen Psychiater zu mimen. Wahrscheinlich gab er sich in diesen Situationen seinen Tagträumen hin, welche Spielzeuge er sich als Nächstes anschaffen könnte, und die Patienten hatten das Nachsehen. Er fuhr fort: »Wenn sie keine Lust hatte, über ihre Probleme zu sprechen, versteckte sie sich gern hinter einer Fassade. Das machen wir alle. Auch Sie, nehme ich an.«

Darauf reagierte ich nicht. Mir doch egal, wenn es stimmte.

»Sie kommen mir bekannt vor«, sagte er plötzlich, und ich versuchte wieder, nicht darauf einzugehen, nur dieses Mal mit größeren Schwierigkeiten.

»Ich habe Sie schon mal gesehen. Sicher. Das hab ich mir sofort gedacht, gleich als ich Sie sah.«

»Vielleicht hab ich Ihnen einen Strafzettel für zu schnelles Fahren verpasst.«

»Daran, von Ihnen gestoppt worden zu sein, Detective, würde ich mich bestimmt erinnern.« Um seinem Gedächtnis auf die Sprünge zu helfen, krallten sich seine Blicke geradezu an mir fest. Wieder lag dieses erotische Knistern in der Luft, was beiden von uns, glaube ich, eindeutig bewusst war. »Wir sind uns schon einmal begegnet, ich bin mir sicher. Ich habe eine besondere Gabe, mir Gesichter zu merken.«

Ich hatte genug von diesem Thema. »Sie irren sich. Wir sind uns nie begegnet. Kann sich jemand für die Zeit Ihrer Rückkehr von Ms Borders Bungalow am Tatabend verbürgen?«

Black schüttelte den Kopf. »Ich würde mein Hauspersonal nie länger als bis fünf Uhr in Anspruch nehmen, es sei denn bei besonderen Anlässen. Die meisten von ihnen haben Familie, und darauf muss man Rücksicht nehmen. Haben Sie Mann und Kinder, die zu Hause auf Sie warten, Detective Morgan?«

»Hat Sie denn jemand gesehen auf dem Weg von Sylvies Bungalow nach Hause? Jemand von den Gästen oder vom Personal?«

»Nein, nicht dass ich wüsste.«

»Wissen Sie, wo sich Ihr schwarzer Porsche zurzeit befindet?«

Zum ersten Mal zeigte er sich sichtlich erstaunt. Die Reaktion schien echt. »Ich bin davon ausgegangen, er würde noch bei Sylvies Bungalow stehen.«

Ich nutzte seine Verunsicherung. »Seit wann kennen Sie Ms Border?«

Er zögerte und sprach dann so bedächtig, dass ich wusste, er verbarg etwas. »Sie war seit einigen Jahren meine Patientin, aber ich kenne sie schon länger. Schon sehr lange.«

Ich spürte, dass ich endlich an etwas dran war, also biss ich mich fest wie ein Bluthund. »Wie kam es dazu, Dr. Black?«

»Vor dem Durchbruch in ihrer Karriere als Soap-Star hat sie in New York als Model gejobbt. Meine Ex-Frau hat uns miteinander bekannt gemacht.«

»Ihre Ex-Frau ist das Supermodel namens Jude. Ist das richtig, Dr. Black?«

»Ihre Hausaufgaben haben Sie gemacht. Ja, das ist richtig, aber wir sind schon seit Jahren geschieden.«

Ich notierte mir das. Ich näherte mich ihm jetzt aus einem anderen Blickwinkel. »Hat Ms Border Sie geliebt?«

Seine faszinierenden blauen Augen reagierten, aber ich konnte nichts daraus schließen. Ich hasse es von ganzem Herzen, Psychiater zu vernehmen. Ich hasse überhaupt alle Psychiater. Sie waren darauf trainiert, Fragen und Bemerkungen ungerührt hinzunehmen. Sie waren Dynamit im Zeugenstand, und Nicholas Black beherrschte diese Kunst besonders gut.

»Wie schon gesagt, Verhältnisse mit Patienten sind tabu für mich. Absolut. Noch deutlicher kann ich nicht werden.«

»Nicht einmal ein rein emotionales Verhältnis?«

»Wie Sie, Detective, habe ich mich darauf getrimmt, Emotionen außen vor zu lassen.« Er beobachtete mich wieder, und ich versuchte, nicht herumzuzappeln. »Haben Sie mal in New York gelebt, Detective?«

Oh ja, genau. Dazu würde es noch kommen, dass ich seine Fragen beantwortete. »Was für eine Art Mensch war Ms Border?«

»Im Grunde genommen war sie ein guter Kerl. Sie hatte das eine oder andere Problem, darunter auch ein gewisser Hang zu Drogen, der ihr Schwierigkeiten machte, aber mit meiner Hilfe war sie auf dem besten Weg, davon loszukommen.«

»Welche Probleme hatte sie noch?«

»Jetzt aber, Detective, Sie wissen so gut wie ich, dass ich kein Wort aus den vertraulichen Therapiesitzungen mit Sylvie hier verlautbaren lasse.«

»Auch nicht, um den Mörder zu finden?«

»Vielleicht, wenn ich sicher davon ausgehen könnte, dieses Monster, das ihr das angetan hat, würde damit hinter Schloss und Riegel kommen, und wenn ich die Erlaubnis ihrer Familie dazu hätte. Aber beides, fürchte ich, wird nicht der Fall sein.«

»Welchen Eindruck hatten Sie von Sylvie an diesem letzten Abend?«

»Wie schon gesagt. Sie war traurig und durcheinander. Ich glaube, es hing mit ihrem Freund zusammen.«

»Sie meinen Gil Serna?«

»Sie sind wirklich sehr gut, Detective. Ich bin beeindruckt.«

»Man tut, was man kann. War Gil Serna derjenige, der an diesem Abend angerufen hat und sie wütend gemacht hat?«

»Ja.«

»Warum?«

»Er glaubte, sie hielt sich hier auf, um eine Affäre mit mir zu haben.«

»Was natürlich jeder Grundlage entbehrte.«

»Natürlich.«

»Wann, sagten Sie noch mal, kamen Sie zu ihrem Bungalow?«

Black lächelte, als wüsste er ganz genau, dass ich seine Geschichte auf Unschlüssigkeiten hin abklopfte. »Irgendwann zwischen neun und zehn.«

»Wie lange sind Sie geblieben?«

»Eine halbe bis eine ganze Stunde.«

»Meinte Sylvie es ernst mit Gil?«

»Ernst genug, dass sie ihm einen Porsche zum Geburtstag kaufen wollte. Ein weiterer Grund, warum sie sich meinen leihen wollte. Für eine Probefahrt.«

»Vor einer Minute haben Sie davon nichts erwähnt.«

»Stimmt, hab ich nicht.«

»So ein Schlitten kostet ein Vermögen. Und so wie Sie das Verhältnis der beiden geschildert haben, waren sie nicht so glücklich, als dass Sylvie eine derartige Summe für ihn ausgeben würde.«

»Jeder hat seine eigene Art, dem anderen zu zeigen, dass er ihn liebt.«

»Was für ein Mensch ist Gil Serna?«

»Er ist krankhaft eifersüchtig. Sie hat immer wieder versucht, ihn von der Echtheit ihrer Gefühle zu überzeugen, aber ohne viel Erfolg.«

»Krankhaft? Entspricht das Ihrer Einschätzung als Profi? Würden Sie Gil Serna einen Mord zutrauen?«

»Unter den entsprechenden Umständen, das haben Sie doch schon gehört, sind wir alle zu einem Mord fähig. Sicher haben Sie in dieser Hinsicht Ihre eigenen Erfahrungen, Detective.«

Natürlich hatte er nur allzu recht, und ich kämpfte gegen die schmerzlichen Erinnerungen an, die in mir hochstiegen.

Black registrierte das sehr wohl. Er runzelte leicht die Stirn und verengte die Augen. »Sollte Serna tatsächlich der Täter sein, Detective Morgan, hoffe ich, dass Sie das auch beweisen können.«

»Verlassen Sie sich darauf, Doktor«, sagte ich.

»Sie sind sich Ihrer Sache sehr sicher, nicht wahr? Aber ich bin auch der festen Überzeugung, dass Sie den Fall irgendwie lösen werden. Sie haben dieses gewisse Etwas im Blick. Stammen Sie ursprünglich aus dieser Gegend?«

»Mit Verlaub, Sir, ich bin diejenige, die hier die Fragen stellt.«

»In Ordnung.«

»Sie haben gesagt, Ms Border hätte Fortschritte in Ihrer Behandlung gemacht?«

»Ja. Sie fühlte sich wesentlich besser. Wir haben einen bedeutenden Durchbruch erreicht. Sie hat gelernt, die Dinge neu zu sehen.«

»Sie neigte dazu, sich selbst für ihre Probleme verantwortlich zu machen?«

»Manchmal, vor allem wenn sie verliebt war. Sie war sehr unsicher.«

»Dabei hatte sie doch scheinbar alles – Schönheit, Geld, Ruhm.«

»Manche Menschen verbergen ihr Elend hinter solcherlei Fassaden. Um der Selbsterhaltung willen.«

Er sah mich auf eine Art und Weise an, dass ich mich fragte, ob ich nicht selbst zum Hämmerchen greifen sollte, um den Zustand meiner eigenen Fassade zu überprüfen.

»Steht die Todesursache schon fest?«, fragte er unvermittelt. Dieses Mal sah ich deutlich, wie sehr er litt. Sylvie Border lag ihm durchaus am Herzen, und ich wurde den Verdacht nicht los, dass hinter ihrer Beziehung doch mehr steckte, als er zuzugeben bereit war.

»Noch nicht offiziell. Warum fragen Sie?«

»Miki hat mir die Umstände beschrieben, unter denen sie gefunden wurde. Es tut mir in der Seele weh, wenn ich daran denke, dass sie lange leiden musste.«

Aus meinem Handy ertönte der »Mexikanische Huttanz«, und ich zog es aus der Halterung.

Bud sagte: »Ich bin's. Wir sind fündig geworden bei der Auswertung der Überwachungskamera. Eine Aushilfe aus dem Restaurant tauchte gegen halb elf vor Sylvies Bungalow auf, betrat das Grundstück und kam nicht mehr heraus. Und nun rate mal, wer wegen Vergewaltigung vorbestraft ist und heute nicht zur Arbeit erschienen ist? Unser alter Freund Troy Inman. Ich erwarte dich auf der Wache, und wir schnappen ihn uns.«

»Ich bin in zehn Minuten da.«

Nicholas Black sah mir zu, wie ich aufstand und das Handy einsteckte. »Wichtige Neuigkeiten, nehme ich an?«

»Dr. Black, wenn Sie so freundlich wären, würde ich dieses Gespräch gerne zu einem späteren Zeitpunkt fortsetzen.«

Er stand auf und nahm eine blütenweiße Visitenkarte aus einem goldenen Schreibtischset. Er nahm einen Stift und kritzelte etwas auf die Rückseite. »Das ist meine private Handynummer. Sie können mich darüber jederzeit erreichen. Ich bin bereit, alles zu tun, was zur Lösung dieses Falls beiträgt.«

Ich nickte und nahm die Karte dankend entgegen. Mit ihm war ich noch lange nicht fertig.

8

Wo, zum Teufel, müssen wir hin?«, fragte mich Bud zwanzig Minuten später, nachdem ich Nicholas Blacks Palast verlassen hatte. Wir kurvten zehn Meilen außerhalb der Stadt Camdenton über eine Schotterpiste mit zahllosen Schlaglöchern.

»Inman lebt eine gute Meile von hier in einer Wohnwagensiedlung. Letzten Januar hab ich ihn direkt nach dem Super Bowl verhaftet. Häusliche Gewalt. Er hat seine Frau verprügelt, nachdem die St. Louis Rams in den letzten drei Minuten des Spiels eine Niederlage einstecken mussten.«

Bald tauchte der King Camelot Court, wie sich die Siedlung großkotzig nannte, in all seiner Pracht vor unseren Augen auf. Der Name war wirklich komplett daneben, denn bei den meisten der dort herumstehenden Wohnwägen handelte es sich um schäbige kleine Kisten, verrostet und dreckig. Ich hatte den Eindruck, die Miete würde jeweils pünktlich zum Monatsersten über den Scheck vom Sozialamt bezahlt.

Für die Kinder der Siedlung gab es einen unkrautüberwucherten Spielplatz in der Mitte des Geländes. Die Wippen und Rutschen machten einen erbärmlichen, nahezu lebensgefährlichen Eindruck. Drei kleine, ungefähr sieben Jahre alte Mädchen saßen unter einem verrosteten Schaukelgestell ohne Schaukeln auf dem nackten Boden. Eines trug einen roten Bikini, das andere einen blauen Babydoll-Pyjama, das dritte schließlich schmutzige weiße Shorts und sonst nichts. Wer hier aufwachsen musste, war wirklich nicht zu beneiden. Leider hatte ich im Laufe meiner beruflichen Karriere noch mehr Orte dieser Art und zum Teil sogar noch schlimmere gesehen.

»Du meine Güte, was für ein Schrottplatz«, sagte Bud.

»Dort drüben unter der Eiche. Der silbrige.«

Ein Typ in abgeschnittenen Jeans und einem roten T-Shirt mit der Aufschrift FICKEN GEFÄLLIG, LADY? bemerkte meine Blicke und verdrückte sich in seine Behausung. »Würde mich nicht wundern, wenn hier nicht jedes letzte Klo noch als Drogenversteck dient.«

Bud sagte: »Ja, wir sollten hier einmal die Woche Streife fahren. Drogenkontrolle, ohne das Auto zu verlassen.«

Wir näherten uns Inmans rollendem Zuhause. »Ich frag mich, wie sich unser Bursche mit seinem Einkommen als Restauranthelfer so einen schicken Wohnwagen leisten kann.«

»Stimmt, die Kiste ist besser als die übrigen. Seine Frau serviert Cocktails im Blue Pelican Country Club und kriegt dort 'ne Menge Trinkgeld.«

»Wirklich? Dann würden mich an ihrer Stelle keine zehn Pferde hier halten.«

Dem Aussehen des Vorgartens nach zu urteilen, verzichtete Inman auf die Zahlung von Müllgebühren und zog es stattdessen vor, seine Abfälle einschließlich leerer Bierflaschen direkt aus dem Fenster zu werfen. Ich suchte die schmierigen Luken nach Lebenszeichen ab.

»Stell den Wagen dort hinter den Büschen ab, und lass uns das letzte Stück zu Fuß gehen. Es ist besser, wenn er uns nicht kommen sieht, vor allem wenn er getrunken hat.«

Ich stieg aus und öffnete den Sicherheitsverschluss an meinem Halfter, nur für alle Fälle. Inman war ein Bulle von Mann und unberechenbar – ein echtes Herzchen. Beim letzten Mal hatte er Zicken gemacht. Ich musste ihm die Nase polieren und hatte mir die Hand dabei gebrochen. Ich lauschte. Alles war still, nur die Stimmen der kleinen Mädchen auf dem Spielplatz waren zu hören.

Bud erschien neben mir und sagte im Flüsterton: »Bist du bereit?«

»Übernimm du die hintere Seite, falls er türmt. Ich übernehme die Vorderfront.«

»Hör zu, Claire, geh da lieber nicht alleine rein, wenn es

100

Ärger gibt. Warte auf mich.« Bud sah mich an, als erwartete er, ich würde ihm zustimmen. Bud glaubte, ich würde ein Risiko eingehen.

Ich sagte: »Keine Spur von seinem Auto. Vielleicht ist er nicht da.«

Bud schlich sich an dichten Forsythiensträuchern vorbei nach hinten. Ich holte tief Luft und bewegte mich zwischen Müll und sonstigem Unrat hindurch in Richtung Vordereingang. Unter meinen Fußsohlen knackte und knirschte es von Hunderten trockener Eichelschalen. Ich hoffte, die überall herumliegenden Bierflaschen bedeuteten kein schlechtes Vorzeichen für diese Aktion. Alles wirkte unnatürlich still, als hielte die Natur den Atem an, um zu sehen, ob wir Inman überraschen konnten. Selbst die Vögel hielten ihren Schnabel; wahrscheinlich waren sie verärgert über Buds plumpen Durchbruch nach hinten. Mein sechster Sinn, der mich noch nie im Stich gelassen hatte, meldete sich, und ich zog meine Glock und hielt sie der Länge nach an meinem rechten Oberschenkel. Ich betrat die kleine Veranda und stellte mich neben die Tür.

»Aufmachen, Polizei.«

Mit der Faust trommelte ich gegen die Fliegengittertür aus Aluminium. Sie klapperte wie verrückt, aber es drang kein Lebenszeichen nach außen. Ich nahm meine Waffe fester in die Hand. »Öffnen Sie, Inman, wenn Sie zu Hause sind. Machen Sie es sich nicht noch schwerer.«

Keine Antwort. Vorsichtig öffnete ich die Fliegengittertür und stellte fest, dass die Innentür angelehnt war. Ich stieß sie mit der Fußspitze auf. Mir schlug eine Mischung aus Zigarettenrauch und abgestandenem Körpergeruch entgegen. Immer näher rückte Inmans hässliche Behausung in mein Blickfeld. Ein zerschlissener brauner umgeworfener Sessel. Zerbrochenes Geschirr auf dem schmutzigen grünen Wollteppich. Eine Frau lag auf dem Rücken, die Arme seitlich ausgestreckt und das Gesicht voller Blut. Neben ihrem Kopf entdeckte ich eine zerschmetterte Budweiserflasche.

Ich versicherte mich, dass niemand hinter der Tür stand, und bewegte mich mit dem Rücken flach zur Wand hinein. Die Waffe einsatzbereit und die Nerven gespannt bis zum Äußersten, ließ ich meine Blicke schweifen. Die Küche, ein einziges Chaos, war leer. Das auf den fettschmierigen weißen Schränken verspritzte Blut sah aus wie drei ineinander verschränkte rote Nelken. Er musste sie in der Küche geschlagen und dann ins Wohnzimmer geschleppt haben.

Ich versuchte festzustellen, ob die Frau noch atmete und trat näher an sie heran. Dann stürzte Inman aus dem Flur so schnell auf mich zu, dass ich ihm nicht ausweichen konnte. Ich duckte mich nach rechts weg, spürte aber einen harten Schlag gegen meine rechte Wange, sodass ich nach hinten stürzte. Ich knallte heftig gegen die Wand und glitt nach unten, hatte aber meine Waffe weiter fest im Griff. Der Riese Inman griff mich erneut an, packte meinen Arm mit der Waffe und stieß mich zurück gegen die Wand.

»Du bringst mich nicht noch einmal in den Knast, du Schlampe.« Sein Atem stank nach Fusel und Zigaretten und noch etwas anderem, von dem ich lieber nicht wissen wollte, was es war. Er riss an meinem Handgelenk und drückte so lange zu, bis meine tauben Finger die Glock freigaben.

Ich zerkratzte ihm die Hände, als er mich an den Füßen über den Fußboden zerrte, schließlich gelang es mir aber, mein Knie zwischen seinen Beinen nach oben zu stoßen, so fest ich nur konnte. Er schrie auf vor Schmerz und ließ mich los. Ich stieg mit voller Wucht auf seinen Fuß und rammte meine Faust gegen seinen Adamsapfel. Ich spürte, wie der Knorpel nachgab, und schon im nächsten Moment ging Inman zu Boden, hielt sich die Hand an die Kehle und stieß gurgelnde Laute aus. Bud hatte inzwischen hinten die Tür eingetreten und stürzte sich auf ihn, riss ihn herum und stieß ihm ein Knie in den Rücken, während er seine Arme nach hinten zog und ihm Handschellen anlegte.

»Lieber Himmel, Claire. Ich habe dir doch gesagt, du sollst

bloß nicht ohne mich da reingehen. Alles in Ordnung mit dir?«

Er sah in mein Gesicht, und ich führte die Hand an mein rechtes Auge. Es war geschwollen und tat verdammt weh. Ich hatte auch Blut an meinen Fingern, aber nicht viel.

»Der Bastard hat mich überrumpelt«, sagte ich, während ich auf einem Knie neben Inmans verletzter Frau zu Boden ging. Ihr Atem ging flach, und die tiefe Platzwunde an ihrem Kopf blutete. Puls war vorhanden, aber kaum merklich. Ich nahm ein Geschirrtuch von der Kommode und drückte es gegen die Wunde.

Bud kniete sich neben mich. »Bist du sicher, dass du okay bist, Claire?«

»Ja, aber ihr geht es nicht sonderlich gut.«

»Aber sie lebt noch?« Bud stand auf, zog sein Handy heraus und rief einen Krankenwagen.

»Das ja, aber sie hat 'ne Menge Blut verloren. Lass uns dieses Drecksstück da wegschaffen, damit die Rettungssanitäter ihre Arbeit tun können.«

9

Am nächsten Morgen wurden Bud und ich um acht ins Büro von Sheriff Charles Ramsay beordert. Charlie war in keiner guten Stimmung.

»Was zum Teufel ist denn Ihnen passiert?«, fragte er mich auf seine betont freundliche Art.

»Ich wurde bei einem Einsatz gestern Abend verletzt. Halb so schlimm. Sie haben mir ein Pflaster draufgemacht.«

»Sieht aus, als wären Sie mit einem verdammten Güterzug zusammengestoßen.« Charlie hatte einen Hang zum Fluchen. Er war mit allen Fluch- und Schimpfwörtern, die die Menschheit kennt, wirklich bestens vertraut, würde es aber nie wagen, den Namen des Herrn grundlos in den Mund zu nehmen. Immerhin war er Mitglied im Bund der südlichen Baptisten. Er besah sich mein blaues Auge und das Pflaster, als würde er persönlich darunter leiden.

»Er hatte eine Minute die Oberhand, aber ich konnte die Kontrolle über die Situation zurückgewinnen.«

»Wo zum Teufel haben Sie sich denn rumgetrieben, Davis? Irgendwo auf Pinkeltour in der Prärie?«

»Nein, Sir. Nachdem ich gehört habe, dass er Morgan attackiert, habe ich mich sofort um den Täter gekümmert.«

»Na großartig, saugut von Ihnen.«

»Ich bin zufällig auf den Täter gestoßen, ehe Bud zur Stelle sein konnte«, sagte ich.

»Zufällig? Ach was? Wenn ich mich recht entsinne, habe ich Sie schon mehrmals vor solchen Alleingängen gewarnt, Detective. Sehen Sie zu, dass das nicht noch mal passiert, oder Sie können sich als gefeuert betrachten. Ist das klar?«

»Ja, Sir.«

Charlie verzog das Gesicht zu einer Grimasse und riss die obere Schublade seines Schreibtischs auf. Er nahm sein Wundermittel gegen Magenbeschwerden heraus und leerte die Flasche auf einen Zug. Ich wand mich angewidert, bis er die restlichen Spuren dieses rosafarbenen Zeugs mit dem Handrücken von der Oberlippe wischte. »Okay, und jetzt würde ich gerne wissen, was zum Teufel da draußen in Cedar Bend abgeht.«

Charlie fasste uns erwartungsvoll ins Auge. Er war ein ehrlicher Mann, ein Mann, der seinen Job effizient und getreu nach dem Buchstaben des Gesetzes erledigte, und er erwartete dasselbe von uns. Er hasste Gesetzesbrecher, ging aber fair mit ihnen um, und wenn ein unschuldiges Opfer in seinem Wahlkreis ermordet wurde, wertete er das als persönlichen Affront. Mit seiner direkten und schroffen Art hatte er in den letzten zwanzig Jahren alle Wahlen gewonnen, an denen er beteiligt war, und so lange er bereit war, den Ärger auf sich zu nehmen, würde sich auch in Zukunft nichts daran ändern. Und mir hatte er einen Job verschafft, als ich das von niemandem erwarten konnte, was ich ihm nie vergaß.

Bud zog etwas umständlich seinen Notizblock heraus und schlug die erste Seite um. »Am fünften Juli, um 5.32 morgens, wurde bei der 911 ein Mord gemeldet. Die ersten Beamten waren gegen 5.37 Uhr am Schauplatz. Deputy O'Hara übernahm die Sicherung.«

»Verdammt, das hat Jacqee mir schon längst beim Mittagessen erzählt. Ist Buckeye mit der Autopsie schon durch?« Er sah mich demonstrativ an, und ich spürte seinen Blick auf meinem geschwollenen Auge. Es tat höllisch weh, obschon ich Schmerztabletten wie Bonbons verschlang.

»Nein, Sir. Wir sollen daran teilnehmen, sobald wir hier fertig sind. Buckeye will uns alle drei dabeihaben, und die Sache soll auch auf Video aufgezeichnet werden. Der Fall hat es in sich, Sir.«

Charlie verzog das Gesicht und ließ aus der Tiefe seines Kehlkopfs ein ächzendes Geräusch ertönen. Dann rülpste er dezent hinter vorgehaltener Hand, worauf es ihm scheinbar besser ging. Magengeschwüre waren die Hölle. Er heftete seinen Blick auf mich, und ich gab mir Mühe, trotz meines blauen Auges und des angeschwollenen Kiefers so nett wie möglich dreinzuschauen. Charlie fuhr sich mit den Händen durchs Haar, das an den Schläfen grau und am Hinterkopf schon ziemlich schütter wurde. Die sich abzeichnende Glatzenbildung kaschierte er mit einem militärisch strengen Haarschnitt, an dem er seit seinem Einsatz in Vietnam vor vielen Jahren festhielt. Manche von uns nannten ihn W. C. – hinter seinem Rücken, da wir an unserem Leben hingen –, weil er irgendwie an Winston Churchill erinnerte mit seinen bulldoggenartigen Kiefern und seiner Art, den Kopf zu senken, wenn er Untergebene ins Auge fasste.

So ungefähr wie gerade jetzt. Seine Augen waren blau und leicht blutunterlaufen und, im Moment, blitzlebendig vor Spannung. »Warum zum Teufel vertreibt ihr nicht diese Medienärsche, die da draußen überall herumhängen? Mich haben sie bis in die verdammte Tiefgarage verfolgt wie tollwütige Schakale.«

»In Ordnung, Sir. Ich kümmere mich darum.« Ich war so klug, ihn nicht daran zu erinnern, dass er es war, der Hastings Bitte, am Tatort filmen zu dürfen, stattgegeben hatte. »Wie Sie wissen, Sir, ist das Opfer hochprominent. Peter Hastings war informiert, ehe ich den Schauplatz erreichte.«

»Mist. Was für ein Affenzirkus! Und dass Black die Sache auf CNN publik gemacht hat, macht alles nur noch schlimmer.« Ich wusste genau, dass Black einer von Charlies wichtigsten Geldgebern für seine Wahlkampagnen war. Er würde also nie etwas auf den Doktor kommen lassen, solange dessen Schuld nicht klar erwiesen war. Er murmelte etwas vor sich hin, das Bud und ich nicht verstanden, aber das war vielleicht auch gut so.

»Okay. Und weiter?« Charlie blickte finster drein, sein Gesicht war noch röter als sonst. Er nahm seine schwarze Brille ab und rieb die dicken Gläser gegen das untere Ende seiner schwarzen Krawatte, ein weiteres Zeichen dafür, dass er gleich explodieren könnte.

»Bei dem Opfer handelt es sich um Sylvie Border, Sir. Sie ist ein berühmter Fernsehstar.«

»Verdammt, das weiß ich alles«, blaffte Charlie. »Ich habe Vickys Fotos gesehen, wie sie da gefesselt auf diesem Stuhl saß. Und wehe, diese Fotos tauchen in der Presse auf. Dann rollen Köpfe.«

»Ja, Sir.« Ich informierte ihn über den aktuellen Stand der Ermittlungen, er schien jedoch nicht sonderlich überzeugt von unserem kriminalistischen Können.

»Das heißt also, die derzeit einzigen Verdächtigen sind mein guter Freund Nick Black und ein Junkie, der seine Frau verprügelt, ansonsten aber nie die Fantasie hätte, ein Opfer derart in Szene zu setzen.«

»Ja, Sir.« Bud kuschte nicht unbedingt, aber viel hätte nicht mehr gefehlt.

»Los, seht zu, dass ihr jetzt rauskommt. Ich will Ergebnisse sehen. Wenn Buckeye die Obduktion filmt, sehe ich mir die Sache später an. Ich habe einen Termin bei der Handelskammer. Sie wollen wissen, welchen Schaden die landesweite Berichterstattung für den Tourismus hier am See haben könnte. Mist.«

Damit war das Gespräch beendet und wir zogen betreten von dannen. Vielleicht würde sich ja seine Laune später bessern. Aber wahrscheinlich eher nicht.

Ich traf Bud eine Viertelstunde später in der Gerichtsmedizin. Obduktionen waren noch nie mein Fall gewesen, vor allem gleich nach dem Frühstück. Glücklicherweise hatte ich vergessen zu frühstücken, und ich war mir sicher, dass ich auch hinterher keine große Lust dazu haben würde.

»Morgen«, sagte Buckeye unbeschwert, als ich den Obduktionsraum betrat. Wie immer fiel mir auch dieses Mal zuerst der Geruch auf, eine Mischung aus Chemikalien und Tod.

Sylvie saß noch immer gefesselt auf diesem Stuhl und ihr Gesicht war noch immer von Schlägen und den Knabberspuren schuppiger Seebewohner entstellt. Bud stand gegen den nächsten Stahltisch gelehnt und verspeiste einen Marmeladendonut. Obduktionen schienen ihm weniger auszumachen als mir. Ich legte Schutzkleidung und Mundschutz an. Latexhandschuhe und Überzieher für die Schuhe hatte ich schon im Vorraum übergestreift. Bud, der ähnlich herausgeputzt war, hielt seinen Donut jetzt in einem Papiertaschentuch. Er würde ihn wohl tatsächlich runterkriegen.

»Okay, gehen wir's an.« Buckeye sah sich um, und stieß dann einen Schrei aus, bei dem ich zusammenzuckte. »Shag, du Arsch, wo bleibst du? Wir wollen anfangen!«

Shag kam mit der Videokamera angerauscht. Er verspeiste auch einen Donut. Was war nur los mit diesen Typen?

»Okay, okay, bin ja schon da.« Shag stopfte sich den Rest des Donuts in den Mund, zog Handschuhe an und grinste mir dann zu, als er die Kamera auf die noch immer in aufrechter Position sitzende Leiche richtete. Was für sich schon eine Seltenheit war, würde ich sagen.

Buckeye trug mittlerweile ein Headset auf dem Kopf und begann, in das Mikrofon zu sprechen. Seine Worte wurden von einem Diktiergerät aufgezeichnet, das an seiner Hemdtasche festgeklemmt war. »Die Leiche ist weiblich, Hautfarbe weiß, fünfundzwanzig Jahre alt. Ihr Name Sylvie Border. Körpergröße und Gewicht werde ich bestimmen, sobald ich sie aus dem Stuhl entfernt habe, an den sie mit silberfarbenem Isolierband gefesselt ist.«

Wir drängten uns alle heran, um das Schauspiel besser verfolgen zu können. Die Speziallampe über dem Seziertisch erhellte die gespenstische Szenerie wie ein Bühnenscheinwerfer in einer Theateraufführung. Buckeye kniete sich hin und begann an den Füßen. »Haut und Muskulatur weisen deutliche, wasserbedingte Veränderungen auf, in zunehmendem Maße vom Hals an aufwärts. Die Tote ist mit silberfarbenem Isolierband in mehreren Umwindungen an den Fußgelenken, Waden, Handgelenken und am Hals gefesselt. Die Leiche ist seit ihrer Bergung aus dem See unberührt. Anwesende Zeugen sind Claire Morgan und Bud Davis, beide Detectives der Mordkommission von Canton, sowie mein Assistent John Becker. Ich beginne mit der Entfernung des Isolierbands an den Fußgelenken des Opfers.«

Buckey nahm ein Werkzeug vom Tisch neben ihm, das aussah wie ein Teppichmesser aus dem Baumarkt. Vielleicht war es das auch. Er kniete sich hin und trennte das Band an der Rückseite vorsichtig auf. Wir schauten gebannt zu, als er es mit einer Zange entfernte. Es löste sich nur langsam, und ich versuchte, darüber wegzusehen, dass auch Hautteile mit abgingen. Ich hoffte inständig auf Fingerabdrücke, aber ich hatte das Gefühl, der Täter war sich bewusst, dass es sich mit Handschuhen gelassener mordet.

Als Nächstes entfernte Buckeye das Band von den Waden und legte es auf ein sauberes weißes Blatt Papier. Dann nahm er einen Stift und machte sich eine Notiz darüber, woher das Band kam. Shag würde nach Abschluss der Obduktion die entsprechenden Tests daran vornehmen. Es dauerte alles ziemlich lange, weil Buckeye, der ja sehr erfahren war, nie einen Fehler machen würde, der das Ermittlungsverfahren beeinträchtigen könnte. Er war ebenso gut wie die Gerichtsmediziner, mit denen ich in L.A. zusammengearbeitet hatte, und ich hatte mit einigen der Besten zu tun gehabt.

Buckeye arbeitete sich langsam und mit Bedacht in Richtung Kopf vor.

»Ich werde nun das Isolierband vom Hals des Opfers entfernen. Es scheint mindestens ein Dutzend Mal um den Hals und die Stuhllehne gewickelt zu sein und erstreckt sich vom Schlüsselbein bis zu den Ohrläppchen des Opfers.« Buckeye ging hinter den Stuhl und stellte eine Schwanenhalslampe so ein, dass ihr Licht direkt auf den Nacken fiel. Er schob das lange blonde Haar beiseite und suchte nach einer Stelle, an der er das Band durchtrennen könnte, ohne eventuell vorhandene Spuren zu zerstören. Ich wartete geduldig. Nun ja, geduldig war zuviel gesagt. Am liebsten wäre ich irgendwo gewesen, nur nicht hier, aber was sollte man machen? Ich veränderte meine Haltung, ließ aber Buckeye nicht aus den Augen. Bud ging extra nah heran, als Buckeye begann, die letzte Lage Isolierband abzulösen.

Ich zuckte zurück, als die Reste des Bands den Kopf nicht mehr hielten, sodass dieser nach vorne kippte. Buckeye packte ihn an den Haaren, und mein Magen machte einen Salto vorwärts. Wir standen alle fassungslos da und starrten Buckeye an, während er dastand und den Kopf an einer Strähne der langen blonden Haare hielt. Er sah aus wie ein Wikingerkrieger früherer Tage, der eine Kriegstrophäe präsentierte.

»Oh mein Gott«, sagte ich.

»Offenbar wurde das Opfer geköpft, bevor es an den Stuhl gefesselt wurde«, äußerte Buckeye unsicher. Ich war froh, dass ich keinen Marmeladendonut gegessen hatte. Shag filmte unbeeindruckt weiter, während Bud ganz grün im Gesicht geworden war. Buckeye machte trotz der unerwarteten Überraschung einfach weiter. »Der Kopf wurde auf einen Rührquirl für Farbe gesetzt und dann zur Stabilisierung mit Isolierband am Körper und der Rückenlehne befestigt.«

»Verdammte Scheiße«, sagte Bud.

Besser hätte er meine Gefühle nicht zusammenfassen können.

Buckeye legte den Kopf vorsichtig auf den Stahltisch und ich musste an Nicholas Black denken und seinen traurigen Blick bei dem Gedanken daran, Sylvie könnte gelitten haben. Das würde ihn schwer treffen. Und wie, mein Gott, sollte die Familie das alles erst verkraften.

»Dieses Detail verlässt diesen Raum nicht. Ist das klar?« Ich klang atemlos. Ich war es auch. Mir war nur noch schlecht. »Eine Horrorvorstellung, wenn das an die Medien geht.«

Alle sahen mich an und nickten. Widerstrebend richtete ich den Blick wieder in Richtung Tisch. Eigentlich war ich ja stolz auf mich und meine Fähigkeit, angesichts selbst schlimmster Verbrechen nie die Fassung zu verlieren, aber dass sich während einer Obduktion ein abgetrennter Kopf selbstständig macht, das hatte ich noch nie erlebt. Ich bemühte mich um Professionalität, versuchte, wie ein abgehärteter Profi mit der Situation umzugehen. Der Kopf wies keinerlei Blutspuren auf. Offenbar war sie unter Wasser ausgeblutet.

Ich sah wortlos zu, wie Buckeye und Bud gemeinsam den kopflosen Körper auf den Tisch beförderten und ihn direkt unter dem abgetrennten Kopf dort ablegten. Ich starrte auf das Brusttattoo, die Fee Naseweis aus Peter Pan, und dachte unwillkürlich an das Gänseblümchen-Tattoo. Mit einem Mal kam mir alles so unwirklich vor. Wieder musste ich an Black denken. Warum kehrten meine Gedanken eigentlich immer wieder zu ihm zurück?

Dabei sah ich in ihm gar nicht so sehr den mutmaßlichen Mörder, sondern vielmehr jemanden, der das Opfer geliebt hatte. Jedenfalls schienen mir seine Gefühle dem Mädchen gegenüber echt zu sein. Aber das schloss nicht aus, dass er sie dennoch ermordet haben könnte. Siehe O. J. Simpson und seine Exfrau Nicole. Ich fragte mich, ob Sylvie noch am Leben war, als der Mörder sie enthauptete; dann wünschte ich, ich hätte mir die Frage nicht gestellt.

»Ich geh kurz Luft schnappen«, sagte ich. »Nur eine Minute.«

»Okay«, sagte Buckeye. »Schalt die Kamera ab, Shag.«

Ich ging quer durch den Raum an einen Ausguss, nahm meinen Mundschutz ab und spritzte mir kaltes Wasser ins Gesicht. Ich hatte noch niemals zuvor eine Obduktion unterbrochen, und eigentlich war mir auch nicht schlecht. Schuld war eher das blanke Entsetzen, das mich befallen hatte. Sylvie war so wahnsinnig jung gewesen. Sicher war sie wohl auch kein Unschuldslamm gewesen, aber so ein Ende hatte sie bestimmt nicht verdient.

»Alles okay?«, fragte Bud einen Moment später.

»Ja. Lass uns die Sache hinter uns bringen.«

Was noch folgte, war weniger dramatisch, sondern nur mehr traurige Routine. Buckeye registrierte jeden Bluterguss und jede Abschürfung, wog die inneren Organe und entnahm Gewebe- und Blutproben für das Labor. All das war nötig und wichtig für die Auffindung des Killers, mir jedoch ging es dabei kein Jota besser. Für den Rest meines Lebens würde ich nie wieder eine Seifenoper im Fernsehen sehen können, ohne dabei Sylvie Borders Kopf vor Augen zu haben, wie er sich von ihrem Körper löste. Leider würde es mir zufallen, Nicholas Black darüber zu informieren. Ob ich aber wollte oder nicht, für mich war es wichtig, zu sehen, wie er darauf reagierte.

Leben mit Vater

In den ersten paar Monaten hatte das Kind Angst vor den Toten in dem kalten Kellerraum. Der Vater sagte, sie würden niemandem etwas zuleide tun, und dass es schön sei für Kinder, die Mutter zu besuchen. Der Vater hatte im Kühlraum ein bequemes Liegebett für die Mutter aufgestellt, anstatt sie in einem der Stahlregale an der Wand zu lagern, in denen die anderen Leichen in Plastik eingehüllt lagen. Manchmal legte sich Blage neben sie und deckte sich und die Mutter mit einer Decke zu. Ab und an brachte Blage ihr auch rote Rosen und andere Blumen und stellte sie in einer Colaflaschenvase neben das Bett, aber es war zu kalt in dem Raum, und die Blüten vertrockneten regelmäßig und wurden schwarz.

Im Laufe der Zeit legte sich die Angst des Kindes vor den Toten. Da es sich in dem großen Haus alleine ohne die Mutter einsam fühlte, verbrachte Blage immer mehr Zeit im Kühlraum mit der Mutter und ihren Freunden. Der Balsamierer ließ die Kellertür nun unverschlossen und schien erfreut darüber, dass das Kind ihm gerne bei der Arbeit zusah. Er übernahm die Unterrichtsstunden, die die Mutter dem Kind immer erteilt hatte, und er brachte Blages rote Winterjacke und die grüne Pudelmütze nach unten und hing sie vor dem Kühlraum an Haken auf. Außerdem riet er Blage, immer Handschuhe zu tragen, wenn es die Mutter besuchte.

Am glücklichsten war Blage aber noch immer bei seiner Mutter. Sie machte nun einen ganz friedlichen, überhaupt nicht traurigen Eindruck, und der Vater ging milde und respektvoll mit ihr um, wenn er bei ihr vorbeischaute. Blage gewöhnte es sich allmählich an, die Toten als seine Freunde zu betrachten. Wenn die schwere Stahltür zum Kühlraum geschlossen war, unterhielt sich das Kind mit ihnen. Blage las, was auf den Papierschildchen stand, die am großen Zeh der Toten befestigt waren. Dann nannte es sie beim Namen und reimte sich Geschichten darüber zusammen, wo sie lebten und wie ihre Familie aussah. Mit der Zeit gewöhnten sie sich an das kindliche Geschnatter und waren schließlich sogar dazu bereit, Blage die interessantesten Geschichten zu erzählen. Das Kind erfand Lieder, die es ihnen vorsang, und manchmal nahm es sie auch bei der Hand und versuchte, sie zu einem Tänzchen zu bewegen.

Wenn eine neue Leiche eintraf, wurde sie wie ein neuer Freund empfangen, und es war immer so traurig, wenn eine fort zur Beerdigung musste. Aber die Mutter blieb da, und das Kind wich selten von ihrer Seite. Der Vater war sehr zufrieden und sagte, das Kind sei jetzt ein gutes Kind und habe gelernt, sich an die Regeln zu halten.

Eines Abends dann kam der Vater in den Kühlraum, als das Kind eine imaginäre Teeparty mit seiner Mutter und deren Freunden abhielt. Der Vater lächelte, und das Kind dachte, er sähe merkwürdig und anders als sonst aus. Sein Atem roch nach dem Whiskey, von dem stets eine Flasche auf dem Nachttisch stand.

»Komm, wir gehen zusammen schlafen, Blage. Ich fühle mich einsam ohne deine Mutter.«

Das Kind wich zurück und versteckte sich unter dem Liegebett der Mutter. Der Vater kniete sich auf einem Bein nieder, zog Blage unter dem Bett hervor und sagte ernst: »Wenn du nicht gehorchst, verbrenne ich deine Mutter draußen im Wald an einem dir unbekannten Ort, sodass du sie nie mehr wiedersehen wirst.«

Vor Schreck darüber, die Mutter womöglich ganz zu verlieren, nahm Blage die Hand des Balsamierers und folgte ihm in das Schlafzimmer oben im Erkerturm. Der Vater zog sich selbst und das Kind aus und schlüpfte mit dem Kind unter die Decke. Als sich das Kind erwärmt hatte, fing er an, seinen Körper zu berühren und Sachen zu machen, die wehtaten. Blage

114

litt darunter, und als der Vater sich zur Seite rollte und still dalag, glitt es unter der Decke hervor. Der Vater bewegte sich und sagte schläfrig: »Wenn du runtergehst, um deine Mutter zu besuchen, vergiss nicht, deinen Mantel und die Mütze anzuziehen.«

Das Kind schlich sich zurück in den Keller, während es die Stellen festhielt, die davon wehtaten, was der Vater gemacht hatte. Blage nahm Jacke, Mütze und Handschuhe vom Haken und zog die Sachen an. Dann erzählte es der Mutter und den anderen, was im Bett geschehen war. Sie waren alle einhellig der Meinung, dass der Vater ein schlechter Mann war und bestraft werden sollte. Die Mutter sagte, der Vater habe es verdient, dafür zu sterben, was er dem Kind angetan hatte. Das Kind nickte und schmiegte sich an sie, zitternd vor Kälte und nun auch vor Hass.

Das Kind war neun Jahre alt.

10

Himmel Herrgott noch mal, was kommt denn noch alles auf uns zu?«

Ich betrachtete Charlies Frage als rhetorisch und ging nicht weiter darauf ein. Die Lage war wirklich alles andere als einfach, und wir schlitterten von einer Katastrophe zur nächsten. Bud schien es auch so zu empfinden, denn er kaute nur auf seinem Kaugummi, sagte aber kein Wort.

»Der Kopf machte sich selbstständig? Einfach so? Während der Obduktion?«, sagte Charlie wie von den Socken. Natürlich war er fassungslos. Ich war es ja auch.

»Zum Glück hat ihn Buckeye rechtzeitig zu fassen bekommen.«

»Ja, Bud. Buck sei Dank.« Charlie hatte seinen Sarkasmus nicht verloren. »Okay, Claire, wie soll es jetzt weitergehen?«

Diese Frage hatte ich nicht direkt erwartet, war aber darauf vorbereitet. »Kann sein, dass ich Black noch einmal vernehme und ihm Bilder von der Obduktion zeige, um zu sehen, wie er reagiert. Sie sind so schrecklich, dass er nicht in der Lage sein dürfte, zu tricksen, falls er schuldig ist. Er sagt, er stehe jederzeit zur Verfügung. Wenn er unschuldig ist, würde ich ihn gern von der Liste der Verdächtigen streichen.«

Charlie sah zu Bud. »Und was ist mit Ihnen?«

»Ich fliege höchstwahrscheinlich nach New York, um mich mit Blacks Exfrau zu unterhalten.«

»Dem Model?«

»Genau. Eine unangenehme Aufgabe, aber einer muss sich ja drum kümmern.«

»Sie kommen sich wohl sehr komisch vor, Davis?«, fragte Charlie. »Was meinen Sie, Claire?«

Charlie fixierte mich, während Bud hinter ihm die Hände wie zum Gebet faltete und mit den Lippen ein »Bitte« andeutete. Wir kamen tatsächlich nicht darum herum, aus dem Mund dieser Frau zu erfahren, ob Black in der Tatnacht überhaupt und wenn ja zu welchem Zeitpunkt bei ihr gewesen war und wie er sich dabei verhalten hatte. »Ich bin durchaus der Meinung, dass ihre Aussage dazu beitragen könnte, Black zu entlasten. Außerdem muss jemand Sylvies Kollegen im Umfeld dieser Soap-Produktion befragen. Vielleicht wissen die ja etwas über irgendwelche Stalker oder fanatische Fans. Und ich sollte wohl am besten zu Sylvies Beerdigung nach New Orleans fahren. Ich hätte gern eine Genehmigung, das New Orleans Police Department zu bitten, die Trauerfeierlichkeiten zu filmen. Vielleicht ertappen wir den Killer ja dabei, wie er sein Werk bewundert. Ich werde den Verdacht nicht los, dass er so ein Typ ist. Ich will auch ihre Familie und ihre Freunde befragen, vor allem Gil Serna, sollte er auftauchen.«

Charlie schüttelte den Kopf. »Da geht mir das Reisekostenbudget für ein ganzes Jahr flöten.« Er ließ sich die Strategie durch den Kopf gehen, während er seine schwarze Pfeife mit einem Tabak stopfte, der nicht einmal so übel roch. Der Sheriff selbst war vom Rauchverbot auf Polizeiwachen ausgenommen. Das war für niemanden ein Thema; wer rauchen wollte, rauchte brav draußen vor der Tür. »Okay, aber dass ihr mir nicht im Ritz absteigt. Und wählt einen günstigen Flugtarif, verdammt.«

Kaum waren sie draußen auf dem Flur vor Charlies Büro, sagte Bud: »New York, ich komme. Treff mich dort mit einer hübschen Lady und leg mir ein paar Maßanzüge zu.«

»Leg du dir lieber genügend Hinweise zu, dass Black unschuldig ist, oder aber Charlie verliert den wichtigsten Geldgeber für seine Wahlkampagnen.«

»Vielleicht schaff ich es ja sogar, ein Ticket für eine Broadway-Produktion zu bekommen.«

»Nach allem, was ich höre, kannst du dir auf dem Broadway so allerhand einhandeln.«

Bud lachte, während wir uns innerlich auf die Reporter vor dem Eingang einstellten. Er sagte: »Dasselbe gilt für die Kaschemmen im French Quarter von New Orleans. Kein Glas Wasser würde ich da trinken.«

Sylvie Borders Familie würde bis zur Planung der Beerdigung erst einmal die Freigabe der Leiche abwarten müssen, und solange Buckeye nicht alle erforderlichen Blut- und Gewebeproben entnommen hatte, war damit nicht zu rechnen. Von Black wollte ich mir auch eine Haar- und eine Speichelprobe sichern, nur für den Fall des Falles, ehe er seine Anwälte in Stellung brachte und die Kooperation verweigerte. Es war schon fast sieben Uhr, aber ich wollte nicht warten, Black mit den Fakten zu konfrontieren.

Mein Explorer stand direkt vor der Wache, und die Reporter bestürmten mich scharenweise, als ich einsteigen wollte. Ich winkte Bud hinterher, als er losfuhr, um seine Sachen für den Trip nach New York zu packen. Er spreizte die Finger zum Siegeszeichen, aber ich hatte kein besonders gutes Gefühl in Bezug auf mein Vorhaben, als ich mein Handy aus der Tasche zog. Die auf weißem Leinenpapier gedruckte Visitenkarte mit Blacks Handynummer steckte noch immer an meiner Sonnenblende. Ich wählte die Nummer und wartete, neugierig darauf, ob er tatsächlich rund um die Uhr unter dieser Nummer erreichbar war.

»Ja bitte.« Seine tiefe markante Stimme erkannte ich sofort wieder.

»Dr. Black, hier ist Detective Morgan.«

»Hallo, Detective. Was kann ich für Sie tun?«

Ich zögerte. »Ich muss Sie dringend sprechen. Möglichst noch heute Abend.«

»Kann es nicht bis morgen warten?«

»Nein, mir wäre heute Abend lieber. Es dauert wirklich nicht lange.«

»Okay. Kommen Sie in mein Büro. Miki wird Sie dann zu mir bringen.«

Ich klappte das Telefon ein und stellte fest, dass mir das bevorstehende Gespräch Bauchschmerzen bereitete. Die Obduktionsunterlagen lagen bereits griffbereit auf dem Beifahrersitz. Ich musste ihn mit den abscheulichen Fotos konfrontieren, war aber längst nicht so abgebrüht, als dass es mir nicht davor gegraust hätte.

Zwanzig Minuten später gingen Miki und ich zu dem Steg hinunter, der zum Hubschrauberlandeplatz hinausführte. Mein Ziel war Blacks maßgeschneiderte Yacht, aber sie lag irgendwo draußen auf dem See vor Anker. Aus dem Grund wurde ich bereits von einem dieser todschicken Motorboote des Typs Cobalt 360 erwartet, am Steuer ein junger, gut aussehender Typ in schwarz-brauner Uniform, der den Motor im Leerlauf aufheulen ließ.

»Nick gibt heute Abend eine Dinnerparty auf der Yacht. Sie haben schon gegen vier Uhr abgelegt, aber Tyler bringt Sie mit dem Boot raus.« Miki gab sich heute ganz geschäftsmäßig. Kein einziger arroganter Blick, der mir meine Unterlegenheit demonstrieren sollte. Sie wandte sich um und stöckelte auf ihren turmhohen Absätzen davon. Ich blickte ihr hinterher, um zu sehen, ob sie nicht mit ihren Stilettos in einer der Ritzen des Stegs hängen blieb. Natürlich passierte ihr das nicht – es wäre schließlich mehr als ungeschickt gewesen –, und ich fragte mich, wie sie das schaffte.

Mit einem kühnen Satz sprang ich in das schaukelnde Boot und erzählte Tyler von meinen Gedanken. Er lachte. »Mir sowieso ein Rätsel, wie ihr Frauen in diesen Dingern überhaupt laufen könnt.«

Daraufhin reckte ich eines meiner Beine mit den schwarzen knöchelhohen Nikes an den Füßen hoch und erntete prompt den nächsten Lacher. Nachdem er gekonnt abgelegt und das offene Wasser erreicht hatte, stellte ich mich neben ihn unter das Verdeck. Er lächelte mir mit seinen großen braunen Augen zu, und seine langen schwarzen Haare wehten im Wind. Ein sehr netter Bursche. Ich mochte ihn.

»Was ist das denn alles?«, fragte ich über das Knattern des Motors hinweg und zeigte auf die grünen Radarschirme mit all den leuchtenden Punkten drauf.

»Das ist unser Satellitenortungssystem. Alle Boote in Cedar Bend haben einen Sender im Rumpf installiert, der ein Signal aussendet. Und sie sind auch alle mit diesen Bildschirmen ausgerüstet. Somit wissen wir zu jeder Zeit, wo sich die einzelnen Boote gerade befinden. Manche Gäste verlieren auf dem See die Orientierung, und Dr. Black will sicher sein, dass wir sie auch finden, wenn sie in Schwierigkeiten geraten. Unsere Boote tragen alle eine Nummer. Sehen Sie dieses Leuchtsignal hier, Nummer eins?«, fragte Tyler und zeigte auf einen grünen Punkt, der sich bewegte. »Das sind wir. Wir nehmen Kurs auf die *Maltese Falcon*. Das ist der große Pott.«

»Black ist wohl Hammett-Fan. Aber ich mag seine Bücher auch.«

»Ja, er ist ein Fan von allem, was aus der Zeit stammt. Haben Sie seine Nostalgiesammlung aus den 40er-Jahren schon gesehen?«

»Nein, wie sollte ich.«

»Sie befindet sich auf seiner Ranch in L.A. Sie sollten ihn mal danach fragen. Würde ihn sicher freuen. Dieses Zeug ist das Größte für ihn.«

Möglich, nur was ich ihm gleich zeigen würde, würde ihn weniger freuen. Ich beobachtete all die kleinen Punkte, die sich über den Radarschirm bewegten und fragte mich, ob in Cedar Bend bei diesem strikten Reglement auch mal Pannen passierten. Abgesehen von dem Zwischenfall, dass eine berühmte Schauspielerin hier enthauptet wurde, schien der Doktor seinen Laden fest im Griff zu haben.

Ungefähr zwanzig Minuten später rückte die Yacht allmählich ins Blickfeld. Sie ankerte mitten auf dem See und war über und über, wie eine weihnachtlich geschmückte Einkaufsstraße, mit roten, weißen und blauen Lichtern bespannt. Die Szenerie hatte etwas durchaus Festliches, und als wir das Boot an der Längsseite festmachten, fiel mir ein, dass heute Abend das große Vierter-Juli-Feuerwerk stattfinden sollte. Kein Wunder, dass Black alle Hände voll zu tun hatte. An Bord erklang Musik, »Bridge Over Troubled Water«, ein Titel, der in Anbetracht der Umstände passte wie die Faust aufs Auge. Tyler half mir auf eine seitliche Zugangsrampe. Ich bedankte mich bei ihm, und als er wieder zurückdüste, passierte ich einen Matrosen in weißer Uniform, der mich am oberen Ende der Treppe erwartete. Seinem schwarzen Namensschild zufolge hieß er Geoffrey.

»Detective Morgan, ich habe den Auftrag, Sie in Dr. Blacks Büro zu bringen.«

»Okay«, sagte ich, wobei ich mich fühlte wie James Bond, als er in Goldfingers Versteck geleitet wurde, oder war das Dr. No, der Typ mit dem Riesenkahn, der 007 und ein gut gebautes Bondgirl über ein paar scharfe Korallenriffe jagte? Aber Schluss damit jetzt und zurück auf den Boden der Tatsachen. Ich bin als Detective nur 'ne ganz kleine Nummer ohne Messer in den Schuhen und ohne Raketenwerfer im Auspuffrohr meines Autos, dafür aber mit einem ganz fiesen Obduktionsbericht in Händen. Ich folgte Geoffrey dem Matrosen auf seinem Weg quer über Deck an einer hell erleuchteten Reling entlang.

Eigentlich war alles hell erleuchtet. Wir kamen an einigen großen Panoramafenstern vorbei, und ich konnte Black zusammen mit vier oder fünf Gästen beim Dinner sehen, bei Kerzenlicht, leiser Musik und Orchideen, so weit das Auge reichte. Er parlierte mit einer hübschen Rothaarigen mit Brillantschmuck am Hals und üppigen, aus einem Kleid aus Goldlamé hervorquellenden Brüsten. Was sollte Prince Charming sonst auch anderes machen? Anscheinend war er an der drallen Rothaarigen mehr interessiert als an der Tatsache, dass eine gute alte Bekannte von ihm auf seinem eigenen

Grund und Boden ermordet worden war. Ich glaube, Geldsäcke wie er nehmen vieles nicht so schwer.

»Bitte warten Sie hier. Ich sage dem Doktor, dass Sie hier sind. Kann ich in der Zwischenzeit einen Drink für Sie kommen lassen?«

»Danke, nicht nötig.«

Geoffrey verbeugte sich, und ich war fast geblendet von so viel weißem Tuch, gebräunter Haut und polierten Messingknöpfen. Gutes Aussehen schien eine Grundbedingung für eine Anstellung in Cedar Bend zu sein. Ich ging in der Kabine herum.

Der vermeintlich für die Crew bestimmte Raum im Achterschiffbereich war, wie ich feststellte, auch ein Büro. Am Ende der Kabine gaben riesige Fenster den Blick auf einen Nachthimmel frei, in dem ungefähr eine Million Sterne und eine lange Lichterkette am Horizont mit dem Diamantcollier der Rothaarigen um die Wette funkelten. Ich war unsicher, wo ich überhaupt war, aber das musste der Spätabendverkehr auf einer der Brücken sein. Eine offene Tür gab den Blick in eine geräumige Gästekabine frei. Sie war ebenfalls mit riesigen Fenstern ausgestattet und bot die gleiche Aussicht und ein Bett, das groß genug für King Kong & Co. war. Es war gut möglich, dass die Rothaarige ihr Diadem noch heute Abend auf einem dieser Bettpfosten ablegen und mit dem guten Doktor zusammen die schwarze Satinbettwäsche zum Kochen bringen würde.

»Wie gefällt Ihnen die *Falcon?*«, erklang es plötzlich wie aus dem Nichts.

»Sie lieben es wohl, sich aus dem Hinterhalt anzuschleichen?« Ich war leicht verärgert, dass er sein Spielchen erneut abgezogen hatte. Er hatte sich in einen Smoking geschmissen und sah verdammt gut darin aus. Bond war gar nichts im Vergleich dazu. Ich hatte eine Jeans mit einem Riss in beiden Knien an und über einem schwarzen Tanktop trug ich eine weite blaue Jeansjacke, unter der ich mein Schulterhalfter verbarg. Irgendwie passte meine Aufmachung nicht zudem glamourösen Lebensstil auf einer Yacht.

»Es war nicht meine Absicht, Sie zu erschrecken. Setzen Sie sich doch, bitte«, sagte er und ging um den Teakschreibtisch herum. Darauf lag an einer Seite ein zugeklapptes sündteures Notebook. Hinter ihm erstreckte sich der nächtliche Sternenhimmel, aber sein Gesicht war überschattet, da ihn der Schein der Schreibtischlampe nicht ganz erfasste. Ich hatte den Eindruck, er war nicht besonders gut gelaunt. Dann sah er mein Gesicht. »Großer Gott, was ist denn mit Ihnen passiert?«

»Ich bin der Sorte Verbrecher über den Weg gelaufen, die mich ungern sieht.«

Er runzelte die Stirn. Offenbar fand er das gar nicht lustig. »Sind Sie beim Arzt gewesen?«

»Es ist nicht schlimm.«

»Lassen Sie mich doch mal sehen.«

»Vielen Dank, nein. Wie schon gesagt, es ist nicht schlimm.«

Wir nahmen beide Platz. Zeit, nett zu sein. Ich konnte schon professionell sein, trotz meiner Klamotten. »Schön, dass Sie sich Zeit für mich nehmen. Ich wusste nicht, dass Sie Gäste haben.«

»Es handelt sich um ein Geschäftsessen mit Kollegen aus Moskau. Ich spiele mit dem Gedanken, dort eine Praxis zu eröffnen. Hätten Sie Lust, sich uns anzuschließen?« Er starrte unentwegt auf mein blaues Auge.

»Leider bin ich nicht in der richtigen Stimmung für Partys.«

»Sind Sie überhaupt je in der Stimmung dazu?«

»Seit der Bergung von Sylvie nicht mehr. Und Ihnen wird der Spaß auch gleich vergehen.«

Sein Blick fiel auf die Mappe auf meinem Schoß; dann sah er mich an. Seine Augen funkelten blau im Lampenlicht.

»Der Obduktionsbericht«, sagte ich, als ich die Mappe über den Tisch schob. »Sie haben Sheriff Ramsay um Einsicht gebeten. Er hat zugestimmt und mich gebeten, ihn persönlich bei Ihnen vorzulegen.«

Als er die Mappe in die Hand nahm, machte ich mich bereit. Das Bild des abgetrennten Kopfes hatte ich ganz oben aufgelegt, und ich fühlte mich mit einem Mal so was von klein mit Hut. Mir war aber klar, dass seine Reaktion einen hohen Aussagewert hatte. Er zögerte kurz, vielleicht auch um sich zu wappnen, und öffnete dann die Mappe. Im nächsten Augenblick stemmte er sich mit letzter Kraft hoch und schleuderte die Mappe gegen die Fenster hinter ihm. Ich war auch aufgestanden, und er sah mich mit äußerster Fassungslosigkeit und Bestürzung an. In diesem Moment war mir ziemlich klar, dass er nicht der Täter war. Ich sah ihm nach, wie er den Raum verließ, und hörte wenig später das Plätschern eines Wasserhahns, begleitet von erstickten und würgenden Geräuschen.

In dem Moment kam ich mir so abgebrüht und herzlos vor, wie das letzte Stückchen Dreck, und musste mich setzen, um zu warten, bis er sich wieder gefangen hatte. Es dauerte ungefähr fünf Minuten. Er war kreidebleich im Gesicht, als er zurückkam, und klappte die Mappe zu, ohne einen weiteren Blick darauf zu werfen. Als er seine Augen wieder auf mich richtete, waren sie so kalt und kontrolliert, dass ich das Gefühl hatte, ich fröstelte.

»Und? Hat es wenigstens Spaß gemacht, Detective? Wahrscheinlich sagen Sie ›das gehört zu meinem Job‹, nicht wahr?«

»Spaß hat es mir bestimmt keinen gemacht, aber ich kann Sie nun mit Sicherheit von der Liste der Verdächtigen streichen. So eine Reaktion können Sie unmöglich spielen.«

»Lieber Himmel, was sind Sie eiskalt. Was sind Sie nur für ein Mensch?«

»Machen Sie sich darüber mal keine Gedanken, Doktor. Sind Sie noch am Ergebnis der Obduktion interessiert, oder müssen Sie zurück zu Ihrer Abendgesellschaft?« Dieser Treffer saß. Sein Kinn verkrampfte sich unwillkürlich, und er errötete leicht.

»Schießen Sie los.«

»Mittlerweile wissen wir, dass sie enthauptet worden ist, bevor sie ins Wasser kam. Zur Befestigung des Kopfes am Körper wurde eine Art Stab verwendet, ein Rührquirl für Farbe, um genau zu sein.«

Er wirkte angewidert, stand auf und starrte, den Rücken mir zugewandt, in die Nacht hinaus. »Fahren Sie fort.«

»Wir gehen von einem schnellen und sauberen Vollzug aus, mit einer langen Klinge wie etwa einem Schwert oder einem Hackmesser. Darüber hinaus gab es noch andere Wunden, Blutergüsse und Abschürfungen, vor allem im Gesicht und dessen Umgebung, und der Aufenthalt unter Wasser ging auch nicht spurlos an ihr vorüber.«

Er wandte mir weiterhin den Rücken zu. »Wurde sie vergewaltigt?«

»Ja. Mit einem Gegenstand. Buckeye nimmt an, es könnte der Farbquirl gewesen sein.«

»Oh mein Gott.« Er rieb sich mit beiden Händen über das Gesicht und fuhr sich dann mit den Fingern durchs Haar.

Manchmal hasse ich mich selbst. Sicher hasste ich mich in jenem Moment. Seine Stimme klang gequält, und ich wäre am liebsten um den Schreibtisch herumgegangen, um ihn zu trösten. Das war aber letztlich eine Aufgabe für die dralle Rothaarige.

Plötzlich drehte sich Black ruckartig um. »Ihnen muss etwas Schreckliches zugestoßen sein, dass Sie so gefühllos sind.«

Junge, damit hatte er ins Schwarze getroffen, aber es dauerte einen Moment, bis ich den inneren Rollladen hochgezogen hatte, der mich in solchen Situationen schützt. »Tut mir leid, Doktor, wenn Sie glauben, ich wäre gefühllos. Aber Sie irren sich. Mich macht Sylvies Schicksal sehr betroffen, und ich will, dass der Täter seine Strafe bekommt. Der Täter können Sie sein, oder jemand anders, aber ich werde in jedem Fall nicht eher ruhen, als bis er geschnappt wurde. Das verspreche ich Ihnen.«

»Nicky, Darling, ist was passiert?«

Oh-oh, die dralle Rothaarige an der Tür, und so besorgt,

einen Duft verbreitend wie zweihundert Dollar das Fläschchen und obendrein für die fünfzigfache Summe Schmuck an ihrer beeindruckenden Erscheinung.

»Nein, alles in Ordnung. Ich hab nur eben eine schlechte Nachricht bekommen.«

Die Frau kam in den Raum geschwänzelt wie eine Katze, die gleich jemanden auf Teufel komm raus umschmeicheln wollte. Mich sah sie an wie eine zufällig von Deck hereingekrabbelte Käferlarve. Ich stand da, jeder Zoll eine Lady, während Black uns vorstellte.

»Gillian, Detective Morgan. Detective Morgan, Gillian Coventry aus meinem Büro in London.«

»Sehr erfreut«, sagte ich. »Dr. Black, ich will Sie Ihren Gästen nicht länger vorenthalten.«

»Ich bringe Sie selbst im Boot zurück ans Ufer.«

Nun, jetzt war ich aber schwer erstaunt. »Nicht nötig. Ich kann warten, bis Tyler mich abholen kommt.«

Black sah mich einen langen Moment an. Vielleicht war er gekränkt. Vielleicht war er es nicht gewohnt, dass ihm je überhaupt jemand etwas abschlug. »Ich muss sowieso zurück«, sagte er. Die dralle Rothaarige war völlig platt!

»Oh, Nicky«, schnurrte sie. Der Katzenvergleich funktionierte auch hier. »Das Feuerwerk hat noch nicht einmal begonnen.«

Das konnte heißen: »Ich will mit dir schlafen, Nickylein, unbedingt. Du wirst die ganze Nacht die Englein singen hören.« Plötzlich fragte ich mich, wo Ms Coventry zur Tatzeit gewesen war. Sie machte einen leicht ängstlichen Eindruck, aber ich hatte wenig Erfahrung mit diesem Typ von Society-Lady. War sie eifersüchtig genug, um Sylvie aus dem Weg zu räumen?

»Sind Sie schon länger hier bei uns am See zu Besuch, Ms Coventry?«, fragte ich sie, während ich sie genauer ansah und mich fragte, was genau sie in London eigentlich machte. Vorstellen konnte ich mir so manches, aber das war alles nicht nett.

»Sie ist heute Morgen eingetroffen«, sagte Black streng; offenbar war er sich meines Verdachts wohl bewusst. »Sie und Sylvie sind sich nie begegnet.«

Plötzlich ging der drallen Rothaarigen ein Licht auf. »Verdächtigen Sie etwa *mich*, Detective? Sie klang schrill und wie außer sich. Ihre Locken und der Busen bebten vor Zorn. Dolly Parton von einer Elektroschockwaffe getroffen.

»Ich verdächtige jeden, Ma'am. Das ist mein Job«, sagte ich kühl und unbewegt.

»Gillian, wir sehen uns später im Lauf des heutigen Abends oder morgen früh, vor deinem Abflug.«

Gillian schmollte, aber unter gutem Zureden seinerseits ließ sie sie sich hinausführen. Dann kam er zu mir zurück, fasste mich am Arm und geleitete mich zum Boot. Kein gutes Zureden dieses Mal. Es fiel überhaupt kein Wort. Ich stieg in das Boot und nahm hinten im Heck auf einem gepolsterten Sitz Platz, während er das Steuer besetzte. Ich sah, wie er seine schwarze Fliege abmachte und dann mit beiden Händen das Steuerrad ergriff, möglicherweise in der Annahme, es wäre meine Kehle. Er legte den Gashebel auf Anhieb bis zum Anschlag um, und der Bug schnellte abrupt hoch, als wäre das teure Gefährt eine so schnöde Behandlung nicht gewohnt, senkte sich aber dann wieder ab, als das Boot auf den See hinausdüste und Tempo gewann.

Ich hielt mich an der Reling fest, froh darüber, dass unser netter gemeinsamer Abend so gut wie vorüber war, und in stärkerem Maße erleichtert als ich sollte, dass er offenbar doch nicht schuldig war. Zehn Minuten später, mich beschäftigte noch immer die Frage, warum mir daran gelegen war, ob er nun der Täter war oder nicht, stellte er plötzlich den Motor ab. Das Boot kam in Sekundenschnelle zum Stehen, ging mit der anbrandenden Heckwelle nach oben und schaukelte uns dann wie zwei Babys in einer Wiege.

Keine gute Aussicht. Mitten auf einem sehr tiefen und dunklen See alleine mit einem eventuellen Mörder, der gar nicht gut auf mich zu sprechen war. Ich glitt mit einer Hand unter meine Jacke und öffnete den Sicherheitsverschluss an meinem Halfter. Black registrierte das leise Knipsen sofort.

»Was haben Sie jetzt vor, Detective? Mich zu erschießen?« Er spuckte die Worte aus. Scharf. Wütend. Nicht das makellose Parlando, dessen er sich sonst bediente.

»Kann sein. Hängt ganz von Ihnen ab.«

»Ich hab sie nicht umgebracht.« Er kam auf mich zu, und ich fragte mich, ob Sylvie nicht vielleicht auf einem Boot ermordet worden war. Diesem Boot. Ich fragte mich, ob nicht vielleicht irgendwo versteckt hinter der Bordverkleidung ein Säbel für emotionale Extremsituationen wie diese bereitlag. Keiner von uns beiden hob den Blick, als in der Ferne das Feuerwerk begann. Eine gigantische Sternenrakete explodierte direkt über uns und tauchte uns in einen rosafarbenen Lichtschein. Darauf folgte sofort eine weitere Rakete und färbte uns grün.

Ich sagte: »Das weiß ich bis jetzt nicht, aber es wird sich früh genug herausstellen.«

»Sie sind sich verdammt sicher, nicht wahr?«

»Ja. Warum starten Sie jetzt nicht den Motor wieder, damit ich zurück zur Arbeit komme?« Die nächste Farbexplosion ließ uns gelb erscheinen, ehe die Szenerie sich wieder schwarz färbte.

»Zuerst will ich den Obduktionsbericht lesen. Hier auf dem Wasser, wo mich niemand stört. Sie haben den gewünschten Schock bei mir ausgelöst, ganz so wie Sie es geplant haben. Jetzt geben Sie mir diese gottverdammte Mappe. Sylvies Vater wird wissen wollen, wie sie ums Leben kam, und ich will ihm die Wahrheit sagen.«

Ich händigte ihm die Mappe wortlos aus. Er nahm sie mit ins Cockpit, nahm vor dem Steuerrad Platz und knipste eine Lampe über seinem Knopf an. Ich sah, wie sein Kiefer arbeitete, als er die Fotos nacheinander durchblätterte. Dieses Mal zeigte er keine sichtlichen Reaktionen, aber er las jede Seite sorgfäl-

tig durch, wobei er immer wieder mal ein Foto von der Rückseite herausnahm, um es mit dem schriftlichen Bericht zu
vergleichen. Es dauerte mindestens eine halbe Stunde, in der
ich schweigend in dem schaukelnden Boot saß und mir das
prächtige Feuerwerk ansah. Er hingegen sah kein einziges Mal
zu dem Spektakel am Himmel auf. Ihm hatte ich es zu verdanken, dass ich mich wie die bereits erwähnte Käferlarve
fühlte, und ich hatte es verdient. Aber dafür verdiene ich ja
solche Unsummen.

Als er endlich fertig war, gab er mir die Mappe kommentarlos
zurück, startete den Motor und nahm Kurs auf Cedar Bend.
Dort verließ er das Boot und stakste über den Steg davon.
Schließlich kam Tyler mit einem breiten Lächeln im Gesicht angelaufen und nur zu gerne bereit, mir aus dem Boot zu helfen
und mich zu meinem Auto zurückzubringen. Wenigstens einer
mochte mich.

11

Sie haben nicht gewusst, dass Sylvie eine Montenegro war?« Ich saß zusammen mit zwei Typen vom Geheimdienst an einem der oberen Fenster eines konspirativen Hauses mit Blick auf die Sacred Heart Catholic Church. Beide waren muskulös, rotwangig und cajunischer Abstammung, was sich besonders an ihrem Akzent und der Art ihres Auftretens manifestierte. Fast hätte ich geglaubt, sie zauberten in der nächsten Minute Fiedel und Waschbrett hervor, um mir eine rhythmusgeladene Version von »Jambalaya« zu präsentieren. Als echte Profis verzichteten sie jedoch darauf. Irgendwie waren sie mir auch unheimlich, und ich hoffte nur, sie waren nicht bestechlich, denn sonst wäre ich vielleicht noch als menschlicher Anker irgendwo draußen im Golf von Mexiko geendet.

Ich war an jenem Morgen in aller Frühe nach New Orleans geflogen und hatte mich im Police Department der Stadt gemeldet, wo man mir zwei als Homo sapiens auftretende Gorillas an die Seite gestellt hatte. Verstehen Sie mich nicht falsch, aber manchmal sind zwei Gorillas genau das, was man braucht, wenn man in einer fremden Stadt auf Schnüffeltour geht. Vor allem wenn der eigene Kollege herausgeputzt wie ein Pfau nach New York entschwunden ist, um sich dort mit einem Supermodel zu treffen. Ich war davon ausgegangen, Sylvies Familie würde im Garden District oder einem anderen vornehmen Viertel wohnen; umso erstaunter war ich, als Thierry Baxter (Baxter klingt eher nach Indiana als nach der französischsprachigen Cajun-Bevölkerung, oder nicht?) und Jean-Claude Longet die Mississippi River Bridge in Richtung Algiers überquerten. Der Ruf dieses Viertels war sogar mir bekannt. Angeblich lebten dort sämtliche Kriminelle des Staates Louisiana, glücklich und zufrieden bis an ihr seliges Ende. Von dort stammte also Sylvie Border.

»Nein. Bis heute habe ich nie etwas von der Montenegro-Familie gehört.«

»Manche nennen sie auch die Cajun-Mafia, aber Sylvies Daddy hat alles allein aufgebaut. Er ist der Patriarch der Familie und brennt darauf, herauszufinden, wer seine süße Kleine um die Ecke gebracht hat.« Das kam von Thierry. Er war der Wortführer des starken Duos.

»Nun, Leute, das wirft doch ein ganz neues Licht auf meinen Fall. Halten Sie es für möglich, dass sie einem anderen Verbrecherclan zum Opfer gefallen ist?«

»Keine Ahnung«, sagte Thierry. »Aber Jacques Montenegro kriegt das raus.« Thierry und ich hatten Hochleistungsferngläser zur Verfügung. Es waren auch noch ein paar Typen vom FBI da, die im Nachbarzimmer eine Videokamera und einen Fotoapparat im Anschlag hielten. Besser konnten die Strafverfolgungsbehörden nicht zusammenarbeiten. Die FBI-Fritzen waren zu beschäftigt, um mit mir herumzusitzen und zu plaudern, aber sie sagten, ich könnte mir ihre Videoaufnahmen von der Beerdigung ansehen, wenn ich bei den entsprechenden Stellen nachfragen würde.

Gut zwanzig Minuten lang hatte Thierry Straßenganoven, Mörder, Fälscher und Schmuggler namentlich identifiziert, während sie nacheinander eintrudelten, um dem verstorbenen Fernsehstar die letzte Ehre zu erweisen. Jean-Claude entschuldigte sich bald, um das Haus auf Schleichwegen in Richtung Friedhof zu verlassen; in seinem schwarzen Anzug sah er aus wie ein mit Tarnfarbe bemalter Panzer – unauffällig, aber bedrohlich. »Ich mach mich lieber schon mal auf den Weg. Schlimm, was mit Sylvie passiert ist. Sie war wirklich süß, die Kleine.«

Es herrschte offenbar Einigkeit darüber, dass Sylvie es nicht verdient hatte, zu sterben, und schon gar nicht auf diese Art und Weise. Aber Beziehungen zur Mafia nahmen oft ein böses

Ende – ich kannte sämtliche Folgen von »Der Pate« in- und auswendig. Richtig munter wurde ich, als Nicholas Black standesgemäß in einer schwarzen Stretchlimousine vorgefahren kam. Ach ja, so ein Leben in Saus und Braus hatte schon was. Ich richtete meinen Feldstecher auf ihn, als er aus dem Fond des Wagens stieg. »Was ist mit Nicholas Black? Pflegt er irgendwelche Beziehungen zum Montenegro-Clan?«

Thierry schüttelte den Kopf. »Er kommt nicht oft hierher. Sie können sich die FBI-Aufnahmen ansehen. Sie sind ständig dran.«

»Das FBI überwacht die Montenegros rund um die Uhr?«

Thierry nickte und entfernte sich dann kurz vor Beginn der Trauerfeier. Fünf Minuten später konnte ich durch mein Fernglas sehen, wie er die Eingangstreppe erklomm und in der Kirche verschwand. Ich legte es darauf an, zu spät zu kommen, sodass ich mich in der Kirche ganz hinten hinstellen und die Trauergäste unbehelligt beobachten konnte. Aus dem Grund wartete ich noch zehn Minuten. Ich freute mich nicht gerade auf die kommende Stunde. Beerdigungen waren nicht mein Ding – ich mochte sie nicht, mied sie wie der Teufel das Weihwasser, und außerdem trage ich selten Kleider. Eigentlich trage ich niemals Kleider, aber aus Respekt gegenüber Sylvies Familie schlüpfte ich in ein ärmelloses schwarzes Kleid mit Stufenrock von ungefähr 1980. Dazu trug ich einen kurzärmligen schwarzen Leinenblazer, um mein Schulterhalfter zu verbergen, denn ich wäre verrückt, mich ohne Waffe hier herumzutreiben. Sogar auf einer Beerdigung. Selbst wenn es bedeutete, in der Schwüle von Louisiana zu schmelzen. Außerdem schien nach den Ausbuchtungen in ihrer Kleidung keiner der Trauergäste unbewaffnet zu sein. Aber zurück zu meiner Aufmachung. Zugunsten eines Paars viel zu enger schwarzer Lackballerinas, hatte ich sogar auf meine Sneakers verzichtet, aber ich hatte mich strikt geweigert, eine Strumpfhose anzuziehen. Das musste nun doch nicht sein. Ich hatte abgenommen, seit ich das Kleid zum letzten Mal getragen hatte, und so schlabberte das Kleid an mir herum wie an einer Vogelscheuche. Aber so ist das Leben nun mal.

Thierry hatte mir dringend zu einer Kopfbedeckung geraten, und so hatte ich mir unterwegs im nächstbesten Kaufhaus noch schnell einen schwarzen Spitzenschleier besorgt. Ich drapierte ihn über Kopf und Schultern, sodass ich schon sehr feminin aussah, betrat die Kirche und nickte den sechs Schlägertypen zu, die am Weihwasserkessel Spalier standen. Dem Anlass entsprechend waren sie alle dunkel gekleidet und hielten ihre Waffen respektvoll verborgen. Einer von ihnen war Thierry. Jean-Claude war nirgendwo zu sehen.

Die Kirche war fast voll, und die Trauerfeier hatte bereits begonnen. Ich bekreuzigte mich mit Weihwasser, wie ich es im Fernsehen gesehen hatte, und bezog ganz hinten Position. Die Familie der Verstorbenen saß vereint in den ersten Reihen, und es dauerte nicht lange, bis ich feststellte, dass Black unmittelbar dahinter saß. Er schien allein zu sein. Ich erkannte sonst niemanden, aber schon im nächsten Moment hörte ich lautes Schluchzen. Es kam von Gil Serna, der im Seitenschiff Platz genommen hatte. Er schien schwer betroffen, und die ersten Gäste wandten bereits ihre Köpfe, um zu sehen, wer da weinte. Er war in Begleitung einer Frau mit perfekter Strähnchenfrisur, wahrscheinlich seine Presseagentin, sowie eines bulligen Glatzkopfs, wahrscheinlich sein Bodyguard. Prominente traten nie ohne Anhang in Erscheinung. Ich hatte gehofft, er würde kommen. Das verschaffte mir die Gelegenheit, ihn zu vernehmen, ohne dass Charlie einen Flug nach L. A. springen lassen musste.

Der Sarg war natürlich verschlossen. Ich fragte mich, ob Black den Vater über die grausigen Details informiert hatte. Sylvie hatte ungefähr dieselbe Anzahl Blumenarrangements wie Rudolph Valentino bei seiner Beerdigung in den 30er-Jahren des vergangenen Jahrhunderts. So weit das Auge reichte, lagen sie über den ganzen Altarraum und bis in die Seitenschiffe hinein verteilt. Es lag ein seltsamer Duft in der Luft, eine Mischung aus Rosen und Weihrauch. Der Gottesdienst ging weiter, und aus Rücksicht auf die Folterinstrumente aus schwarzem Lackleder an meinen Füßen nahm ich in der letzten Reihe hinter einer Säule verborgen Platz. Ich sah Jean-Claude, der einen Seiteneingang bewachte, der zum angrenzenden Friedhof führte. Was erwarteten die sich eigentlich? Eine bewaffnete Erstürmung des Sarges?

Nach Abschluss der Totenmesse wurde der Sarg von acht Trägern übernommen. Zu meinem großen Erstaunen war Nicholas Black einer von ihnen. Und noch erstaunlicher war, dass Gil Serna auch mit von der Partie war. Er weinte während des ganzen Wegs zur Grabstätte unablässig wie ein kleines Kind. Er schien wirklich sehr betroffen zu sein, aber andererseits war er natürlich Schauspieler und jederzeit in der Lage, Tränen zu produzieren.

Draußen hielt ich mich im Zuschauerkreis abseits und wartete auf eine Gelegenheit, die Familie anzusprechen. Für die Angehörigen und die Sargträger standen rund um die gigantische Familiengruft der Montenegros Stühle bereit, und schon begann sich die Schlange der Trauergäste, die ihr Beileid bekunden wollten, zu formieren. Als ich Sylvies Eltern langsam näher kam, wurde Nicholas Black auf mich aufmerksam und versuchte, mich abzudrängen. Offenbar befürchtete er, ich könnte den trauernden Hinterbliebenen zu nahe treten. Immerhin war ich dieser gefühllose Trampel, den er nicht sonderlich mochte.

»Jacques, Gloria, das ist Claire Morgan. Sie ist Detective und für die Aufklärung des Falls zuständig«, sagte er leise und pietätvoll, anstatt mich zu vertreiben. Dann fügte er noch etwas in für meine Ohren astreinem Französisch hinzu, was ich natürlich nicht verstand, und worüber ich mich natürlich maßlos ärgerte. Was auch immer es war, es weckte ihr Interesse. »Haben Sie das Ungeheuer schon gefunden, das meiner Kleinen das angetan hat?«, fragte Jacques Montenegro, dessen Augen vom vielen Weinen und aus Schlafmangel rotgerändert waren.

Er war ein groß gewachsener, eleganter schlanker Mann. Irgendwie zart. Er sah aus wie ein Franzose.

»Noch nicht, Sir, aber wir kriegen ihn. Mein Beileid.«

»Danke.«

Sylvies Mutter war eine hübsche kleine Frau mit graumelierten, ehemals blonden Haaren und dunklen Augen. Sie sagte nicht ein Wort und sah mich auch nicht an, wischte sich nur immer wieder mit einem weißen, rosenbestickten Taschentuch die Tränen ab. Ich wollte gerade fragen, ob ich später vorbeikommen könnte, aber Jacques kam mir zuvor. Er bedeutete mir, mich zu ihm herunterzubeugen.

»Ich hätte ein paar Fragen an Sie, wenn Sie gestatten«, sagte er leise. Dass mir ein Mafioso etwas ins Ohr flüsterte, hatte ich auch noch nicht erlebt. »Bitte kommen Sie zu mir nach Hause, wenn das hier vorbei ist. Dann können wir uns unterhalten.« Sein Cajun-Akzent war weniger deutlich ausgeprägt als bei meinen Agentenfreunden. Er klang insgesamt gebildeter.

»Gerne, Sir, vielen Dank«, sagte ich und kam zu dem Schluss, dass sich die Dinge gut entwickelten.

Black fasste mich am Arm und führte mich von der Familie weg, als würde er mich besitzen. Allmählich wurde das zu einer ärgerlichen Gewohnheit bei ihm. Seine Stimme war weiterhin gedämpft und gefasst. »Warum haben Sie mir nichts davon gesagt, dass Sie hierher kommen?«

»Wie bitte? Seit wann muss ich mich mit Ihnen darüber abstimmen, wie ich meinen Job mache?« Ich versuchte, meinen Ellbogen zu befreien, aber er ließ nicht los, sondern hielt mich weiterhin fest, sanft, aber entschieden. Ich war drauf und dran, ihn zur Rede zu stellen, aber das hätte eine Riesenszene verursacht, und die wollte ich mir für später aufsparen.

»Ich bin mit meinem Privatjet hier und hätte Sie mitnehmen können.«

»Wie freundlich von Ihnen, Dr. Black. Meinen Sie, Sie hätten mich dadurch unter Kontrolle?«

»Könnten Sie vielleicht hier gut gebrauchen.«

»Sie kennen mich nicht besonders gut, denn sonst würden Sie wissen, dass ich sehr gut auf mich selbst aufpassen kann.«

Black warf einen ausgiebigen, bedeutungsvollen Blick auf mein blaues Auge, um dann mein Outfit ins Visier zu nehmen. »Woher haben Sie denn diese Nonnenkluft? Von der Heilsarmee?«

Ich sagte: »Ha, ha, ha! Ich lach mich tot!« Meine Wortwahl war wohl etwas unglücklich.

Black sagte: »Ich würde Ihnen keinesfalls raten, die Waffe unter Ihrem Blazer zu ziehen.«

»Oh, Mist! Wo ich doch liebend gern auf Beerdigungen herumballere.«

Black fand das gar nicht lustig. Zu dumm aber auch. »Wenn Sie möchten, nehme ich Sie zu den Montenegros mit.«

»Ich dachte, Ihre Beziehung zu Sylvies Familie wäre nicht so eng?«

»Wer sagt denn, dass sie eng wäre? Jacques möchte lediglich mit mir sprechen, so wie er mit Ihnen sprechen will. Ich bleibe sowieso nicht lang. Da können Sie ebenso gut mitkommen.« Ich wollte gerade sagen, ich hätte schon eine Fahrgelegenheit, danke, als er hinzufügte: »Gil und seine Freunde fahren auch bei mir mit.«

»Warum nicht?«, sagte ich lächelnd und über die Maßen freundlich.

Gil Serna flennte während der ganzen Fahrt zum Herrenhaus der Montenegros ununterbrochen, sodass ich keine Chance hatte, ihm eine Frage zu stellen, obschon Black uns beim Verlassen der Kirche miteinander bekannt gemacht hatte. Ich saß gegenüber von Gils blonder gut aussehender Agentin namens Mathias Grobe – ja, sie hieß tatsächlich so –, die ihm permanent das Knie tätschelte und kleine Nettigkeiten vor sich hinmurmelte, die ich nicht verstand. Der bullige Glatzkopf und Leibwächter hieß Jimmy Smith, ganz einfach, man stelle sich das mal vor, und ich war mir nicht sicher, ob er in Anbetracht des leeren, starrenden Blicks aus seinen kleinen schwarzen Schielaugen überhaupt etwas in der Birne hatte. Jimmy, der Hohlkopf, kam mir in den Sinn. Ich weiß, ich bin fies. Entschuldigung.

Nicholas Black saß neben mir, und ich gab mir Mühe, nicht ständig daran zu denken, wie gut er doch aussah. Ärgerlich, dass mir seine Hände auffielen, wie die Kontur seiner gebräunten Finger auf einem seiner überkreuzten Beine spitz zulief. Er war nahe genug, dass ich die dezent-neutrale Note seines Duftwassers registrierte. Die Marke erkannte ich nicht, aber ich steh sowieso nicht auf teure Düfte. Ich geb's ja zu. Er gefällt mir. Ich bin auch nur eine Frau, und ich spürte seine Wirkung auf mich. Was war schon dabei? Nur konnte ich mich halt auf nichts einlassen, nicht so lange er als Verdächtiger galt. Nicht einmal, wenn er nicht verdächtig wäre. Hände weg, sagte ich mir. Der Mann war tabu für mich. Absolut. Und obwohl ich, was Männer betraf und das ganze Trallala drumherum, ziemlich aus der Übung war, spürte ich doch, dass ich ihm auch gefiel. So eingerostet war ich also doch nicht. Oder vielleicht überlegte er einfach nur, wie er mich am besten um die Ecke bringen könnte.

»Mr Serna«, sagte ich schließlich, da ich ja nun doch einmal damit anfangen musste, und nun, da seine Tränen nachgelassen hatten, war die beste Gelegenheit dazu. »Ich werde Ihnen wohl oder übel ein paar Fragen stellen müssen. Im Moment ist es sicher schlecht, da Sie sehr durcheinander sind, aber ich muss noch heute Abend zurück nach Missouri. Könnte ich Sie vielleicht später kurz sprechen, wenn wir angekommen sind und Sie sich ein wenig gefangen haben?«

Mathias sah aus, als würde sie mir meinen kühnen Vorstoß verübeln, während Jimmy die Glatze gänzlich abwesend schien. Dann sah er mich an, und ich fand meinen Eindruck bestätigt. Gil war wie aufgelöst, aber er nickte, wandte sich dann ab und starrte aus dem Fenster. Gut möglich, dass er schauspielerte, dass er eine Oscar-verdächtige Show abzog, aber ich glaube, sein Kummer war echt. Es ist schwer, so lange zu weinen, selbst dann, wenn die Tränen echt sind. Glauben Sie mir. Ich weiß das. Andererseits könnte er deshalb weinen, weil er seiner Freundin den Kopf abgeschnitten hatte und dies nun bedauerte.

Das Anwesen der Montenegros war eine echte Sehenswürdigkeit. Es lag direkt am Mississippi und wirkte eher wie eine Festung, hatte aber auch diesen typischen »Vom Winde verweht«-Look. Es sah tatsächlich aus wie ein Herrenhaus aus guten alten Südstaatenzeiten. Nur die hohe Betonmauer um das Grundstück störte etwas. Auf dem mindestens achtzigtausend Quadratmeter großen Anwesen standen riesige Eichen, an deren Ästen langfädiges graues Louisianamoos baumelte. Am Eingang wurden wir von Wachen aufgehalten, die das Innere unseres Autos und den Kofferraum kontrollierten und uns dann durch das eiserne Tor hindurchwinkten. Ich hätte wetten können, dass es so etwas nicht einmal bei Madonna gab. Allerhöchstens vielleicht früher bei Michael Jackson.

Das Haus verfügte über die obligatorischen weißen Säulen, und zwar ringsherum, an allen vier Seiten. Im Erdgeschoss wie auch im Obergeschoss gab es lange, verglaste Veranden. Vor dem Eingang prangte ein riesiger Magnolienbaum mit weißen, wächsernen Blüten, deren Duft mir sofort nach dem Aussteigen in die Nase stieg, aber noch stärker war der Duft von Rosen in der heißen stehenden Luft. Beinahe hätte ich einen Hitzschlag in meinem schwarzen Blazer bekommen, aber ich widerstand dem Drang, mir mit meiner Glock Automatik Frischluft zuzufächeln.

Wir wurden in eine großzügige Vorhalle geführt, die sich über die gesamte Länge des Hauses erstreckte. Die Klimaanlage ließ mich aufatmen, fast als hätte ich einen lange verloren geglaubten Freund wiedergefunden. Durch die rückwärtige Tür fiel mein Blick auf eine ausgedehnte Rasenfläche, die sich bis zum Fluss erstreckte. Gerade kam ein Boot vorbei, dessen Aufbauten ich über den Schutzdeich hinweg sehen konnte. Prostitution und der Handel mit Drogen waren offenbar lohnende Geschäfte in New Orleans.

Im Haus wimmelte es von schwarz gekleideten Leuten, die ehrfurchtsvoll flüsterten und sich auch sonst so benahmen. Im Erdgeschoss gab es je ein Wohn-, Ess-, Arbeits- sowie ein Herrenzimmer und eine riesige Küche, die offenbar notwendig war, um die überall herumstehenden bewaffneten Kerle zu versorgen. Die waren mir gleich nach unserer Ankunft aufgefallen. Ich weiß ganz gern, wo sich die Ausgänge befinden, wenn ich Typen wie dem Paten meine Aufwartung mache. Die Innenausstattung war in hellen Pastelltönen gehalten – nirgendwo eine Spur von den schweren dunklen Holzvertäfelungen, die man normalerweise mit Filmen von Francis Ford Coppola assoziiert. Natürlich, sie waren ja Italiener. In Louisiana ansässige Gangster bevorzugten offenbar einen Stil à la Florida und engagierten Innendekorateure aus Palm Beach.

Die Familie empfing uns in einem in blau und gelb gehaltenen Salon, und mir fiel auf, dass sie Black sehr warmherzig begrüßten. Dann kam er auf mich zu. Ich hatte auf einer Treppenstufe Position bezogen, um einen besseren Überblick zu haben. Nicht besonders subtil, aber immerhin. Wie von ihm bereits angedeutet, hatte er tatsächlich nicht vor, allzu lange zu bleiben. »Ich muss zurück. Wenn Sie möchten, können Sie gern bei mir mitfliegen, Detective. Platz gibt's genug.«

»Ich bin nicht zu meinem Vergnügen hier, Doktor. Ich hab noch zu tun.« Gott, klang das förmlich und abweisend. Ich weiß nicht warum, aber ich hatte Schwierigkeiten, in seiner Anwesenheit einigermaßen höflich zu bleiben, obwohl ich sonst eigentlich ein recht umgänglicher Mensch bin. Vielleicht versuchte ich unbewusst, im Keim zu ersticken, was sich zwischen uns anbahnen könnte. Der Versuch zeigte Wirkung. Sein Blick war so warm wie ein Gletscher in Alaska.

»Bitte lassen Sie es mich wissen, wenn ich Ihnen bei der Ermittlung noch irgendwie behilflich sein kann.« Er schenkte mir ein Lächeln, das in etwa besagte, ich bleibe bewusst höflich, auch wenn du dich benimmst wie die letzte Zicke.

Nachdem er den Raum verlassen hatte, ging ich ans Fenster, um mich zu vergewissern, dass er auch tatsächlich abfuhr, wie er behauptete. Ich glaubte ihm nicht die Bohne. Ich war froh, den weiten Weg auf mich genommen zu haben, als ich sah, wie der schwarze Chauffeur der Montenegros auf ihn zukam und ihn innig umarmte. Höchst interessant für eine ausgebuffte Ermittlerin wie mich. Für Menschen, die sich nicht kannten, waren sie zu nett zueinander und ihre Unterhaltung dauerte einen Tick zu lange. Ich ging auf die Veranda hinaus und stellte mich hinter eine Gruppe von Leuten, die die Aussicht bewunderten, in der Hoffnung, ich könnte von dem Gespräch etwas mitbekommen. »Bleiben Sie beim nächsten Mal nicht so lange aus, Nicky. Sie wurden hier sehr vermisst.«

Oh, oh, wenn das mal nicht meine Zickigkeit rechtfertigte. Black hatte offenbar in der Tat eine weitaus innigere Beziehung zu Sylvie und ihrer Familie, als es einem Psychiater eigentlich zustand. Ich fragte mich, ob er was Illegales am Laufen hatte hier unten in der Cajun-Region. Vielleicht Drogen. Drogenlieferant für die Reichen und Schönen vielleicht? Vielleicht finanzierte er damit seine zahllosen Herrenhäuser, die maßgeschneiderten Yachten und Privatjets. Vielleicht war Sylvie deshalb auf seinem Grund und Boden ermordet worden. Ich beschloss, diesen neuen Aspekt später genauer zu bedenken. Gil Serna hatte sein Weinen endgültig eingestellt.

Wir setzten uns für unser Gespräch auf ein olivgrünes Samtsofa in einer Ecke der Eingangshalle. Ich nahm mir vor, ihn mit Samthandschuhen anzufassen.

»Mr Serna, es tut mir so leid, was passiert ist. Ich weiß, dass Sie und Ms Border mehr als nur befreundet miteinander waren.«

Seine großen schokoladenbraunen Augen füllten sich mit Tränen. Oh je, er hatte wirklich nahe am Wasser gebaut. Wenn nicht bald Schluss damit wäre, würden seine Tränendrüsen noch persönlich vor ihm auf die Knie fallen und ihn um Gnade bitten. »Ich hab sie so geliebt. Oh mein Gott. Wie konnte das nur passieren. Ich kann es nicht fassen. Oh Gott, es ist so schrecklich.«

»Ich werde mein Bestes tun, den Fall aufzuklären. Wann haben Sie das Opfer zum letzten Mal gesehen, Mr Serna?«

»Kurz vor ihrer Abreise nach Cedar Bend. Ich war dagegen und wollte, dass sie lieber bei mir bleibt. Ich hatte eine Woche in L.A., ehe ich für die Aufnahmen zu meinem neuen Film nach Italien musste. Der Arbeitstitel lautet ›Trojaner‹. Es ist ein Sandalenfilm à la ›Gladiator‹. Wenn sie bloß hiergeblieben wäre. Dann wäre das nicht passiert. Sie wäre noch am Leben. Ich hätte sie schützen können. Jimmy Smith ist rund um die Uhr an meiner Seite. Wenn ich ihn ihr nur mitgegeben hätte. Ich habe ihr gesagt, sie sollte sich lieber einen Bodyguard nehmen, aber sie meinte nur, da unten mit Black würde sie keinen brauchen.« Er sah mich an, als wäre ich an allem schuld.

Ich nickte trotzdem. »Ich würde mir auch wünschen, sie wäre lieber bei Ihnen in L.A. geblieben. Sie war eine tolle Frau.«

»Und sie war auch gut, wirklich gut, müssen Sie wissen. Eine von ganzem Herzen gute Frau. Ich bin nicht gut, verstehen Sie? Ich habe einen Scheißruf, aber sie war gut für mich. Sie hat mir geholfen, mein Temperament im Zaum zuhalten.«

»Sie neigen zu Wutausbrüchen, Mr Serna?«

»Ja, das ist doch allgemein bekannt. Haben Sie es nicht gewusst?«

»Haben Sie bei ihr auch mal die Beherrschung verloren?«

»Sicher, öfter sogar.« Er sah mich an; seine Augen waren jetzt nicht mehr feucht. Sie blickten mich flehentlich an und versuchten, an meine Gefühle zu appellieren. Ich meinte mich zu erinnern, eine ähnliche Szene in seinem letzten Film gesehen zu haben. Kurz bevor er einer Polizistin einen Schuss zwischen die Augen verpasste. »Aber ich habe ihr nie auch nur ein Haar gekrümmt. Das hätte ich nicht übers Herz gebracht. Ich habe sie geliebt. Ich bin schier verrückt geworden, wenn ich sie mal länger nicht gesehen habe. Sie hat einen besseren Menschen aus mir gemacht. Ich bin ein Taugenichts, aber sie hat mich gebessert.«

»Was können Sie mir über ihre Beziehung zu Dr. Black sagen?«

Er runzelte die Stirn und rieb sich das Kinn. Es war unrasiert, aber vielleicht waren das ja schon »Trojaner«-Stoppeln. »Ich bin davon ausgegangen, die beiden haben eine Affäre. Wer wäre schon nicht gerne mit ihr zusammen, wer nicht? Aber sie hat es strikt verneint. Er sei ihr Arzt und ihr Freund, und sie würde ihn gern mögen, und er würde ihr helfen und damit basta. Ein reines Arzt-Patienten-Verhältnis, und jetzt, da ich ihn kennengelernt habe und wir ein wenig Zeit miteinander verbracht haben, glaub ich das auch. Allerdings hab ich das nicht geglaubt, als sie in seine Anlage zu ihren Therapiesitzungen aufgebrochen ist. Ich habe permanent dort angerufen. Manchmal bin ich fast wahnsinnig geworden, wenn ich daran dachte, was sie da jetzt wohl mit Black machen würde. Er ist bekannt für seine Vorliebe für schöne Frauen. Das weiß jeder.«

Auch mir war das nicht entgangen. Ich musste sofort an die dralle Rothaarige denken. »Sie hatten also nicht wirklich einen Grund anzunehmen, zwischen den beiden wäre mehr?«

»Nein. Sie hat immer gesagt, er sei nur ein Freund.«

»Kennen Sie jemanden, der ihr gegenüber feindselig war?«

»Nein, überhaupt nicht. Ich hab da schon so viel drüber nachgedacht und mir schier das Hirn zermartert. Die Menschen haben sie gemocht. Sie hatte so ein gutes Herz. Können Sie sich vorstellen, was sie gemacht hat? Letzten Winter, als wir in New York waren, hat sie alle Wintersachen, Mäntel, Jacken, Kopfbedeckungen und so weiter, aufgekauft und an die Obdachlosen verteilt. Zur Sicherheit hat sie Jimmy Smith und mich mitgenommen. Sie ist regelrecht aufgegangen in ihrer Aufgabe. Sie hat in meiner Küche Schinkensandwichs gemacht, einen ganzen Korb voll, und sie mitgenommen. Sie ist wirklich ein Engel.« Er erkannte, dass er eigentlich in der Vergangenheitsform hätte sprechen müssen, worauf seine Augen etwas feucht wurden.

Ich hakte weiter nach, und es stellte sich heraus, dass er just am Tatabend mit einem ganzen Team bei Dreharbeiten beschäftigt gewesen war. Natürlich würde ich das sicherheitshalber überprüfen, aber das Alibi war doch ziemlich wasserdicht. Darauf sagte er noch, er sei im Lauf der nächsten Wochen für Innenaufnahmen zu den »Trojanern« in Los Angeles beschäftigt und stünde dort jederzeit für weitere Fragen zur Verfügung. Unser Gespräch schien ihn etwas beruhigt zu haben, und ich übergab ihn, traurig und tränenlos, in Mathias' Obhut.

Was Sylvies Eltern betraf, wartete ich erst einmal, bis ein Großteil der Trauergäste gegangen war, ehe ich mich ihnen näherte. Sie waren scheinbar sympathische Leute, trotz ihrer mörderischen und blutigen Geschäfte, und beide waren sie schwer betroffen vom Tod ihrer Tochter. Sie war ihr einziges Kind.

»Sylvie war so ein liebes Kind«, sagte Gloria mit sanfter Stimme. »Immer für uns da, wenn wir sie gebraucht haben. Wir haben regelmäßig telefoniert, und sie hat uns oft besucht. Wir sind sehr stolz auf ihre Karriere als Schauspielerin. Sie müssen wissen, es war nicht einfach, die Rolle als Amelia zu bekommen. Sie musste sich gegen fünfundsechzig Konkurrentinnen durchsetzen, und sie hat's geschafft. Das war der glücklichste Tag ihres Lebens.«

Jacques bekam feuchte Augen, hielt aber seine Emotionen im Zaum. Ich wartete einen Moment, wohl wissend, dass uns die bewaffneten Lakaien an der Tür keine Sekunde aus dem Auge ließen. »Mr Montenegro, haben Sie eine Vorstellung, wer Ihre Tochter getötet haben könnte?«

»Nein, noch nicht. Aber meine Nachforschungen laufen auf Hochtouren.«

»Lassen Sie es mich wissen, wenn Sie etwas herausfinden?«, fragte ich, obwohl ich nicht davon ausging, dass er mir etwas sagen würde, vor allem wenn einer von seinen alten Mafia-freunden im Spiel war. Meine Karte gab ich ihm trotzdem.

»Ich bin auch neugierig, was Sylvies Beziehung zu Nicholas Black angeht. Ist er ein enger Freund Ihrer Familie?« Nun war ich gespannt darauf, ob Nicky öfter hier verkehrte und was er dazu sagen würde.

»Nein«, sagte er und sah mir zum ersten Mal direkt in die Augen. »Außer heute und dem Morgen nach Sylvies Tod, als er hier anrief, haben wir nie miteinander gesprochen.«

Was für ein Lügner! Sogar Black hatte einen engeren Kon-takt zugegeben. »Hat sie Ihnen gegenüber je über ihn gespro-chen? Vielleicht erwähnt, dass etwas war zwischen den beiden?«

E schüttelte den Kopf. »Gilt Dr. Black denn als verdächtig im Mordfall Sylvie?«

Ich entschärfte die Situation gekonnt. »Er ist einer von je-nen, die sie kurz vor ihrem Tod noch gesehen haben, und es ist wichtig für mich, zu wissen, wie sie zueinander standen.«

Montenegro mochte meine Fragerei in Bezug auf Black überhaupt nicht. »Ich glaube, Sie sollten den Mörder meiner Tochter lieber anderswo suchen, Detective. Nicholas Black hätte es nie tun können.«

Ich ließ mich nicht abbringen und sagte: »Woher wollen Sie das wissen, Mr Montenegro?«

Montenegro setzte eine Miene auf, bei der sich die meisten der umstehenden bewaffneten Kerle in die Hose gemacht hät-ten. Gloria Montenegro erkannte den Ernst der Lage und sagte schnell: »Da war nichts zwischen den beiden. Sylvie hätte es mir bestimmt gesagt. Wir hatten ein sehr enges Verhältnis. Ihr Herz gehörte Gil Serna, aber er war krankhaft eifersüchtig, und sein Besitzdenken fiel ihr allmählich auf die Nerven.«

»Halten Sie Gil Serna eines Mordes für fähig?«

Jacques Montenegro zuckte irritiert mit den Schultern. Ich fiel ihm lästig. Manchmal liebte ich es, mich so richtig festzu-beißen. »In seinen Filmen spielt er den Macho, aber was ist hier? Flennt rum und weint sich an der Schulter dieser Frau

144

aus! Im Grunde genommen ist er ein Schwächling. Er hätte gar nicht den Mut, jemanden umzubringen. Filme sind nicht das wahre Leben.«

Tiefgründige Einsichten eines Mafioso, aber ich vermute mal, ein Mann wie Jacques Montenegro hatte einen anderen Blick auf die Menschen als die meisten. Als ich die Vernehmung kurz darauf beendete, kam ich zu dem Schluss, dass sie mit ihren Antworten nicht sonderlich entgegenkommend waren. Ich drückte ihnen noch einmal mein Beileid aus. Irgendwie war ich nach diesem Gespräch nicht viel schlauer. Eines jedoch war mir klar. Nicholas Black und die Montenegros sagten nicht die Wahrheit über ihr Verhältnis, und es war meine Aufgabe, die Gründe hierfür herauszufinden.

12

Ich nahm ein Taxi zum Flughafen. Darin war es so heiß, dass ich in meiner biederen Beerdigungskluft beinahe umgekommen wäre. Allerdings wurde ich durchweg mit großem Respekt behandelt. Wahrscheinlich hielt man mich, wie schon Dr. Black gesagt hatte, für eine Nonne.

Auf dem Flughafen wimmelte es von Menschen, Einheimischen mit Südstaatenakzent und leicht bekleideten Touristen. Alles stopfte die typischen Gerichte der Region in sich hinein: Beignets, eine Art Krapfen, Pralines, ein Konfekt aus karamellisiertem braunem Zucker, oder Flusskrebspasteten. Ich überlegte schon, ob ich mir ein Auto mieten und in Erinnerung an gute alte Zeiten nach Baton Rouge raufdüsen sollte; dann fiel mir rechtzeitig ein, was Katie Olsen passiert war, meiner ehemaligen Zimmerkollegin damals an der Louisiana State University, und ich gab den Plan auf.

Mein Gate befand sich ungefähr tausend Meilen entfernt am anderen Ende der Abflughalle, wahrscheinlich nur, wie ich annahm, weil ich diese Folterwerkzeuge von Schuhen anhatte. Warum hatte ich bloß keinen Ersatz zum Wechseln eingepackt? Vielleicht sollte ich mir in einem der Souvenirläden ein T-Shirt kaufen, etwa mit der Aufschrift FRENCH QUARTER oder NEW ORLEANS SAINTS oder VAMPIRES LOVE THE BIG EASY. Letzteres hätte mir am ehesten zugesagt, weil darauf der gut aussehende Lestat aus den Romanen von Anne Rice abgebildet war, komplett mit ausgefahrenen Fangzähnen, von denen das Blut tropfte. Vielleicht sollten wir uns in der Ozarks-Region zur Ankurbelung des Tourismus etwas Ähnliches zulegen, nur waren Werwölfe schlecht dazu geeignet oder gar verrückte Killer, die ihre Opfer an gedeckte

Tische unter Wasser platzierten. Das brachte mich auf den Boden der Tatsachen zurück, und ich trottete weiter.

An meinem Gate nahm ich in einer leeren Sitzreihe vor einer Wand Platz und massierte eine Weile lang meine malträtierten Füße. Ich legte den Kopf zurück und schloss die Augen, schlug sie aber sofort wieder auf, als sich jemand direkt neben mich setzte. Ich platzte vor Ärger und wollte gerade darauf hinweisen, dass es jede Menge Sitzgelegenheiten nicht direkt auf meinem Schoß gab, als ich Dr. Black erkannte. Prost Mahlzeit!

Er sagte: »Hallo, Detective.«

Ich hätte ihn kaum erkannt, weil er anstatt seines Psychiater-Looks, Anzug aus italienischer Seide und gestärktes weißes Hemd, nun in den Look des Kumpels von nebenan gewechselt war, verwaschene Jeans, schlichtes weißes T-Shirt und schwarze Laufschuhe. Mannometer, er sah direkt aus wie ein echter Mensch aus Fleisch und Blut. Ich sagte: »Was gibt's, Doc? Mischt man sich plötzlich unters gemeine Volk? Ich dachte, Sie wären in Ihrer eigenen schnuckeligen Privatmaschine längst über alle Berge?«

»Sind Sie immer so nett?«

Ich tat so, als würde ich überlegen. »Ja, Sir, meistens schon.«

Black wirkte ungewöhnlich angespannt und so gar nicht in Plauderlaune. »Ich muss mit Ihnen sprechen. Dringend.«

»Hab ich Ihnen meine Handynummer denn nicht gegeben?«

»Ich habe gesagt, es ist wichtig.«

»Okay, schießen Sie los.« Ich ertappte ihn dabei, wie er die vorbeikommenden Menschen mit ihren Rollkoffern und über die Schulter geworfenen Reisetaschen beobachtete. Vielleicht war er ja nur gekommen, um mit mir Menschenbeobachtung zu treiben, aber ich gebe zu, ich war neugierig. Sein Jet hätte schon vor ein paar Stunden abheben sollen – eine Menge Zeit für einen vielbeschäftigten Mann, der einem strikten Zeitreglement unterstand. Er hatte also extra meine Flugnummer in

Erfahrung gebracht und so lange gewartet, bis ich auftauchen würde.

»Ich habe wichtige Informationen für Sie«, sagte er, ohne mich anzusehen. Er hielt den Blick weiter auf die Passanten gerichtet, bis ich nervös wurde und ebenfalls begann, die anderen Fluggäste anzuglotzen. Montenegro-Typen sah ich keine herumlungern, aber es gab ja die Möglichkeit der Verkleidung.

»Okay.« Manchmal konnte ich unglaublich direkt sein.

»Sie müssen schwören, das Folgende absolut vertraulich zu behandeln.«

»Entschuldigung, aber das ist unmöglich. Ich arbeite bei der Strafverfolgung, erinnern Sie sich? Ich erstatte vielen Leuten Bericht, meinem Kollegen, dem Sheriff, dem Staatsanwalt, dem Richter und der Jury, um nur ein paar zu nennen.«

»Dann muss ich leider schweigen. Aber es handelt sich um einen maßgeblichen Hinweis, der Sie direkt auf die Spur von Sylvies Mörder führen könnte.«

»Ach ja? Vielleicht würde ja der Vorwurf der Rechtsbehinderung Ihre Zunge lösen?«

Black runzelte die Stirn und dachte kurz nach, kam aber dann zu dem Schluss, dass ihm der Vorwurf der Rechtsbehinderung wohl eher nicht in den Kram passte, obwohl derlei bei der Staatsanwaltschaft nie und nimmer durchkommen würde. »Ich habe heute erfahren, dass Sylvie von einem Stalker belästigt wurde. Der Typ verfolgt sie schon seit Highschool-Tagen. Ich habe seinen Namen, und er wohnt in den Sümpfen im Süden der Stadt. Gar nicht weit, höchstens ein paar Stunden.«

Nun wurde es richtig spannend. Ich zückte meinen Notizblock. »Wie ist sein Name?«

»Ich dachte, Sie wollten sofort dorthin und ihm ein paar Fragen stellen, solange Sie hier sind.«

»Sehr richtig. Geben Sie mir seinen Namen und die Adresse, und Sie können Ihrer Wege gehen.«

Black schüttelte den Kopf, lehnte sich zurück und legte ein Bein über das andere. »Keine Chance. Ich werde Sie begleiten.

Ohne mich als Führer finden Sie seine Wohnung in den Sümpfen nie.«

Ich marterte ihn mit strengen Blicken, in der Hoffnung, er würde sich winden dafür, dass er sich mit einer Polizistin angelegt hatte. Doktor Cool jedoch blieb standhaft. Ich sagte: »Woher kennen Sie dieses Gebiet so gut?« Anders ausgedrückt: Sind Sie in Jacques Montenegros Verbrechersyndikat verwickelt?

»Ich war auf der Tulane University, und einen Teil meiner Zeit als Assistenzarzt habe ich auch in New Orleans verbracht, nämlich am Charity Hospital. Außerdem habe ich Freunde in der Lafourche-Region.«

Das stimmte wohl, zumindest was den professionellen Aspekt betraf, aber Verbindungen zur Verbrecherszene waren damit nicht vom Tisch. Vielleicht war das ja die Zeit, als er erste Kontakte knüpfte? Ich sagte also: »Besten Dank für das Angebot. Aber die Sache könnte gefährlich werden, und ich habe keine Zeit, den Babysitter für Sie zu spielen.«

Black lachte donnernd, als hätte ich etwas ganz Dummes gesagt, und der arrogante Blick, mit dem er mich bedachte, signalisierte deutlich, dass er keinen Aufpasser brauchte, am wenigsten mich. Er sagte jedoch: »Sie kennen die Sümpfe nicht, denn sonst wären Sie froh über einen Ortskundigen an Ihrer Seite.« Er zögerte, als überlegte er immer noch, mir die Bemerkung mit dem Babysitter heimzuzahlen, verzichtete aber letztlich dann doch darauf. Trotzdem, ganz dumm bin ich auch nicht, und ich hatte genug über diese Gegend gehört und wusste, dass es wirklich unheimlich ist da unten und dass er möglicherweise recht hatte. Also sagte ich: »Ich glaube, besser wäre es, beim Police Department von New Orleans ein paar bewaffnete Beamte zu meiner Unterstützung anzufordern.«

Unsere Blicke trafen sich. Dann sagte er: »Das würde ich Ihnen nicht raten. Ich bin mir zwar nicht sicher, aber es würde mich nicht überraschen, wenn Jacques Montenegro ein paar Beamte vom Police Department auf seiner Gehaltsliste stehen hätte. Sie wollen doch bestimmt nicht, dass Jacques von diesem

Kerl erfährt und ihn umlegen lässt, noch bevor Sie ihn vernehmen konnten. Nach allem, was man so hört, fackelt Jacques nicht lange. Er vollstreckt das Urteil sofort. Aus dem Grund habe ich abgewartet und zuerst Ihnen von dem Stalker erzählt, anstatt gleich zur Polizei zu gehen.«

Black kannte sich ja nicht schlecht aus in Mafiadingen. »Sie sind in dem Fall also der Gute, seh' ich das richtig? Tun nur Ihre staatsbürgerliche Pflicht, und ich als Detective soll Ihnen dankbar sein?«

»So in etwa.«

»Wie lange wird das ungefähr dauern?«, fragte ich, worauf er lächelte, beinahe siegesbewusst.

»Vielleicht schaffen wir es vor Einbruch der Dunkelheit, falls nicht, gibt es dort einen alten Freund von mir, bei dem wir übernachten können.«

»Sie wollen mir weismachen, Sie hätten einen Kumpel in den Sümpfen, der uns Obdach bietet?«

»Genau. Zwar kein Fünf-Sterne-Hotel, aber akzeptabel.«

»Ich verbringe nirgendwo die Nacht mit Ihnen.«

»Dann sollten wir uns lieber auf den Weg machen.«

Ein langjähriger Stalker als möglicher Täter war genau das, was Bud und ich erwartet hatten. Klar, möglicherweise hatte Black einen guten Grund dafür, mir einen neuen Verdächtigen zu präsentieren, wäre er doch damit selbst aus dem Schneider. Aber immerhin hatte er recht damit, was passieren würde, wenn Montenegro den Stalker seiner Tochter vor uns zu fassen bekäme. Der Kerl wäre tot, ehe er auch nur den Mund aufmachen konnte.

»Ich muss Charlie noch anrufen, um seine Erlaubnis einzuholen. Dann kann ich ihm auch gleich sagen, dass der Hinweis von Ihnen stammt und dass Sie darauf bestehen, mich zu begleiten.«

»Ich habe nicht vor, Sie umzubringen und in den Sümpfen zu versenken, falls Sie das befürchten.«

»Ich befürchte überhaupt nichts, aber Charlie lässt Ihnen

den Arsch aufreißen, sollten Sie Dummheiten machen.« Soviel nur zu seiner Information.

»Ich werde ganz lieb sein und Ihnen bestimmt kein Haar krümmen, das verspreche ich Ihnen.« Mann, der Zynismus blühte in New Orleans, Louisiana.

Ich zog mein Handy aus der Tasche, entfernte mich von Black in das Getümmel der Abflughalle und wählte die Nummer des Sheriffs. Black strebte unterdessen auf den nächsten Kaffeestand zu und stellte sich an. Charlie meldete sich sofort nach dem ersten Läuten. »Was zum Teufel wollen Sie?«, fragte er auf gewohnt höfliche Art. Sein Anschluss hatte offenbar Rufnummernerkennung.

»Hallo, Sheriff. Ich bin's.«

»Verflucht, ich weiß, dass Sie es sind. Was ist los? Ich bin unterwegs zu einer verdammten Pressekonferenz.«

»Ich bitte um Ihr Einverständnis, einen späteren Flug nehmen zu dürfen oder eventuell einen Tag länger zu bleiben. Von Nicholas Black habe ich soeben erfahren, dass er einen Hinweis auf einen Stalker bekommen hat, der Sylvie Border über längere Zeit das Leben schwer gemacht hat. Sein Wohnort befindet sich draußen in den Sümpfen. Black will mich begleiten. Angeblich kennt er sich da draußen aus und könnte mir behilflich sein.«

»Woher will Black diesen Hinweis denn haben?«

»Darüber äußert er sich nicht, aber er hat scheinbar einige Studienfreunde in Louisiana, und ich nehme mal an, der Hinweis kommt aus dieser Richtung. Ich will nur, dass Sie wissen, dass ich mit ihm in die Sümpfe gehe, falls ich nicht wiederkomme.«

Nach einem Moment schniefte Charlie kurz. »Er wird Sie schon nicht gleich umbringen.«

»Sie haben leicht reden.«

»Nick ist kein Mörder. Dafür kenne ich ihn zu lange.«

»Vielleicht haben Sie einfach mehr Vertrauen als ich. Ich will lediglich, dass Sie und Bud wissen, wo ich bin und mit wem, und dass ich jedenfalls Nicholas Black nicht über den Weg traue.« Ein bisschen sauer war ich schon über Charlies saloppe Art. Da konnte dieser Typ mit noch so großen Summen Charlies Wahlkämpfe unterstützen. Aber was soll ich sagen. »Soll ich nun der Sache nachgehen, solange ich hier bin, oder soll ich die Heimreise antreten?«

»Gehen Sie der Sache doch besser nach. Bud treibt sich noch in New York herum und lässt dort auf meine Kosten die Puppen tanzen. Rufen Sie einfach an, und halten Sie mich auf dem Laufenden. Sollte ich keine Zeit haben, sprechen Sie mit Jacqee.«

Ja, genau, ich gebe vertrauliche Informationen an diese taube Nuss weiter. »Alles klar, Sir. Mach ich.«

Ich steckte das Handy in die Tasche und wartete auf Black. Wenig später kam er mit zwei Bechern schwarzem Kaffee und einer Tüte Beignets anmarschiert. »Geht soweit alles klar mit Charlie? Haben Sie ihn schön gegrüßt von mir?«

Ich sah, wie sich seine Grübchen beim Lächeln vertieften, blickte aber weg und trottete in Richtung Haupthalle davon. »Lassen Sie mich raten, wir fahren mit einer schwarzen Stretch-limousine in die Sümpfe, um möglichst wenig unter den Einheimischen aufzufallen?«

Er kam hinterher und ging nun neben mir. »Wie kommen Sie zu der Vermutung, Cajuns würden keine Limos fahren?«

Ich lächelte knapp, aber als wir das Flughafengebäude verließen, führte er mich zu einem alten klapprigen Chevy-Kleinlaster. Ich besah mir das Gefährt, während er mir, ganz Gentleman, mit elegantem Schwung die Tür aufhielt. Ich sagte: »Hertz scheint wohl bankrott zu gehen, wenn sie jetzt schon solche Kisten vermieten.«

»Den Wagen hab ich von einem Freund geliehen. Schließlich wollen wir, wie Sie richtig gesagt haben, nicht auffallen.«

»Sie haben plötzlich eine ganze Menge Freunde, oder nicht?«

Beim Einsteigen dachte ich mir, hoffentlich entpuppt sich dieses Ding nicht als dein eigener klappriger Chevy-Leichenwagen. Black nahm am Steuer Platz, startete den Motor und fuhr los. Da es keine Klimaanlage gab, waren die Fenster heruntergelassen, und ich fragte mich, wie dieser Millionärsdoktor ohne seinen Luxus-Schnickschnack nur überleben sollte. Wir sprachen kein Wort, bis wir auf dem Highway waren, unterwegs in Richtung Süden zum Golf von Mexiko. Nach geraumer Zeit sah er zu mir herüber, griff mit der Hand hinter meinen Sitz und holte eine Wal-Mart-Plastiktüte hervor. »Ich hab Ersatzklamotten für Sie besorgt. Wir wollen doch nicht, dass meine Cajun-Freunde vor Ihnen auf die Knie fallen und ein ›Gegrüßet seist du, Maria‹ anstimmen.«

»Schluss jetzt mit den Nonnenwitzen, okay?«

In der Tasche fand ich eine ultrakurze Denimshort, ein limonengrünes Neckholder-Top und weiße Keds. »Was soll das denn? Miss Louisiana auf großer Fahrt? Und wo bitteschön soll ich meine Waffe am Halfterriemen einklinken?«

»Die Handtasche würde sich anbieten. Wie in ›Drei Engel für Charlie‹?«

»Genau. Und meine Fälle löse ich dann auch alle in einer Stunde wie in ›Drei Engel für Charlie‹.«

»Es ist heiß in den Sümpfen. Da ziehen sich alle Frauen so an.«

»So was zieh ich höchstens in Ihren Träumen an.«

»Da auch, ja.«

Ich merkte, dass ich darüber lachen musste, deshalb drehte ich meinen Kopf zum Fenster und fragte mich, ob ich vielleicht im Begriff war, meine Objektivität zu verlieren.

Nach ungefähr fünfzehn Meilen steuerte Black eine Exxon-Tankstelle an, und während er die alte Chevy-Kiste auftankte, ging ich auf die Toilette und verwandelte mich in Miss Louisiana. Ein Riesenfehler. Als ich wieder herauskam, saß eine ganze Reihe von Truckerfahrern am Tresen bei Kaffee und Cheeseburgern. Sie drehten sich wie auf Absprache alle gemeinsam um und starrten mich entgeistert an, als hätte sich Mutter Teresa plötzlich in Pamela Anderson verwandelt. Sie ließen mich auch während der ganzen Zeit nicht aus den Augen, als ich einen Ständer mit T-Shirts durchfächerte und schließlich eines auswählte, auf dem David Letterman im Rachen eines Alligators abgebildet war. Ich fragte mich, ob ich mich damit leichter zu Hause fühlen würde in Cajunville. Dazu nahm ich noch ein einfaches weißes T-Shirt, wie Black eins anhatte, sodass wir im Partnerlook auftreten konnten, und eine Hüftjeans und weiße Sneakersocken, eine Dose Mückenspray und eine nicht zu kleine Citronella-Duftkerze. Ich habe schließlich Filme gesehen, die in den Sümpfen spielen. Die Truckerfahrer waren anscheinend zu lange unterwegs gewesen, denn sie beobachteten mich immer noch, wie ich da in meinem knappen Playmate-Outfit herumstöberte, als hätten sie noch niemals zuvor eine Frau gesehen. Black schloss sich ihnen an, nachdem er bezahlt hatte. Total verärgert riss ich darauf das Preisschild von dem T-Shirt ab und streifte mir das Ding über. Ende der Show, meine Herren. Holt euch eure Kicks gefälligst bei der nächsten Baywatch-Wiederholung.

Ich ging mit meinen Sachen zur Kasse und packte noch zwei Snickers und zwei Flaschen Wasser dazu, falls Black und ich unterwegs eine Stärkung brauchten. Immerhin hatte er mir einen Kaffee und diese Beignets spendiert, in Fett gebackene und mit Puderzucker bestreute Teigdinger, wie ich beim Essen festgestellt hatte. Die Kleine an der Kasse trug ebenfalls ein Alligator-T-Shirt, nur dass dieser Alligator Burt Reynolds verschlang. Dann ging ich zurück auf die Toilette und befestigte mein Pistolenhalfter und das Polizeiabzeichen an meiner neuen Jeans und zog das weite T-Shirt drüber. Nun fühlte ich mich um Klassen wohler. Ich schulterte meine Ledertasche und war bereit, auf Stalker-Jagd zu gehen.

13

Wir nahmen den Interstate-10-Highway und überquerten den Mississippi auf der Huey-Long-Brücke. Es herrschte reger Verkehr, bis wir auf dem Highway 1 südwärts und durch die äußersten Außenbezirke von New Orleans fuhren, wo Fabriken, Schiffswerften und schäbige Einkaufszentren die Straße säumten. Dann erreichten wir tiefer liegendes Marschland mit Entwässerungsgräben, verfallenen Häusern und vielen barfuß laufenden Kindern, die mit Hühnern spielten. Der Verkehr nahm immer mehr ab, und wir bretterten ohne viel Gerede dahin. Black verwies auf die eine oder andere Sehenswürdigkeit, aber ich war mehr an dem angeblichen Stalker interessiert.

»Erfahr ich also jetzt den Namen des Stalkers oder muss ich raten?«

»Er heißt Marc Savoy, ging mit Sylvie schon in den Kindergarten und später auf die Highschool und hat wohl einen Narren an ihr gefressen.«

»Und wie sind Sie noch mal an diese Information gekommen?«

Black hielt seinen Blick auf die Straße geheftet, grinste aber angesichts meines allzu plumpen Versuchs, ihm die Wahrheit zu entlocken. Wie schon gesagt, ich hasse Psychiater. »Jetzt kann ich es Ihnen ja sagen. Pater Carranda hat mich angerufen und gesagt, Savoy sei nach der Beerdigung auf dem Friedhof erschienen, völlig durchgedreht, und dass er die Gruft mit Gewalt aufbrechen wollte.«

Ich drehte mich zur Seite und starre ihn an. »Das kann nicht Ihr Ernst sein.«

»Doch, ich meine es sogar sehr ernst. Deshalb dachte ich ja, Sie würden gern ein Wörtchen mit dem Burschen reden.«

»Und woher kennen Sie Pater Carranda? Oh, lassen Sie mich raten. Ein alter Collegefreund?«

»Stimmt genau. Ich habe in Sacred Heart ab und an die Messe besucht. Pater Carranda sagte, die beiden gingen zusammen auf die Pfarrschule. Marc war ihr wohl regelrecht verfallen und lief ihr hinterher wie ein junger Hund. Sie waren gute Freunde und haben sich hin und wieder auch verabredet, bis Sylvie nach New York ging und die Rolle in der Seifenoper bekam.«

»Hat sie dieser Typ bis nach New York verfolgt?«

Black nickte. »Offenbar. Er hing dort herum und wollte, dass wieder alles wird wie früher, aber Sylvie hatte sich weiterentwickelt und erteilte ihm wohl eine ziemliche Abfuhr. Savoy belästigte sie jedoch einfach weiter, so lange bis Jacques Montenegro ein paar seiner Männer vorbeischickte, die ihm den Kopf zurechtrückten. Seit der Zeit hatte man nicht mehr viel von ihm gehört, aber diese Geschichte auf dem Friedhof war einfach zu makaber, als dass man darüber hinwegsehen könnte.«

»Stimmt.«

Black sah mich an. »Soll ich vielleicht mal kurz anhalten?«

»Danke, nicht nötig. Wie weit noch?«

»Bis Lafourche sind es noch zwanzig Meilen. Von da aus können wir uns dann ein Bateau mieten.«

»Bateau?«

»Tschuldigung, Boot. In den Sümpfen sagt man so.«

»Sie sind sicher, dass wir nicht nach dem Piratenkönig Lafitte suchen?«

»Sie kennen sich in der Geschichte von New Orleans aus?«

»Ich war auf der Louisiana State University, und unsere Lieblingsbar nannte sich Lafitte's. Es gab dort ein Deckengemälde von ihm.«

»*Sie* sind in Bars gegangen? *Sie* haben tatsächlich auch mal Spaß gehabt?«

Die Bemerkung ignorierte ich. »Es soll Leute geben, die ihre Arbeit ernst nehmen.«

»Und ich gehöre demnach nicht dazu? Wollen Sie das vielleicht damit sagen?«

»Gar nichts will ich damit sagen.«

Ich musste ihn wohl verärgert haben, denn von nun an schwieg er beharrlich, während wir durch Kleinstädte mit Namen wie Larose oder Golden Meadow fuhren. Schließlich erreichten wir die Riesenmetropole Leeville. Es gab dort richtige Straßen und Häuser und Kirchen und alles, aber leider machten wir dort nicht halt. Wir fuhren weiter, bis wir wirklich mitten in der Pampa landeten, umgeben von Wäldern, die schwer mit Dschungelmoos behangen waren, und inmitten von Krüppelzypressen und Silberreihern, die sich mit majestätischem Flügelschlag von versunkenen Baumstämmen erhoben. Wir befuhren Schotterpisten, die mir das Gefühl vermittelten, ich befände mich in Jurassic Park, so dicht bis an das Auto heran standen die Lebenseichen. Auf den Boden der Tatsachen gelangte ich wieder, als die Reifen über eine Zufahrt aus kleinen weißen Muschelschalen knirschten und Black vor einer baufälligen Hütte haltmachte, die Tankstelle, Bootsvermietung und Verkaufsbude für traditionelle Louisiana-Shrimps-Sandwichs in einem war.

»Wir lassen den Chevy hier und fahren per Boot weiter«, sagte Black, während er sich eine Baseballkappe von den St. Louis Cardinals aufsetzte und auf einen Steg an einem ziemlich brackig aussehenden Gewässerstück wies. So also sahen sie aus, dachte ich, die berühmt-berüchtigten Bayous des Mississippi. Ich staunte immer noch, wie anders er in seinen Freizeitklamotten wirkte. Plötzlich fragte ich mich, ob ich vielleicht seinem fiesen Zwillingsbruder auf den Leim gegangen war.

Während er ins Haus ging, nahm ich meine Einkaufstasche und die Handtasche und marschierte hügelabwärts zu einer Stelle, an der drei oder vier Picknicktische unter einer Lebenseiche standen. Die langen grauen Moosfäden reichten bis an das olivgrüne, stehende Wasser heran. Wow! Wie pittoresk! Letztlich war ich aber doch zu sehr an den Ozarks-See mit seinem klarem

Wasser gewöhnt, sodass sich meine Begeisterung in Grenzen hielt, und beim Anblick der Myriaden von Insekten, die wie eine Wolke über dem Wasser standen, war ich heilfroh über das Insektenspray in meinem Gepäck. Nicht weit von den Tischen entfernt lagen drei Boote am Ufer, und zu meiner großen Erleichterung stellte ich fest, dass sie alle mit einem Außenbordmotor ausgerüstet waren. Ich hatte so gar keine Lust auf eine Paddeltour.

An dem Picknicktisch fast direkt neben der Bootsanlegestelle saßen ein Mann und eine Frau und ein kleiner Junge. Sie aßen Shrimps-Sandwichs und tranken Dixie-Bier. Die Frau sah zu mir herüber, aber als sich unsere Blicke trafen, sah sie schnell wieder weg, als fürchtete sie sich davor, mich zu grüßen. Sie hatte diesen verängstigten Augenausdruck, der mir in meinem Job schon oft begegnet war. Ich hatte ein untrügliches Gespür dafür, wenn eine Frau geschlagen wurde. Ich seufzte und setzte mich an den Tisch, der am weitesten weg stand. Ich starrte aufs Wasser hinaus und dachte über Marc Savoy und seine Beziehung zu Sylvie Border nach; dann kam ich zu dem Schluss, dass ich Bud anrufen sollte, solange Black außer Hörweite war. Ich zückte mein Handy und wählte per Kurzwahltaste seine Nummer. Es dauerte, ehe er hinging, aber nach dem fünften Klingelzeichen meldete er sich.

Ich sagte: »Wie geht's?«

»Hey, Kleines, wo treibst du dich denn rum? War's nett auf der Beerdigung?«

»Oh, ja, 'ne Riesensause. Wo bist du denn?«

»Nun, ich werd mir damit zwar 'ne Menge Ärger einhandeln, aber im Moment bin ich auf der Fifth Avenue beim Shoppen.«

»Na hoffentlich erfährt Charlie nichts davon. Aber ich hab mir auch das eine oder andere neue Stück zugelegt. Ein David-Letterman-T-Shirt zum Beispiel, das ich dir zum Geburtstag schenken will, wenn ich es nicht mehr brauche.«

»Genau das Richtige für hier oben.« Wir lachten beide, dann fragte er: »Bist du noch immer in New Orleans?«

»Im Moment dringe ich gerade tiefer ins Mississippidelta vor.«

»Wie bitte?«

Ich erzählte ihm, was passiert war, worauf er beeindruckt durch die Zähne pfiff. »Und Charlie hat diesen kleinen Abstecher tatsächlich genehmigt?«

»Ja, du weißt doch, wie dick er mit Black befreundet ist. Ich wollte dich nur bitten, die Sümpfe zu durchkämmen und sämtlichen Alligatoren den Magen auszupumpen, falls du mich nicht wieder siehst.«

»Hältst du das wirklich für eine gute Idee?«

»Nein, aber ich glaube nicht, dass Black so beschränkt ist, mich hier zu ermorden, nachdem jeder weiß, dass es seine Idee war, Sumpf-Fuchs zu spielen. Ich werde aufpassen wie ein Schießhund, glaub mir. Hat sich bei dir inzwischen was Neues ergeben?«

»Seine Exfrau hab ich schon gesprochen. Sie hat ein absolut wasserdichtes Alibi. Mehr davon später. Jetzt geht's noch zum Set, wo ich ihre Schauspielerkollegen aus *A Place in Time* interviewen will, wenn sie mit dem Tagesdreh fertig sind.«

»Alles klar. Wann trittst du die Heimreise an?«

»Wahrscheinlich heute Abend.«

Wir beendeten das Gespräch, und ich fragte mich, was Black in der Vermietbaracke oben so lange machte. Dann fragte ich mich, ob ihm das alles vielleicht gehörte. Unter Umständen gehörte ihm vielleicht sogar der ganze Sumpf, und er plante längst ein Fünf-Sterne-Resort auf Pfählen.

»Was zum Teufel fällt dir ein?« Es war die Stimme des Mannes. Ich drehte mich nach ihnen um und sah, dass er den kleinen Jungen am Ohr festhielt. Er zerrte daran, bis der Junge zu Boden fiel und zu weinen anfing. »Du holst mir jetzt sofort eine Gerte, verstanden, du Nichtsnutz?«

Ich spürte, wie ich mich verkrampfte, aber die Mutter sah weiter auf ihren Teller und sagte kein Wort. Der Junge, er mochte vielleicht sechs gewesen sein, rannte zum nächstgelegenen Strauch und riss einen kleinen Zweig ab. Er weinte, als er damit zurücklief.

»Verdammt, du kleines Drecksstück, mit diesem lächerlichen Ding soll ich dir den Hintern versohlen?« Der Mann brüllte wie ein Tyrann aus Leibeskräften. Ich knirschte mit den Zähnen. »Geh und hol eine dickere, damit ich dich grün und blau schlagen kann.«

Der kleine Junge sah zu seiner Mutter, ehe er wieder losrannte. Dann stand die Mutter auf. Oh je, dachte ich, als sie mit zitternder Stimme sagte: »Bobby Ray, Ricky hat doch nichts getan. Er mag nur keine Zwiebeln auf seinem –«

»Du willst mir widersprechen, Shelley? Du wagst es, mir zu widersprechen?«, sagte Bobby Ray und schlug ihr dann mit der flachen Hand so plötzlich und heftig ins Gesicht, dass sie zu Boden fiel. Ich stand auf und ging hinüber, während er direkt vor ihr stand, bereit, noch ein-, zweimal mit dem Fuß nachzukicken. Der kleine Junge stand wie erstarrt vor den Sträuchern. Wahrscheinlich wusste er genau, was seiner Mutter jetzt drohte.

»Hallo, Sir, entschuldigen Sie mich bitte«, sagte ich auf meine höfliche Polizistinnenart. Bobby Ray schnellte herum, und ich konnte den Fusel in seinem Atem schon aus kurzer Entfernung riechen. Er hatte diese langen hässlichen Elvis-Koteletten im Gesicht und trug ein schmuddeliges ärmelloses Unterhemd mit drei Senfflecken vorne drauf und eine enge schwarze Wrangler-Jeans auf seinem mageren kleinen Hintern. Er war rot angelaufen in der freudigen Erwartung, seine Frau zu verprügeln, und sah mich mit seinen alkoholglasigen Augen finster an, weil ich ihm den Spaß verdorben hatte.

Er sagte: »Was zum Teufel wollen Sie?« Er brannte geradezu darauf, jemanden halb tot zu schlagen, und mir drängte sich der Verdacht auf, dass ich an diesem Tag diejenige sein könnte. Vielleicht aber zur Abwechslung auch mal er, wenn alles so lief, wie geplant.

Ich sagte allerfreundlichst: »Ich konnte nicht umhin zu sehen, dass Sie ein blödes Riesenarschloch sind.«

»Hä? Was sagen Sie da?« Bobby Ray war verwirrt. Vielleicht hatte ihm bis jetzt noch keiner die Wahrheit mitten ins Gesicht gesagt.

»Ich sagte, Sie sind ein blödes Riesenarschloch.«

Er starrte mich fassungslos an, weshalb ich fortfuhr: »Wissen Sie, was ich sonst noch glaube, Bobby Ray, oder wie auch immer Sie heißen? Sie vergreifen sich an Frauen und Kindern, weil Sie ein feiger Schlappschwanz sind. Ich wette, sobald Sie es mit einem richtigen Mann zu tun bekommen, ziehen Sie sofort den Schwanz ein und rennen, was das Zeug hält. Ich wette, Ihnen fehlt sogar der Mumm, es mit mir aufzunehmen. Nun kommen Sie schon, ich brenne darauf, Ihnen die Fresse zu polieren.«

Seine kleinen fiesen Augen weiteten sich vor Schock; dann begannen sie zu strahlen, als hielte er nun eine Gratiseinladung dazu in der Hand, mich in einen blutigen Klumpen Matsch zu verwandeln. Er senkte den Kopf wie ein wilder Stier und setzte zu einer Attacke an, aber er war nicht gerade Mike Tyson, sodass ich schnell zur Seite ausweichen konnte, ihn mit dem Arm am Nacken zu fassen bekam und seinen Kopf mit voller Wucht gegen die bereits erwähnte Lebenseiche prallen ließ. Er sank zu Boden und schaute benommen und verwirrt zu mir auf. In einem Cartoon würde man jetzt die Sternchen um seinen Kopf wirbeln sehen. Ricky rannte auf seine Mutter zu, und sie nahm ihn in die Arme.

Allmählich schien es Billy Ray zu dämmern, dass sich da so eine komische Tante doch tatsächlich gewehrt und seinen Schädel gegen einen Baumstamm gerammt hatte. Die Vorstellung gefiel ihm offenbar gar nicht, denn, Freude über Freude, er rappelte sich hoch und kam wieder auf mich zugeschossen. Ich vollzog eine Linksdrehung und knallte ihm in bester Kickboxmanier den rechten Fuß gegen die Brust. Er taumelte, dieses Mal mit dem Rücken, an denselben Baumstamm, ging ächzend und stöhnend in die Knie und brach dann auf allen vieren zusammen. *Bitte, bitte, komm noch mal,* dachte ich, was nicht sehr nett war. Normalerweise neige ich nicht zur Gewalt, aber dieser Kerl hatte sich seine gerechte Strafe verdient.

»Na sieh mal einer an, Bobby Ray! So stark sind Sie also gar nicht. Manche Frauen mögen es nicht, wenn man ihnen dumm kommt, und viele reagieren sogar ausgesprochen sauer darauf. So eine bin ich. Wissen Sie, es ist nicht sehr angenehm, verprügelt zu werden, oder? Warum besorgen Sie nicht mal zur Abwechslung eine Rute für mich, und dann sehen wir ja, was ich damit mache.«

Bobby Ray sah zu seiner Frau und zu seinem Sohn, um darauf allen Mut zusammenzunehmen und mich noch einmal anzugreifen. Da er ohnehin betrunken und aufgrund der nagelneuen Platzwunde an seinem Kopf leicht benommen war, hatte ich ein leichtes Spiel, ihm die Fingerknöchel in die Augen zu stoßen und ihm dann mit aller Gewalt einen Magenschwinger zu versetzen. Als er nach vorne taumelte, stieß ich ihn zu guter Letzt noch gegen die Kante des Picknicktischs. Er ging zu Boden, setzte sich sodann auf, hielt sich aber nicht lange, denn Shelley schnappte sich eine volle Bierflasche vom Tisch und zerschmetterte sie auf seinem Kopf. Dieses Mal rollte er auf den Rücken und blieb reglos liegen. Ricky nahm die Rute und schlug sie ihm ein paar Mal auf die Brust. Dann brach er in Tränen aus und rannte zurück zu seiner Mutter.

Ich sagte zu Shelley: »Dieser Mann ist nicht gut für sie. Eines Tages bringt er Sie noch um.«

»Danke, Ma'am«, flüsterte sie, als ob ihre auf dem Boden liegende bessere Hälfte sie hören und sich später rächen könnte. Trotzdem wirkte sie bei aller Angst doch sichtlich befriedigt darüber, endlich zurückschlagen zu können. »Ich hatte fest vor, ihn zu verlassen. Hab's auch schon mehrmals versucht, aber er findet uns immer wieder und schlägt mich halbtot. Es wird stets schlimmer mit ihm, und jetzt vergreift er sich auch an Ricky. Sie haben es ja gesehen.«

»Ja, das ist leider üblich. Es gibt eine landesweit gültige

Hotlinenummer für Opfer häuslicher Gewalt. Haben Sie da schon mal angerufen?«

»Wir haben kein Telefon, und allein darf ich nicht aus dem Haus, nicht einmal zu meiner Mutter. Mom hat so die Schnauze voll von ihm. Ich geh nicht wieder zurück zu ihm.«

Ich schaute den Hang hinauf und sah Black aus der Bootsverleihbude kommen. Als er erkannte, dass ich neben einem blutüberströmten, bewusstlos am Boden liegenden Mann stand, fing er an zu laufen. »Verstehen Sie, Sie brauchen dringend Hilfe. Es gibt Frauenhäuser. Da sind Sie sicher.«

In dem Moment traf Black bei uns ein, und ich sah sofort, dass er eine Schrotflinte in der Hand hielt. Er sah zu Bobby Ray hinunter, dann wandte er sich mir zu und sagte: »Man kann Sie nicht eine Minute alleine lassen, nicht wahr?«

»Schauen Sie sich mal ihr Gesicht an. Der Typ hat sie und das Kind verprügelt.«

Black inspizierte Shelleys Gesicht und sagte dann: »Ist alles okay mit Ihnen? Ich bin Arzt. Zeigen Sie mir mal Ihr Auge.« Er besah sich die Wunde direkt unter ihrem rechten Auge, und wir beide bemerkten die ins Gelbliche changierenden blauen Flecken an ihrem Hals und den Oberarmen. Black sagte: »Hören Sie, meine Freundin hat recht. Sie müssen dringend weg, andernfalls ist hier der Teufel los, wenn er zu sich kommt. Können Sie Auto fahren?«

Auf Shelleys Nicken hin, kramte er die Schlüssel für den Chevy hervor. »Nehmen Sie den Kleinlaster da oben und fahren Sie ins Charity Hospital nach New Orleans. Fragen Sie nach Julie Alvarez. Sie arbeitet in der Notaufnahme. Zeigen Sie ihr diese Karte hier, und sagen Sie ihr, ich hätte sie geschickt. Sie wird Sie in Sicherheit bringen. Glauben Sie, Sie schaffen das?«

»Doch, ja, Sir. Ich weiß gar nicht, wie ich Ihnen danken soll.« Shelley sah immer wieder zu Bobby Ray hinunter, als könnte sie es gar nicht fassen, dass ich ihn kaltgestellt hatte. »Aber ich kann doch nicht einfach Ihr Auto nehmen. Das ist doch nicht in Ordnung.«

»Das geht schon klar. Lassen Sie die Schlüssel bei Julie im Krankenhaus. Ich lasse das Auto dann abholen.«

Ich sah zu, wie Black die Frau und das Kind den Hügel hinaufbrachte und die beiden dann in das Auto setzte, und ich muss sagen, ich war doch sehr beeindruckt von seiner Fürsorglichkeit. Vielleicht hatte Black ja auch seine gute Seite. Er beobachtete die Frau, wie sie zurückstieß, wendete und davonstiebte, dass die Muschelschalen nur so spritzten. Ich hielt unterdessen solange bei Bobby Ray aus, bis er zurückkam.

»Sagen Sie mal, Detective, machen Sie eigentlich allen Leuten die Hölle heiß, die Ihnen über den Weg laufen?«

»Wenn Sie Frauen und kleine Kinder verprügeln, dann ja.«

»Na dann warten Sie beim nächsten Mal auf mich, bis ich Ihnen zu Hilfe eile.« Black kniete sich hin und betastete die Platzwunde an Bobby Rays Stirn. »Er wird zwar nicht gerade verbluten, kommt aber sicher so bald nicht zu sich.«

Er stand auf, und wir lächelten einander zum ersten Mal von ganzem Herzen an. Dann sagte er: »Kommen Sie, wir verschwinden lieber von hier, bevor jemand die Polizei ruft.«

14

Ich saß vorne im Boot, während Black das Gefährt durch die eklig aussehenden dunkelgrünen Fluten steuerte. Er war jetzt richtig in Plauderstimmung, ließ mich über das leise Brummen des Motors hinweg wissen, wie großartig es sei, wieder in den Sümpfen zu sein, und dass er seinen alten Freund Aldus Hebert, der im Übrigen ein echtes Original sei, schon viel zu lange nicht mehr gesehen hätte. Er sagte, die Sümpfe seien so ursprünglich und unverändert und schön wie eh und je.

Ursprünglich und unverändert, das vielleicht ja, aber schön? Letzteres war, gelinde ausgedrückt, in meinen Augen fraglich. Aber um ehrlich zu sein, viel mehr interessierte mich das Gewehr auf seinen Knien. Was konnte ihn dazu bewogen haben, plötzlich mit einer geladenen Knarre aufzukreuzen? Ich traute ihm nicht, also kam ich auf meine gewohnt subtile Art direkt zur Sache.

»Wozu haben Sie diese Waffe dabei? Doch wohl nicht um mich abzuknallen, oder?«

»Ich gehe nie ohne Waffe in die Sümpfe«, kam die Antwort. Dann grinste er entspannt, als wäre er seit eh und je in den Sümpfen zu Hause. »Es kommt vor, dass Alligatoren so ein Boot angreifen und es zum Kentern bringen, wissen Sie.«

»Ach ja? Denen puste ich doch glatt den Schädel weg.«

Black lachte. »Wo bleibt denn Ihr Sinn für Humor, Detective.«

Ich fing mich wieder, indem ich fragte: »Wer ist Julie Alvarez?«

»Julie ist Krankenschwester am Charity Hospital. Sie wurde früher selbst geschlagen. Nun hilft sie anderen Frauen dabei, sich vor ihren gewalttätigen Männern in Sicherheit zu bringen.«

Mittlerweile nötigte mir Black, ob ich wollte oder nicht, doch einen gewissen Respekt ab. Also sagte ich: »Fand ich toll, wie Sie Shelley und Ricky geholfen haben.«

»Den Knochenjob haben Sie gemacht. Ich wünschte, meiner Mutter hätte auch jemand so geholfen.«

Ich war erstaunt, wie offen er mir gegenüber plötzlich war, aber da er keine Anstalten machte, näher auf seine Bemerkung einzugehen, verzichtete ich auf neugierige Fragen. Ich mochte es ja auch nicht, wenn die Menschen ihre Nase in mein Privatleben steckten, und wechselte schleunigst das Thema. »Wie kommen wir denn nun zum Flughafen zurück?«

»Ich lasse eine Limousine kommen.«

»Wusst ich's doch, Sie landen wieder in einer Limo, kaum dass der Trip zu Ende ist.«

Die sarkastische Bemerkung überhörte er geflissentlich, und so verbrachte ich die nächsten zehn Minuten damit, jeden Quadratzentimeter meiner freiliegenden Haut mit ungefähr einer halben Dose Insektenspray einzusprühen. Dann sah ich mich in der unheimlichen Umgebung um und sagte: »Sie wissen schon, wo wir hier sind, oder? Für mich sieht das nämlich alles irgendwie gleich aus: Zypressen, Libellen und dieses gespenstische weiße Moos, das überall an den Bäumen hängt.«

»Keine Angst, ich kenn mich aus. Diese großen Libellen nennen wir übrigens Königslibellen.«

»Wir? Hört sich so an, als wären Sie viel länger hier gewesen als nur für's Studium.«

»Ich habe auch kein Problem damit, zu sagen, ›ich nenne sie Königslibellen‹. Zufrieden?«

Ich runzelte die Stirn und fuhr mir mit den Fingern durchs Haar. Das blöde T-Shirt war irre heiß, und ich zupfte daran und ließ den Stoff flattern, um mir Kühlung zu verschaffen.

Black beobachtete mich ein paar Sekunden und sagte dann: »Es wäre angenehmer ohne dieses T-Shirt.«

Ich erwiderte sein breites, vielsagendes Lächeln. »Das T-Shirt ist gerade recht.«

Black lachte und schüttelte den Kopf. »Wissen Sie was, Detective? Jemand wie Sie ist mir noch nie begegnet. Unberechenbar, unfreundlich, unkooperativ, un-alles, aber verdammt, ich mag Sie trotzdem.«

»Mannomann, danke. Jetzt kann ich endlich ruhig schlafen.«

Es dauerte fast vierzig Minuten, bis wir bei Aldus Hebert und seiner Hütte im Sumpf angekommen waren. Ich zappelte die ganze Zeit über herum, weil mich die dicken Mokassinschlangen im Wasser und die Augen der Alligatoren nervös machten, die uns überall belauerten, wo wir an ihnen vorbeituckerten.

Black lebte sichtlich auf, als das Anwesen endlich in Sicht kam. »Hier sind wir. Das Haus steht schon seit siebzig Jahren hier draußen in der Lichtung. Da ist er ja schon, Aldus, auf der Veranda.« Er hob den Arm und winkte.

Ich drehte mich halb um und schaute auf den alten Mann in einem noch älteren Schaukelstuhl. Er saß auf der Eingangsveranda eines kleinen, grau verwitterten Hauses mit verrostetem Wellblechdach.

Aldus stand auf und winkte zurück, als das Boot an der Anlegestelle auflief. Gleichzeitig kamen mindestens zehn Mischlingshunde mit lautem Gebell und neugierig schnüffelnd angerast.

»Nach Einbruch der Dunkelheit steppt hier der Bär. Hier treffen sich die Leute aus dem ganzen Umkreis und feiern die ganze Nacht. Genau das Richtige für Sie«, sagte Black nun seinerseits sarkastisch.

»Mm-hmm. Beißen die?«

»Nur wenn Sie Aldus blöd kommen.«

Black stieg aus dem Boot, und ich sprang, ohne auf seine ausgestreckte Hand einzugehen, an Land. Ich komme gut alleine zurecht und hab die Schusshand gerne frei.

Aldus stieg die Verandastufen herunter und kam uns entgegen. Black umarmte den alten Mann stürmisch. »Oh Mann, schön, dich zu sehen«, sagte er und wechselte dann in eine Sprache, von der ich glaubte, es war Cajun-Französisch.

»*Garde voir le beau belle!*«, rief Aldus und schüttelte den Kopf, sodass der graue Rauschebart und die Haare hin- und herflogen. Ein wenig erinnerte er mich an Charles Manson in besseren Tagen, ohne das auf der Stirn eingeritzte Hakenkreuz. Er neigte scheinbar dazu, alles was er sagte, laut herauszuschreien. Vielleicht war er es gewohnt, vorbeifahrenden Booten etwas zuzurufen.

»Was hat er gesagt?«, fragte ich Black.

»Nichts, was Sie wissen wollten.«

»Au contraire«, sagte ich voller Stolz auf die paar Brocken Französisch, die ich konnte. »Klar will ich's wissen.«

»Okay. Er hat gesagt ›Sieh an, was für eine schöne Freundin‹.«

»Sagen Sie ihm, ich bin nicht Ihre Freundin.«

Der Alte schwatzte auf Cajun weiter, und seine dunklen Augen begannen zu leuchten, als er mich von oben bis unten taxierte, als wollte er gleich auf mich bieten.

»Er ist viel allein hier draußen«, erklärte Black.

»Ga, ga, ga«, sprudelte es weiterhin auf Cajun aus Aldus hervor. Dazu kräuselte er die Augenbrauen wie ein richtiger alter Lüstling. Ja, der Bursche war durch und durch ein Sumpfplayboy, allerdings in einem Baumwolloverall und ohne Hemd anstatt in einem schwarzen Seidensmoking. Irgendwie war er nicht der Typ Mensch, mit dem Black sich normalerweise abgab.

»Was haben Sie eigentlich für ein Verhältnis zu ihm?«, fragte ich.

»Hab ich doch gesagt. Er ist ein alter Freund von mir. Sein Enkel und ich haben zusammen famuliert und waren oft zum Fischen hier.«

»Warum spricht er nicht Englisch? Immerhin sind wir noch in den Vereinigten Staaten, richtig?«

Black ignorierte mich und stellte uns auf Englisch vor.

»Aldus, das ist Detective Claire Morgan aus Missouri. Detective, gestatten Sie, Ihnen meinen Freund Aldus Hebert vorzustellen.«

Aldus schrie etwas auf Cajun, packte mich völlig unvermittelt und drückte mir seine feuchten Lippen auf den Mund. Ich war so geschockt, dass ich beinahe die Waffe gezogen hätte.

Stattdessen nahm ich den Überfall klaglos hin und reagierte lediglich mit einem verkniffenen Lächeln, als wir zu dritt zur Veranda hinaufgingen. Aldus führte mich zum Schaukelstuhl und nahm dann neben Black auf einer Bank gegenüber von mir Platz.

»Fragen Sie ihn, ob er weiß, wo sich Marc Savoy aufhält. Wir haben nicht den ganzen Tag Zeit«, sagte ich.

»Haben Sie doch etwas Geduld. Man überfällt Cajuns nicht so einfach mit Fragen. Das gilt bei diesen gastfreundlichen Leuten als unhöflich. Er wird Ihnen jetzt gleich was zu trinken anbieten. Nehmen Sie's und sagen Sie hübsch danke.«

»Ich hab keinen Durst.«

»Klar haben Sie Durst.«

Ich wandte mich dem alten Mann zu. »Mr Hebert, ich bin im Zuge polizeilicher Ermittlungen hier und würde Ihnen gerne einige Fragen stellen.«

Aldus sah mich an und grinste trotz meines ernsthaften Tons wie ein Idiot. Offenbar war er ziemlich stolz darauf, ein geiler alter Bock zu sein.

Ich sagte: »Wissen Sie, wo wir Marc Savoy finden können?«

Ohne auf meine Frage einzugehen, fragte mich Aldus etwas auf Cajun.

Ich seufzte und sah zu Black. »Nun?«

»Er will wissen, ob Sie heute Abend mit ihm zum Tanzen gehen.«

Ich runzelte die Stirn.

Also sagte Black: »Die Sache ist ernst, Aldus. Wir glauben, Marc Savoy könnte Sylvie Montenegro umgebracht haben. Weißt du, wo er sich aufhält?«

Beim Stichwort Mord schien Aldus aufzuhorchen. »Marc Savoy ist ein seltsamer Vogel«, sagte er auf Englisch; dann kam die Frage, was wir trinken wollten. Black wünschte Alkoholfreies, worauf Aldus ins Haus ging und drei Flaschen eisgekühltes Cola brachte. Wir tranken alle.

Aldus wandte sich an Black und sagte: »Er lebt nach wie vor draußen in den Sümpfen, in diesem alten Pfahlhaus von seinem Daddy. Du kennst es. Wir haben dort Station gemacht, wenn du zum Fischen hier warst. Seine Mutter hatte dann einen Eimer gekochter Flusskrebse zum Abendessen parat.«

»Genau, ich erinnere mich an Sie. Sie wohnten ein, zwei Meilen weiter westlich von hier, richtig?«

»Okay, dann machen wir uns doch auf den Weg«, sagte ich ungeduldig.

Es dauerte ungefähr zwanzig Minuten, bis wir die alte, auf Stelzen im Wasser stehende Bretterbude erreichten. Am Steg gleich unterhalb der Eingangsveranda lag ein Aluminiumkanu. Die Behausung lag wirklich, selbst für hiesige Verhältnisse, am Ende der Welt. Auch die drei auf dem Dach sitzenden Bussarde verhießen nichts Gutes. Wir waren noch ein ganzes Stück vom Steg entfernt, als der Wind drehte und uns ein Gestank von Fäulnis und Verwesung entgegenschlug.

»In dem Haus liegt ein Toter«, sagte ich und zog meine Waffe. Mit den Augen durchsuchte ich die umstehenden Zypressen nach Gewehren, die auf uns gerichtet sein könnten.

Es herrschte absolute Stille, bis auf den leise flappenden Flügelschlag, als die Bussarde träge vom Dach abhoben. Es war höllisch unheimlich, aber ich kannte diesen Geruch nur allzu gut. So roch nur der Tod.

»Warten Sie, und lassen Sie mich zuerst reingehen«, bot Black mir an, aber ich hörte nicht darauf, sondern sprang sofort aus dem Boot, kaum dass es gegen den wackeligen Landesteg prallte. Ich ging vorsichtig die Stufen hinauf und stellte mich an einer Seite der Tür mit dem Rücken gegen die Wand.

»Aufmachen, Polizei«, rief ich.

»Länger als ein paar Minuten hält es da drin doch keiner aus«, sagte Black, der mit der Schrotflinte im Anschlag direkt hinter mir stand.

Gut möglich, dass er recht hatte, aber sicher war es nicht, und so trat ich die Tür ein und ging voraus. Im Inneren der Hütte, die aus nur einem Raum bestand, war der Gestank überwältigend und ich hielt mir einen Zipfel meines T-Shirts schützend vor die Nase. Black folgte mir unmittelbar.

Die Person, bei der es sich meiner Meinung nach um Marc Savoy handeln musste, saß auf einem Polstersessel in der Ecke. Zwischen seinen Knien stand ein Jagdgewehr, und an der Stelle, an der einmal Mund und Nase gewesen waren, klaffte ein großes schwarzes Loch. Die Luft in dem Raum war drückend heiß. Ein Gewimmel von Fleischfliegen, die durch Löcher in den Fenstergittern hereingefunden hatten, drängte sich laut summend auf der nässenden Wunde.

Die Wand hinter der Leiche war voller Blut und Hirnmasse, verspritzt über Tausende von Fotos von Sylvie Border, die mit Klebestreifen an der verblichenen, gelb-rosa gestreiften Tapete befestigt waren. Tatsächlich waren alle vier Wände mit Bildern von Sylvie zugepflastert. Manche der Bilder stammten aus Highschool-Jahrbüchern; die Mehrzahl war aus Kinozeitschriften und einem Magazin für Seifenopernfans ausgeschnitten. Auf einem Tischchen neben einem zerwühlten Bett gab es noch ein gerahmtes Foto, das die beiden zusammen auf einem Jahresabschlussball zeigte, und ein großformatiges von ihr in blauweißer Cheerleaderuniform. Marc Savoy hatte in einem Sylvie Border gewidmeten Schrein gelebt.

Ich ging in die Hocke und sah mir die Leiche genauer an. Anscheinend hatte Black in seinem Leben selbst schon so manchen Toten gesehen, denn er hatte keine Probleme damit, sich neben mir vor den sterblichen Überresten des Mannes hinzuknien.

Er sagte: »Sieht mir mehr wie ein Selbstmord aus. Hat er was Schriftliches hinterlassen?«

»Ich hab mich umgesehen. Da ist kein Abschiedsbrief. Fassen Sie nichts an. Kommen Sie, wir gehen raus, und ich ruf den Sheriff an.«

Black folgte mir nach draußen, wo wir beide gierig nach Luft schnappten, aber der Geruch des Todes klebte an uns wie ein Pesthauch.

Ich hoffte, als ich mein Handy aus der Tasche zog, hier draußen eine Verbindung zu bekommen. Black sah mir zu und sagte: »Vielleicht ist er Sylvie nach Cedar Bend gefolgt, hat sie ermordet, weil er sie nicht kriegen konnte, und konnte dann mit der Schuld nicht leben.«

Ich hielt das Telefon in der Hand und sah ihn an. »Das also ist Ihre Sicht der Tat?«

Ich starrte ihn an, und er starrte zurück. »Könnte aber doch auch so gelaufen sein. Anstatt darauf zu warten, bis die Polizei und die Justiz alles vermasselt, haben Ihre Mafiafreunde einfach Selbstjustiz geübt. Vielleicht treten Sie ja als ihr Fürsprecher auf?«

Black stand stockstill, aber ich konnte die in ihm aufsteigende Wut förmlich sehen. »Das ist doch lächerlich, und sie sind auch nicht meine Freunde.«

Erstaunt darüber, dass er seine kühle Gelassenheit doch noch verloren hatte, lächelte ich und sagte: »Kein Grund, nervös zu werden, Black, vorausgesetzt, Sie haben nichts zu verbergen.«

Mit wütend finsterem Gesicht beobachtete mich Black, wie ich den Polizeinotruf 911 wählte. Ich stellte mich als Kollegin aus Missouri vor und meldete das Verbrechen dem für die Region Lafourche zuständigen Department, indem ich genau darüber berichtete, welche Entdeckung wir wann und wo gemacht hatten.

Leben mit Vater

Seit das Kind im Bett des Vaters geschlafen hatte, beharrte der Vater nicht mehr auf der Einhaltung aller Verhaltensregeln. Blage durfte jetzt das Haus verlassen und im Wald oder an dem kleinen Bach am hinteren Ende des Grundstücks spielen.

Eines Tages saß Blage auf seiner Autoreifenschaukel nahe der Remise am Ende des alten Fahrwegs, als ein kleines, ungefähr sechs Jahre altes Mädchen über den Rasen auf ihn zugelaufen kam. Zuerst zweifelte Blage daran, ob sie überhaupt echt war.

»Hi«, sagte das Mädchen. »Wie heißt du?«

Blage bremste die Schaukel mit den Füßen ab und starrte das kleine Mädchen entgeistert an. Sie hatte lange blonde Zöpfe und war sehr hübsch. Blage hatte noch nie ein anderes Kind gesehen, außer dem fünfjährigen Jungen, der in einem Schwimmbad ertrunken war und den sein Vater einbalsamiert hatte.

»Mein Vater nennt mich Blage.«

»Was für ein lustiger Name.«

»Bist du echt?«, fragte Blage, indem er die Hand ausstreckte, um sie zu berühren.

Sie sagte: »Warum flüsterst du?« Dann sagte sie: »Mir gefällt deine Schaukel. Darf ich mal?«

Blage stieg herunter und ließ den Reifen zwischen ihnen hin- und herschwingen, aber das Mädchen mit den Zöpfen war zu klein, weshalb Blage sie hochhob. »Jetzt schieb mich an«, forderte das kleine Mädchen ihn auf. »Ich will ganz hoch hinaus, so hoch wie die Vögel. Ich habe ein zahmes Eichhörnchen, Mr Twitchy Tail. Er läuft mir entgegen, direkt vom Baum herunter, und frisst Eicheln aus meiner Hand. Du darfst ihn auch füttern, wenn du willst.«

Blage nickte und ließ die Schaukel immer höher steigen, und das kleine Mädchen lachte und lachte, bis Blage auch lachte. Es fühlte sich merkwürdig an, zu lachen. Blage konnte sich nicht erinnern, ob er überhaupt schon einmal gelacht hatte, aber der Vater war im Keller beschäftigt und passte nicht mehr so streng auf. Blage mochte das kleine Mädchen. Vielleicht könnten sie Freunde werden.

Sie schaukelten abwechselnd, bis eine Frauenstimme aus einiger Entfernung rief.

»Das ist meine Mama. Schau, da kommt sie.«

Blage drehte den Kopf und sah eine Frau mit schnellen Schritten herankommen. Sie trug ihre blonden Haare wie die Tochter zu Zöpfen geflochten und lächelte, ein strahlendes, unbeschwertes Lächeln. »Ach, hallo du«, sagte sie zu Blage. »Du musst das Kind sein, das in dem großen Haus wohnt. Ich arbeite jetzt für deinen Vater. Ich bin eure neue Köchin.«

Blage erinnerte sich, dass der Vater eine Köchin brauchte, und nickte.

»Wir wohnen in der alten Remise. Komm mit, dann essen wir alle Schokoladenplätzchen und trinken Milch.«

Blage nickte und ging mit. Er fand es sehr merkwürdig, mit anderen Leuten draußen im Freien zu sein, aber mit ihren langen blonden Haaren, wie Blages Mutter sie hatte, waren die beiden sehr hübsch, und es schien ihnen nichts auszumachen, dass nur sie alleine redeten. Das kleine Mädchen gab ihm ein paar Eicheln, und Blage verhielt sich ganz ruhig, bis ein braunes Eichhörnchen mit einem großen buschigen Schwanz auf die Verandabrüstung gelaufen kam und eine Eichel aus Blages Hand nahm. Das kleine Mädchen klatschte vor Freude in die Hände und sagte, dass Mr Twitchy Tail Blage gernhabe und dass Blage ihn füttern könne, wann immer er wolle.

Am Abend dieses Tages erzählte Blage seinen Freunden im Kühlraum von der Frau, dem kleinen Mädchen und Mr Twitchy Tail, und sie waren sehr angetan von Blages neuen Freunden. Als die Köchin die Plätzchen auf diesem hübschen gelben Teller herausgebracht hatte, hatte Blage fünf davon gestohlen, um sie seiner Mutter und ihren Freunden mitzubringen, aber an diesem Tag war ein neuer Toter in dem schwarzen Leichenwagen gekommen, ein spindeldürrer alter Opa mit runzeliger brauner Haut, die direkt auf seinem Knochenskelett zu kleben schien. Er sah so aus, als könnte er eher als Blage ein Plätzchen vertragen, weshalb Blage seines in der Mitte durchbrach und es mit dem armen alten Mann teilte, damit er nicht ausgeschlossen war. Der alte Mann wusste das zu schätzen und sagte, er habe fünf Enkel, alle Jungs, und dass sie es liebten, in seinem Teich hinter der Scheune zu fischen und in dem Bach zu schwimmen, in dem Kaulquappen herumschlängelten und auf dessen Oberfläche Libellen landeten. Blage mochte den alten Mann und wünschte, die Enkel würden mal zu Besuch kommen.

Von jenem Tag an war Blage oft mit dem kleinen Mädchen und der Köchin zusammen, ohne dass der Vater etwas davon mitbekommen hätte, und es war die schönste Zeit seines Lebens. Eines Tages dann, als Blage und das kleine Mädchen mit dem Gartenschlauch der Köchin duschen spielten, kam der Balsamierer um die Ecke und ging direkt auf die spielenden Kinder zu. Blages glückliches Lachen erstarrte und wandelte sich in den Ausdruck blanken Entsetzens, und der Vater sagte: »Du gehst auf der Stelle nach Hause, Blage, hörst du, sofort!«

Blage ließ den Schlauch fallen und gehorchte, aber die Köchin sagte: »Wie furchtbar, ein Kind so zu nennen.«

»Sie haben leicht reden. Sie wissen ja nicht, was er seiner Mutter angetan hat«, sagte der Balsamierer so zornig, wie er nur konnte.

Blage bekam Bauchweh, ging aber tapfer weiter über den nassen Rasen in Richtung Haupthaus. Aber dann drehte er sich um und sah, wie die Köchin dem Vater zuhörte, dann ihr kleines Mädchen schützend hinter sich nahm und Blage hinterherschaute, als wäre er ein kleines Monster.

Am Abend fand der Vater das Kind im Kühlraum, wo es sich

versteckt hatte, und schleppte es nach oben ins Bett. Er sagte, er sei enttäuscht darüber, dass Blage das Haus verlassen und mit diesen Leuten aus der Remise gesprochen hatte. Leider habe er ihnen sagen müssen, Blage habe seine eigene Mutter die Treppe hinuntergestoßen und getötet. Darüber hinaus habe er der Köchin geraten, ihr Kind von Blage lieber fernzuhalten.

Blage führte ein schreckliches Brennen im Inneren, wie von einem glutheißen Feuerstrom, wartete aber, bis der Balsamierer schlief, ehe er sich aus dem Haus schlich und zur Remise rannte. Durch die gläserne Eingangstür sah er, dass die Köchin und das kleine Mädchen packten. Sie waren im Begriff auszuziehen, und Blage schlug gegen die Tür und rief: »Lasst mich hier nicht allein zurück, lasst mich bitte nicht allein. Nehmt mich bitte mit. Ich bin nicht böse. Ich habe meiner Mutter nichts getan.«

Die Köchin kam zur Tür gerannt und sagte durch das Glas hindurch: »Geh sofort nach Hause und lass uns in Ruhe, oder ich rufe die Polizei.« Sie ließ das Sonnenrollo herunter und antwortete nicht mehr, egal wie lange Blage klopfte und flehte.

Schließlich trottete Blage nach Hause, ging in den Kühlraum und berichtete seinen toten Freunden, was vorgefallen war. Sie sagten: »Sie sind keine wahren Freunde wie wir. Ihnen liegt nichts an dir. Die Lügner haben dir nur was vorgegaukelt. Sie haben Gefallen daran, dir wie dein Vater wehzutun. Sie sind genauso böse wie er.«

Blage spürte das Feuer in seinem Bauch noch heißer brennen, als ihm der Gedanke durch den Kopf schoss, zur Remise zurückzugehen und sich an der Köchin und dem kleinen Mädchen zu rächen und sie mit dem Abziehleder grün und blau zu schlagen. Die Flammen in seinem Inneren wurden heißer und heißer, bis er wusste, er würde am kommenden Tag zurückgehen müssen und sie schlagen. Am darauffolgenden Tage jedoch, als Blage mit dem Abziehleder den Abhang hinunterging, waren die Köchin und das kleine Mädchen verschwunden und die Eingangstür stand offen. Also lockte er Mr Twitchy Tail mit Eicheln auf die Veranda, wie es das kleine Mädchen immer gemacht hatte. Dann packte Blage das Eichhörnchen am Schwanz und drehte ihm den Hals um und schlug es mehrmals und immer wieder auf die Eingangsstufen, bis das Feuer in ihm erlöschte. Daraufhin fühlte er sich wesentlich besser und ging nach Hause.

Als Blage der Mutter von dem zahmen Eichhörnchen erzählte, sagte sie: »Es hat den Tod verdient, weil es mit dieser schrecklichen Frau und dem kleinen Mädchen befreundet war, die dir so viel Leid zugefügt haben. Außerdem ist es gar nicht so schlecht, tot zu sein. Ich fühle mich wohl hier in dem Kühlraum umgeben von meinen Freunden. Es ist gut, tot zu sein. Vielleicht kannst du ja Mr Twitchy Tail auch herunterbringen, damit er mit uns spielen kann.«

Später an diesem Abend, nachdem das Kind aus dem Schlafzimmer des Vaters zurückgekehrt war, kam das kleine Eichhörnchen tatsächlich zu Besuch und kuschelte sich in die Arme des Kindes ganz so wie früher auf der Eingangsveranda des Hauses der Köchin.

Das Kind war zehn Jahre alt.

15

Es stellte sich heraus, dass der Sheriff der Region Lafourche genau wusste, wo Marc Savoy gelebt hatte. Sein Name war Roy Lebonne, und er erschien mit einem Gerichtsmediziner namens Billy Preston. Beide kannten Black vom Namen her. Sie unterhielten sich mit ihm auf Cajun, was mich etwas nervös machte.

Ich hielt mich abseits und sah zu, wie sie sich an die Arbeit machten, aber ich wäre fast gestorben dabei, nicht hineinzugehen und sicherzustellen, dass sie keine Spuren zerstörten. Ich bin pingelig, was das betrifft, ich weiß. Zu mir waren sie einigermaßen freundlich. In ihrer von Cajun-Elementen durchsetzten Sprache versicherten sie mir, dass es allgemein bekannt war, dass Marc Savoy Sylvie Border geradezu abgöttisch geliebt und sie seit Highschool-Tagen wie ein liebeskranker *chien* verfolgt hatte, was wohl soviel bedeutete wie Hund. Sie fügten noch hinzu, dass er Gerüchten zufolge einmal von Freunden ihres Vaters aus dem Montenegro-Verbrecherclan besucht worden und in seinem eigenen Haus bis zur Unkenntlichkeit zusammengeschlagen worden war.

Danach habe er sich angeblich nur mehr hier draußen aufgehalten, wo er seinem Idol ungestört und in Frieden huldigen konnte. Ich fragte mich abermals, ob die Montenegros nicht eiskalt beschlossen hatten, Savoy sei schuldig, um dann dem armen Kerl einen zweiten Besuch mit dieses Mal tödlicher Konsequenz abzustatten.

Aber da ich außerhalb meines Zuständigkeitsbereichs war, hörte ich nur zu und nickte und behielt meine Expertenmeinung für mich. Black drückte sich eine Weile herum, und als ich ihm sagte, ich würde lieber mit dem Sheriff in die Stadt zurückfahren und einen regulären Flug nach Hause nehmen, anstatt in seinem Privatjet mitzufliegen, geriet er ganz außer sich und sagte: »Gut, machen Sie, was Sie wollen, ich will auf alle Fälle zu Aldus Herbert zurück und dort die Nacht verbringen. Sollten Sie Ihre Meinung ändern und doch mit mir zurückfliegen wollen, wissen Sie ja, wo Sie mich finden.« Darauf entfernte er sich ohne ein weiteres Wort.

Ich bekam ein schlechtes Gewissen, weil der Hinweis auf Marc Savoy ja von ihm stammte, und dann wurde ich wütend auf mich selbst. Das Verhältnis mit ihm wurde mir viel zu persönlich, weshalb ich mir auf der Stelle schwor, von nun an nur mehr auf einer unpersönlichen Ebene mit ihm zu verkehren. Bis wir die sterblichen Überreste von Marc Savoy in einem Leichensack verpackt in seinem alten Kanu verstaut hatten, war es dunkel geworden. Ich mochte die Sümpfe schon bei Tage nicht, und die Vorstellung, sie bei stockfinsterer Nacht zu durchqueren, war mir vollends ein Graus. Während der ganzen Fahrt zurück zum Department von Lafourche wartete ich nur darauf, jene sagenumwobene Kreatur aus dem Film »Der Schrecken vom Amazonas« könnte plötzlich aus den schwarzen Fluten emporschießen und mich in seinen unterirdischen Bau verschleppen. Als wir Aldus Heberts Haus passierten, hörte man über das Tuckern des Motors des Polizeiboots hinweg die munteren Klänge einer für die Region typischen Zydecoband. Ich sah in Richtung der Lichterketten und hielt Ausschau, ob ich Nick Black unter den Tanzenden ausfindig machen konnte, sah ihn aber nicht. Da überlegte ich kurz, ob ich einen Zwischenstopp einlegen sollte, aber die Nacht hier mit Black zu verbringen, hieße, das Schicksal regelrecht herauszufordern, und ich hatte sowieso schon genug am Hals.

Als ich das Department verließ, war es weit nach Mitternacht. Einer der dortigen Kollegen nahm mich zum Flughafen mit, von wo aus ich mit der Frühmaschine nach Hause flog. Während des Flugs schlief ich zwar durchgehend, fiel aber dennoch, kaum war ich in meinen eigenen Wänden angekommen, todmüde ins Bett. Erst am späten Nachmittag fühlte ich mich einigermaßen erfrischt und bereit, wieder zur Arbeit zu gehen.

Ich brachte einige Zeit mit der Vorbereitung meines Dienstreiseberichts zu und schaute dann gegen halb sieben an diesem Abend bei Harve vorbei. Ich drückte ihm die Mappe mit den Ergebnissen von Sylvies Obduktion in die Hand, die er sich am Küchentisch in Ruhe ansehen sollte, während ich mir eine Dose Saft aus dem Kühlschrank holte. »Dot ist zum Fischen gegangen?«

»Ja. Sie und Suze haben versprochen, jede Menge Sonnenbarsch fürs Abendessen zu bringen. Wenn du bleibst, können wir uns ausgiebig darüber unterhalten.«

»Ein andermal wieder. Ich will mir den Tatort bei Nacht ansehen. Gut möglich, dass der Täter sie nach Einbruch der Dunkelheit überfallen hat. Von daher will ich mir ein Bild der Situation machen, wie er sie gesehen hat.«

Harve sah von der Mappe auf. »Du meine Güte. Der Kopf war mit Klebeband am Stuhl befestigt?«

»Das Isolierband hielt ihn an Ort und Stelle. Weißt du, Harve, ich hab mir schon bei der Bergung gedacht, dass mit dem Kopf was nicht stimmt, aber keiner von uns wäre auf die Idee gekommen, dass er abgetrennt war, bis eben Buckeye das Klebeband durchtrennte.«

»Warum um Himmels willen trennt jemand den Kopf ab, um ihn anschließend wieder am Körper festzumachen? Das ergibt überhaupt keinen Sinn. Ich habe von Fällen gehört, bei denen der Kopf als eine Art Trophäe geraubt wird, aber so etwas ist mir noch nicht untergekommen.«

»Vielleicht hat er im Affekt gehandelt und die Tat anschließend bereut? Darum der Versuch, den Kopf wieder am Körper zu befestigen.« Ich öffnete die Getränkedose und nahm einen Schluck. Harve hielt sich an einem Bier fest.

»Affekte spielen bei diesem Mord keine große Rolle. Das Opfer wurde mit einem Gegenstand geschlagen, der diese halbmondförmigen Male hinterlässt, aber doch auch wiederum nicht so schlimm, vom Gesicht einmal abgesehen, und ein Teil dieser Verunstaltungen könnte auf das Konto der Fische gehen.«

Plötzlich war mir der Appetit auf gebratenen Sonnenbarsch vergangen, und Dotties Fischpfanne kam für mich definitiv nicht mehr in Frage. »Kennst du ähnliche Fälle wie diesen?«

Harve schüttelte den Kopf. »Wir beide hatten mit Fällen zu tun, bei denen das Opfer auf bestimmte Art positioniert wurde, vor allem bei Serienmorden, aber das hat in der Regel einen Grund. Vielleicht könnte uns die FBI-Datenbank für abgetrennte Körperteile weiterhelfen. Ich habe einen Freund, der eine Abfrage startet, wenn ich ihn darum bitte. Vielleicht finden wir etwas, das in einem Zusammenhang mit der Sache hier steht.« Er runzelte die Stirn. »Ich kann mir einfach nicht vorstellen, warum der Täter den Kopf wieder am Körper festgemacht hat.«

»Den Kopf wieder festgemacht? Abartig. Sag lieber nichts mehr. Gleich gibt's was zu essen.« Wir hatten überhört, dass Dottie über die hintere Veranda hereingekommen war. Sie trug Khakishorts und ein hellblaues Top mit einem roten Glitzerherz vorne drauf. Lächelnd präsentierte sie uns ihren üppigen, aus Sonnen- und Wolfsbarschen bestehenden Fang. »Ich habe eine Stelle entdeckt, die ist ein wahrer Geheimtipp. Gar nicht so weit entfernt von Susans Stelle, und es wimmelt da nur so von Fischen. Leider ist der Steg alt und wackelig und ziemlich zugewachsen. Ich würde alles dafür geben, wenn ich dir die Stelle mal zeigen könnte, Harve. Du würdest dir vorkommen wie auf einem Logenplatz im Nirwana.«

Logenplatz im Nirwana? Derlei sagte Dottie ständig. Nicht Anglerparadies oder etwas in der Art, sondern Logenplatz im Nirwana. Dottie war wirklich einzigartig. Strahlend sagte sie zu mir: »Du bleibst doch zum Abendessen, oder? Ich will hören, wie du diesen irre gut aussehenden Dr. Black findest.«

»Ich muss leider passen, Dot. Ich will zu Sylvies Bungalow

zurück und mich noch mal umsehen dort. Und übrigens, ja, Black ist genau der Wahnsinnstyp, als den du ihn beschrieben hast.«

Dottie deponierte ihren Nirwana-Fang schwungvoll in der Küchenspüle. »Ich wette, sogar du hast die Schwingungen gespürt, oder? Ich hab's doch gesagt. Er haut einen glatt um, nicht wahr?«

»*Sogar ich?*« Das saß. Aber die Wahrheit tat manchmal weh. Ich hatte, seit wir uns kannten, nie etwas mit einem Mann gehabt. Was würde sie sich sonst noch denken? »Er ist in den Fall verwickelt, was automatisch bedeutet Hände weg, selbst wenn ich interessierte wäre, aber ich bin es nicht.« Manchmal sage ich nicht immer ganz die Wahrheit. »Ich glaube nicht, dass er der Täter ist, aber vieles an ihm ist mir einfach schleierhaft.«

Harve sah mich interessiert an. »Zum Beispiel?«

»Zum Beispiel hat er gesagt, er kenne Sylvies Familie kaum, aber ich habe gesehen, wie er Angehörige des Personals umarmte, die wiederum den Eindruck erweckten, als würden sie gleich auf die Knie fallen und seinen Ring küssen.«

»Meinst du, er arbeitet für die Familie Montenegro?«

Ich sagte: »Er schmeißt mit dem Geld geradezu um sich, unvorstellbar, auch für einen Arzt und Immobilienhai. Gut möglich, dass er seinen luxuriösen Lebensstil mit schmutzigem Geld mitfinanziert. Vielleicht wäscht er es für sie.«

»Wer sind eigentlich diese Montenegros?« Dottie wusch sich die Hände und trocknete sie an einem Geschirrtuch ab, während sie an den Tisch herantrat. Als sie nach der Mappe griff, legte Harve die Hand darauf, ehe sie sie fassen konnte. »Fotos von der Obduktion. Nichts für dich, Liebes.«

»Oh mein Gott, nein, niemals. Danke für die Warnung. Aber wer sind die Montenegros?«

»Sylvies Vater ist, wie sich herausgestellt hat, eine wichtige Figur der kriminellen Szene in New Orleans. Es heißt, sie bilden eine Art Mafia.«

Harve sagte: »Und damit ist jede Menge Ärger vorprogrammiert.«

»Jacques Montenegro ließ mich wissen, ›seine Nachforschungen würden auf Hochtouren laufen‹, um ihn zu zitieren. Das könnte einen Mafiakrieg auslösen, zum großen Vergnügen der Agenten vom FBI. Sie sind schon alarmiert.«

Dottie schlang sich eine Schürze um den Hals und band sie auf dem Rücken zu. Sie klatschte einen Barsch auf ein Holzbrett und schlug den Kopf mit einem Hackbeil ab. »Du glaubst also, Dr. Black macht gemeinsame Sache mit einem Verbrecherclan?« Sie schüttelte den Kopf, während sie den Fisch säuberte. »Wer hätte das gedacht?«

»Ich habe ihn in Verdacht, ein wesentlich engeres Verhältnis zu Sylvie gehabt zu haben, als er bereit ist zuzugeben. Möglicherweise hatte er während seiner Ehe eine Affäre mit ihr und will nicht, dass das bekannt wird. Immerhin ist sie seine Patientin, und er muss seinen guten Ruf als Psychiater wahren. Bud ist momentan in New York, um seine Exfrau zu vernehmen. Es ist auf alle Fälle interessant, was sie zu sagen hat.«

»Bleib doch zum Essen, Claire.« Dottie drehte sich um und sah mich flehend an. »Bitte, ich will alles genau wissen. Wir sehen dich kaum noch. Übrigens, deine Post hinterlasse ich auf der Schaukel auf deiner Veranda, ungefähr drei Tage, dann nehm' ich sie mit.«

»Danke. Aber auf die Einladung komm ich ein andermal zurück, versprochen. Ich habe den Bericht über meine Stippvisite in New Orleans noch nicht fertig, und Charlie ist in dieser Hinsicht sehr pingelig.«

Die Dämmerung brach über den See herein, ein dunkelroter Nebel, der aussah wie ein hauchdünner Vorhang. Bei meiner Ankunft in Cedar Bend stellte ich fest, dass Black die Sicherheitsmaßnahmen verschärft hatte. Das Zufahrtstor wurde von zwei Posten bewacht. Sie kontrollierten alle ankommenden und abfahrenden Personen. Ich ließ mein Fenster herunter und zeigte ihnen mein Abzeichen. Dieses Mal war es nicht Suze

Eggers, und ich fragte mich, ob Black sie vielleicht gefeuert hatte, da Sylvie ums Leben gekommen war, als Suze Dienst hatte. »Ich bin Claire Morgan, die verantwortliche Ermittlerin im Fall Border. Ich bin unterwegs zum Tatort.«

Der neue Wachmann war ein Bulle von Mann und wirkte sehr erfahren in seinem Metier. Ich nahm an, er war früher mal Soldat oder Großstadtpolizist gewesen. Er hatte diese aufmerksamen Polizistenaugen, blau und verschlossen. Er sah aus wie jemand, den ich in einer brenzligen Situation gern an meiner Seite hätte. Nicholas Black macht nun, was sein Sicherheitspersonal anbetraf, Nägel mit Köpfen.

»In Ordnung, Ma'am. Sollten wir was für Sie tun können, lassen Sie es uns wissen.«

»Danke.« Ich sah auf sein Namensschild und las John Booker. »Sie sind neu hier, kann das sein?«

»Ja, Ma'am. Seit dieser Woche. Freut mich, Sie kennenzulernen.«

»Ganz meinerseits. Wollte sonst noch jemand zum Tatort?«

»Ja, Ma'am. Jede Menge Presseleute, aber wir haben keinen durchgelassen. Anweisung von Dr. Black.«

Ich schlug meinen unverfänglichsten Ton an. »War Dr. Black hier?«

Booker schüttelte den Kopf. »Nein, Ma'am, nicht dass ich wüsste.«

Ich bedankte mich bei ihm und fuhr weiter in Richtung Mordschauplatz. Es waren überall Touristen auf dem See, die sich von einem grausigen Mord in der unmittelbaren Umgebung offenbar nicht abschrecken ließen. Die Medien kannten nach wie vor kaum ein anderes Thema, aber bis jetzt waren keine Details durchgesickert. Sie hatten keinerlei Informationen darüber, in welchem Zustand sich die Leiche befand, und es wurde auch noch nicht über den möglichen Mörder spekuliert.

Sylvies Tor war abgesperrt. Ich hatte keinen Schlüssel und wollte nicht zum Hauptgebäude zurückfahren. Also schlüpfte ich unter dem gelben Absperrband durch und marschierte zwischen den Bäumen hindurch zu Fuß hinunter. Das Gelände war bereits von Buckeyes Leuten abgesucht worden, mit jedoch leider spärlichen Ergebnissen. Ein Haar, das sich an einem Baum in der Rinde verfangen hatte, und ein paar alte Zigarettenstummel befanden sich gerade im Labor zur Überprüfung. Ich war jedoch mehr daran interessiert, wie der Täter sich herangeschlichen und den Bungalow betreten hatte.

Mit meiner Taschenlampe in der Hand kämpfte ich mich durch das Unterholz und durch dichtes Blattgestrüpp. Das Gelände war rau und zugewuchert, aber es gab Tierpfade und vom Regen ausgewaschene Rinnen, wo ich auf kiesigem Grund den Hang hinuntersteigen konnte, ohne Fußspuren zu hinterlassen. Diese Möglichkeit hatte auch der Mörder.

Mittlerweile war es vollkommen dunkel, und ich blieb direkt über dem Bungalow stehen und lauschte. Nächtliche Geräusche. Der laute, vielstimmige Gesang der Grillen. Ich vernahm auch leise Musik. Sie kam aus dem Bungalow, in dem Mrs Cohen gewohnt hatte. Oldieklänge. Mrs Cohen war abgereist, und scheinbar wohnte nun jemand dort, der diese Art Musik mochte. Ich fragte mich, ob die neuen Gäste von dem schrecklichen Mord direkt nebenan wussten. Und was sie wohl denken würden, wenn sie wüssten, dass eine Polizeibeamtin sich in der Nähe ihres Domizils herumtrieb und sie belauschte.

Weiter unten lag der Bungalow, in dem Sylvie Border den Tod gefunden hatte. Zu Füßen der Eingangsveranda verströmten Solarleuchten ihr diffuses Licht, und ich erinnerte mich, dass es diese Lampen auch auf der Rückseite des Gebäudes gab. Die Veranda selbst lag dennoch im Dunkeln. Der Kronleuchter in der Diele war an; ich sah ihn durch das Oberlicht. Sonst war der gesamte Bungalow dunkel wie ein Grab. Dieser Blick bot sich dem Mörder dar, wenn er durch den Wald heruntergekommen war. Wo war Sylvie, als er hier gestanden hatte. Im Haus? Auf der Veranda? Schlafend im Bett?

185

Wenn Black das Haus, wie von ihm gesagt, zwischen 21.30 und 23.00 Uhr verlassen hatte, was hatte sie im Anschluss daran gemacht? Seiner Aussage zufolge war sie müde vom Laufen gewesen. Hatte sie sich vielleicht in den Whirlpool auf der hinteren Terrasse gelegt? Oder in jenen im Schlafzimmer? In dem Fall wäre sie bei der Begegnung mit ihrem Mörder schon nackt gewesen. Vielleicht hatte er sie beobachtet, wurde sexuell erregt und beschloss, sie zu vergewaltigen und danach umzubringen?

Ich ging schräg zum Wasser hinunter, damit ich die hintere Veranda sehen konnte. Der Whirlpool lag klar im Blickfeld. Ich an Sylvies Stelle hätte mich, sobald Black verschwunden war, in den Whirlpool gelegt, um vor dem Schlafengehen meine Muskeln zu entspannen. Verdammt, genau danach war mir nun auch zumute. Was hätte ich nicht alles für einen eigenen Whirlpool bei mir zu Hause gegeben!

Zu dieser späten Stunde lag der Bungalow völlig im Dunkeln und war nicht mehr einsehbar, sodass es kein Problem gewesen wäre, nackt zu baden. Es sei denn, es stand jemand dort im Schutz der Büsche, wo ich nun stand.

Von der anderen Seite der Bucht hörte ich die Startgeräusche eines Bootsmotors. Wenig später sah ich ein Boot auf den See hinausfahren. An einem Heckmast war ein Scheinwerfer zum Nachtfischen befestigt. Ich sah die Umrisse einiger Spaziergänger auf der Hafenpromenade, an der es einige eher einfache Restaurants gab. Ich roch Gegrilltes und das leicht fischige Aroma des Sees. In der Umgebung von Blacks bescheidener Behausung war alles still. Kein Helikoptergeräusch. Nur die leise Musik von nebenan. Plötzlich brach sie unvermittelt ab, als würde sie sich daran stören, dass ich zugehört hatte. Nun war alles still, bis auf das Zirpen der Grillen und das leise Plätschern der Uferwellen. Ich fragte mich, ob dies die letzten Geräusche waren, die Sylvie gehört hatte, außer dem Klang der Stimme ihres Mörders.

Ich kletterte über einen umgestürzten Baumstamm und

arbeitete mich bis ans Ufer vor. Von hier aus könnte ich problemlos durch das seichte Wasser waten und an der hinteren Terrasse seitlich hochklettern. Hätte Sylvie in dem Moment in ihrem Whirlpool gelegen, den Blick über das Wasser gerichtet, hätte sie mich niemals gesehen. Es gelang mir auch sofort, lautlos, ohne Aufsehen zu erregen. Es war dunkel in der Umgebung des Bungalows, denn die Reichweite der Solarleuchten war begrenzt. Ich bewegte mich still auf den Whirlpool zu. Er war leer, möglicherweise hatten Buckeyes Leute das Wasser abgelassen. Ich drehte mich um und sah auf den See hinaus. Von hier aus hatte er sich auf sie gestürzt, während sie im Whirlpool lag. Darin war ich mir sicher. Das war der Grund, warum sie nackt war. Vielleicht hatte sie mit geschlossenen Augen vor sich hin gedöst und einfach nur die Ruhe und den Frieden genossen.

In dem Moment hörte ich hinter mir eine Bohle knarzen, aber es war schon zu spät. Ich registrierte nur mehr schwach eine schemenhafte Gestalt, da traf mich bereits ein Schlag am Hinterkopf. Alles um mich herum verschwamm, und ich brach auf den Knien zusammen. Hände packten mich an der Taille und rissen mich hoch. Die Lage war definitiv ernst. Ich schüttelte meine Benommenheit ab und trat so fest ich konnte mit dem Fuß in Richtung seiner Lendengegend. In der Dunkelheit sah ich den Angreifer nicht, aber ich hörte, wie er vor Schmerz aufstöhnte. Ich entwand mich seinem Zugriff, traf ihn ein weiteres Mal am Kinn und griff nach der Waffe in meinem Schulterhalfter. Da packte mich ein anderer Typ, aber ich platzierte gekonnt einen Faustschlag in seinem Gesicht, brach mir dabei beinahe die Hand, aber er konterte ebenso gekonnt mit einem Schlag seitlich gegen meinen Kopf, und ich verlor das Bewusstsein.

Ich war mir nicht sicher, wie lange ich bewusstlos gewesen war, als ich zu mir kam, aber ich wusste, dass ich mich auf dem Bootssteg nahe am Wasser befand und dass jemand versuchte, mein Handgelenk an einem Stuhl festzubinden. Ich schnellte hoch, wehrte mich mit aller Kraft und schrie und bekam den Typen mit der freien Hand an den Haaren zu fassen. Er fluchte und wand sich, um mich dann so gewaltsam nach hinten zu schleudern, dass ich rückwärts samt dem Stuhl vom Steg taumelte. Ich stürzte ins kalte Wasser, versuchte verzweifelt, meine linke Hand von den Fesseln zu befreien, indes der schwere, schmiedeeiserne Stuhl schnell sank und mich mit sich zog. Die Füße hatte ich frei, also strampelte ich und wand mich, während ich an der Schnur zog, die meine Hand gefangen hielt. Die Knoten waren nicht fest, und ich wusste, ich konnte mich befreien, aber trotzdem befiel mich Panik, stark und über- wältigend, umgeben von dieser schrecklichen dunklen Stille, in der die Fische Sylvies Körper angeknabbert hatten. Während ich weiter zerrte und zog, sah ich die Solarleuchten auf der Veranda über mir und eine Kette von Luftblasen entwich meinem Mund, als ich meine Hand endlich freibekam.

Ich schoss schnellstens in die Höhe und durchbrach, keuchend und beinahe am Ersticken, die Wasseroberfläche. Ich schnappte nach Luft und klammerte mich krampfhaft an einen der Pfähle.

Da hörte ich eine Stimme, Nick Blacks Stimme, tief und voller Zorn. Andere Stimmen antworteten, ehe ich das Pochen von Schritten hörte, die sich zunächst die Stufen hinauf be- wegten und sich dann entfernten. Ich stützte meine Ellbogen auf dem Steg ab und versuchte, mich aus dem Wasser zu ziehen, aber dann stand Black da, direkt über mir, und zerrte mich, hinten an der Bluse gepackt, aus dem Wasser.

Sobald ich auf dem Steg landete, rückte ich von ihm ab und krabbelte zur Seite. Schwer atmend, mit zitternden Händen und mit pochendem Schädel zog ich meine Waffe und richtete sie auf seine Brust.

»Hinknien, hinknien! Sofort!« Meine Stimme war heiser, und ich zitterte vor Kälte, aber ich konnte ihn jetzt besser sehen. Er hielt die Arme zur Seite ausgestreckt und ging dann langsam auf die Knie, als hätte er eine gewisse Übung darin.

»Gemach, gemach, Detective. Erschießen Sie mich nicht! Ich hab nichts getan.«

»Hände auf den Rücken! Sofort! Sofort, hab ich gesagt!«

Sobald er flach auf dem Bauch lag, legte ich ihm Handschellen an, suchte ihn nach Waffen ab und stellte fest, dass er sauber war. Dann trat ich mit leicht wackligen Knien zur Seite, lehnte mich gegen das Geländer und sah mich nach seinen Komplizen um.

Einen Moment später ging ich in Deckung und richtete meine Waffe in Richtung Uferlinie, als jemand in mein Blickfeld lief. Eine laute Stimme ertönte: »Security! Waffe fallen lassen!«

»Polizei!«, schrie ich zurück. »Ich brauche Hilfe!«

Der Typ brauchte sage und schreibe nur drei Sekunden, da war er auch schon durch das Wasser gewatet und auf den Steg gesprungen. Es war John Booker. »Was ist denn passiert?«, sagte er, indem er die Waffe wegsteckte und zu Black auf den Boden hintersah. »Alles in Ordnung mit ihm?«

»Das ist mir scheißegal. Er hat mich gerade überfallen.«

»Unmöglich, Detective. Er ist mit mir gekommen. Wir sind hier heruntergelaufen, als wir Ihr Auto am Tor gesehen haben. Black wollte sich versichern, ob Ihnen nichts zugestoßen ist. Ich habe das Haus von vorne betreten, während er die Rückseite übernahm.«

Ich starrte ihn ungläubig an. Die Waffe noch immer auf Blacks Rücken gerichtet, zitterte ich vor Kälte, Nässe und Wut.

»Sehen Sie sich die Bilder der Überwachungskamera an, wenn Sie mir nicht glauben. Wir sind gerade erst vor ein paar Minuten hier angekommen.«

Ich brachte Black trotzdem hinter Gitter. Ich ließ ihn erkennungsdienstlich behandeln und vorübergehend festnehmen, weil er eine Polizistin tätlich angegangen hatte. Nichts in meinem bisherigen Leben hatte sich besser angefühlt, als ihn hinter dieser Zellentür zu sehen. Bookers Erklärung klang zwar plausibel, aber das hieß nicht, dass ich sie ihm auch abnahm. Booker brachte die Aufnahmen der Überwachungskamera und spielte sie Charlie vor. Dann kreuzte einer von Blacks aalglatten Anwälten auf und führte ein Vieraugengespräch mit Charlie. Ich wartete unterdessen im Verhörraum. Mittlerweile war ich ruhiger, abgesehen davon, dass mein Kopf immer noch dröhnte und meine Hände zitterten. Damit es niemand sah, hielt ich mich an einem Becher Kaffee fest.

Sobald Charlie hereinkam und ich sein Gesicht sah, wusste ich, dass Nicholas Black auf freiem Fuß war. Ich stand auf und sah Charlie vorwurfsvoll an.

»Er war es nicht, Claire. Das kann er beweisen.«

»Ah ja, genau. Er war nur zufällig genau zu dem Zeitpunkt da, als ich angegriffen wurde.«

»Richtig. Er war ausgerechnet mit dem verdammten Bürgermeister zusammen im Haupthaus, als der Sicherheitsdienst ihn darüber informierte, dass Ihr Auto herrenlos vor dem Tor stehe. Angeblich wollte er sich versichern, dass auch alles in Ordnung war. Also verließ er die Besprechung, so bald er nur konnte, und zu zweit öffneten die beiden das Tor und fuhren den Hügel hinunter. Der Wachmann namens Booker betrat das Haus über den Vordereingang, Black dagegen hörte jedoch etwas und lief auf der Veranda um das Haus herum, und in dem Moment sah er Sie im Kampf mit einigen Männern. Die Kerle ergriffen die Flucht, aber als er sah, dass Sie in den See stürzten, war sein einziger Gedanke nur noch der, Sie zu retten.«

»Unsinn.«

»Kann sein. Aus der Aufnahme geht jedenfalls sonnenklar hervor, dass er mit dem Wachmann zusammen ankam.«

»Vielleicht steckt ja der Wachmann mit ihm unter einer Decke? Haben Sie daran noch nie gedacht, Charlie? Immerhin arbeitet er für ihn, nicht wahr? Oder vielleicht hat er diese zwei Ganoven angeheuert und alles von vornherein so arrangiert, dass er in der letzten Minute auftaucht und die Situation rettet. Als Held des Tages gewissermaßen. Lassen Sie es sich gesagt sein, Black hat die Finger hier mit im Spiel. Ich habe doch gehört, wie er mit ihnen gesprochen hat, um Himmels willen.«

»Gehen Sie nach Hause, Claire, und ruhen Sie sich aus. Diesen Mal haben Sie den Falschen erwischt.«

»Zur Hölle mit Ihnen, Charlie.«

»Das will ich mal überhört haben. Sie sind müde und durcheinander. Gehen Sie nach Hause und denken drüber nach. Dann unterhalten wir uns weiter.«

Am liebsten hätte ich ihn abgeknallt. Das Verlangen war so stark, dass ich mich richtig beherrschen musste, um nicht nach der Waffe zu greifen. Beim Weggehen sah ich gerade noch, wie Black und Booker von einer schwarzen Stretchlimousine abgeholt wurden. Das würde Black mir büßen. Das würde er mir büßen, und wenn ich selbst dabei draufginge.

16

E_s war Mitternacht, als ich durchnässt und schmutzig und rasend vor Zorn nach Hause kam. Dottie erwartete mich mit einem Topf selbst gemachter Hühnersuppe auf der Veranda. Ich liebte Dottie wie eine Schwester, aber nach Gesellschaft war mir in dem Moment nicht zumute. Das Einzige, worauf ich eigentlich Lust hatte, war, jemanden mit blanken Händen zu ermorden. Für Dottie bestand jedoch keine Gefahr. Dafür liebte ich ihre Suppe zu sehr.

»Harve und ich haben es über Polizeifunk gehört«, sagte sie, indem sie aufsprang und sorgenvoll die Hände rang. »Oh mein Gott, wie du aussiehst. Alles in Ordnung mit dir?«

»Na ja, es ging mir schon mal besser.« In Wahrheit war ich mir überhaupt nicht sicher. Ich war noch immer wackelig auf den Beinen und über und über mit Schlamm besudelt. Aufgebracht ging ich in die Küche. Dottie folgte mir. »War Black das?«

»Ja, aber es glaubt mir keiner.«

»Ich glaub dir.«

Auf Dottie war immer Verlass, und dafür war ich ihr dankbar, wirklich. Sie war eine gute Freundin, aber nun wollte ich allein sein. Ich musste nachdenken und meine verhärteten Muskeln entspannen. Dieser Whirlpool wär's jetzt gewesen. »Danke, Dot. Nett von dir, mir die Suppe zu bringen, aber ich hab keinen Hunger. Ich bin hundemüde und, ehrlich gesagt, so was von angepisst, dass eh nicht viel mit mir anzufangen sein wird.« Sie nickte verständnisvoll. »Ich helf' dir noch beim Ausziehen. Du wirst sehn, es geht dir besser, wenn du die schmutzigen Klamotten los bist.«

Ich ließ sie machen und stellte mich dann so lange unter die heiße Dusche, bis Dottie ins Bad zurückkam, um sicherzustellen, dass ich nicht wieder überfallen worden war. Ich trocknete mich ab, schlüpfte in ein übergroßes T-Shirt und in eine rote Leggings und machte es mir mit meinem Lieblingskissen auf meinem alten Kunstledersessel bequem. Dottie sah mich an, als wäre ich eine Bombe, die in jedem Moment hochgehen könnte. Ich ließ meinen Kopf auf das Kissen sinken und schloss die Augen. Der alte Sessel hatte für mich eine ähnliche Bedeutung wie eine Kuscheldecke für ein kleines Kind. Ich hatte ihn schon so lange, mein Körper passte sich ihm optimal an, und er vermittelte mir das Gefühl, ein vertrauter Mensch aus Kindheitstagen würde mich in Händen wiegen.

Dottie ging in die Küche und rührte die Suppe um, die munter auf meinem Herd vor sich hinköchelte. »Ich dreh die Platte ganz klein, aber du musst sie trotzdem im Auge behalten. Ich hab auch noch einen Grog mitgebracht. Der wird dich entspannen. Du brauchst einfach was, damit du nach der ganzen Aufregung schlafen kannst.« Ich öffnete die Augen, als sie um den Tresen herumging, der meine Miniküche von meinem Wohnzimmer trennte. Sie trug eine abgeschnittene Jeans und eine weite türkisfarbene Bluse. Ihre Haare hatte sie mit einer roten Spange hochgebunden. Sie war barfuß wie immer. Sie reichte mir einen großen weißen Kaffeebecher und sagte: »Ich weiß, dass du jetzt nicht gleich darüber sprechen willst, aber ich bin da, wenn du mich brauchst. Du brauchst nur mit der Tischglocke zu läuten, und ich bin sofort da. Manchmal hilft es ja, nur zu reden.«

Sie meinte die große schwarze Glocke, die ich an einem Pfahl auf der Terrasse vor meinem Haus befestigt hatte. Harve hatte eine ähnliche. Wir benutzten sie, wenn mal Not am Mann war, aber noch öfter, wenn einem von uns beiden nach Gesellschaft zumute war. Im Moment jedoch wollte ich einfach nur, dass Dottie endlich verschwinden würde. Ich wollte mich in meinem Kissen hemmungslos ausweinen, wollte mich von der maßlosen Panik befreien, die mich befallen hatte, als ich an diesen Stuhl gefesselt war. Am liebsten jedoch hätte ich Black einen Schuss zwischen die Augen verpasst. »Ich kann noch nicht darüber reden. Ich schau morgen mal bei euch vorbei. Sag Harve, dass er sich keine Sorgen machen soll. Es ist alles okay mit mir. Ich bin nur wahnsinnig wütend, das ist alles.«

»Okay.« Dottie hatte mich verstanden. Aber sie war durch und durch lieb und fürsorglich, und es fühlte sich gut an, als sie die Hände auf meine Schultern legte. »Beug dich doch mal vor, und ich entspann dich noch ein wenig, ehe ich geh.«

Dottie war gelernte Masseurin, und ich überließ mich ihren Zauberhänden. Kaum hatte sie begonnen, meine Schultern zu kneten, ließ ich los und die ganze schreckliche Geschichte strömte, fast gegen meinen Willen, aus mir heraus. Sie hörte einfach nur zu, sagte selbst gar nichts und gab nur hin und wieder ein paar aufmunternde Töne von sich. Sie konnte einfach wahnsinnig gut zuhören. Ich vermute mal, aus dem Grund bin ich ihr gegenüber auch so offen, was ich normalerweise nicht bin, nicht einmal gegenüber Harve. Er machte sich sowieso viel zuviel Sorgen um mich.

Schließlich sagte Dottie: »Würdest du Nicholas Black so was wirklich zutrauen?«

»Ich habe seine Stimme gehört, und er hat mit den Kerlen gesprochen, die mich angegriffen haben. Er war von Anfang an dabei. Möglich, dass er selbst nichts gemacht hat. Vielleicht hat er sie angeheuert, um mir einen Denkzettel zu verpassen. Er heuert Leute für alles Mögliche an.« Ich stand auf, meine Wut war neu entfacht, ich konnte mich nicht erinnern, wann ich zuletzt so wütend gewesen war. Ich begann auf- und abzutigern, blieb aber unvermittelt stehen, als Harves Glocke ertönte.

»Harve macht sich Sorgen um dich«, sagte Dottie, während sie zur Haustür ging. »Ich muss zurück, um ihm alles zu erzählen. Du wirst sehen, das wird wieder mit dir. Iss was von der Suppe, leg dich hin und vertrau auf die Wirkung des Grogs. Dann geht es dir gleich wieder besser.« Sie klang zuversichtlicher, als ich es war.

»Mach ich.«

»Mach ein paar Yogaübungen. Das beruhigt und klärt die Gedanken. Ruf an, wenn du uns brauchst, oder läute die Glocke.«

»Danke, Dot.«

Sie zögerte und sah mich kritisch an. »Soll ich nicht doch lieber über Nacht bleiben? Harve wird das sicher verstehen.«

»Nein, danke. Es geht schon, wirklich.«

Ich ging auf die Veranda hinaus und sah ihr nach, wie sie im Laufschritt zu Harves Haus hinüberlief. Dottie rannte immer und überall, egal ob barfuß oder nicht. Aufgrund ihres Trainings war sie der fitteste Mensch, den ich kannte. Ich nahm mir fest vor, wieder neu einzusteigen, und zwar mit freien Gewichten, sobald ich mich beruhigt hatte. Mein Kickbox-Training würde ich auch verschärfen müssen. Ich hatte die Nase voll davon, überfallen und zusammengeschlagen zu werden. Was war eigentlich los mit mir? Wo war mein sechster Sinn? War ich überhaupt noch bei Sinnen?

Ich ging in die Küche und drehte den Herd ab. Essen würde jetzt auch nichts bringen. Ich musste ständig darüber nachdenken, warum Black so etwas inszenierte. Um mich einzuschüchtern, damit ich ihn in Ruhe ließ? Nun, ich wäre schön dumm, wenn ich ihn in Ruhe lassen würde. Jetzt ließ ich nicht mehr locker, ich würde ihn kriegen, und wenn ich mein ganzes restliches Leben darauf verwenden müsste.

Yoga hatte ich in meiner Zeit in Kalifornien gelernt, und es hatte mir in schwierigen Situationen geholfen. Ich war zu sehr außer mir, um irgendetwas anderes zu tun, hin- und hergelaufen war ich lange genug. Überfallen zu werden und beinahe zu ertrinken, sind Situationen, denen ich nun mal nicht gewachsen bin. Ich brauchte Ruhe in meinem Kopf, in dem ich alles immer wieder neu und von vorn durchlebte.

Meine Yogaübungen pflegte ich auf dem Steg zu machen, der sich auf den See hinaus erstreckte. Am vorderen Ende schaukelte *Old Betsy*, mein Boot, auf dem Wasser, festgebunden an einen Pfahl mit einer Lampe, die die ganze Nacht über brannte. Kaum war ich im Freien, unter einem Baldachin aus schwarzem Samt und funkelnden Sternen, fühlte ich mich gleich besser. Ich war zu Hause und in Sicherheit. Ich hatte mein Handy am Gürtel, direkt neben meiner Glock automatik. Sonst trug ich natürlich keine Waffe am Körper, wenn ich meine Turnübungen machte. Aber das war nun mal, verflixt und zugenäht, eine besondere Situation.

Die alten verrotteten Bohlen des Stegs hatte ich durch neue, glatt gehobelte ersetzen lassen. Dadurch konnte ich meine Yogaübungen gut auch im Freien machen, wo ich die Wellen plätschern und die Grillen zirpen hörte. Nachts unter dem Sternenhimmel turnte ich besonders gern. Ich hatte meine persönliche Abfolge von Übungen entwickelt, um alle Muskeln meines Körpers zu kräftigen und geschmeidig zu halten. Ein Durchgang dauerte nur eine halbe Stunde, und es funktionierte. Ab morgen jedoch würden noch Hantelübungen dazukommen, garantiert.

Zum Aufwärmen begann ich mit einigen einfachen Stehhaltungen, um dann mit einer Abfolge von Hunde- und Kriegerstellungen die Beine langsam zu lockern. Beim Yoga konnte ich mich in der Regel von belastenden Gedanken befreien, und es funktionierte auch dieses Mal wunderbar, als ich hinter mir etwas hörte. Ich warf mich in Sekundenschnelle auf den Bauch, zog meine Glock und richtete sie auf die schemenhafte Gestalt hinter mir. Oh mein Gott, nicht schon wieder.

»Nicht schießen, bitte! Ich bin's.« Nicholas Black trat aus dem Schatten ins Licht. »Ich will mit Ihnen reden.«

Völlig perplex hielt ich die Waffe weiter auf ihn gerichtet, während ich den Steg und das Ufer nach seinen Leuten absuchte, aber da war niemand. Zu seinem Glück war Black vernünftig genug, die Hände hochzuhalten. »Was wollen Sie hier? Mich fertigmachen? Nachdem es beim ersten Versuch nicht geklappt hat?«

Ich hörte meinen eigenen Atem, heftig und stoßweise und so ganz im Widerspruch zu meinen ruhigen Worten. Verdammt, dachte ich, wie konnte das nur passieren? Wie zum Teufel konnte er sich schon wieder an mich heranschleichen? Wenn das so weiterging, würde ich noch mein Abzeichen zurückgeben. »Legen Sie sich mit dem Bauch auf den Boden, die Arme zur Seite ausgestreckt!« Ich wollte *Sofort!* brüllen, aber er kannte offenbar das Prozedere und gehorchte ohne Widerspruch.

Ich tastete ihn ab, fand aber keine Waffen unter seinem schwarzen T-Shirt und der Jeans, nur wahre Muskelpakete. »Ich bin unbewaffnet«, sagte er, während ich den See und das Ufer ein weiteres Mal nach Komplizen absuchte. »Woher wussten Sie, wo ich wohne?«

Er ignorierte meine Frage. »Hören Sie, ich muss mit Ihnen sprechen, im Vertrauen und unter vier Augen.«

»Wo ist Ihr Fahrzeug? Wie konnten Sie hierher kommen, ohne dass ich etwas gehört habe?«

»Per Kajak geht das.«

»Sie sind im Kajak von Ihrem Haus über den See bis hierher gepaddelt?« Das sollte wohl ein Witz sein. Ich glaubte ihm kein Wort.

»Ich betrachte es als Sport.«

»Dann sporteln Sie weiter, indem Sie schnellstmöglich abhauen. Ich weiß nicht, was ich mit Ihnen besprechen sollte.«

»Ich habe wichtige Informationen für Sie. Ich will, dass Sie mit mir mitkommen.«

Hier musste ich unwillkürlich lachen. »Oh ja, das mach ich doch glatt. Soll ich Ihnen auch noch helfen, mich zu überfallen?«

»Ich habe Sie nicht überfallen und kann das auch beweisen. Kommen Sie mit, und ich werde es Ihnen zeigen.«

»Beweisen Sie es hier, Black. Ich komme nirgendwohin mit Ihnen, und wenn Sie nicht bald verschwinden, bringe ich Sie wieder hinter Gitter. Dieses Mal nagle ich Sie wegen Hausfriedensbruchs fest.«

»Ich habe Ihnen kein Haar gekrümmt.« Er lag, das Gesicht mir zugewandt, mit der Wange gegen den Steg gepresst, was seine Stimme dämpfte. »Aber ich weiß, wer Sie überfallen hat, und ich kenne auch den Grund.«

Ich hielt die Waffe weiter auf ihn gerichtet, während meine Augen unablässig die Dunkelheit absuchten. »Soll ich das glauben? Dann schießen Sie schon los. Raus damit!«

»Nicht hier. Kommen Sie mit auf meine Yacht, und werde Ihnen alles erklären.«

»Sie glauben doch wohl nicht, dass ich so blöd bin.«

Er setzte sich auf, worauf ich den Lauf meiner Waffe auf den Mittelpunkt seiner Stirn umlenkte. Ein gutes Gefühl. Dieses Szenario schwebt mir schon vor Augen, seit ich das Büro des Sheriffs verlassen hatte. Er lächelte. »Nehmen Sie die Waffe weg. Glauben Sie mir, ich bin vernünftig genug, keine Dummheiten zu machen. Ich kann beweisen, dass ich unschuldig bin, und was ich Ihnen sagen werde, wird Ihnen helfen, Sylvies Mörder zu finden.«

»Hören Sie auf mit dem Mist! Wenn Sie mir etwas zu sagen haben, dann rücken Sie sofort damit heraus, und zwar auf der Stelle!«

»Wir müssen uns auf den Weg machen. Morgen ist es bereits zu spät. Da draußen warten Leute auf Sie, die Sie vernehmen müssen. Spätestens bei Tagesanbruch sind sie verschwunden.«

»Nicht wenn sie es waren, die versucht haben, mir den Schädel einzuschlagen, das garantier ich Ihnen. Was sind das für Leute?«

»Das muss geheim bleiben. Die Gründe dafür werden Sie erfahren, wenn Sie mit ihnen sprechen. Sie können Ihnen Dinge sagen, die Sie wissen müssen, um diesen Fall zu lösen. Und ich will, dass er gelöst wird.«

»Ich frage Sie noch einmal: Was sind das für Leute?«

»Mit meinem Besuch hier bei Ihnen heute Abend gehe ich kein geringes Risiko ein. Es können Menschen zu Schaden kommen, wenn gewisse Dinge ans Tageslicht kommen. Und fragen Sie mich verdammt noch mal nicht, welche Leute das sind!« Er schüttelte, nun selbst leicht gereizt, den Kopf. »Was

Ihnen heute Abend zugestoßen ist, ist durch nichts zu entschuldigen, und ich will Ihnen beweisen, dass ich nichts damit zu tun habe.«

»Tut mir leid, Mann, Sie haben einfach Pech. Keinen Fuß werde ich heute Abend auf Ihre Yacht setzen. Stattdessen werden wir einfach zurück zur Wache fahren und im Verhörraum ein bisschen zusammen plaudern. Wäre das nichts? Los, stehen Sie auf! Und die Arme immer schön zur Seite gestreckt!«

Er gehorchte und stand leichten Fußes problemlos auf. Auch sonst schien er in guter körperlicher Verfassung. Wer zwanzig Meilen im Kajak über das Wasser paddeln konnte, hatte starke Oberarme und Ausdauer. »Ich habe schon befürchtet, Sie würden Probleme machen. Charlie wird Sie jede Minute anrufen. Wie spät ist es?«

»Zeit für mich, Sie wieder zu verhaften. Vielleicht habe ich ja dieses Mal mehr Erfolg. Sie wissen schon, Hausfriedensbruch. Spanner, Stalker und was es sonst noch so gibt.«

»Ich hab das mit Charlie schon besprochen. Hab's gleich geahnt, dass Sie nicht mitkommen.«

»Nun aber! Ein kluger Junge! Ich bin beeindruckt.« Ich runzelte die Stirn und sah ihn kritisch an, als mein Handy läutete. Ich griff es mir mit links und klappte es auf.

Tatsächlich war Charlie dran. Seine Stimme klang ungeduldig und verärgert. »Gehen Sie auf Blacks Yacht, Morgan. Sofort. Er ist bereit, eine Aussage zu machen, und er wird Sie nur Ihnen gegenüber machen. Unter vier Augen. Er schickt jemanden, der Sie abholt. Halten Sie sich bereit.«

»Ach was, er ist schon hier, und ich habe meine Waffe auf seinen Kopf gerichtet. Sie sind verrückt, wenn Sie glauben, ich gehe alleine mit ihm irgendwo hin.«

»Dann fordern Sie Unterstützung zu Ihrer Begleitung an. Bud ist noch immer nicht aus New York zurück, und ich frage mich, was zum Teufel er dort treibt. Dieses Model zum Essen ausführen, das wahrscheinlich. Dieser Trip kostet uns ein Vermögen.« Wow, wie besorgt Charlie doch sein konnte. Aber die paar Tausend Dollar, die Bud vielleicht verjubeln würde, waren anscheinend wichtiger als die Tatsache, dass ich eins über die Birne bekommen könnte. »Egal, ob allein oder nicht, sehen Sie zu, dass Sie auf Blacks verdammtes Boot kommen, um zu hören, was er zu sagen hat. Es wird Ihnen nichts passieren. Darauf hat er mir sein Wort gegeben. Machen Sie's, und erstatten Sie mir Bericht, sobald die Sache gelaufen ist.« Er hatte das Gespräch weggedrückt.

Ich starrte Black an. »Charlie scheint Ihnen zu trauen, Black. Sie kaufen mit Ihrem Geld alles Mögliche, auch Menschen. Vielleicht sind Sie Charlies wichtigster Geldgeber für seine Wahlkämpfe. Vielleicht fühlt er sich Ihnen gegenüber verpflichtet und ist bereit, ab und an wegzusehen und Sie laufen zu lassen, aber täuschen Sie sich bloß nicht. Ich bin nicht käuflich. Sollten Sie glauben, ich lass Sie laufen, wenn sich herausstellt, dass Sie auch nur das Geringste damit zu tun haben, dann sind Sie auf dem Holzweg.«

»Vielleicht ist das der Grund, warum ich mit Ihnen reden möchte, Detective. Charlie ist ein guter Kerl, aber in der Politik ein Dilettant. Ich kann das nicht riskieren, nicht mit der Information. Und ich habe Charlie auch nicht bestochen. Wir sind seit langer Zeit miteinander befreundet. Er weiß, dass ich nicht dazu fähig bin, Sylvie zu ermorden oder Ihnen auch nur ein Haar zu krümmen. Deshalb macht es ihm auch nichts aus, Ihnen anzuordnen, mit mir zu sprechen. Wie schon gesagt, es könnten Menschen zu Schaden kommen.«

»Und wie ich schon sagte: Welche Leute?«

Dieses Mal zögerte er einen langen Moment. Er schaute auf den See hinaus und überlegte. Ich wartete ab, wobei ich mir sicher war, er bereitete sich darauf vor, irgendeine Waffe zu zücken. Ich ließ meinen Finger am Auslöser. Unter keinen Umständen würde ich es zulassen, dass er mich noch einmal attackierte. Und wenn ich hundert Jahre alt werden sollte. »Auf der *Falcon* erwartet Sie Jacques Montenegro. Er will mit Ihnen sprechen. Es ist wichtig. Das Gespräch wird einige Details erhellen, die Ihnen bei Ihrer Suche nach Sylvies Mörder helfen.«

Nun, die Überraschung war ihm gelungen. Er hatte mich kalt erwischt, denn damit hätte ich niemals gerechnet. Ich glaube, Black und die Cajun-Jungs steckten doch unter einer Decke.

»Verstehen Sie jetzt, warum ich heute Abend hierher gekommen bin? Warum er sich privat ganz alleine mit Ihnen treffen will? Es nutzt keinem von uns, wenn bekannt wird, dass er sich hier am See aufhält.«

»Genau, besonders in Ihrem Fall. In Ihrer Rolle als Montenegros Gönner und Gastgeber und überhaupt. Man könnte daraus sogar den Schluss ziehen, Sie unterhalten ernsthafte Beziehungen zur Mafia. Kein Wunder, dass Sie mitten in der Nacht in der Gegend herumschleichen.«

Black schwieg, woraus ziemlich klar hervorging, dass ich recht hatte. Und ich war jetzt so was von wütend. Mann war ich wütend. Schon die Intrige allein war für mich Grund genug, Montenegro sehen zu wollen. Selbst Al Pacino hätte es nicht gewagt, mich bei einem Treffen abzuballern, das der hiesige Sheriff höchstpersönlich eingefädelt hatte. Auf Blacks Bitte hin, um genau zu sein. Für mich bestand keinerlei Gefahr, und sollte ich am nächsten Tag nicht zur Arbeit erscheinen, würden Köpfe rollen. Montenegro würde es sich zweimal überlegen, krumme Touren zu machen, und es lag in Blacks ureigenem Interesse, mich das Abenteuer unversehrt überstehen zu lassen.

»Okay, gehen wir! Kommen Sie mit zum Boot!«

»Im Kajak ist Platz für zwei.«

»Ach du lieber Gott, nein, vielen Dank. Ich sitze lieber selbst am Steuer. Also steigen Sie schon ein, und zwar vorne, und lassen Sie Ihre Hände da, wo ich sie sehen kann.«

Ich muss total verrückt sein, dachte ich mir, als ich in das zwanzig Jahre alte, mit Tarnfarbe gestrichene, verrostete Heck von *Old Betsy* stieg. Irgendwie dachte ich, Black gewann zunehmend Oberwasser. Warum konnte ich nicht sagen, aber ich war sehr wohl in der Lage, mich zu verteidigen. Meine Waffe jedenfalls würde ich nicht aus der Hand geben, garantiert nicht.

Ich zog an der Startleine des Außenborders, und natürlich sprang er nicht gleich an. Er konnte verdammt stur sein und verlangte gutes Zureden.

Black sah sich nach mir um. »Diese Kiste soll uns zu meiner Yacht bringen? Ich kann uns auch abholen lassen.«

»Halten Sie einfach den Mund, und lassen Sie die Hände am Kopf, wo ich sie sehen kann.«

Schließlich brachte ich den Motor zum Laufen, und obwohl er qualmte und klopfte wie verrückt, wusste ich doch, wir würden es schaffen. Falls nicht, würde ich auf meine Kenntnisse als Mechanikerin zurückgreifen müssen. Ich steuerte das Boot mit der linken Hand, während ich mit der rechten weiterhin auf Blacks Rücken zielte. Die nächsten Stunden versprachen interessant zu werden, falls ich sie überleben sollte.

17

Wie sich herausstellte, lag die *Maltese Falcon* in der tiefsten Region des Sees vor Anker, ungefähr fünf Meilen nördlich von dem Uferabschnitt entfernt, an dem ich wohnte. Blacks Paddelleistung war also gar nicht so beeindruckend. Diese Distanz würde sogar ich bewältigen. Dottie würde eventuell zwanzig, vielleicht sogar dreißig Meilen schaffen, wenn sie es versuchen würde. Die Yacht lag im Dunkeln, die Konturen der Reling und des Kabinenaufbaus von Lichterketten erhellt; sie ragte in die Nacht wie ein letztes Bild der *Titanic* vor ihrem tragischen Untergang. *Nicht der beste Vergleich in dieser Situation,* sagte ich mir, als ich mein doch sehr bescheidenes Gefährt neben dem windschnittigen, schwarz-braunen Zubringerboot zum Stehen brachte. Vielleicht hätte ja die gute *Old Betsy* in diesem Moment am liebsten nach einem Schönheitschirurgen verlangt. Mir dagegen ging es prächtig. Ich hatte schon fast vergessen, dass man mich erst vor Kurzem an einen Eisenstuhl gefesselt in den See gestoßen hatte. Erstaunlich, dieses Machtgefühl, wenn man einem Mann wie Black eine Knarre an den Schädel hält. Geh schon, Fiesling.

»Alles in Ordnung«, rief Black zu dem besorgt blickenden Wachmann am oberen Ende der Leiter hinauf, als käme der Doc öfter nachts in Begleitung einer Polizistin mit vorgehaltener Pistole nach Hause. Vielleicht war das ja tatsächlich der Fall. Ich hatte schon Merkwürdigeres erlebt.

»Sie können jetzt die Waffe wegnehmen«, sagte er, sobald wir an Deck waren.

»Danke für die großzügige Erlaubnis, aber ich kann mich heute Abend so schwer davon trennen. Bitte gehen Sie voraus.«

Er setzte sich in Bewegung, unter dem Grinsen des Wachmanns, der offenbar seinen Spaß daran hatte, dass nicht jeder ständig nach der Pfeife seines Chefs tanzte. Ich fand das ganz reizend, aber ich befahl ihm, ebenfalls vor mir herzugehen, nur für den Fall, dass er deshalb grinste, weil er vorhatte, mich zu überwältigen. Black steuerte auf seine Privatgemächer zu, und ich sah sonst niemanden, nicht einmal ein Mitglied der Crew. Auf der Yacht herrschte Nachtruhe; alle lagen sie in ihren kleinen schwarz-braunen Betten.

»Rogers, gehen Sie zurück auf die Brücke. Hier ist alles unter Kontrolle.«

»Genau, Rogers, und sollten Sie Schüsse hören, rufen Sie die 911.«

»Zu Befehl, Ma'am.« Ich mochte Rogers. Er war in Ordnung.

In Blacks Suite, vor der Fensterfront und einem kleinen Balkon, saß Jacques Montenegro. Er trug ein graues Tommy-Hilfiger-Sweatshirt, eine Khakihose und zweifellos sehr teures Schuhwerk, allerdings ohne Socken. Er saß hinter Blacks Schreibtisch, als wäre es sein eigener, was gut möglich war. Drei seiner Schlägertypen saßen auf Sesseln im Raum verteilt. Meine Freunde Jean-Claude und Thierry waren nicht dabei. Alle drei trugen schwarze Sweatshirts und weite schwarze Trainingshosen. Potenzielle Totschläger wie sie sollten lieber keine weiten schwarzen Trainingshosen tragen. Sie machten darin keine gute Figur.

»Sie brauchen nicht aufzustehen, Gentlemen. Für mich ist es einfacher, Sie im Sitzen abzuknallen.«

Zwei von ihnen lachten. Der andere hatte wohl meinen Witz nicht kapiert. Er hatte ein blaues Auge und eine geschwollene Nase, und mir kam es so vor, als würde auch sein Unterleib pulsieren. Montenegro lächelte; oh je, er machte einen auf Strahlemann. »Guten Abend, Detective. Ich freue mich, dass Nicky Sie zu dieser kleinen nächtlichen Plauderei überreden konnte.«

»Ihr Freund Nicky hat damit nichts zu tun. Ich bin auf Befehl von Sheriff Ramsay hierher gekommen, also rücken Sie raus, was Sie angeblich wissen, damit wir's hinter uns bringen.« Ich betonte den Namen mit Nachdruck, denn, ich muss gestehen, ich bin nun mal besserwisserisch; außerdem war mir nicht ganz wohl in der Haut, denn einer von den hier im Raum Anwesenden hatte mich zusammengeschlagen und an einem Stuhl festgebunden, und nun konnte ich ihn nicht mal abknallen. Da bleibt einem doch nur der Ausweg in den Sarkasmus.

Nun lachte niemand. Black rückte ein Stück ab und stellte sich neben ein großes Bullauge auf der Steuerbordseite, als überlegte er, zu türmen, falls es knallen sollte, aber ich hatte sie mit meiner Waffe nach wie vor alle unter Kontrolle. Es sei denn, sie zielten alle auf einmal plötzlich auf mich. Aber das war unwahrscheinlich, und außerdem würde Rogers in dem Fall die 911 rufen.

»Bitte, Detective, nehmen Sie doch Platz. Mir ist klar, dass dieser Abend nicht sonderlich angenehm für Sie war. Ich bin untröstlich, dass Ihnen das passiert ist.«

»Wow, vielen Dank. Ich bin ebenfalls untröstlich darüber. Vielleicht auch ein wenig sauer.«

Auch darüber lachte keiner. Entweder taugte ich als Komikerin nichts, oder es mangelte ihnen schlicht an Sinn für Humor.

»Ich habe bereits mit meinen Leuten gesprochen. Es wird nicht wieder vorkommen.«

»Heißt das, ich wurde auf Ihre Anordnung hin überfallen, Mr Montenegro?«

»Nicht ausdrücklich. Sie müssen wissen, mit Nicks Erlaubnis habe ich meine Männer zu Sylvies Bungalow geschickt, um ihre Sachen zu holen, damit ich sie ihrer Mutter geben kann. Sie haben sie dort überrascht, und als Sie sich so heftig gewehrt und ihnen sogar Verletzungen zugefügt haben, platzte den Männern verständlicherweise der Kragen.« Jacques änderte seine Sitzposition und nahm einen Schluck aus dem Glas in seiner Hand. Als er fortfuhr, meinte ich eine gewisse Verärgerung herauszuhören. »Und ich muss doch auch sagen, dass wir nicht gerade erfreut über Ihre Andeutung gegenüber dem Sheriff von Lafourche waren, wonach wir Marc Savoy aus dem Weg geräumt hätten, wo es doch sonnenklar ist, dass er Selbstmord begangen hat. Wir haben im Moment genug am Hals und können auf falsche Anschuldigungen verzichten. Als Sie meine Männer überrascht hatten, befürchteten sie, Sie könnten herausfinden, für wen sie arbeiten. Alles geschah lediglich, um mich zu schützen, verstehen Sie? Deswegen wollten Sie meine Männer fesseln, damit sie fliehen konnten, ohne von Ihnen verfolgt zu werden. Als Sie zu sich kamen und einen Kampf provoziert haben, wurden Sie ins Wasser gestoßen, was aber zu keinem Zeitpunkt beabsichtigt war. Es war ein unglückseliger Zwischenfall, insbesondere weil Black deswegen so außer Rand und Band geriet. In Wahrheit jedoch waren Sie nie wirklich in Gefahr.«

»Das soll ich glauben? Wäre nett, wenn ich das schon gewusst hätte, als ich auf dem Grund des Sees die Luft anhielt.« Ich sah die drei Schlägertypen nacheinander an. »Erinnern Sie mich daran, die Ärsche zu verhaften, bevor ich gehe.«

Die Täter sahen mich unbeteiligt und irgendwie abwesend an. Das Gehirn von allen dreien zusammengenommen war vielleicht so groß wie eine Kichererbse. Genug der Spitzfindigkeiten.

»Okay, kommen wir zur Sache. Sie haben sich mächtig angestrengt, mich auf dieses Boot zu kriegen. Was wollen Sie von mir?«

»Bei Ihrem Besuch in meinem Haus hatte ich den Eindruck, Sie würden Nicky verdächtigen, Sylvie ermordet zu haben. Ich bin hier, um Ihnen zu versichern, dass er es nicht getan hat.«

Ich lachte leise auf, ungläubig, aber alles anderes als amüsiert. »Ich nehme an, das soll ich Ihnen jetzt einfach abnehmen, richtig? Einfach weil er ein guter Kumpel von Ihnen ist. Tut mir leid, Freundchen, aber das reicht für mich nicht als Grund, ihn von der Verdächtigenliste zu streichen.« Er war tatsächlich schon längst gestrichen, aber das mussten sie ja nicht wissen.

»Wie wär's mit folgendem Grund? Nicky ist Sylvies Onkel, und er würde ihr und jedem anderen Mitglied seiner Familie niemals ein Haar krümmen.«

Nun, damit hatte mich Montenegro erst mal aus dem Konzept gebracht. Ich war perplex, was bei mir selten vorkam und was sie sicher auch merkten. Ich warf einen Blick zu Black hinüber. Er nickte und sagte: »Jacques ist mein älterer Bruder.«

»Ihr Bruder. Sie und Jacques Montenegro sind Brüder.« Manchmal wiederhole ich mich, wenn ich irritiert bin. Dadurch bekomme ich Zeit, mir klügere Antworten auszudenken.

»Das ist richtig«, sagte Jacques. »Leider hingegen hat Nicky keinerlei Interesse an den Familiengeschäften. Er ist ein Psychofreak durch und durch, und er verheimlicht seine verwandtschaftlichen Beziehungen aus naheliegenden Gründen. Sylvie war genauso. Sie wollte nicht, dass der fadenscheinige Ruf unseres Namens ihre Karriere überschattet.« *Oder selbige ruiniert,* dachte ich.

Sein hübsches Gesicht fiel, von Trauer gezeichnet, leicht in sich zusammen; dann festigten sich seine Züge wieder, und seine dunklen Augen funkelten. »Wer immer sie umgebracht hat, wird dafür zahlen. Jedenfalls war es nicht mein Bruder. Nick und Sylvie hatten ein sehr enges Verhältnis. Sie vergeuden Ihre Zeit, wenn Sie ihn weiter verdächtigen und Ihre Ermittlungsarbeit damit behindern. Ich bin extra hierher gekommen, um Ihnen die Wahrheit zu sagen, damit Sie endlich in der richtigen Richtung ermitteln, anstatt weiter in der Sackgasse zu stecken. Ich habe bereits Kontakt zu Kollegen in meinen eigenen Kreisen aufgenommen.« Und das, nahm ich mal an, bedeutete Mafiaclans von New York über New Orleans bis Sizilien. »Mir wurde versichert, dass diese Kreise mit Sylvies Ermordung nichts zu tun haben. Ich persönlich glaube, dass ein Fremder Sylvie auf dem Gewissen hat, und Nicky ist derselben Meinung. Als Sylvies Vater verlange ich von Ihnen, dass Sie mit Nicky eng zusammenarbeiten und seine Fähigkeiten als Profiler nutzen. Sehen Sie zu, dass Sie dieses Monstrum finden. Ich will, dass es gefangen wird, und dann soll es sterben. Notfalls können wir Ihnen dabei auch behilflich sein.«

Soviel zum Thema fairer Prozess und dem ganzen unnötigen Tamtam. Währenddessen versuchte ich, mich auf die neue Situation einzustellen. Ich war regelrecht fassungslos und konnte es noch immer nicht glauben, wie Nicholas Black es geschafft hatte, nur auf Ruhm und Karriere bedacht, seine wahre Identität geheim zu halten.

»Ich schäme mich nicht für meine Familie, Claire.« Black sprach mich beim Vornamen an, was in dieser Situation ziemlich unpassend war. »Es war schlicht einfacher für mich, als junger Mensch voranzukommen ohne die Last dieser Herkunft, vor allem bei der Armee. Dort hätte ich es mit dem Namen nie zu was gebracht. Auf Black bin ich gekommen, weil der Name gewisse Anklänge an Montenegro hat. Jedenfalls habe ich meine Nichte nicht ermordet, und es war auch nicht meine Absicht, Ihnen heute Abend was anzutun.« Er sah die drei Schlägertypen stirnrunzelnd an. »Jacques hat recht. Ich war außer mir, als ich dort ankam und sah, was abging. Es war einfach Scheiße, was da passiert ist, und wird nie wieder vorkommen.«

»Es sei denn, ich ermittle in der falschen Richtung.«

»Es wird gewiss nicht wieder vorkommen«, sagte Jacques in einem Ton, der die Betroffenen gewiss das Fürchten lehrte. Der Humorlose mit der eingeschlagenen Fresse wand sich auf seinem Stuhl, und mir war klar, dass er derjenige war, der die Wasserprobe mit mir gemacht hatte.

Mir dämmerte allmählich, dass ich dieser Runde vielleicht doch nicht ganz gewachsen war. Verdammt, vor einer Woche oder so konnte ich die Figuren aus der Unterwelt, denen ich persönlich begegnet war, noch an einer Hand abzählen. Ich fühlte mich leicht unwohl, woran auch die Glock, die ich fest in der Hand hielt, nichts änderte. Seltsamerweise war ich mir trotz allem ziemlich sicher, dass mir nichts passieren konnte. Black nannte mich mittlerweile beim Vornamen. Er würde mich doch nicht Claire nennen und mir wenig später das Lebenslicht auspusten. Das wäre schlicht und einfach unhöflich gewesen.

Also steckte ich meine Waffe weg und stemmte die Hände in die Hüften. Im dunklen Fenster hinter Montenegro sah ich mein Spiegelbild und stellte fest, dass ich in meiner roten Yoga-Leggings, meinem T-Shirt und barfuß keinen besonders furchterregenden Eindruck machte. Alle starrten auf mich, als wäre ich am Zug. Also sagte ich: »Okay, ich will alles wissen. Von Anfang an.«

»Setzen Sie sich bitte, Detective, und lassen Sie mich von meiner Tochter erzählen.«

Die traurige Geschichte dauerte fast eine Stunde, und mir wären dabei sicher die Tränen gekommen, wenn ich nicht schon so oft getäuscht worden wäre, aber ich erfuhr daraus kaum mehr, als ich ohnehin schon wusste. Abgesehen von Blacks verwandtschaftlichen Beziehungen zur Familie Montenegro wurden meine bisherigen Ermittlungsergebnisse nur mehr oder weniger bestätigt. Da aber Black als Verdächtiger nun nicht mehr in Frage kam, erschien alles in einem anderen Licht; im Gegensatz zu Jacques Montenegro hingegen war ich eher skeptisch, was die Versicherungen seiner Mafiafreunde betraf, bei Sylvies Tod handle es sich um keinen Auftragsmord. Gut möglich, dass für einen Profikiller alles ein bisschen zu inszeniert war, aber vielleicht gab es ja auch Auftragskiller mit einem gewissen Sinn für Dramatik.

Nachdem die Geschichte erzählt und alle meine Fragen hoffentlich wahrheitsgemäß beantwortet waren, verabschiedeten sich Montenegro und seine drei Musketiere. Auf ihrem Weg aus der Kabine warf ich ihnen finstere Blicke hinterher, denn mir missfiel die Vorstellung, dass ihr Angriff auf mich so gar keine Konsequenzen haben sollte. Alles in allem aber, musste ich sagen, überwog doch das Gefühl der Erleichterung, dass ich nicht von irgendeinem Verrückten attackiert worden war, der da draußen immer noch auf mich lauerte, um mir bei einem erneuten Versuch endgültig den Garaus zu machen.

»Es dauert nur einen Moment. Machen Sie es sich in der Zwischenzeit bequem«, sagte Black, als er die Männer hinausbegleitete.

Ich nickte und steuerte im nächsten Moment eines von mehreren weißen Sofas an. Als ich mich zwischen den Satinkissen niederließ, merkte ich erst, wie müde ich war. Ich hörte den Motor des Zubringerboots aufheulen, spürte das leichte Schaukeln der Yacht und beschloss, die Augen für einen kurzen Moment zuzumachen. Innerhalb weniger Sekunden war ich eingeschlafen. Dotties Grog hatte seine Wirkung nicht verfehlt.

Irgendwo in den Traumwelten meines Bewusstseins hörte ich ein Handy klingeln. Die Melodie erinnerte mich an den »Mexikanischen Huttanz«. Hey, das ist doch mein Klingelton. Benommen griff ich an meinen Gürtel, aber da war kein Telefon. Stattdessen hörte ich eine unbekannte Stimme.

»Sie schläft noch. Hier ist Nick Black. Kann ich ihr was ausrichten?«

Nick Black dachte ich. Dann dachte ich *Nick Black?* Ich setzte mich auf und sah mich um. Er saß hinter seinem Schreibtisch und hielt mein kanariengelbes Handy in der Hand. »Alles in Ordnung mit ihr. Sie kam letzte Nacht hier heraus, um mich zu vernehmen, und ist dann auf dem Sofa eingeschlafen. Ich sag ihr, sie soll zurückrufen.« Er drückte den roten Knopf und legte das Telefon auf den Schreibtisch. Er war frisch rasiert, trug ein frisch gebügeltes weißes Hemd und eine blaue Krawatte; offenbar hatte er sich für einen wichtigen Termin in Schale geworfen. Er lächelte. »Sie sind ein viel gefragter Mensch. Das war schon der dritte Anruf, den ich für Sie entgegengenommen habe.«

»Warum haben Sie mich nicht geweckt?«

»Ich hab's ja versucht. Was immer Ihnen Ihre Freundin da reingemischt hat, war stark genug, Sie schlafen zu lassen wie ein Stein.«

»Woher wissen Sie, dass Dot mir einen Grog gemacht hat?«

»Ich habe draußen gewartet, bis sie ging, damit ich alleine mit Ihnen war.« Er ging zu einer Anrichte mit einer silbernen Kaffeemaschine. Er goss eine Tasse ein und brachte sie mir. »Sie trinken ihn schwarz, wenn ich mich recht erinnere.«

Ich nahm die Tasse und strich mir die Haare aus dem Gesicht. Ich war ihm gegenüber benachteiligt, aber der Kaffee half. »Wie spät ist es?«, fragte ich, während ich bemerkte, wie draußen vor dem Fenster das Sonnenlicht auf dem See glitzerte. »Wie lange hab ich denn geschlafen?« Nahtlos folgten die nächsten Fragen. »Wer hat überhaupt angerufen? Und wer hat Ihnen erlaubt, mein Telefon zu beantworten?«

Black lachte und holte sich selbst noch eine Tasse Kaffee. Er lehnte sich gegen den Tresen mit der schwarzen Granitplatte und nahm einen Schluck. Er war immer so ruhig und beherrscht, selbst als er mit ausgebreiteten Armen und Beinen, das Gesicht nach unten, auf meinem Steg lag. Ich fragte mich, ob alle Psychiater so waren. Er streckte einen Arm aus und sah auf seine goldene Armbanduhr. »Es ist fast Mittag. Das heißt, Sie haben fast zehn Stunden geschlafen, und an Ihr Telefon bin ich gegangen, weil ich wusste, dass, wer auch immer anrief, besorgt sein würde.«

»Sie hätten mich rangehen lassen sollen.«

»Ich habe Sie geschüttelt, und Sie hörten nicht auf zu schnarchen. Ich nahm an, Sie bräuchten den Schlaf.«

»Ich schnarche nie.«

»War auch nur ein Scherz.«

»Zum Scherzen fehlt Ihnen die Begabung.«

»Geben Sie mir eine Chance. Manchmal bin ich ein richtiger Scherzkeks.« Er verzog keine Miene.

Ich runzelte die Stirn, aber davon taten meine blauen Flecken weh.

»Sehen Sie?«, sagte er.

Ich blieb unbeeindruckt. »Wer hat angerufen?«

»Sheriff Ramsay. Ich habe ihm versichert, dass es Ihnen gut geht und dass von mir keinerlei Gefahr ausgeht. Als Nächstes hat Dottie angerufen, und ich habe ihr versichert, dass es Ihnen gut geht und dass von mir keinerlei Gefahr ausgeht. Sie hat gesagt, sie habe ihr Gebräu extra stark gemacht, damit sie die Nacht über durchschlafen können, und ich habe nach dem Rezept gefragt. Dann hat ein Typ namens Bud angerufen, der sich gerade auf dem Rückflug von New York befand, wo er meiner Exfrau auf den Zahn gefühlt hatte. Ich habe ihm versichert, dass es Ihnen gut geht und dass von mir keinerlei Gefahr ausgeht.«

Also hatte er vielleicht doch eine gewisse humoristische Begabung. Beinahe hätte ich gelächelt, dachte aber rechtzeitig an meine blauen Flecken. Ich sah mich um. »Sind wir noch immer draußen auf dem See?«

»Ja, aber wir müssen bald den Anker lichten und den Rückweg antreten. Wir haben Personalversammlung, und ich bin schon jetzt zu spät dran.« Ich zückte eine Augenbraue. »Ich wollte Sie nicht wecken, und Ihr Boot war noch nicht fertig.«

»Was soll das heißen? Mein Boot war noch nicht fertig?«

»Ich wollte, dass es vor der Rückfahrt aufgetankt und überholt wird. Ich habe einen Mechaniker an Bord, der sich etwas damit beschäftigt hat. Gestern Abend auf der Fahrt hierher klang es so, als könnte es, na ja, jederzeit den Geist aufgeben. Ich würde das Gefährt nicht unbedingt als verlässlich bezeichnen.«

»Es hat nicht jeder eine Yacht, *Nicky*.« Die nächste sarkastische Bemerkung. Verstehen Sie, was ich meine?

Black ignorierte sie. Ich nehme an, es war ein bisschen kindisch, aber wie schon gesagt, ich war ihm gegenüber benachteiligt. Er bombardierte mich wahllos mit schlechten Nachrichten.

»Sie können gerne meine Dusche benützen, wenn Sie möchten. Und ich habe ein paar Sachen auf dem Bett bereitgelegt, die Sie für den Rückweg anziehen können.«

»Nicht nötig, danke. Ich muss sofort los.«

»Kommen Sie, Claire, seien Sie vernünftig. Nehmen Sie eine Dusche, frühstücken Sie etwas, und werden Sie erst mal munter. Bis dahin haben wir auch Ihr Boot wieder im Wasser.«

»Okay, aber geben Sie mir erst mein Telefon wieder.«

Er gab es mir und schickte sich an, den Raum zu verlassen. »Bitteschön. Ich geh mal Frühstück bestellen. Oder wäre Ihnen ein Mittagessen lieber?«

»Entscheiden Sie. Ich weiß nicht, ob ich überhaupt was esse. Ich habe keinen Hunger.«

Die benachbarte Kabine war so groß wie das Büro und hatte auch einen von diesen hübschen kleinen Balkonen, die über dem Wasser schwebten. Die Balkontüren waren geschlossen, also öffnete ich sie, und ich hörte ein paar Männerstimmen, die sich irgendwo oben auf dem Deck unterhielten. Ich fragte mich, wie groß wohl die Crew sein mochte, die sich Black für diese Yacht leistete, und ging dann in ein schwarzes Marmorbad mit goldenen Armaturen, wie man sie auch im Palast irgendeines Sultans hätte finden können. Die Duschkabine bestand nur aus Glas und Spiegeln, und überall lagerten stapelweise schwarze Handtücher. Ich kam zu dem Schluss, dass Black wohl einen Schwarztick haben musste. Ich machte die Badezimmertür zu, suchte den Raum sicherheitshalber nach versteckten Kameras ab und stieg dann unter die Dusche. Ich stellte das Wasser so heiß, wie ich es gerade noch ertrug, und wusch mir dann die Haare mit einem Shampoo, das nach Gardenien duftete. Ich wusste, dass Black selbst es nicht verwendete, und nahm von daher an, dass er jederzeit auf nächtlichen Damenbesuch vorbereitet war. Ich fragte mich, wie viele andere Frauen sich in dieser bombastischen Dusche wohl schon die Haare gewaschen hatten, mit Black als persönlichem Assistenten beim Shampoonieren, versteht sich. Vielleicht wäre es günstig, wenn er sich einen dieser Besucherzähler einbauen ließe, wie es sie in Kaufhäusern und auf Webseiten gibt.

An goldenen Haken hingen schwarze Frotteebademäntel. Ich streifte mir einen über und fand dann nagelneue Kämme und

Zahnbürsten in einer Schublade, alle noch original verpackt und eingeschweißt. Ich nutzte das Angebot, putzte mir eilends die Zähne und kämmte mir die Haare. Nun war ich hellwach, und es drängte mich geradezu zurück auf die Wache, um mit Bud zu sprechen. Auf dem Bett lagen ein schwarzes Baumwoll-T-Shirt und eine dazu passende schwarze Baumwollhose mit Kordelzugbund, beides in meiner Größe. Nicholas Black lag das Wohl seiner Gäste am Herzen.

Ich kämmte mein Haar glatt zurück; nach Make-up zu suchen, um die blauen Stellen in meinem Gesicht und das geschwollene Auge zu kaschieren, kam mir nicht einmal in den Sinn. Dieser andere Typ sah noch viel schlimmer aus und hatte sicher auch einen komischen Gang. Das war in meinen Augen das Allerwichtigste. Dann fiel mir wieder ein, dass ich an Bord von Blacks Yacht war, und ich beschloss, dass dies vielleicht ein günstiger Moment war, mich ein wenig umzusehen. Ich öffnete Schubladen und stieß auf Unmengen frischer Sachen zum Anziehen, alles feinsäuberlich gestapelt. Im Bad jedoch stieß ich auf seine Haarbürste und ein kleines Glas, auf dem sich vielleicht Fingerabdrücke von ihm finden ließen. Ich zog ein paar Haare aus der Bürste und stopfte sie in das Glas, welches ich vorne an meinem BH zwischen den Brüsten verschwinden ließ. Wollte Black es dort finden, müsste er mir schon sehr nahe kommen, aber das würde nicht passieren. So gute Freunde waren wir noch nicht. Und wer weiß, ob ich nicht dieses Material möglicherweise später für einen DNA-Test noch gut gebrauchen könnte.

Ich ging wieder zurück in den angrenzenden Bürobereich. Dort war niemand, also ging ich denselben Weg, über den ich in der Nacht zuvor gekommen war, zurück und fand Black auf dem Oberdeck an einem für zwei Personen gedeckten Tisch im Freien.

»Ich bin bereit zum Aufbruch«, sagte ich und hielt dann Ausschau nach meinem Boot. Es war nicht da.

»Nehmen Sie doch zuvor noch einen Orangensaft. Setzen Sie sich. Wir müssen uns unterhalten.«

Ich sah ihn einen Moment lang an, neugierig darauf, was er wohl zu sagen hatte. Ich setzte mich, worauf sofort eine Bedienstete in einer schwarz-braunen Uniform erschien, um mir Kaffee und Orangensaft einzugießen. Der Saft kam aus einem gefrosteten schwarzen Krug. Du meine Güte! Ich bedankte mich bei ihr, als sie uns zwei große schwarze Teller servierte. Frische Früchte, Pfannkuchen, Rührei, Würstchen und Speck, alles perfekt zubereitet. Mein Magen reagierte sofort mit heftigem Knurren. Ich runzelte die Stirn und tat erst mal so, als wäre meine schlechte Laune für den unerwarteten Aufruhr verantwortlich.

»Gut, Sie haben Hunger«, sagte Black. »Ich auch.«

»Wann ist denn mein Boot fertig?«, fragte ich, indem ich mich mit größerem Appetit als er über das Frühstück hermachte. Es war lange her gewesen, seit ich zum letzten Mal was gegessen hatte. Ich versuchte mich daran zu erinnern, ob ich die Platte mit der Hühnersuppe auf meinem Herd abgestellt hatte. Ich meinte ja.

»Bald. Gab einiges zu tun daran.« Er sah mir, von einem feinen Lächeln begleitet, beim Essen zu. Dann bemerkte ich, wie er meine blauen Flecken musterte.

»Die ersten verblassen bereits, aber die von gestern Abend sehen ziemlich schlimm aus.«

»Ich bekomme leicht blaue Flecken, besonders durch Faustschläge mitten ins Gesicht.«

Er fand das gar nicht lustig, sondern wirkte eher wütend. »Das sind einfach Idioten, und Sie müssen lernen, sich wegzuducken.«

»Ah, jetzt bekomme ich wohl noch Verhaltensmaßregeln?«

»Auf dem College habe ich Boxen gelernt. Sieht so aus, als könnte Ihnen etwas Nachhilfe nicht schaden.«

Mir platzte schier der Kragen. »Der Schlag traf mich völlig unvorbereitet, falls Sie das interessiert. Und noch dazu waren sie zu zweit.«

»Ich kann Ihnen noch mehr beibringen.«

»Und ich kann Ihnen Bescheidenheit beibringen«, sagte ich. »Und wie man ohne Heerscharen von Personal auskommt.«

»Ich bin genügsamer als Sie denken.«

Okay, genug Smalltalk fürs Erste. Zeit für die relevanten Fragen. »Erzählen Sie mir was über Ihre Familie, Black. Hat Jacques seinen Status als Clanchef geerbt, weil er der Ältere von euch beiden war? Und sind Sie bereit, seine Funktion zu übernehmen, falls mal etwas schieflaufen sollte?«

Eigentlich war das nicht so ganz ernst gemeint von mir, aber Black hatte es so verstanden. Er sah auf den See hinaus, und ich sah, dass er meine Äußerung gar nicht lustig fand und dass er auch nicht darauf erpicht war, über seine Familie zu sprechen. Zu schade aber auch, ich nämlich schon. Er sah mich an.

»Jacques ist seinen eigenen Weg gegangen. Wir sind beide so früh wie möglich von zu Hause weggegangen.«

»Warum?«

Dieses Mal zögerte er noch länger. Dann sagte er: »Mein Vater hat meine Mutter regelmäßig geschlagen, bis ich alt genug war, dagegen einzuschreiten und ihn daran zu hindern.«

Schon in den Sümpfen hatte er einmal kurz von seiner Mutter gesprochen. »Wie kam es dazu? Was ist denn passiert?«

Ich war ihm zu hartnäckig, und seine Augen funkelten mich wütend an. »Wenn Sie es unbedingt wissen wollen, eines Abends, als er wieder mal auf sie einprügelte, habe ich ihm beide Arme mit einem Baseballschläger gebrochen. Danach bin ich weggegangen von zu Hause und unter Angabe eines falschen Alters der Armee beigetreten. Darauf hat er sie nie wieder geschlagen.«

»Wie alt waren Sie?«

»Sechzehn.«

»Leben Ihre Eltern noch?«

»Nein, beide sind mittlerweile verstorben.«

»Jacques ist also seinen Weg gegangen und Sie Ihren.«

Er nickte.

»Ich staune, dass Sie mir das alles erzählen.«

»Ich will, dass Sie mir vertrauen. Sie werden sehen, dass ich ganz in Ordnung bin, wenn Sie mich besser kennen.«

Oh-oh, das hört sich nach Ärger an, dachte ich. Ich legte meine Gabel aus der Hand und dachte, es wäre am besten, diesen rührseligen Stuss einfach zu ignorieren. »Ich bin auf der Suche nach Sylvies Mörder, sonst suche ich nichts. War ja sehr nett gestern Abend von Ihrem Bruder, Ihre Unschuld zu beteuern, aber was mich angeht, gelten Sie in diesem Fall nach wie vor als Verdächtiger. Solange Sie mir Ihre Unschuld nicht bewiesen haben.«

»Ich kann warten. Wenn einer den Fall lösen kann, dann Sie.«

Ich fühlte mich geschmeichelt und verärgert zugleich. Zeit, zu gehen. »Ich melde mich wieder bei Ihnen.«

Er erhob sich von seinem Stuhl. »War mir ein Vergnügen, Detective.«

Mein Boot befand sich nun neben dem Zubringerboot im Wasser, aber ich erkannte es kaum wieder. Es war komplett neu gestrichen und hatte ein paar Sitze zum Angeln dazubekommen. Als ich an der Startleine zog, schnurrte der Motor sofort los wie ein Kätzchen. Ich warf einen Blick nach oben zur Reling und stellte fest, dass Black mich beobachtete. Ich war hocherfreut, und, wenn es *Old Betsy* betraf, auch gerne bereit, das zum Ausdruck zu bringen.

Ich signalisierte ihm mit Daumen und Zeigefinger mein Okay, worauf er mit der Hand kurz grüßte und verschwand. Ich hatte mich kaum von der Yacht entfernt, da nahm sie schon Fahrt auf in Richtung Cedar Bend.

Leben mit Vater

Der Vater war nur noch nett, nachdem die Köchin gegangen war. Er und Blage versorgten die Leichen im Keller oft gemeinsam, und er bedachte Blage mit Geschenken. Er kaufte Blage einen Computer und einige Spiele dazu. Blage war von dem Computer begeistert und nahm ihn manchmal mit in den Kühlraum, damit auch die Mutter damit spielen konnte. Der Vater machte mit ihm Spritztouren in ihrem nagelneuen grünen Kombi, den sie in der Scheune abstellten, und manchmal, nachts, auf einsamen Landstraßen, wo sie niemand sehen konnte, durfte Blage sogar selbst ans Steuer. Etwa in dieser Zeit begann der Vater, Blage bestimmte Spritzen zu verabreichen, die ihn, wie er sagte, gefügig machen sollten und ihn die Regeln einhalten ließen.

»Du wirst so schrecklich maskulin, Blage. Ich will dich weiblicher haben, so wie deine Mutter war. Ich werde dir helfen, weich und lieb zu werden, wie du früher mal gewesen bist.«

Eines Tages trank der Vater zu viel Whiskey, und er gab Blage wieder einmal eine Spritze; daraufhin zog er Blage aus, legte ihn auf den Balsamiertisch aus Edelstahl und band ihn an den Hand- und Fußgelenken mit silberfarbenem Isolierband fest. »Ich habe mir den Mund fusslig geredet, dass du weiblicher werden sollst, und nun sieh an, wozu du mich zwingst. Ich mache das wirklich nicht gerne, Blage, aber du lässt mir keine andere Wahl.«

Blage wand sich in seinen Klebebandfesseln, aber der Vater griff dennoch zum Skalpell. »Eines Tages wirst du mir dafür danken«, sagte er, und schon im nächsten Moment schrie Blage auf vor Schmerz, als das Skalpell sein Werk vollzog.

Zwei Wochen später konnte Blage wieder laufen, wenn auch

nur langsam und unter Schmerzen. Benommen von den Schmerzmitteln, die der Vater ihm spritzte, ging Blage in den Kühlraum, wo die Toten sich um ihn versammelten, um zu sehen, was der Vater da Schreckliches getan, vernäht und unter einem weißen Gazeverband verborgen hatte. »Dafür muss er sterben«, sagte eine junge Mutter, die im Kindbett verstorben war. »Nie und nimmer würde ich meinem eigenen Fleisch und Blut etwas so Schreckliches antun«, sagte Blages Mutter. »Ja, er ist durch und durch böse. Er muss sterben.«

»Ja, Blage, er muss sterben«, stimmten sie alle ein.

Also ging Blage mitten in der Nacht in die Küche und holte das große Hackmesser aus der Schublade und nahm es mit nach oben, wo der Vater im Vollrausch dalag und schnarchte. Er holte weit aus, das Messer schwebte über dem Kopf des Balsamierers, und ließ es heruntersausen. Von einem dumpfen Knall begleitet schlug es im Genick des Vaters auf und trennte den Kopf vom Rumpf. Eine Fontäne aus Blut ergoss sich über Blages Arme und das Gesicht, das Bett und die Wand, Blage jedoch hackte weiter auf den Vater ein, bis nur mehr eine breiige Masse übrig blieb und der rote Feuerstrom in Blages Innerem wieder kühl und blau sachte dahinfloss.

Dann nahm Blage eine Dusche, packte das Hackmesser und das Abziehleder, das Notebook und die Computerspiele und andere wichtige Dinge in eine Reisetasche. Dann ging er in den Kühlraum hinunter und holte die große braune Geldkassette hervor, die der Vater im obersten Regal ganz hinten im Kühlraum hinter den Leichen aufbewahrte. Der Vater hatte kein Vertrauen zu Banken, was auch schon bei seinem Vater und seinem Großvater so gewesen war. Die Kassette war randvoll mit Geld aus dem Familienunternehmen, das sich über viele Jahre hinweg angesammelt hatte, Tausende von Dollar. Blage stellte die Kassette auf der untersten Treppenstufe ab und ging dann zurück, um seinen Freunden im Kühlraum Lebewohl zu sagen. Blage verabschiedete sich von seiner Mutter und sagte ihr, dass sie ihn nie mehr wiedersehen würde. Diese jedoch antwortete:

»Du hast gesagt, du würdest mich nie verlassen, so wie ich dir versichert habe, dich nie zu verlassen.« Dann weinte sie, und Blage ertrug es nicht, sie weinen zu hören oder sie zurückzulassen. Also nahm Blage das Hackmesser aus der Reisetasche und trennte ihren Kopf ab und steckte ihn in eine Supermarkttasche aus braunem Papier. Er flüsterte: »Sorge dich nicht, Mutter. Wir werden für immer zusammensein, versprochen.«

Blage brachte den Kopf der Mutter und die Reisetasche und andere wichtige Dinge nach draußen und verstaute sie in dem grünen Kombi. Dann ging er wieder ins Haus und goss Benzin über den zerstückelten Körper des Vaters und die Teppiche in allen Räumen. Dann riss er ein Streichholz an und sah eine Weile auf das brennende Haus, ehe er in die Nacht hinein davonfuhr.

Blage war vierzehn Jahre alt.

18

Okay, Claire, ich will alles hören, von Anfang bis Ende.«

Ich saß direkt gegenüber von Charlies Schreibtisch. Bud saß neben mir. Wir befanden uns in Charlies unaufgeräumtem Büro, während draußen vor der Tür die anderen Polizisten lauschten und dabei so taten, als wären sie beschäftigt. Immerhin handelte es sich hier um den spektakulärsten Fall, der sich in der Ozarks-Region je zugetragen hatte. Die Sekretärinnen drängten sich um die Kaffeekanne und flüsterten aufgeregt, weil sich die eine oder andere auf dem Weg zur Arbeit in irgendwelchen Nachrichtenclips gesehen hatte, die auf den Kabelkanälen pausenlos wiederholt wurden.

Als ich noch klein war, gastierte mitten auf dem Fußballfeld der Schule ein Wanderzirkus, und ich durfte die Vorstellung besuchen. Das Programm war nicht besonders umfangreich, aber es gab immerhin eine Trapeznummer und eine kleine Elefantenherde, die in der Manege ihre Kreise zog. Genau daran fühlte ich mich in dem Moment erinnert, an eine Zirkusvorstellung mit Nicholas Black, Sylvie Border und mir als Attraktion des Abends. Bis jetzt standen die anderen beiden im Scheinwerferlicht, und nun hatte ich das Gefühl, ich würde auf einem Trapez ohne Netz hin- und herschaukeln und nur drauf warten, dass der Scheinwerfer mich finden würde. Das Publikum würde entsetzt die Münder aufreißen, während ich in den Tod stürzte. Ich nehme an, das vermittelt Ihnen eine ungefähre Vorstellung davon, wie viel Selbstvertrauen ich in letzter Zeit habe.

Von der Straße tönten plötzlich laute Hupgeräusche herauf, gefolgt von wütend durcheinanderrufenden Stimmen. Charlie sprang unverzüglich auf und zog das Rollo hoch. »Diese

Scheißgeier, die hier dauernd rumhängen. Ich hab die so was von satt, und ich will auch nicht jedes Mal, wenn ich zur Arbeit komme, einen Spießrutenlauf an dieser Pressemeute vorbei machen.« Er sah Bud und mich vorwurfsvoll an, als könnten wir etwas dagegen unternehmen. »Und reißt verdammt noch mal die Klappe nicht so weit auf, dass Magdalena jedes Wort mithören kann.«

Magdalena Broussart arbeitete schon seit fünfzehn Jahren als seine Sekretärin. Sie war eine wunderbare kleine Dame, die mit ihren gigantischen High Heels gerade mal an Buds Kinn heranreichte, die aber auch das ganze Büro am Laufen hielt wie eine gut geölte Maschine. Leider hatte sie eine besondere Vorliebe für die Krimiserie *Mord ist ihr Hobby* und neigte dazu, sich mit der Hauptfigur Jessica Fletcher zu identifizieren. Dazu kam noch, dass sie mit gut fünfzig alten Damen befreundet war, alle in den Siebzigern und mit einem Faible für Bingo, die aus polizeilichen Insiderinformationen ihren Kick bezogen. Was sie von Magdalena hörten, verbreitete sich unter ihnen sofort wie ein Lauffeuer. Sozusagen das Syndikat der gelangweilten alten Damen.

Ich hielt es nicht mehr aus, wie Charlie mich anstarrte, also begann ich meine finstere Geschichte an der Stelle, an welcher Black in seinem Kajak an meinem Haus erschien. Charlies buschige weiße Brauen stießen zusammen, und ich hielt inne, um ihm die Gelegenheit zu geben, ausgiebig zu fluchen, was er aber nicht tat. Also erzählte ich weiter bis zu der Stelle, an der wir Blacks Luxusyacht erreicht hatten und ich mit Jacques Montenegro zusammentraf. Charlie hatte seinen Zorn so lange aufbewahrt, bis ich ihm davon erzählte, wer mich attackiert und ins Wasser geworfen hatte; hier begann er wütend auf- und abzulaufen und Drohungen auszustoßen, er würde das Pack verhaften lassen dafür, dass sie jemanden von seinen Leuten fast umgebracht hatten. Das war sicher gut gemeint, aber ich wies ihn darauf hin, dass damit nichts gewonnen wäre, im Gegenteil, der Presserummel würde nach so einer Aktion nur noch weiter steigen. Seit letzter Nacht war ich doch bedeutend ruhiger geworden.

Während er weiter hingebungsvoll und mit sehr viel Fantasie fluchte, überlegte ich, ob ich ihm sagen sollte, dass Black der Bruder von Jacques Montenegro war. Ich kam zu dem Schluss, ihm nichts davon zu sagen, weil Black wohl, was Charlie anging, doch recht hatte. Er würde dadurch politisch in eine prekäre Lage geraten und obendrein seinen wichtigsten Wahlkampfsponsor verlieren, und das alles auf einen Schlag, hübsch verpackt sozusagen und mit Schleife oben drauf. Diesen Schritt wollte ich erst unternehmen, wenn ich nachweisen könnte, dass Black etwas mit Sylvies Ermordung zu tun hatte, ein Verdacht, der, wie ich selbst zugeben musste, auf tönernen Füßen stand.

»Black will unsere Ermittlungsarbeit unterstützen«, sagte ich abschließend mit einem Seitenblick zu Bud. »Du kennst seine einschlägige Erfahrung. Er hat sich viele ungeklärte Fälle angesehen und kann beachtliche Erfolge als Profiler vorweisen. Er hätte gern Einblick in den Ermittlungsstand, um uns seine Sicht der Dinge darzulegen. Dann, so hat er versprochen, würde er sich heraushalten und den Rest uns überlassen. Er beharrt weiterhin auf seiner Unschuld und darauf, dass er nichts mit Sylvies Ermordung zu tun hat. Zum gegenwärtigen Zeitpunkt glaube ich, dass er die Wahrheit sagt. Bloß Beweise habe ich keine, weder in der einen noch in der anderen Richtung.«

»Nick ist kein Psychopath. Zu einer derart perversen Tat wäre er gar nicht fähig«, sagte Charlie. »Herrgottnochmal, ich kenne ihn seit zehn Jahren.« Natürlich wussten wir alle, dass man Psychopathen nicht daran erkannte, wie sie sich in ihrem Alltag ihren Mitmenschen präsentierten. Ich sagte nichts dazu, aber mir fiel in dem Zusammenhang dieser Typ aus Chicago ein, der die vielen kleinen Jungs umgebracht und sie in seinem Keller verscharrt hatte. John Wayne Gacy, wie er hieß, trug nicht nur den Namen eines unserer Nationalhelden, er hatte obendrein auch noch nebenbei als Clown gearbeitet, um sich auf Kinderpartys etwas dazuzuverdienen. Ich fragte mich, was sich wohl alles unter den Kellern von Blacks Häusern befand oder, an Stühlen festgebunden, auf dem Grund des Sees unter seiner Yacht.

»Nun, ich warte?«, sagte Charlie ungeduldig. Er hatte mehrere Antistressbälle auf dem Tisch liegen, und wenn er keinen Appetit auf sein Magenmittel hatte, knetete er sie nacheinander durch. Im Moment bearbeitete er einen davon mit seiner linken Hand. Er wäre, glaube ich, ein Wahnsinnsmelker, vorausgesetzt, die armen Kühe hielten seinem Eifer stand. »Was meinst du Claire? Willst du seine Hilfe annehmen? Die Entscheidung liegt bei dir. Du bist die Chefermittlerin.«

Das stimmte nicht ganz. Die Entscheidung lag bei ihm, was wir beide wussten. Vermutlich wollte er einfach nett sein. »Angeblich soll er ja recht gut sein. Wir könnten ihm einige Fakten offenlegen, und wenn er uns dann weiterhelfen könnte, wäre das doch nicht schlecht. Und wer weiß, wenn ich mit ihm zusammenarbeite und er der Schuldige sein sollte und uns was vormacht, vielleicht verheddert er sich ja, sodass ich ihn festnageln kann. Wie auch immer, wir würden davon profitieren. Und ich komme auf alle Fälle allein zurecht.«

Charlie sah mich nachdenklich an und richtete den Blick auf Bud, der mich ebenfalls nachdenklich ansah. Ich wusste genau, worüber die beiden nachdachten. Ich spürte, wie mein Gesicht heiß wurde; hoffentlich war es nicht so rot, wie es sich anfühlte. Ich fasste an mein Kinn. Okay, ich war von ein paar billigen Ganoven lebensgefährlich bedroht worden wie ein Frischling von der Polizeiakademie. Das war bitter, würde aber nicht wieder passieren. Ich hatte die Situation einfach unterschätzt. Woher hätte ich denn wissen sollen, dass Black Kontakte zur Unterwelt pflegt?

»Ich komme allein zurecht«, wiederholte ich, dieses Mal jedoch von einem Stirnrunzeln begleitet.

»Was gibt's von der Exfrau zu sagen?«, wandte sich Charlie an Bud. »Kommt sie als Täterin in Frage?«

»Ihr Alibi ist absolut wasserdicht. Am fraglichen Abend hatte sie eine Soiree in ihrem Loft in Manhattan. Genauso hat sie sich ausgedrückt: eine So-a-reeeh. Der Budenzauber, zu dem jede Menge Schicki-Micki-Volk geladen war, dauerte bis drei Uhr morgens. Sie hatte sogar einen Sicherheitsmann engagiert, einen ehemaligen Beamten vom New York Police Department. Er bürgt für sie.«

»Was ist mit Nicholas Black?«, fragte ich. »War er auch da?›

»Nein. Er war nicht nur nicht auf der Party, sondern sie sagte auch, sie habe ihn schon seit mehr als einem Monat weder gesehen noch gesprochen. Als sie das sagte, klang so viel Verehrung für ihn durch, dass es mir fast peinlich war, dass er sie verlassen hatte. Sie liebt ihn, eindeutig, und sie sagte auch, sie habe die Scheidung nicht gewollt, sondern er. Angeblich lieben sie einander noch immer, und damals hätten sie es nur deshalb nicht miteinander geschafft, weil beiden die Karriere wichtiger war.«

»Sieht sie wirklich so gut aus wie in den Magazinen?«, fragte ich. So viel Schönheit konnte es auf Erden doch gar nicht geben.

»Ich sag dir, ich starrte sie nur mehr an und vergaß völlig, wo ich war. Ein Traumkörper! Und die Stimme erst! Zum Wahnsinnigwerden! Wie kann man nur so eine Frau von der Bettkante stoßen. Black hat nicht alle Tassen im Schrank.«

Bei so viel Schwärmerei platzte Charlie der Kragen. »Mann, Davis, sehen Sie zu, dass Sie Ihr Hirn aus der Hose kriegen, und machen Sie endlich weiter. Mir ist es scheißegal, ob Sie scharf sind und sie vögeln wollen.« Manchmal hatte Charlie die Gabe, den Nagel auf den Kopf zu treffen.

»In Ordnung, Sir. Ich hab mich am Flughafen umgetan und herausgefunden, dass Black nicht an Bord seines Privatjets war, als dieser am fraglichen Abend auf LaGuardia landete. Er traf später mit einer regulären Maschine nonstop aus New Orleans ein.«

Charlie schlug mit der rechten Faust auf den Tisch, aber ich zuckte nicht hoch. Das passierte bei jeder Besprechung mindestens einmal, und ich hatte schon darauf gewartet. »Und das teilen Sie uns zufällig jetzt mal so nebenbei mit? Claire, haben Sie das gewusst?«

Natürlich hatte ich es gewusst. Bud versucht immer, mich auf dem Laufenden zu halten. »Vielleicht ist er nach New Orleans geflogen, um die Familie zu informieren. Ich überprüfe das.«

»Ach ja? Wie großzügig von Ihnen, Detective.«

Manchmal übertraf Charlies Sarkasmus sogar meinen, vor allem wenn er rot angelaufen war vor Zorn und jemanden suchte, an dem er seine Wut auslassen konnte. »Würde mal sagen, dass es doch mehr als verdächtig ist, wenn er seine Privatmaschine nach New York schickt und selbst einen regulären Flug von New Orleans aus nimmt.« Habe ich nicht gesagt, dass sein Sarkasmus sich sehen lassen konnte?

»Das lässt sich leicht überprüfen«, warf ich schnell ein. »Das FBI filmt jeden, der im Haus der Montenegros aus- und eingeht.«

»Ja, aber sehen Sie zu, dass Sie sich beeilen. Nach meiner Sicht ist Black unschuldig, und ich erwarte eine diesbezügliche Mitteilung an die Presse, sobald Sie dazu in der Lage sind. Ich will auf keinen Fall, dass die Medienbande seine Beteiligung bis zur Unkenntlichkeit aufbläht oder anfängt, Behauptungen zu streuen bezüglich seiner Wahlkampfzahlungen an mich. Schon jetzt brüstet sich doch jedes Blättchen mit einem Titelfoto, auf dem Black und Sylvie zusammen zu sehen sind. Die Sache entwickelt sich zu einem Albtraum.«

»Peter Hastings lauert unseren Polizisten auf«, sagte Bud. »O'Hara entdeckte ihn heute Morgen vor ihrem Haus, wo er Filmaufnahmen machte und sie mit Detailfragen bombardierte. Sie hat ihn abblitzen lassen, hat aber auch gesagt, er sei wild entschlossen, die gewünschten Informationen zu bekommen, egal woher.«

»Da hat er sich aber geschnitten, dieser Dreckskerl. Ich will damit sagen, niemand lässt der Presse gegenüber auch nur ein

Wort verlauten. Ist das klar? Ich will auf keinen Fall, dass auch nur das Geringste durchsickert, solange ich nicht mein Okay dazu gegeben habe. Verstanden?«

»Ja, Sir«, sagte ich,

Charlie starrte Bud zornig an. »Ja, Sir«, sagte Bud.

»Und morgen exakt um fünf Uhr früh gibt's eine Pressekonferenz. Sollen diese Aasgeier doch im Morgengrauen aus dem Bett kriechen. Sie machen uns ja auch das Leben zur Hölle, aber das zahlen wir ihnen heim. Bud, du wirst ans Mikrofon treten. Aber du sagst nichts, aber auch gar nichts, wenn die ihre Fragen stellen. Kapiert?«

»Ja, Sir.«

Wir ließen Charlie, der gerade irgendeinen Pechvogel am Telefon anbrüllte, zurück und machten uns auf den Weg in unser gemeinsames Bürokabuff im dritten Stock. Mich erwartete dort unerledigter Papierkram von drei Wochen. Ich nahm auf meinem knarzenden Holzstuhl Platz, während Bud sich an seinen Schreibtisch direkt gegenüber setzte. Das danebenliegende Fenster ging auf die Straße hinaus, und er brachte ein paar Minuten damit zu, auf die Satellitenschüsseln zu starren, die wie große metallene Regenschirme an dem Gebäude gegenüber klebten.

»Unglaublich«, sagte er.

»Ja«, sagte ich, während ich mich einloggte, um meine E-Mails abzurufen. Ich hatte 172 Nachrichten, das meiste davon Spam. Kein Wunder, dass ich meine E-Mails nur nachlässig checkte.

Bud senkte die Stimme. »Nun, würdest du mir vielleicht sagen, seit wann Black an dein Handy geht?«

Ich sah auf. »Geht dich das was an?«

Bud machte einen auf beleidigt. »Natürlich.« Dann grinste er, wie es seine Art war, charmant und mit strahlenden Augen, worauf ich lächelte und er süffisant sagte: »Anscheinend kommt ihr beide euch da draußen auf seinem Boot ja so richtig nahe.«

»Was zum Teufel soll das denn heißen?« Ich glaubte, mich verteidigen zu müssen, und klang ziemlich ätzend, konnte aber nicht anders.

»Das soll heißen, ob du mit ihm schläfst, und wenn ja, dass du doch bitte damit aufhören sollst. Du gefährdest sonst die Ermittlungen.«

»Nun hör aber auf. Ich schlafe mit niemandem. Du solltest mich eigentlich kennen.«

»Immerhin hat er sich gefreut wie ein Schneekönig, als er mir mitteilte, du würdest noch schlafen und er wolle dich nicht wecken, weil du dich ausruhen müsstest. Er sagte noch, du würdest nicht gut genug auf dich aufpassen.«

»So? Er kann sagen, was er will, und du wirst mich immer noch besser kennen, als es bei ihm jemals der Fall sein wird. Nicht dass es dich irgendetwas anginge, aber ich habe nichts mit ihm, weder sexuell noch irgendwie sonst. Ich bin auf seinem Sofa eingeschlafen, weil ich die ganze Nacht über auf gewesen war, und dazu kam noch der Fehler, dass ich einen von Dotties Grogs getrunken hatte, kurz bevor er bei mir zu Hause auftauchte. Es ist einfach passiert, blöderweise, ich weiß. Beim Aufwachen dort hab ich mich gefühlt wie die letzte Idiotin. So fühl ich mich immer noch.«

»Pass auf dich auf. Dieser Typ ist aalglatt, und ich trau ihm nicht. Er unterhält zu gute Kontakte zur Unterwelt.« Bud hielt mir einen Streifen Kaugummi hin. Als Friedensangebot und zur Wiedergutmachung. Ich nahm das Angebot an, erleichtert darüber, dass diese Frage gestellt und beantwortet worden war. Früher oder später wäre sie doch gekommen. »Meinst du immer noch, er könnte sie umgebracht haben? Traust du ihm das zu? Immerhin hast du ihn nun quasi privat kennengelernt und sogar auf seiner Couch geschlafen.«

Diesen letzten Seitenhieb konnte Bud sich nicht verkneifen. So war er nun mal. Mit der Antwort zögerte ich, da ich merkte, dass ich mir nicht sicher war. Black war schlichtweg ein Rätsel, das sich nicht auf Anhieb lösen ließ. »Ich bin mir noch nicht sicher, meine aber doch, dass er es nicht getan hat. Spannend wird auf alle Fälle werden, wie er die Tatumstände interpretiert. Einen Versuch ist es allemal wert. Sollte er mit einer Finte aufwarten oder sonst wie versuchen, mich in die Irre zu führen, merk ich das sofort.«

»Warum kann ich denn nicht dabei sein, wenn er dir seine gelehrte Einschätzung des Falls präsentiert?«

»Er hat klargemacht, dass er nur mit mir zusammenzuarbeiten bereit ist. Angeblich hat er zu niemand anderem sonst Vertrauen.«

»Und den Unsinn hast du ihm abgenommen?«

»Ich an seiner Stelle würde hier auch niemandem trauen. Vor versammelter Mannschaft krieg ich nichts aus ihm raus. Besser, ich knöpf ihn mir alleine vor.« Bud wirkte nicht überzeugt und würde sich auch nicht überzeugen lassen, egal was ich ihm erzählte. Seine Abneigung gegenüber Black saß einfach zu tief. Ich wechselte das Thema. »Was ist mit Inman? Gibt es Neuigkeiten über seinen Aufenthalt zum Tatzeitpunkt?«

»Da war er in einem Schnapsladen. Die Überwachungskamera hat ihn gefilmt. Und als er wieder zu Hause war, hat er draußen an einem Picknicktisch mit einem seiner nichtsnutzigen Nachbarn ein Bier gezischt. Damit ist er so ziemlich aus dem Schneider.«

»Bleibt noch der Vorwurf vorsätzlicher Körperverletzung. Wenn seine Frau ihn dafür nicht anzeigt, mach ich es. Meine Blutergüsse dürften als Beweismittel reichen.«

Bud schüttelte den Kopf. »Was du in dieser Woche erlebt hast, der Wahnsinn. Vielleicht sollte ich dich besser im Auge behalten, als dein Schutzengel sozusagen.«

»Im Moment kommt es mir vor allem darauf an, diese Berichte zu Ende zu bringen und sie Charlie vorzulegen; dann treffe ich mich wieder mit Black. Er will sich die Fotos und die Berichte vom Tatort ansehen und mir erklären, wie es aus seiner Sicht gelaufen sein könnte. Wird sicher interessant, kann ich dir sagen.«

»Meinst du? Und du bist sicher, ich soll dich nicht doch begleiten? Zur Sicherheit?«

»Dieser Angriff von neulich geht dir nicht aus dem Sinn, oder?«

»Ich hab geglaubt, du bist unverwundbar. Jetzt mach ich mir Sorgen um dich.«

»Sie haben mich überrumpelt, das ist alles. Und sie waren zu zweit. Aber das passiert mir nie wieder, glaub mir. Ich an deiner Stelle würde mich jetzt allmählich auf diese frühmorgendliche Pressekonferenz vorbereiten. Aber hüte dich, meinen Namen oder die Adresse zu erwähnen.«

»Ja, ist ja schon gut.« Bud brummte zwar, aber er würde den Termin wunderbar hinkriegen. Niemand präsentierte sich den Kameras so gern wie er, außer natürlich Nicholas Black.

19

Black rief mich später über Handy an und sagte, wir sollten uns an diesem Abend bei ihm zu Hause treffen. Ich antwortete: »Niemals, kommen Sie zu mir oder vergessen Sie's.« Ich mochte es nicht, herumkommandiert zu werden, auch wenn er *Old Betsy* einer Generalüberholung unterzogen hatte, sodass sie nun wie neu aussah. Als ich um sieben Uhr nach Hause kam, saß er bereits in meinem Schaukelstuhl auf der verglasten Eingangsveranda. Unglaublich, dass dieser Mensch glaubte, er könne sich einfach so mir nichts, dir nichts in meinen Schaukelstuhl setzen. Vielleicht sollte ich mir ein zusätzliches Schloss anschaffen oder eine Meute bissiger Rottweiler. Er war leger gekleidet, aber nicht ganz so leger wie auf unserem Trip in die Sümpfe, schwarzes Poloshirt und Khakihose, sah gut aus. Leider sah er immer gut aus. Neben ihm stand ein geflochtener brauner Picknickkorb.

»Ich hab mir gedacht, ich bring was zum Abendessen mit. Irgendwie hab ich den Eindruck, Sie essen nur, wenn Sie jemand dazu auffordert.«

Das stimmte zwar, aber wie kam er dazu, mir meine Versäumnisse vorzuhalten? »Hören Sie, Black, wenn ich eine Nanny wollte, würde ich nach England ziehen. Wir kommen hier auf rein beruflicher Ebene zusammen, sonst nichts. Versuchen Sie nicht, eine persönliche Note reinzubringen.«

Er lächelte, als hätte er mich überhört. »Philippe hat Hühnchen gemacht, Caesar-Salat und Ofenkartoffeln. Dazu gibt es ein Fläschchen Dom Perignon.«

Philippe, der französische Küchenchef des Fünf-Sterne-Restaurants von Cedar Bend ließ sich also auch zur Kreation eines Picknicks herab, aber dann bitteschön mit Champagner.

Ich war beeindruckt. Mein Magen knurrte, als ich die Haustür aufsperrte, und ich musste zugeben, dass Black leider recht hatte. Den ganzen Tag über hatte ich nicht einen Bissen gegessen. Entnervt machte ich mich an meinem Anrufbeantworter zu schaffen. Black schien sich nicht weiter daran zu stören, dass ich ihn mit dem Picknickkorb einfach auf der Veranda stehen ließ.

Ohne lange zu zögern, ging er auf die große Eiche in meinem Vorgarten zu; dort stand ein alter Picknicktisch, und an einem der großen ausladenden Äste hing an Ketten eine Schaukel. Ich fummelte noch an meinem Anrufbeantworter herum, da begann er auch schon, das Essen sowie feinstes weißes Porzellan auf der zerschrammten Tischplatte zu arrangieren. Mich überkam plötzlich dasselbe Gefühl, wie ich es in meiner Ehe oft gehabt hatte, das Gefühl, ich würde ersticken. Zum ersten Mal seit Jahren meinte ich, bei mir würde sich ein Eindringling breitmachen. Mir gefiel das alles gar nicht.

»Hi.« Das war Dotties Stimme. »Komm doch mal rüber, sobald es geht, und erzähl uns, wie das mit Black gestern Abend gelaufen ist. Ich habe an diesem Wochenende frei, und Suze und ich fliegen nach Dallas. Vergiss also nicht, gelegentlich bei Harve vorbeizuschauen, um zu sehen, ob alles da ist, was er braucht. Tausend Dank. Bin am Montag oder Dienstag wieder zurück, kommt auf die Flüge an. Küsschen. Ach ja, freut mich, dass der Grog so gut gewirkt hat.«

Das stimmte nun wirklich. Ich schlief an die zehn Stunden durch. Gut, dass Black und seine Freunde mich in der Nacht nicht umbringen wollten. Aber es war meine eigene Schuld. Ich hätte einfach nicht alleine mit Black mitgehen dürfen. Dieser Mann war immer noch ein Buch mit sieben Siegeln, aber das ließ sich ändern.

Ich ging nach draußen und hatte sofort den Duft von knusprig gebratenem Hühnchen in der Nase. Sofort geriet mein Entschluss, sein kulinarisches Angebot zu verweigern, ins Wanken.

»Die Champagnerkelche hab ich leider vergessen«, sagte er. »Hätten Sie vielleicht Gläser da?«

»Klar«, sagte ich und holte zwei Limogläser mit Mickey-Mouse-Abbildungen. Dottie hatte sie von Disney World in Orlando mitgebracht, aber man bekam sie eigentlich auch in jedem Supermarkt in Osage Beach. Ich setzte mich, während er die Gläser bis zum Ansatz von Mickeys Ohren füllte. Wir sprachen kaum beim Essen, was ziemlich angenehm war, aber seine Blicke gefielen mir nicht. Er sah mich an wie ein Untersuchungsobjekt, das an einer Nadel aufgespießt war. Von meinem Champagner nahm ich keinen einzigen Schluck. Als er zu seinem Glas griff, war ich froh, dass er es nicht kennerhaft schwenkte und erst einmal die Nase dranhielt, ehe er trank. Dieses Theater hielt ich für ziemlich affektiert, aber ich war ja auch eine Landpomeranze. Er sagte: »Ich glaube, ich brauche erst einmal ein paar Gläser Champagner, ehe ich mir diese Bilder ansehe.«

»Sie müssen nicht, wenn Sie nicht wollen. Nun weiß ich ja, wie nahe Sie Sylvie standen. Sollten Sie sich anders entschlossen haben, hätte ich dafür volles Verständnis, glauben Sie mir.«

»Haben Sie so was schon mal erlebt?«

Das hatte ich, und er spielte genau darauf an, aber er würde nichts darüber erfahren. »Ich hatte öfter mit Angehörigen von Mordopfern zu tun. Immer eine schwierige Angelegenheit. Glücklicherweise bleiben die meisten davon verschont, sich Bilder vom Tatort oder der Obduktion ansehen zu müssen.«

»Ich muss sie mir ein zweites Mal ansehen, und zwar sehr genau, aber mir wäre es bei Gott lieber, der Kelch ginge an mir vorüber. Ich habe mich den ganzen Tag darauf vorbereitet.« Er lehrte sein Glas, goss aber nicht nach. »Haben Sie Charlie von meinem Bruder erzählt?«

Die Frage kam überraschend, aber früher oder später hatte ich damit gerechnet. Ich schüttelte den Kopf. »Ich habe doch gesagt, nur, wenn es sich nicht vermeiden lässt, und ich halte mein Wort. Sollte ich im Verlauf der Ermittlungen damit herausrücken müssen, werde ich nicht zögern, Ihre verwandtschaftlichen Beziehungen offenzulegen. Dafür haben Sie doch Verständnis, oder?«

Er nickte. »Danke. Es würde mein Leben nur unnötig komplizieren und viele Menschen auf unvorstellbare Weise verletzen.«

Ich ersparte mir einen Kommentar. Was sollte ich dazu auch sagen? Es war sein bestgehütetes Geheimnis. Ich selbst hatte auch ein paar, die nie ans Tageslicht kommen dürften. Natürlich konnte ich ihm entgegenkommen, solange mein Job dies zuließ.

»Haben Sie die Unterlagen zur Hand? Ich würde am liebsten gleich anfangen, denn eine Weile wird es sicher dauern.«

Ich hatte die Fotos und Berichte vom Tatort in einem Umschlag in einer Schublade verschlossen im Haus liegen. Ich holte sie und gab sie ihm. Er sah einige Minuten lang auf den See hinaus, holte tief Luft und zog die Bilder heraus. Er sah sie nacheinander sorgfältig an, wobei er jedes Blatt akribisch studierte. Es tat fast weh, zu sehen, wie ihn der Anblick jedes einzelnen Fotos wie ein körperlicher Schlag traf. Als er fertig war, atmete er lange aus, um mich dann anzusehen. »Einen Moment bitte noch, ja?« Die in dieser Bitte mitschwingende Betroffenheit war spürbar.

Wortlos stand ich auf und ging ins Haus zurück. Er hatte sich grauenvolle Fotos ansehen müssen, Fotos von einem geliebten Menschen, einem Menschen, den er von Kindesbeinen an als Onkel geliebt hatte. Was für eine schreckliche Pflicht. Ich war mir nicht sicher, ob ich an seiner Stelle dazu in der Lage gewesen wäre, noch dazu zu diesem frühen Zeitpunkt. Mein Handy klingelte, und ich nahm das Gespräch an, während ich Black nachdenklich am Picknicktisch sitzen sah. Die Tatortfotos lagen umgekehrt vor ihm. Er saß reglos da und starrte auf die grüne Seeoberfläche hinter der Glaswand.

»Claire? Ich bin's.«

»Hey, Buckeye. Was gibt's?« Ich kannte ihn gut genug, um zu wissen, dass er nur anrief, wenn es schlechte Nachrichten gab.

Kein Gerichtsmediziner rief einen Detective von der Mord-kommission jemals mit guten Nachrichten zu Hause an. Ich wappnete mich. Black sah noch immer auf den See hinaus.

»Schlechte Nachrichten«, sagte er.

»Schieß los.« Ich war gespannt und darauf vorbereitet, mit Neuigkeiten konfrontiert zu werden, die den Fall komplizieren würden. Mein sechster Sinn war hellwach.

»Die Ergebnisse des DNA-Vergleichs zwischen Sylvie Border und ihrem Vater liegen vor. Damit und mit Hilfe der beiden Tattoos ist die Tote eindeutig identifiziert.«

Ich runzelte die Stirn. »Ja, und?«

»Ja, aber ich habe auch ihren Zahnstatus aus New Orleans be-kommen.« Buckeye stockte, und mir stockte der Atem. »Die Befunde decken sich nicht.« Er hielt abermals inne. »Der Kopf stammt nicht von ihrem Körper, Claire. Er gehört jemand anderem, was durch den DNA-Vergleich bestätigt wird.«

Ich war so geschockt, dass ich mich setzen musste. Ich starrte zum Fenster hinaus zu Black. Oh Gott, nun würde ich ihm das auch noch sagen müssen.

»Claire? Hast du das mitbekommen? Hast du mich ver-standen? Ich wusste bereits, dass der Kopf und der Torso von den Schnittspuren her nicht zusammenpassten, aber ich habe geglaubt, der Täter hätte bei der Enthauptung Gewebe entfernt. Und der Kopf selbst war bis zur Unkenntlichkeit verstümmelt. Damit hätte ich niemals gerechnet. Es hat mich richtig umge-hauen, das kann ich dir sagen. So etwas hatten wir hier noch nie.«

»Ja.« Ich räusperte mich; meine Kehle war wie zugeschnürt, als wäre mir dieser Brocken im Hals stecken geblieben. Und meinen Ohren traute ich noch immer nicht. »Und du bist dir absolut sicher?«

»Es besteht nicht der geringste Zweifel.«

»Ich frag mich dauernd, wie ist so was möglich? Ich kapier's einfach nicht. Wo ist die andere Leiche? Was hat er mit Sylvies Kopf gemacht?«

»Es sieht ganz danach aus, als hätte sich der Kopf auf Sylvies Körper schon mal in tiefgefrorenem Zustand befunden. Diesbezüglich laufen zurzeit Gewebetests.«

Mein Magen rebellierte. »Hast du 'ne Ahnung, wem der Kopf gehören könnte?«

»Nö, das ist dein Job. Wir können einen DNA-Abgleich mit unserer Datenbank machen. Dann sehen wir schon, was dabei rauskommt.«

»Okay, machen wir.«

»Und es gab keine Übereinstimmung mit den Haaren in dem Glas, das du mitgebracht hast, und jenen Haaren, die wir an dem Busch hinter dem Bungalow gefunden haben.«

»Okay. Danke, Buckeye.«

»Entschuldigung, aber ich hab mir gedacht, du würdest so schnell wie möglich Bescheid wissen wollen. Ich hätte diese Möglichkeit von Anfang an in Betracht ziehen sollen, aber, Mannomann, wer glaubt denn schon, dass die sterblichen Überreste von zwei verschiedenen Frauen stammen.«

»Du hast recht. Auf diese Idee wäre ich auch niemals gekommen.«

»Ich ruf dich wieder an, sobald die restlichen Ergebnisse eingetrudelt sind.«

Er legte auf, und noch während ich auf das Telefon starrte, versuchte ich, die Konsequenzen zu überdenken. Da knallte die Fliegengittertür hinter mir zu, und ich sprang hoch.

»Was ist los?«, fragte Black. Er stand mit dem Umschlag in der Hand unweit entfernt. »Claire? Ist alles in Ordnung mit Ihnen?«

Er nannte mich schon wieder Claire, und ich wünschte, er würde es lassen. Diese Form von Nähe wollte ich nicht haben, jedenfalls nicht jetzt. Ich hatte ständig sein entsetztes Gesicht von jenem Abend vor Augen, als ich ihn auf seiner Yacht mit den Bildern von der Obduktion schockiert hatte. Diese Erfahrung wollte ich nicht noch einmal machen, war doch die jüngste Neuigkeit noch hundert Mal schlimmer. Ich könnte sie ebenso gut einfach für mich behalten, ein vertrauliches Detail, das nur der Mörder kannte.

»Claire, sagen Sie schon, was los ist. Geht es um Sylvie?« Er wirkte äußerst besorgt, was verständlich war. Immerhin war sie seine Nichte, und es fehlte ihr Kopf. Ich musste es ihm sagen.

»Wer hat da angerufen?« Sein eindringlicher Blick haftete auf meinem Gesicht. Ich schluckte schwer und zwang mich, seinen Blick zu erwidern.

Ich holte tief Luft, aber meine Stimme bebte dennoch. »Der Gerichtsmediziner. Tut mir leid, aber es gibt keine guten Neuigkeiten.«

Black schwieg zunächst. Dann sagte er: »Sagen Sie's trotzdem. Sie ist und bleibt tot, und ich habe mittlerweile alle Fotos gesehen. Schlimmer kann es nicht mehr kommen.«

Da täuschte er sich leider gewaltig. »Er hat den Zahnbefund und die Ergebnisse des DNA-Tests bekommen.« Ich suchte weiter nach den richtigen Worten, aber irgendwie passten sie alle nicht. Also sagte ich ihm einfach die Wahrheit. »Dem DNA-Abgleich zufolge passt der Kopf nicht zum Körper. Auch der Zahnstatus stimmt nicht überein.«

»Wie bitte?«, sagte er und schüttelte verwirrt den Kopf. »Ich versteh das nicht.«

»Wir haben Sylvies Körper gefunden«, sagte ich. »Aber, es tut mir so leid, der Kopf ist ein anderer. Das haben sowohl die DNA-Analyse als auch der Gebissvergleich ergeben.«

Ich sah, wie ihm die Wahrheit langsam dämmerte, sah, wie sich das blanke Entsetzen auf seinem Gesicht abzeichnete und alles Blut daraus wich. Er taumelte nach hinten, bis er gegen die Tür prallte und stehen blieb, Schmerz und Fassungslosigkeit im Gesicht, dass ich es kaum mehr ertrug hinzusehen.

»Es tut mir so leid, wirklich schrecklich leid, dass ich Ihnen das sagen musste.« Ich fühlte mich hilflos, wusste nicht, was ich tun sollte, aber in dem Moment drehte er sich auch schon um und ging nach draußen.

Ich folgte ihm, blieb jedoch auf der Veranda stehen, als er

am Picknicktisch Halt machte und sich mit beiden Händen auf der Tischkante abstützte. Einige Sekundenlang war es absolut still. Nur das leise Fiepen der Eichhörnchen in den Bäumen hinter meinem Haus und das gedämpfte Brummen eines weit entfernten Motorboots waren zu hören.

Ich zuckte unwillkürlich zusammen, als er plötzlich die Fassung verlor und schwungvoll aus der Schulter heraus mit dem Arm über den Tisch hinwegfegte, sodass, begleitet von lautem Klappern und Klirren, Besteckteile und Geschirr in allen Richtungen zu Boden fielen. Dann schrie er auf, wie ich es noch nie gehört hatte, stimmte einen Schrei an, der sich zu einer schrecklichen Wehklage steigerte, so voller Schmerz und Wut, dass sich mir beinahe der Magen umdrehte, als er den Tisch umwarf und ihn mit aller Kraft über die kleine Böschung hinweg an das steinige Ufer hinunterstürzte. Darauf wandte er sich von mir ab und taumelte ungefähr zwanzig Schritte weit über den Rasen, ehe er auf allen vieren zu Boden sank.

Ich ertrug den Anblick nicht länger und drehte mich um. Ich wollte zu ihm laufen, spürte aber instinktiv, dass ich nicht konnte. Er hatte den Schock noch nicht überwunden und war für Hilfe noch nicht zugänglich. Ich hätte ihn nicht trösten können, egal mit welchen Mitteln, dazu war er noch nicht bereit, das wusste ich. Ich hatte mich selbst einmal in diesem einsamen schwarzen Loch befunden und würde mich jetzt so verhalten, wie ich es mir von anderen gewünscht hätte, als ich dasselbe durchgemacht hatte, was Black jetzt durchlitt. Ich wollte allein gelassen werden, bis ich mich aus eigener Kraft herausgearbeitet hatte, wollte Platz haben, bevor sich mir jemand auf der emotionalen Schiene näherte und Einlass begehrte.

Also versuchte ich tunlichst, nicht nach draußen zu sehen, um erst gar nicht zu wissen, was er gerade machte. Ich setzte mich an meinen alten IBM-Computer und arbeitete an meinen Berichten, ohne zu wissen, ob er noch draußen vor meinem Haus war oder ob er alleine irgendwohin verschwunden war.

Black würde es mich wissen lassen, wenn er sprechen wollte. Es war fast eine Stunde vergangen, als ich ihn zur Tür hereinkommen hörte. Ich sah auf.

Er sah schrecklich blass und mitgenommen aus. »Diesen Hurensohn, der Sylvie das angetan hat, schnapp ich mir. Ich bring ihn um.« Er war bereit zur Selbstjustiz. Die ruhige Entschlossenheit seines Tonfalls ließ daran keinen Zweifel.

»Solche Töne sollte man in Gegenwart einer Polizeibeamtin lieber nicht anschlagen«, sagte ich mit ruhiger Stimme. »Ich würde mal sagen, ich hab's überhört.«

»Egal wie lange ich dazu brauche, ich krieg ihn.«

»Genau, und ich helfe Ihnen dabei. Wenn Sie jetzt im Knast landen, wird Sylvie auch nicht mehr lebendig davon.«

Sein Blick sprach Bände, und ich spürte in dem Moment, dass er, bei aller Bildung und Kultiviertheit, wie sein Bruder jederzeit zur Gewalt, zur Rache fähig war, wenn es die Situation erforderte. Natürlich nicht die Art von Gewalt, die Sylvie erlitten hatte, aber ich spürte, dass er zu einem kaltblütigen Mord in der Lage war, wenn er es für notwendig erachtete, wenn es galt, jemanden zu schützen, den er liebte. Aber ich konnte das auch. Ich hatte einschlägige Erfahrungen.

Nicholas Black hatte irgendwann einmal in seiner Vergangenheit viel erdulden müssen, vermutete ich, und er hatte zurückgeschlagen. Auch jetzt musste er viel erdulden und er war gefährlich. Vor allem vor dem Hintergrund seiner Beziehungen zur Familie Montenegro und dem organisierten Verbrechen. Ich musste dafür sorgen, dass er sich wieder beruhigte und zur Vernunft kam.

»Sie wollten mich doch in meiner Arbeit unterstützen und uns dabei helfen, Sylvies Mörder zu finden. Heißt das jetzt, Sie treten von Ihrem Angebot zurück und ziehen stattdessen los und spielen Rambo?«

Black antwortete nicht. Eine ausweichende Reaktion war in diesem Fall kein gutes Zeichen. Schließlich sagte er doch leise: »Klar will ich Ihnen bei der Aufklärung des Falls nach wie vor behilflich sein. Seit es passiert ist, habe ich nichts anderes mehr im Kopf.«

»Okay, gut, genau das hab ich auch erwartet. Nun hören Sie mir mal zu. Ich habe einen guten Freund. Sein Name ist Harve Lester, und ich vertraue ihm bedingungslos. Er erwartet mich in seinem Haus nur ein Stück weit die Straße hinunter. Für mich ist er wie eine Art Mentor, und er verfügt über ein außergewöhnliches kriminalistisches Gespür. Begleiten Sie mich zu ihm und lernen Sie ihn kennen. Wenn Sie als Profiler so gut sind wie Ihr Ruf, könnte es doch sein, dass wir zu dritt eine zündende Idee haben. Wir können den Fall lösen und das Schwein hinter Schloss und Riegel bringen.«

Sein Zögern dauerte mir ein wenig zu lange, aber er antwortete dann doch wunschgemäß: »Okay, gehen wir.«

20

Black bestand darauf, dass wir sein Motorboot zu Harve nehmen sollten. Ich hatte nichts dagegen, denn so wären wir schneller am Ziel. Während Black noch um Fassung rang, hatte ich Harve schon mal eine E-Mail geschickt und ihm mitgeteilt, ich würde später bei ihm vorbeischauen, höchstwahrscheinlich mit Black im Schlepptau.

Auch über Buckeyes Neuigkeiten hatte ich ihn schon informiert, damit wir nicht vor Black darüber sprechen mussten. Er hatte schon genug gelitten und war wütend genug, was noch problematischer war. Überraschenderweise war mein Wunsch, ihn hinter Gefängnismauern verschwinden zu sehen, wie weggeblasen.

An meinem mickrigen kleinen Steg festgemacht, lag in aller Pracht eines von Blacks Rennboten des Typs Cobalt 360, das exakte Pendant zu dem Flitzer, mit dem sich der attraktive Tyler schmückte. Dottie würde beim Anblick dieses Gefährts ausflippen.

Black war still und in sich gekehrt, aber, lieber Gott, wer wäre das an seiner Stelle nicht gewesen? Von seiner selbstgefälligen Arroganz war keine Spur mehr übrig. Ich wusste gar nicht, dass er auch verletzlich sein konnte, eine Eigenschaft, die mich sehr für ihn einnahm. Ich war nun zu 99 Prozent von seiner Unschuld überzeugt und hätte ihn am liebsten von der Liste der Verdächtigen gestrichen. Einen guten Kern zumindest hatte er, abgesehen davon, dass er so höllisch gut aussah, aber diesen Funken würde ich sofort im Keim ersticken. Das Problem war nur, es gab manchmal diese merkwürdige Chemie zwischen Männern und Frauen, die Herzklopfen auslöste, wenn der Mann den Raum betrat, oder Kribbeln in den Fingerspitzen, wenn man ihn berührte. Nicht dass ich vorhatte, Black zu berühren, es sei denn, ich würde ihn wieder nach Waffen absuchen müssen. Nein, Kribbeln stand nicht auf der Tagesordnung, nicht solange ich diesen Fall bearbeitete.

»Da sind wir schon. Wir legen vorne am Steg an.«

Black manövrierte sein Gefährt gekonnt gegenüber von Harves altem Fischerboot heran, und man sah sofort, dass er ein erfahrener Bootsführer war. Ich blickte zum Haus hinauf und winkte Harve zu, der uns von seinem Sonnenplatz am Schreibtisch aus beobachtete. Ich sprang an Land und band Blacks Boot fest. Black folgte mir nach, nicht ohne einen Seitenblick auf Harves in die Jahre gekommenen Kahn zu werfen, der sich neben der schicken Cobalt ziemlich mickrig ausnahm. Ja, zugegeben, auch hier wäre die eine oder andere Verschönerungsmaßnahme durchaus am Platz.

Black sagte: »Ihr Freund schippert doch wohl nicht mit diesem Ding auf dem See herum?«

Mein Schutzinstinkt begann sich zu regen. »Sie tragen die Nase ziemlich hoch, was Boote betrifft, kann das sein, Black? Egal wie es aussieht, Harves Boot schwimmt tadellos, und man kann damit fischen. Aber um Ihre Frage zu beantworten, Harve ist gelähmt. Er kann nicht mehr hinausfahren, und das Boot wird von seiner Pflegerin benützt. Dottie geht für ihr Leben gern fischen.«

»Dieselbe Dottie, die diese berüchtigten Grogs braut?«

Ich nickte. »Sie hat viele Talente, ist eine gute Pflegerin und ein guter Kumpel, und was mich betrifft, ist sie geradezu ein Engel. Am Wochenende hat sie leider frei, sonst könnten Sie sie kennenlernen. Sie haben sie sogar schon mal gesehen, bei einer Signierstunde.«

»Wirklich?« Er blickte auf die Rollstuhlrampe vor dem rückwärtigen Hauseingang. »Warum ist Ihr Freund behindert?« Black ging noch mal ins Boot zurück und holte seine Sonnenbrille und eine schwarze Windjacke. Die Mappe mit den Obduktionsergebnissen hatte er schon in einer Hand.

Nun, diese Frage wäre mir lieber erspart geblieben. »Er war Polizist und wurde im Dienst von einer Kugel getroffen.«

»Er ist also ein Held?«

»Kann man so sagen.« *Hast du eine Ahnung,* dachte ich, als wir den Weg zum Haus hinaufgingen. Ich könnte ihm schon erzählen, was genau geschehen war, aber damit würde ich Abgründe aufreißen, vor denen ich mich fürchtete. Der heutige Abend hatte schon genügend Dramatik in sich. Es reichte auf jeden Fall.

»Hey, hier bin ich!« Harve kam in den Flur gerollt, auf seinem Gesicht erstrahlte das übliche einladende Grinsen. Er freute sich immer sehr über Gesellschaft, wenn Dottie ihre Kurzurlaube hatte. Trotzdem war es gut für sie, auch mal rauszukommen. Auch Engel brauchten mal Erholung.

»Wie geht's, Harve?« Ich beugte mich hinunter und umarmte ihn. Er roch nach Aftershave und Pizza vom Pizzaservice. Zwar legte er nicht so viel Wert auf sein Äußeres wie Bud, aber er achtete schon darauf, gepflegt zu sein, unabhängig von Dotties An- oder Abwesenheit.

»Freut mich sehr. Sie sind Dr. Black, nehme ich an. Ich bin Harve Lester. Willkommen in meiner bescheidenen Hütte. Hab schon viel von Ihnen gehört. Meine Pflegerin ist eine begeisterte Leserin Ihrer Bücher. Sie beißt sich in den Hintern, wenn sie erfährt, dass sie Sie verpasst hat.«

»Schön, Sie kennenzulernen, Harve.« Black griff nach der Hand, die Harve ihm entgegenhielt, und sah sich in dem sonnigen, zitronengelb gestrichenen Zimmer mit den weißen Türen und Fensterrahmen um. Wie oft kam es vor, dass die Menschen nicht mit Behinderten umgehen konnten und sie deshalb lieber übersahen, Black hingegen war ganz unverkrampft. »Schön haben Sie's hier. Sicher ein wunderbarer Platz zum Arbeiten.«

»Das Land befindet sich seit fünfzig Jahren in Familienbesitz. Einen schöneren Ort für meinen Ruhestand könnte ich mir nicht vorstellen.«

Er wendete den Stuhl und rollte über das glatte Parkett zu seinem Schreibtisch am Fenster. Wir folgten nach, und Black fragte: »Tun Sie hier irgendwo in Missouri Dienst?«

»Ich war einer der Besten in Los Angeles, worauf ich auch stolz bin. Hat Claire Ihnen das nicht erzählt? Wir haben für das Einbruchs- und für das Morddezernat gearbeitet.«

Black sah mich mit seinem Psychiaterblick durchdringend an. Als wäre ich einer von den Tintenklecksen, die er überall aufzuhängen pflegte. »Claire hält sich ziemlich bedeckt, Harve, aber wahrscheinlich wissen Sie das längst. Vielleicht können Sie mir ja auf die Sprünge helfen?«

»Ich werde mich hüten.« Harve lachte, dabei kannte er meine tiefsten Geheimnisse wie sonst kaum jemand. Obwohl sich die beiden Männer prächtig verstanden, brannte mir unser Problem zu sehr auf den Nägeln, sodass ich mich gezwungen sah, ihre Unterhaltung abzublocken.

»Lasst uns anfangen. Ich kann nicht allzu lange bleiben. Black, nehmen Sie Platz.« Manchmal bin ich eben einfach sehr dominant.

Black und ich nahmen zwei zueinander passende Holzstühle und setzten uns an den runden Tisch mit weiß gefliester Platte, während Harve seinen Rollstuhl an der gegenüberliegenden Seite heranmanövrierte. Ich breitete die Obduktionsfotos offen aus, und nachdem Harve sie eine Weile studiert hatte, packte ich sie schnell wieder zusammen und legte den Stapel, aus Rücksicht auf Blacks labile Gemütslage, umgekehrt auf den Tisch. Black sah mich dankbar an, wobei in seinen blauen Augen fast etwas Zärtliches lag. Vor Harve waren mir diese Blicke fast peinlich, oder eigentlich überhaupt. Als könnte Black meine Gedanken lesen, lächelte er leicht, sodass obendrein auch noch diese verdammten Grübchen zum Vorschein kamen. Also konzentrierte ich mich lieber auf Harve.

»Du hast meine E-Mail bekommen, ja?«

Harve nickte und sah dann zu Black. »Soviel ich weiß, haben Sie einen ziemlich guten Ruf als forensischer Psychiater, Dr.

Black. Von daher würde mich Ihre Meinung zu diesem Täter interessieren.«

»Ich heiße Nick, okay? Vielleicht tun Sie mir ja den Gefallen, wenn ich schon Detective Morgan nicht dazu überreden kann.«

»Gerne. Hallo, Nick.« Harve schüttelte den Kopf, aber als abgehärteter und erfahrener Cop, wenn auch im Ruhestand, kam er sofort zur Sache. »Nick, mir ist klar, dass es schrecklich für Sie sein muss, was Sie heute Abend erfahren haben. Ich will Ihnen vorab sagen, dass mir alles sehr leid tut.« Er sah mich an. »Von Claire weiß ich, dass das Opfer Ihre Nichte war, und dass Sie nicht wollen, dass diese Tatsache publik wird. Die Gründe dafür gehen mich nichts an. Sie können versichert sein, dass niemand auch nur ein Wort darüber erfährt, was wir hier in diesem Raum besprechen.«

Black wirkte erstaunt. Vielleicht weil ich Harve eingeweiht hatte oder weil Harve sein Geheimnis nicht preisgeben wollte, ich wusste nicht genau warum. »Sehr nett von Ihnen, Harve. Es ist alles recht kompliziert, aber ich habe meine Gründe.«

»Was ist also nun Ihre Meinung zu dem Fall?«, fragte Harve. »Haben Sie sich die Tatumstände vergegenwärtigt?«

»Vorab möchte ich Ihnen beiden sagen, dass ich den Fall nicht für Sie lösen kann. Ich kann Ihnen lediglich dabei helfen, ein besseres Verständnis für den Typ Mensch zu entwickeln, der zu so einer Tat fähig ist, und warum er sich so verhält. Ich mache keine Jagd auf Mörder, um sie anschließend festzunehmen. Das ist Claires Job, nicht meiner. Aber ich war recht erfolgreich darin, aufzuzeigen, warum ein Täter zu einer bestimmten Zeit und an einem bestimmten Ort ein Verbrechen begeht.« Black sah mich an, als wollte er mir versichern, dass er mir bei der Lösung des Falls nicht ins Gehege kommen würde. »Ich beschäftige mich mit den Opfern und versuche mir vorzustellen, wer dieser Mensch war und warum ihn jemand tot sehen wollte.«

»Kriminologische Opferforschung«, sagte Harve.

Black nickte und holte Atem. »Leider weiß ich in diesem Fall bereits eine Menge über Sylvie, was nicht bedeutet, dass sie mir alle Details aus ihrem Leben erzählt hätte. Nicht einmal in den Therapiestunden hat sie sich mir gegenüber ganz offenbart. Sie hatte einen Heidenrespekt vor ihrem Vater und fürchtete, ich könnte ihm ihre Geheimnisse weitersagen. Hätte ich natürlich nie gemacht, aber trotzdem schwieg sie über gewisse private Themenbereiche. Ich bin, was meine Privatsache betrifft, auch zurückhaltend und verstehe von daher ihre Einstellung. Ich weiß, sie vertraute mir, aber ich war ihr Onkel, und wenn sie in irgendwelche zwielichtigen oder illegalen Machenschaften verwickelt gewesen wäre, hätte sie nicht gewollt, dass ich davon wusste.«

»Haben Sie denn einen Grund, anzunehmen, dass das bei ihr der Fall gewesen sein könnte?«, fragte ich vielleicht etwas zu direkt.

»Nein«, antwortete er ein bisschen zu prompt, aber vielleicht war es auch nur die voreilige Schutzreaktion des Onkels. »Nicht wirklich, aber ich habe genügend Jungstars behandelt, die ein ähnliches Leben führten wie sie, und ich weiß, dass Drogen, Alkohol und Sex eine immense Versuchung darstellen, von den ersten Erfolgen in Hollywood an bis zu dem Tag, an dem sie als zu alt gelten, um noch in Filmen aufzutreten.«

»Wo liegt da die Grenze? Bei einundzwanzig?«

»Genau. Hollywood wird heutzutage von einem Jugend- und Schlankheitswahn regiert. Und da hätten wir auch schon das nächste Problem, vor dem diese jungen Mädchen stehen: Um gute Rollen zu bekommen, müssen sie geradezu gefährlich dünn sein, weshalb viele von Essstörungen und Magersucht bedroht sind. Sylvie hatte vorübergehend mit Bulimie zu kämpfen. Sie können sich nicht vorstellen, wie viele Frauen mit ähnlich gelagerten Problemen ich behandelt habe. Dazu kommt, dass die Unterhaltungsbranche viele von diesen jungen Frauen regelrecht auffrisst, weil sie sehr schnell von einem Harem unterwürfiger Anhänger umgeben werden, die sie dazu ermutigen, es so richtig krachen zu lassen.« Ich dachte, auf Black könnte das genauso gut zutreffen, sagte aber nichts.

»Sie sind jung und naiv, haben Geld wie Heu und sind zu jedem Experiment bereit, egal wie geerdet sie vor dem großen Durchbruch waren. Sylvie nahm eine Zeit lang Koks, weshalb Jacques mich bat, sie nach Cedar Bend zu einer Entziehungskur zu holen.«

»Sie machte einen Entzug hier am See?«

Black nickte. »Für die großen Stars ist es der ideale Ort für eine Entgiftung. Ich habe qualifiziertes Personal, das sie darin unterstützt, von dem Zeug loszukommen, während sie von mir individuell in Einzelgesprächen betreut werden. Sie wären erstaunt, wenn Sie wüssten, wie viele Berühmtheiten sich hier schon behandeln ließen, darunter einige ganz große Namen, die Sie sicher kennen.«

Harve sagte: »Ich habe mir den polizeilichen Ermittlungsbericht angesehen. Mir fällt auf, dass der Täter keinerlei Spuren hinterlassen hat.«

»Ist mir auch aufgefallen. Kommt selten vor, dass man gar nichts findet, das einem weiterhilft, kein Haar, keine Stofffaser. Das könnte auch der Grund dafür sein, warum er sich entschlossen hat, sie im See zu versenken.«

Blacks Stimme klang jetzt neutral und emotionslos. Er hatte sich eisern unter Kontrolle und war bereit alles zu tun, um Sylvies Mörder zu finden. Bis dahin würde er keine Gefühle mehr zeigen, glaubte ich. Und dann würde er den Typen womöglich umbringen.

Harve dagegen wirkte geradezu aufgekratzt. Er liebte nichts mehr, als einen diffizilen Fall zu lösen. Und er war verdammt gut darin. »Der bedeutendste Hinweis besteht meiner Meinung nach in der ungewöhnlichen Inszenierung des Opfers. Der Täter hatte einen Grund, warum er sie an einen gedeckten Tisch setzte. Ich weiß nicht, ob die Tatsache, dass er das Opfer im Wasser versenkt hat, relevant ist. Kann sein, kann aber auch nicht sein. Wie Sie schon gesagt haben, vielleicht wollte er damit nur Spuren verwischen. Darin liegt, glaube ich, der Schlüssel für das Verständnis dessen, was ihn antreibt.«

»Genau«, sagte Black. »Ich vermute, das war nicht seine erste Tat dieser Art. Möglicherweise ist er ein Serientäter, jedoch ein extrem raffinierter, der seine Taten bis aufs i-Tüpfelchen plant. Wie Sie wahrscheinlich wissen, sind die meisten Serienmörder männlichen Geschlechts, weiß, Mitte zwanzig bis Mitte dreißig. Das soziale Spektrum reicht von der Unter- bis zur Mittelschicht. Viele dieser Täter wurden in ihrer Kindheit geschlagen und sexuell, manchmal auch emotional missbraucht. Auffällig ist, dass fast alle als Kinder Feuer gelegt haben. Dazu kommt eine Neigung zu Tierquälerei, und die meisten waren auch Bettnässer.«

»Somit handelt es sich bei unserem Täter also wahrscheinlich um einen jungen Mann«, sagte ich. »Kennen die Täter in der Regel ihre Opfer persönlich?«

Black schüttelte den Kopf. »Nein, die Auswahl ist normalerweise willkürlich, und häufig trifft es Fremde, die sich zur falschen Zeit am falschen Ort befunden haben. Nach der Tat durchläuft der Täter eine sogenannte Abkühlphase, in der er die Tat wieder und wieder durchlebt und sich so lange daran berauscht, bis der Kick weg ist und er erneut zuschlagen und seine Fantasie ausagieren muss. Es ist ein innerer Zwang. Das Motiv ist gar nicht so sehr sexueller Natur, sondern ein sadistisches Verlangen, das Opfer zu beherrschen. Das sehe ich auch bei unserem Typen und dem, was er seinen Opfern antut, als vorherrschend.«

Nachdem Black schwer geschluckt hatte, drehte sich Harve zum Computer auf dem Schreibtisch hinter ihm um. »Claire hat mich gebeten, eine Datenbankabfrage nach ähnlichen Verbrechen durchzuführen, und bis jetzt sind fünf Mordfälle aufgetaucht, bei denen das Opfer enthauptet aufgefunden wurde. Einer der Fälle ereignete sich vor ungefähr genau einem Jahr in North Carolina. Dort entdeckten Wanderer eine kopflose weibliche Leiche in dichtem Unterholz am Cape Fear River, aber der Kopf konnte nie gefunden werden. Der verantwortliche Detective aus Greenville sagte mir, sie vermuteten, dass der Kopf mit dem Fluss ins Meer gespült wurde.«

Ich versuchte, diplomatisch zu sein. »Gab es bei einem dieser Fälle die sterblichen Überreste von zwei verschiedenen Opfern am Tatort?«

»Nein«, sagte Harve. »Aber das heißt noch nichts. Die meisten dieser Fälle wurden von Police Departments in Kleinstädten bearbeitet, die weder die nötige Erfahrung noch die Mittel haben, derlei aufzudecken. Buckeye ist ein erfahrener Kriminalist, und auch er entdeckte die Diskrepanz nur durch Zufall.« Harve verhielt sich auch Black gegenüber äußerst rücksichtsvoll.

Ich war erstaunt, dass Black diesen Sachverhalt so bald diskutieren konnte, aber er war nun ganz konzentriert. »Derart kleine Police Departments würden nur dann einen Unterschied feststellen können, wenn das Opfer aus ihrer Gegend stammte und sie es gekannt haben oder wenn sie einen Zahnbefund zur genauen Identifizierung vorliegen hätten. Könnte sein, dass der Täter die Identität seiner Opfer aus dem Grund verwischt, damit man ihm nicht auf die Spur kommt.«

»Wie sieht's mit vermissten Personen aus?«, fragte ich. »Wurde im selben Zeitraum im Raum Greenville jemand als vermisst gemeldet?«

»Das habe ich noch nicht überprüft, hol ich aber demnächst nach.«

Ich sagte: »Mir kommt das vor wie ein Spiel, und mein Bauchgefühl sagt mir, dass er es schon oft gespielt hat. Gab es Fälle, in denen die Opfer so eindeutig in Szene gesetzt wurden wie in unserem Fall?«

»Bis jetzt noch nicht. Ein männliches Opfer wurde an einem Flussufer gefunden mit allerlei Fischereigerät um ihn herum. In Illinois wurde eine Frau mittleren Alters mit dem Kopf in ihrem Schoß an einen Baum gefesselt. Eine weitere Leiche wurde in einer Gasse in einem Vorort von Pensacola gefunden. Der dazugehörige Kopf befand sich zwei Blocks weiter entfernt, mit den Haaren an einem Stoppschild festgebunden. Untereinander hatten diese Szenarios kaum etwas gemeinsam.«

»Gab es Gemeinsamkeiten hinsichtlich der Todesursache?«, fragte Black.

»Eine. Alle Opfer waren noch am Leben, als der Kopf abgetrennt wurde.«

Ich versuchte, möglichst nicht hinzusehen, als Black mit den Zähnen knirschte und dabei seinen Kiefer krampfhaft hin- und herbewegte. Black hatte eine Pause dringend nötig. Ich stand also auf und ging ins Bad, um ihm Zeit zu geben, sich wieder zu fangen. Manchmal kann ich direkt rücksichtsvoll sein.

21

Als ich wieder an den Tisch zurückkam, hatte sich Black wieder vollständig unter Kontrolle. Er sah mich an und sagte: »Für mich hat das was Ritualhaftes. Es gibt einen ganz bestimmten Grund, warum er seine Opfer enthauptet und die Köpfe mitnimmt. Den gilt es herauszufinden. Wie Claire bin ich der Meinung, dass es ein Spiel für ihn ist, eines, das er mittlerweile meisterhaft beherrscht. Die Frage ist, wie bewahrt er die Köpfe auf? Wie transportiert er sie? Wo tötet er das andere Opfer? Er muss einen bestimmten Ort haben, von dem aus er agiert, einen Ort, an dem er sich sicher fühlt. Wo er glaubt, dass ihn dort niemand entdeckt.«

»Meinen Sie etwa, er hat irgendwo eine Art Lager mit getöteten Opfern?«, fragte ich leicht angewidert. »Auf das er zurückgreift, wenn der nächste Mord fällig ist?«

Black nickte. »Ich halte das für sehr wahrscheinlich. Viele Serientäter behalten die Opfer in ihrer unmittelbaren Umgebung, wie John Wayne Gacey, der seine Opfer im Keller seines Hauses in Chicago vergraben hat.«

»Und Jeffrey Dahmer, der seinen Kühlschrank zweckentfremdete«, fügte Harve hinzu.

Ich sagte: »Aber wie konnte er sich mit all den Sicherheitsleuten und Kameras auf dem Gelände von Cedar Bend frei bewegen und auch noch die Zeit dazu haben, sein Opfer nahezu bühnenreif in Szene zu setzen?«

»Sylvie ist Schauspielerin«, sagte Black. »Könnte sein, dass er eine bestimmte Szene nachgestellt hat. Irgendeinen Film oder ein Stück, das er besonders mag oder das etwas bedeutet für sein krankes Hirn. Die meisten dieser Täter agieren ihre Fantasien aus und beziehen genau daraus ihre Befriedigung. Meistens entwickeln sich ihre Fantasien weiter und werden zunehmend komplexer und gewaltsamer.«

»Gut wäre es, zu wissen, wer das andere Opfer war. Wenn wir herausfinden könnten, wo sie vermisst wird, hätten wir wenigstens einen Anhaltspunkt.« Harve sah mich an. »Gibt es Vermisstenmeldungen hier aus der Gegend?«

Ich schüttelte den Kopf. »Ich habe das am frühen Abend heute noch mal überprüft. Aber wenn sie obdachlos war oder nur auf der Durchreise, kann es auch sein, dass sie gar nicht als vermisst gemeldet wird.«

»Dasselbe gilt für junge Ausreißerinnen«, sagte Harve. »Mir ist mal ein Fall untergekommen, da konnte ein durchgebrannter Teenager, ein vierzehnjähriges Mädchen, identifiziert werden, indem man das Bild eines Zehenrings, der an der Leiche gefunden wurde, veröffentlicht hat. Außer dem Ring gab es keinerlei Hinweise. Der Mörder hatte ihn einfach übersehen.«

»War sie aus dieser Gegend?«, fragte Black.

»Nein. Sie stammte aus dem südlichen Indiana, aus einer Kleinstadt namens Clarksville. Ihr Kopf wurde in der Umgebung von Saltlake City, Utah, in den Bergen gefunden.«

»Mit Sicherheit wissen wir nur, dass der Mörder ungewöhnlich kaltblütig handelt.« Black lehnte sich zurück und legte die Fingerspitzen aneinander. Das machte er so, wenn er nachdachte. Es war mir schon einmal aufgefallen. »Zwar wurde sie geschlagen, aber sonst verlief das alles ziemlich leidenschaftslos. Da ist niemand ausgerastet, sondern kühl und überlegt vorgegangen. Von meiner Erfahrung her würde ich sagen, dass wir es mit einem Fremden als Täter zu tun haben. Ich finde, das ganze Arrangement war zu unpersönlich für jemanden, dem etwas an ihr lag. Gil Serna etwa oder sonst ein Lover. Oder ich, falls Sie mich immer noch auf Ihrer Liste haben.«

Dazu sagte ich nichts. Gut möglich, dass er noch auf meiner Liste stand, aber dann ganz unten. Stattdessen sagte ich: »Meinen Sie, der Täter hat sie ausgewählt, weil sie berühmt war?«

»Das hab ich mich auch schon gefragt, und ich halte es schon für möglich«, sagte Black. »Das hieße, der Killer ist publicity-süchtig, will sein Werk im Fernsehen sehen und sich immer wieder daran ergötzen. Könnte sein, er hat sich in seiner Fantasie bis zu diesem Punkt vorgearbeitet und fühlt sich unverwundbar.«

Harve nickte. »Wenn das der Fall ist, tigert er sicher nervös zu Hause auf und ab und wartet darauf, bis die blutigen Details ans Tageslicht kommen. Möglicherweise ist er stocksauer darüber, dass wir sie unter Verschluss halten.«

»Das könnte ihn dazu zwingen, erneut zu handeln, und zwar früher als er es ursprünglich vorhatte«, sagte Black. »Und dieses Mal in aller Öffentlichkeit, damit die Polizei sein Werk endlich anerkennt. Oder er ruft die Medien selbst auf den Plan. Bei mehreren Fällen, mit denen ich zu tun hatte, hat der Mörder mit den Reportern regelrecht zusammengearbeitet, um die gewünschte Publicity zu bekommen.«

»Ich glaube, er hat sich Sylvie ganz bewusst als Opfer ausgewählt«, sagte ich, das ganze aus anderer Perspektive bedenkend. »Er wäre doch sonst nie auf Cedar Bend gekommen, bei all den Sicherheitsmaßnahmen, die Sie zum Schutz Ihrer Gäste aufbieten, wenn er es nicht auf eine bestimmtes Opfer abgesehen hätte, ein Opfer, das dort logiert. Ebenso gut hätte er sich doch einen leichter zugängigen Ort aussuchen können, ein hilfloses Opfer, eine Obdachlose von der Straße. Warum sollte er es sonst riskieren, entdeckt zu werden, wenn es keinen zwingenden Grund dazu gab?«

»Aber warum dann ausgerechnet Sylvie?«, fragte Harve, worauf beide Männer sich gleichzeitig zu mir umdrehten.

Ich sagte: »Zum einen ist sie berühmt, was eine gewisse Medienaufmerksamkeit garantiert. Oder es hatte vielleicht was mit der Serie zu tun, in der sie spielte. Etwas im Charakter der dargestellten Figur, das ihn provoziert oder erregt hat. Manche Menschen sind geradezu besessen von Seifenopern und halten die darin vorkommenden Personen für real. Vielleicht hat er die von ihr dargestellte Figur gehasst bis zu dem Grad, dass er sie töten wollte. Vielleicht hat er sie schon lange verfolgt, bis er sie endlich hier erwischt hat, allein und schutzlos.«

»Sylvie hatte darin die Rolle des lieben und braven Mädchens«, sagte Black. »Eine Moralistin, die sich immer genau richtig verhält und das auch von anderen wie selbstverständlich erwartet.«

Ich hob eine Augenbraue. »Einen Psychopathen könnte das auf die Palme bringen.«

»Hast du was über ihre Schauspielerkollegen aus dieser Serie in Erfahrung bringen können?«, fragte Harve.

»Bud hat sich erkundigt, was fanatische Fans betrifft, oder ob es Fälle von Stalking gegeben hat, aber da scheint nichts Außergewöhnliches vorzuliegen. Marc Savoy kommt als Täter nicht in Frage, weil er zur Tatzeit mit ein paar Fischern aus seiner Gegend in einer Kneipe saß. Bud hat sich Sylvies Fanpost geschnappt und die anderen Schauspieler aus der Serie interviewt, als er in New York war. Er will jetzt sehen, ob sich dort irgendwelche Hinweise finden.«

Während ich sprach, war Harve mit seinem Stuhl in die Küche gerollt und mit drei eisgekühlten Flaschen Bier wiedergekommen, die er in der Mitte des Tisches absetzte. »Was lässt sich über das Isolierband sagen, Nick? Hat das Ihrer Meinung nach eine Bedeutung?«

»Wenn es über den Mund verläuft, steckt meist die Absicht dahinter, das Opfer zum Schweigen zu bringen. Etwa wenn ein missbrauchter Sohn das ständige Genörgel und Gemecker seiner Mutter satt hat, oder so was in der Art. Ähnlich verhält es sich, wenn es über die Augen verläuft. Dann soll das Opfer den Täter bei seinem verbrecherischen Tun nicht sehen. In diesem Fall war es, glaube ich, zunächst eine Disziplinierungsmaßnahme, dann erst kam der Zweck hinzu, den Kopf zu halten.« Ich sah, wie sich Black erneut darüber klar wurde, dass es sich nicht um irgendein Opfer handelte, sondern um Sylvie, die da an einem Stuhl gefesselt unter Wasser saß. Harves Blicke trafen mich, als Black seinen Stuhl zurückschob und auf die hintere Veranda hinausging. Eine Weile hatte er sich ganz gut gehalten, aber auch Nicholas Black war nur ein Mensch.

Ich sagte: »Er hat heute Abend eine Menge durchgemacht und ist noch nicht wieder so recht auf dem Damm.«

»Er soll nach Hause gehen. Es ist noch zu früh, egal wie er selbst es sieht. Lass mich die Sache noch mal ansehen und überdenken, und komm morgen wieder. Dann gehen wir's gemeinsam noch mal durch. Sag ihm, ich schick ihm die Berichte über ähnliche Fälle, wenn ich sie komplett ausgedruckt habe. Er kann sich auf mich verlassen.«

»Okay.« Ich stand auf und warf einen Blick nach draußen. Black war nirgendwo auf der Veranda zu sehen. »Brauchst du was, Harve? Lebensmittel oder sonst was?«

»Nein. Dot hat mich versorgt. Es sind Aufläufe da und Tiefkühlpizza.«

»Wann kommt sie denn wieder?«

»Am Montag oder Dienstag. Sie fehlt mir, aber sie muss auch mal frei haben. Mit mir ist es ja auch nicht immer ganz einfach.«

»Du bist ein Teddybär, und Dottie weiß das besser als irgendjemand sonst. Pass auf dich auf und läute mit der Glocke, wenn du mich brauchst.«

Als ich ging, sagte Harve noch: »Sei nicht so streng mit dem Typen. Es ist nicht zu übersehen, dass er die Kleine sehr geliebt hat.«

»Ja, ich weiß. Bis morgen.«

Black stand, als ich die Treppe hinunterging, ein Stück weit vom Haus entfernt. Er hatte die Hände in die schmalen Hüften gestützt und starrte auf den dunklen See hinaus. Ich hatte schon öfter gehört, wie sehr er den See liebte, und nun glaubte ich es. Auf mich hatte der See auch eine beruhigende Wirkung, besonders nachts. Ich sah auf die stille Bucht hinaus und beobachtete ein Boot nahe dem gegenüberliegenden Ufer. Am Heck erstrahlte der schwache Schein einer Laterne, und ich spürte, jetzt wäre ich am liebsten auch draußen gewesen, um mich auf der glatten schwarzen Wasserfläche dahintreiben zu lassen, den Blick nach oben zu den Sternen gerichtet, ohne ständig an grausame Morde und abgetrennte Körperteile denken zu müssen.

Ich sagte: »Wir machen Schluss für heute. Harve ist müde und will ins Bett.«

»Lassen Sie uns zu Fuß zu Ihnen nach Hause zurückgehen.«

Ich befand mich fast schon auf halbem Weg zum Steg hinunter und blieb unvermittelt stehen. »Und was ist mit dem Boot?«

»Das kann Harve haben.«

»Harve kann es haben?«, wiederholte ich und wirkte wohl ziemlich ungläubig.

»Klar. Es ist wie alle unsere Cobalts behindertengerecht ausgestattet. So kann er, wenn er möchte, mit seiner Pflegerin gemeinsam hinausfahren.«

»Sie überlassen ihm Ihr Boot? Einfach so?«

»Ich habe ein Dutzend solcher Boote bei mir vor Anker liegen. Wenn ich Nachschub brauche, bestelle ich einfach welche. Harve unterstützt mich darin, Sylvies Mörder zu finden. Sehen Sie's einfach als Zeichen meines Dankes.«

»Er ist sehr stolz. Kann sein, dass er es gar nicht annimmt.«

»Dann überreden Sie ihn dazu. Sagen Sie ihm, Dottie kann es benützen.«

Ich sah ihn ungläubig an, musste aber daran denken, wie oft Harve es sich schon gewünscht hatte, gemeinsam mit Dottie hinauszufahren, um zu fischen. In seinem Boot wäre das jedoch zu gefährlich gewesen. Black hingegen hatte recht: In dem großen Cruiser hatte der Rollstuhl bequem Platz, und es konnte nichts passieren.

Black sagte: »Es ist eine so schöne Nacht. Wir gehen zu Fuß. Ich kann dabei besser nachdenken.«

Die Nacht war dunkel, still und friedlich, und es blieb nur mehr wenig zu sagen. Er machte weit ausholende schnelle

Schritte, was ich als Zeichen seiner inneren Anspannung sah. Aber ich war immerhin eins fünfundsiebzig und konnte gut mit ihm mithalten. Ich unterbrach seine Gedanken nicht, denn ich wusste, worüber er nachdachte, und es war mir recht. Ich befand mich momentan in einer Sackgasse und war froh über seine Hilfe.

Als wir bei mir angekommen waren, gingen wir zum Steg hinunter, und er griff zu seinem Handy und bat höflich darum, dass Tyler ihn an meinem Steg abholen möge. Während er noch telefonierte, stellte ich den Picknickkorb richtig hin, den er zuvor den Hang hinuntergestoßen hatte. Dann nahm ich auf dem Korb Platz und wartete geduldig so lange, bis Black zu mir herüberkam.

»Danke, dass Sie Harve das Boot geschenkt haben«, sagte ich, wobei ich an meiner Stimme feststellte, dass mich die Geste doch mehr berührte, als ich gedacht hatte.

»Ich mag ihn. Er ist ein guter Kerl. War er Ihr Kollege in L.A.? Sind Sie so Freunde geworden?«

Darauf ging ich nicht ein. »Er ist ein guter Freund von mir, er und Dottie, sie beide.«

»Was ist Ihnen denn in L.A. zugestoßen, Claire? Warum können Sie darüber nicht sprechen?«

Seine Nachdrücklichkeit schockierte mich. Die meisten Menschen akzeptierten es, wenn ich ihnen zu verstehen gab, dass ich über bestimmte Dinge nicht sprechen wollte.

Stirnrunzelnd stand ich auf, zur Flucht entschlossen. Für mich war es die beste Lösung zu fliehen, wenn es mir zu persönlich, geradezu gefährlich persönlich wurde. Das mochte man feige nennen, aber nun ja. Anscheinend jedoch war Black fest entschlossen, es mir nicht so leicht zu machen. Er packte mein Handgelenk und zog mich zurück.

Total verärgert wollte ich mich losreißen, aber er zog mich so nahe zu sich heran, dass unsere Nasen sich fast berührt hätten. Mein Herz schlug wie verrückt. Black atmete schwer, und seine Stimme nahm dieses heisere Ich-musss-dich-auf-der-Stellehier-niederwerfen-und-dich-nehmen-Timbre an. »Ich will dich küssen.«

Sofort und ohne Widerrede. Ich schluckte erst mal. »Tut mir leid, mein Guter, so weit wird's leider nicht kommen.«

»Und ob.«

Er presste seinen Mund auf meinen, alles andere als sanft, sondern nachdrücklich und fordernd, aber dann zögerte er doch noch in letzter Sekunde, als hätte er, oh-oh, bemerkt, dass er sich falsch verhalten hatte und ich darüber verärgert sein könnte. Das wäre ein guter Zeitpunkt gewesen, ihm das Knie zwischen die Beine zu rammen. Ich könnte mich jederzeit entziehen, empört davonstaksen, ihm eine kleben oder ihn sogar wieder in Handschellen legen, wenn ich denn wollte. Nur leider wollte ich nicht. Ich wollte diesen Kuss ebenso sehr wie er.

Mehr Ermunterung brauchte er nicht, und als ich mich nicht widersetzte, legte er einen Arm um meine Taille und zog mich eng an seine Brust heran, während seine andere Hand meinen Kopf umfasste. Ich hatte schon so lang keinen Mann mehr geküsst. Es fühlte sich gut an, wundervoll, als würde man die Sonne über dem Land der Verheißung aufgehen sehen, mit dem man eigentlich längst abgeschlossen hatte.

Meine Lippen öffneten sich, und er nutzte die Situation, eroberte meinen Mund bis in den letzten Winkel, um dann bis zum Ansatz der Kehle vorzudringen, wo mein Puls in einer Art Stakkato hämmerte, dass es mir fast peinlich war. Ich spürte meine Entschlossenheit dahinschmelzen. Ich wusste nicht, wie lange die Umarmung dauerte, aber nachdem ich wieder halbwegs in die Realität zurückgekehrt war, wurde mir klar, worauf ich mich eingelassen hatte. Es war dumm und unprofessionell von mir. Diese Erkenntnis traf mich wie eine kalte Dusche, und ich schob ihn von mir weg. Er ließ es geschehen, und so standen wir nun da, voneinander getrennt und beide schwer und hörbar atmend, als wären wir einen Marathon gelaufen. Da war sie wieder, diese besondere Chemie zwischen

Männern und Frauen, aber nun wusste ich erst wirklich, was damit gemeint war.

Dann, muss ich zu meiner Schande leider eingestehen, war ich diejenige, die sich über ihn hermachte, ihn am Hemd packte und zu sich heranriss. Unsere Münder und Zungen wurden wieder aktiv, und die Umarmung verlief noch heftiger als beim ersten Mal, mit Gestöhn und Gefummel unter der Kleidung und unter der Gürtellinie.

Dann kam ich wieder zur Vernunft und riss mich von ihm los, wie, wusste ich nicht.

Vielleicht war es die Cobalt, die laut dröhnend am anderen Ende der Bucht in Sicht kam.

»Das kann nicht sein«, stammelte ich. Aber ich hatte gut reden. Zu derlei Spielchen gehören immer zwei, und ich hatte ordentlich mitgemischt.

»Es ist nun mal passiert.« Seine Stimme klang auch anders als sonst, ein kleiner Trost für mich, aber er war ruhiger als ich, und er versuchte nicht, mich zu berühren. »Und es wird nicht beim ersten Mal bleiben.«

Ich ließ mich von seiner Hand über den von ihm ausgesuchten Weg führen und beschloss, die Notbremse zu ziehen. »Versteh mich bitte nicht falsch, Nick. Ich mag dich sehr, zwar nicht von Anfang an, wie ich zugeben muss, aber du bist nicht der Typ Mann, für den ich dich gehalten habe. Ich glaube nicht, dass du mit diesem Verbrechen irgendwas zu tun hast, aber das muss ich beweisen. Dich zu küssen war toll, ehrlich; ich hab's sehr genossen. Aber das war's auch schon. Es ist aus, Schluss, Ende, vorbei.«

Black lachte leise vor sich hin. Er wirkte alles andere als begeistert. »Ich kann warten, bis dieser Fall vom Tisch ist, sollte das das Problem sein. Beeil dich und sieh zu, dass du ihn löst.« Er gab mir zwei Sekunden Zeit, darüber nachzudenken, küsste mich dann auf die Stirn und sagte: »Pass auf dich auf. Ich muss morgen nach L.A. und will nicht, dass dich in meiner Abwesenheit jemand ins Jenseits befördert. Denk daran, wegducken lautet die Devise. Ich ruf an, wenn ich wieder zurück bin.«

Dann ging er auf den Steg hinaus, um das Boot heranzuwinken, das ihn abholen sollte. Ich nahm am Picknicktisch Platz, wütend auf mich selbst, dass ich mich auf einen Mann wie Nicholas Black näher eingelassen hatte. Wie konnte ich nur so dumm sein! Wenn ich meine Hormone nicht davon abhalten konnte, in seiner Anwesenheit verrückt zu spielen, und es war ziemlich offensichtlich, dass ich das nicht konnte, dann müsste ich auf Distanz zu ihm gehen. Charlie würde mich eigenhändig lynchen, wenn er erfuhr, dass ich mit einem Mordverdächtigen herumgeknutscht hatte. Ich schauderte allein bei dem Gedanken daran, wie Charlie mich zusammenstauchen würde, sollte er je davon hören.

Leben ohne Vater

Blage tötete fast zwei Jahre nicht mehr. Die braune Metallkassette enthielt so viel Geld, dass es ein Leben lang für Blage und die Mutter reichte. Nach zweihunderttausend Dollar, alles in Einhundertdollarscheinen gebündelt und mit Gummiband feinsäuberlich zusammengehalten, hatte Blage aufgehört zu zählen. Drei Tage nachdem Blage den Balsamierer ermordet und das alte Haus abgefackelt hatte, sah er im Vorgarten eines an einer Landstraße gelegenen Farmhauses einen alten silbernen Wohnwagen stehen. An der Anhängevorrichtung war ein weißes Schild befestigt, auf dem in roten Buchstaben ZU VERKAUFEN geschrieben stand. Blage wusste sofort, in dem Wagen könnte seine Mutter in Ruhe und Frieden leben. Es gab darin ein Wohnzimmer für einen Fernseher und einen Computer, eine Küche, in der sie gemeinsam essen konnten, und ein kleines Bad mit einer Duschkabine, einem kleinen Waschbecken und einer Toilette.

Das große Schlafzimmer wäre ideal für Blage, während das kleine der Mutter die Möglichkeit bot, mit ihren Freunden ungestört zusammen zu sein, wenn Blage sie zu ihr nach Hause brachte. Der Farmer, ein alter Mann, sagte: »Genau, Sir, der Wagen wäre eine hübsche Überraschung für Ihre Mutter und ist für nur vierhundert Dollar richtig günstig.« Dann half er Blage noch ganz umsonst dabei, den Wohnwagen am grünen Kombi anzukoppeln.

Daraufhin fuhren sie einfach drauf los, immer weiter und weiter, meist über Landstraßen, auf denen sie keiner Menschenseele auffielen. Wenn sie auf einem der eher abgelegenen Campingplätze Station machten, die Blage aufgetan hatte, füllten sie ihre Wasser- und Stromreserven wieder auf, und ließen es sich ansonsten einfach gut gehen. Sie blieben nie lange, weil Blage ständig auf der Suche war. Nach vielen Monaten schließlich und vielen Meilen fand Blage die Frau, nach der sie gesucht hatten. Sie verfolgten sie mehr als eine Woche lang, um sicher zu sein, dass sie auch wirklich die Richtige war, bis die Mutter sagte: »Ja, mein Junge, sie ist es. Sie ist perfekt.« Sie lächelten einander zu, und Blage war sehr glücklich, dass sie noch zusammen waren.

Blage überlegte lange, wie er die Frau töten sollte. Das Hackmesser und das Abziehleder befanden sich im Schlafzimmer der Mutter, versteckt unter dem Geld in der verschlossenen braunen Kassette, sodass die Mutter stets ein Auge darauf haben konnte. Das ideale Mordopfer lebte in der oberen Etage eines kleinen Hauses. Um in ihre Wohnung zu gelangen, musste sie eine seitlich am Haus angebaute Treppe hinaufsteigen. Zehn Tage lang beobachtete Blage sie täglich, wie sie das Haus auf dem Weg zur Arbeit in einer nahe gelegenen Suppenküche morgens verließ und dann abends wieder zurückkam. Sobald er sie nur sah, war Blage hasserfüllt, und der glühende Strom in ihm brodelte hoch und übertrat die Ufer, sodass Blages Haut sich ganz heiß anfühlte.

In diesem Zustand wollte die Mutter ihm keinen Gutenachtkuss mehr geben, und Blage wusste nun, dass es Zeit für die Frau war zu sterben.

Die Mutter wurde ungeduldig und zornig und weigerte sich sogar, weiter mit ihm zu reden.

Als Blage und die Mutter eines Abends im Kombi auf Beobachtungsposten saßen, im dunklen Schatten am Straßenrand versteckt, kam die Frau heraus, um auf der Treppe eine Zigarette zu rauchen. Die Mutter sagte: »Los nun, Blage, los! Sie und keine andere.« Da schlich sich Blage lautlos hinter dem Rücken der Frau an, und als sie aufstand, um wieder nach oben zu gehen, hieb er mit dem Montiereisen für Reifen, das der Balsamierer im Kombi neben dem Reserverad aufbewahrt hatte, so fest er konnte auf sie ein. Mit wild schlagendem Herzen und während der heiße Strom immer höher aufbrodelte, sah Blage auf die Frau hinunter. Sie lag reglos am Fuß der Treppe, und keiner kam; keiner hörte, wie Blage sie an ihren langen blonden Haaren über das Gras und dann am Straßenrand entlang zum Kombi schleifte.

Die Mutter jubelte und sagte, nun hätten sie eine neue Freundin, mit der sie sich unterhalten könnten.

Aber oh je, die Frau war leider gar nicht tot. Sie wachte auf und fing an zu stöhnen, und Blage musste sie an Händen und Füßen und quer über den Mund, damit sie schwieg, mit silbernem Isolierband fesseln, bis sie zu Hause waren. Blage legte sie auf Mutters Bett, und bald sagte die Mutter, was zu tun sei, dass nämlich ihre neue Freundin sie nicht mögen würde, nicht mit ihnen sprechen und nett zu ihnen sein würde, ehe sie tot war. Also warf sich Blage zu ihr aufs Bett und legte beide Hände um ihren Hals und drückte zu, bis es in ihrem Hals knackte und sie die Augen zumachte und aufhörte, sich zu wehren. Blage sprang herunter, und der heiße Strom in seinem Bauch köchelte nur mehr leise, bis sie sich erneut bewegte und ihre Augenlider flatterten. Nun schlugen die Flammen hoch in ihm auf und gerieten außer Kontrolle, und Blage zerrte sie zu der kleinen Duschkabine im Wohnwagen, wo er sie zu Boden drückte. »Das Hackmesser, nimm das Hackmesser«, rief die Mutter vom Bett aus, und Blage gehorchte, woraufhin die Frau endlich reglos liegen blieb.

Am ganzen Leib zitternd stieg Blage in den Kombi und fuhr ohne Unterbrechung die ganze Nacht hindurch, während das Blut der Frau im Duschabfluss versickerte. Als sie einen großen Fluss erreichten, bog Blage in eine Seitenstraße ab und trennte den Kopf der Frau vom Rumpf und legte ihn auf das Kissen neben den der Mutter. Dann wickelte er den Körper der Frau in den Duschvorhang und zog ihn über Geröll hinweg auf einen Felsvorsprung über dem rauschenden Wasser. Nachdem er sie mit großen Steinen beschwert hatte, stieß Blage sie in die Tiefe und wartete, bis es platschte. Als er in den Wohnwagen zurückkam, ließen die Mutter und die Frau es sich richtig gut miteinander gehen, schwatzten und unterhielten sich wie alte Freunde.

»Ihr seid mir ja zwei schöne Plaudertaschen«, sagte Blage zu ihnen und grinste breit. »Wie soll ich denn schlafen heute Nacht bei dem dauernden Gequatsche und Gelächter, hm?« Aber seine Mutter hatte nun wenigstens jemanden, mit dem sie während der langen Fahrten reden konnte, und wenn die Mutter glücklich war, war Blage es auch.

Blage war fünfzehn Jahre alt.

22

Sylvies Kopf tauchte drei Tage später an einem neuen Körper in Los Angeles auf, und zwar just in dem Filmstudio, in dem Gil Serna Innenaufnahmen für den »Trojaner« drehte. Noch dazu war Gil Serna plötzlich verschwunden. Am selbigen Nachmittag traf ich auf dem Flughafen in Los Angeles ein. Mir wäre es lieber gewesen, wenn Bud sich der Sache angenommen hätte, aber er war voll damit beschäftigt, die zur Plage gewordene Pressemeute im Zaum zu halten. Vielleicht hatte ja diese jüngste Entwicklung zur Folge, dass sie Hals über Kopf zurück nach L. A. abhauten, wo sie auch hingehörten.

Am Flughafen holte mich Jim Tate ab, ein Typ, den ich von der Polizeiakademie her kannte. Ich freute mich sehr, ihn wieder zu sehen, vor allem weil ich wusste, dass ich ihm trauen konnte. Er hatte sich kaum verändert, war noch immer klein und stämmig und so stark muskelbepackt, dass er jederzeit einen Bullen gestemmt hätte. Seine Geheimratsecken waren deutlich ausgeprägt, und er trug, um davon abzulenken, einen blonden Stiftenkopf, der ihn wie einen pensionierten Militär aussehen ließ. Er war ein grundehrlicher und gewiefter Bursche. Die Wochenenden gehörten seinen drei Söhnen, mit denen er sich auf Sandpisten mitten in der Wüste mit offenen Kleinlastern Wettrennen lieferte. Ansonsten stand nach zwei geschiedenen Ehen nun die Arbeit im Mittelpunkt seines Lebens.

Tate hatte bereits die Erlaubnis seines Vorgesetzten in der Tasche, mir Zugang in das Studio zu verschaffen, das sich wenige Blocks vom Sunset Boulevard entfernt in der Nähe der Paramount Studios befand. Ermöglicht hatte das alles ein Anruf von Charlie Ramsay bei einem Freund, der zufällig auch der oberste Polizeichef von L. A. war. Ihm hatte ich es sicher auch zu verdanken, dass mir Tate wunschgemäß und problemlos als Begleiter zur Seite gestellt wurde. Noch hatte die Nachricht von dem grausigen Fund die Öffentlichkeit nicht erreicht, aber die Uhr tickte.

»Wir müssen sehen, dass du hier rein und auch wieder rauskommst, bevor die Medienschakale Lunte riechen und ausrasten.«

»Ganz meine Meinung.« Jim wusste wie kaum ein anderer darüber Bescheid, was mir und Harve passiert war. Er war an jenem Abend vor Ort gewesen. Er sah mich an. »Mal abgesehen von den blauen Flecken, siehst du ziemlich gut aus. Sonst alles in Ordnung, Kleines?«

»Es war wunderbar nett und ruhig da unten am See. So lange bis das passierte.«

»Harve geht's auch gut, nehm' ich mal an, oder?«

»Wir sehn uns fast täglich. Dann musste das plötzlich passieren, und seitdem ist der Teufel los.«

Er sagte: »Früher oder später erkennt dich einer von den Medienfritzen, garantiert.«

»Genau, darauf warte ich schon die ganze Zeit.«

»Andererseits, es ist drei Jahre her, und die Menschen vergessen so was auch. Vielleicht hast du ja Glück.«

»Ich bin keine von denen, die Glück haben.«

Er versuchte erst gar nicht, mich vom Gegenteil zu überzeugen. Auch in Ordnung.

»Was weißt du über den jüngsten Fall?«

Wir nahmen eine Auffahrt auf den Highway 405 so schnell, dass Tates brauner Ford Ranger vorübergehend auf zwei Rädern fuhr. Zu derlei Kunststücken neigten Männer, die in ihrer Freizeit Rennen fuhren. Ich hielt mich fest, beschwerte mich aber nicht. Los Angeles war kein Ort für zögerliche Autofahrer oder Angsthasen als Beifahrer. »Die Schauspieler und das Team haben den Drehort am Freitag gegen vier Uhr nachmittags verlassen. Anschließend wurde das Gebäude von der Security für das Wochenende abgesperrt, aber das heißt nicht viel. Es ist rundum mit Bougainvilleen bewachsen, und an den Ranken kann jeder problemlos hochklettern. Außerdem wurde im Zaun des Studiogeländes ein Loch gefunden.«

Am Santa Monica Boulevard bog Tate wie ein geölter Blitz ab und bretterte in Richtung Westen. Das Auto auf dem Beschleunigungsstreifen wurde nach links abgedrängt und wäre beinahe mit einem hellblauen Chevy zusammengestoßen, was Tate aber nicht daran hinderte, gelassen weiterzuerzählen. »Als dann die Leute am Montag gegen Mittag wieder eintrudelten, fanden sie die Leiche in einem Bett an einem der Sets. Natürlich erkannten sie Sylvie Border sofort. Sie drehten schier durch, alle, es brach eine Massenhysterie aus, bis jemand einen völlig wirren Notruf an die 911 absetzte. Scheint fast so, als wäre der Täter nach derselben Weise vorgegangen wie in deinem Fall.«

»Silberfarbenes Isolierband um den Hals?«

»Richtig. Auch um die Hand- und Fußgelenke. Eine ziemlich grausliche Angelegenheit, selbst für hiesige Verhältnisse. Blut, wohin man nur schaut.«

»War das Opfer nackt?«

»Ja, und von oben bis unten mit Blut bedeckt. Sieht so aus, als hätte das Opfer einen glänzenden roten Ganzkörperanzug an. Und vor allem mit dem Gesicht scheint er sich besondere Mühe gegeben zu haben.«

»Entzückend. Wurde im Lauf des Wochenendes jemand am Tatort gesehen?«

»Ein Wachmann sagte, dieser Psychiater, du weißt schon, dieser Nicholas Black, sei am Samstagabend sehr spät vorbeigekommen und habe nach Gil Serna gefragt.«

Bei der Erwähnung dieses Namens krampfte sich mir der Magen zusammen. »Nicholas Black wollte in das Studio, in dem sie gefunden wurde? Bist du dir sicher, dass er es war?«

»Kommt dir bekannt vor, der Typ, nicht wahr? Der Wachmann sagte, er habe Black an der Toreinfahrt gestoppt und sich geweigert, ihn einzulassen, worauf der wiederum geantwortet habe, er sei auf der Suche nach Serna, könne ihn nirgendwo finden und mache sich Sorgen um ihn.«

Toll gemacht, Black. Am zweiten Mordschauplatz zu erscheinen und Fragen zu stellen. »Ist Serna mittlerweile wieder aufgetaucht?«

»Nein. Er scheint sich in Luft aufgelöst zu haben, nachdem er am Freitag das Studio verlassen hat, was kein sehr gutes Licht auf ihn wirft. Seine Kollegen sagen alle, er sei nach Sylvies Tod nicht mehr derselbe gewesen. Angeblich soll er verrückt geworden sein vor Schmerz, konnte sich seinen Text nicht mehr merken und hat irgendwie überhaupt nicht mehr funktioniert.«

»Wer hat ihn als Letzter gesehen?«

»Der Wachmann von der Nachtschicht sagte, er sei am Freitagnachmittag gegen halb fünf Uhr gegangen, dann aber später so gegen sieben noch einmal zurückgekommen. Hatte wohl was vergessen. Der Wachmann sagte auch noch, er habe ihn nicht weggehen oder sonst jemanden kommen oder gehen sehen, aber mehrmals seine Runden über das Studiogelände gemacht, und in dieser Zeit hätte Serna gehen können, ohne dass er es bemerkt hätte.«

Wir brauchten ungefähr eine Dreiviertelstunde für den Weg in das Paramount Studio, dem Schauplatz von Mord Nummer zwei. Das gesamte Gelände war abgesperrt, aber das Band war schon von Medienleuten belagert, die dort aufgereiht wie Krähen auf einer Telegrafenleitung standen. Tape griff nach hinten auf den Rücksitz und warf eine Baseballkappe von den L.A. Lakers auf meinen Schoß.

»Setz deine Sonnenbrille und das da auf. So dürfte dich keiner erkennen.«

Dankbar schob ich mir die Kappe tief ins Gesicht und kletterte aus dem Wagen. Es war Jahre her, gewiss, aber Hollywood-Reporter erinnerten sich an Skandale wie Hollywood-Schauspieler an verliehene Oscars. Tate hielt sein Abzeichen den uniformierten Polizisten hin, die das Gewimmel von Reportern in Schach hielten, und wir machten uns auf den Weg vorbei an mehreren Filmsets, stiegen über Kabel und umgingen Lampen, Galgenmikrofone und Kameras, bis wir eine von drei Flutlichtlampen beleuchtete Szenerie erreichten. Detectives standen in kleinen Grüppchen herum und besprachen den Fall, während die Spurensuche noch bei der Arbeit war. Die Leute waren sehr gründlich und sehr gut. Einige von ihnen, mit denen ich früher schon zusammengearbeitet hatte, erkannten mich und grinsten mir zu, und ich nickte zurück, ohne stehen zu bleiben. Ich wusste genau, was sie dachten; das war einer der Gründe, warum ich L. A. verlassen hatte, um meine Wunden in der Abgeschiedenheit der Ozarks-Region zu lecken.

Die Szenerie stellte eine über dem Meer liegende Villa dar, mit vielen weißen Säulen, Marmorfußböden und weißen Leinenvorhängen vor einem überdimensionalen Bett. Der gemalte Hintergrund zeigte einen Sonnenuntergang in der Ägäis. Das Opfer saß aufrecht auf dem Bettrand, völlig unbekleidet, klapperdürr, die Beine züchtig übereinandergeschlagen und die Arme demonstrativ sittsam auf der Brust verschränkt. Tate hatte recht, was das Blut betraf. Entweder wurde der Killer zunehmend schlampig, oder er war so sehr in Eile, dass er sie einfach alles an Ort und Stelle verspritzen ließ. In der Luft lag der schwere, süßliche Geruch geronnenen Blutes. Gut möglich, dass er am See dasselbe Blutbad angerichtet hatte, und nur das Wasser hatte im Anschluss daran alles wieder reingewaschen.

Der Kopf war ohne jeden Zweifel Sylvie Borders. Ihr Gesicht war unverkennbar, selbst noch im Tod schön, die Augen offen und starrend, aber Tate hatte recht. Es sah aus, als hätte der Täter absichtlich das ganze Gesicht mit Blut beschmiert, abgesehen von einer Stelle auf ihrer Stirn, die so weiß und wächsern aussah wie die Magnolienblüten, die die Veranda ihres Elternhauses in New Orleans mit ihrem Duft erfüllten. Sie war so positioniert worden, dass sie aus dem Fenster auf den künstlichen Sonnenuntergang am Meer starrte. Um das Set herum standen

Kameras, direkt dahinter Regiestühle, und alle Scheinwerfer waren auf sie gerichtet, als sollten die Dreharbeiten in diesem Moment beginnen.

Ich war mehr als sechs Stunden unterwegs gewesen, und noch immer war die Tatortermittlung nicht abgeschlossen, was bedeutete, es gab jede Menge Beweismittel. Ich ging ans Bett, wo eine junge Frau in schwarzer Hose und weißem Poloshirt mit dem Schriftzug des Police Departments von L. A. Fotos von der Leiche schoss. Ich kannte die Frau nicht, aber sie blickte von ihrer Arbeit auf und nickte mir zu, wie es Kollegen von den Strafverfolgungsbehörden eben tun, wenn sie einander am Tatort begegnen.

Tatsächlich war wieder silberfarbenes Isolierband verwendet worden, an die drei Rollen, unzählige Male um den Hals gewickelt. Es war eindeutig derselbe Täter, es sei denn, es hatte ihn jemand perfekt nachgeahmt. Jedoch waren die Details vom Tatort am See nur sehr wenigen bekannt. Irgendwie hatte er es geschafft, Sylvies Kopf tausendfünfhundert Meilen durch das halbe Land nach Hollywood zu schaffen, ohne damit aufzufallen. Gott allein wusste, welch unseligem Geschöpf dieser Körper gehörte; auf alle Fälle war sie sehr jung, möglicherweise magersüchtig und nicht viel größer als eins fünfzig, sehr klein und schmal, wie Sylvie es gewesen war. Welche Person versuchte der Täter da wohl wieder und wieder umzubringen, und warum tauschte er die Köpfe? Wenn ich das wüsste, hätte ich ihn sicher längst identifiziert.

Dann sah ich mir die Leiche genauer an und ging auch, indem ich mich nach unten beugte, dicht an den Kopf heran, an die toten, in die Kamera starrenden Augen. Ich war heilfroh, dass Black nicht hier war und ihm dieser Anblick von Sylivies finaler Demütigung erspart blieb. Wenn ich nicht genau Bescheid gewusst hätte, hätte ich geglaubt, dass dieser Kopf und dieser Körper wirklich zusammengehörten. Wir hatten es hier definitiv mit einem Serientäter zu tun, jemandem mit Talent und Sinn für Dramatik, und wenn mich meine Ver-

mutung nicht täuschte, hatte er bereits viele, viele Male zugeschlagen, bis wir ihm mehr oder weniger zufällig auf die
Schliche gekommen waren.

Tate kam an die Leiche heran und ging in die Knie, um den
Hals des Opfers zu inspizieren. »Und du meinst, wenn sie das
Klebeband entfernen, stellt sich heraus, dass dieser Körper nicht
der von Sylvie Border ist?« Tate stand wieder auf und schaute,
die Fäuste in die Hüften gestemmt, auf das Bett. »Warum zum
Teufel macht er das?«

»Zum einen will er uns sicher wissen lassen, dass diese beiden
Morde in einem Zusammenhang stehen. Er will sein Werk vor
aller Welt zur Schau stellen. Vermutlich war er schwer enttäuscht darüber, dass die grausigen Details seiner Tat am See
nicht an die Medien gelangten, und hat deshalb nun hier
zugeschlagen, wo alle mediengeil sind und gerne was an die
Presse durchsickern lassen. Er will Schlagzeilen sehen, und er
weiß, dass die hiesigen Zeitungen keine Skrupel haben. Das
Gute daran ist, dass es für ihn dadurch riskanter wird. Er geht
immer rücksichtsloser vor. Schau dir doch bloß diesen Tatort
an, ein einziges Chaos, jede Menge Haare und Gewebereste.
Vielleicht war er dieses Mal unvorsichtig genug, uns einen
kleinen Hinweis zu hinterlassen. Damit könnten wir ihn festnageln.«

Tate sagte: »Nicholas Black ist im Moment unser Hauptverdächtiger. Er wurde am Tatort gesehen und hatte eine
Gelegenheit zur Tat. Wie in deinem Fall.«

»So blöde ist Black nicht, dass er hier einen Mord begehen
würde, wenn der letzte Mord in seinem Ferienparadies stattfand.
Schon gar nicht würde er es riskieren, dabei ertappt zu werden,
wenn er hier herumschleicht.«

»Vielleicht will er ja, dass du das denkst. Ich habe gehört, er
ist extrem geltungssüchtig und steht gern im Rampenlicht. Das
passt genau zum Profil des Mörders.«

Ich sah Tate eine Weile ins Gesicht und kam zu dem Schluss,
dass er sehr wohl recht haben könnte. Immer, wenn ich dachte,

ich könnte Black streichen, tauchte er, wie durch eine böse Laune des Schicksals, erneut auf der Liste auf. »Kann schon sein. Aber ich habe ihn ausgiebig vernommen, und mein Bauchgefühl sagt mir, dass er nicht der Mörder ist.«

»Dein Bauch hatte in 99 Prozent aller Fälle recht gehabt, wenn ich mich recht erinnere«, sagt er grinsend. »Vertraut eurem Instinkt. Das hat doch Harve immer zu uns gesagt, erinnerst du dich?« Ich nickte, und er fragte: »Was ist mit Gil Serna? Stimmt es, dass er mit Sylvie Border geschlafen hat?«

»Ich habe ihn bei der Beerdigung vernommen. Er leidet wie ein Hund.«

»Wir knöpfen ihn uns noch einmal vor, sobald er wieder auftaucht.«

Wir unterhielten uns eine Weile mit den Kriminaltechnikern von der Spurensuche, und es stellte sich heraus, dass sie bereits zu dem Zeitpunkt mit mehr Beweismitteln aufwarten konnten, als wir sie am See gefunden hatten.

Es lagen mehrere Haare vor sowie ein blutiger Fußabdruck. Somit hatten wir wenigstens dieses Mal etwas, womit wir arbeiten konnten.

Draußen bevölkerten Presseleute die Gehsteige wie Maden einen Komposthaufen, nur dass es sich hier um extrem gut aussehende und gut frisierte Maden aus dem sonnigen Kalifornien handelte. Leider mussten wir das abgesperrte und von Polizisten bewachte Gelände verlassen, um zu Tates Wagen zu gelangen. Kaum waren wir unter dem Absperrband hindurchgetaucht, galten wir offenbar als Freiwild. Innerhalb weniger Sekunden waren wir umzingelt und wurden den Gehsteig entlanggetrieben. Ein Stück von Tates Auto entfernt stellten sich uns mindestens dreißig Kamerateams in den Weg. Als ich sah, wie sich Peter Hastings nach vorne boxte und laut meinen Namen rief, wusste ich, dass der Kampf verloren war. Ich war gezwungen, Stellung zu beziehen, ihnen wenigstens ein paar Krumen zuzuwerfen, oder ich würde ihnen nie entkommen.

»Okay, immer mit der Ruhe. Treten Sie zurück, und ich bin bereit, ein paar Fragen zu beantworten.«

Oh, sie ließen sich sogar darauf ein und machten etwas Platz. Das war der Teil meines Jobs, den ich hasste, der schuld daran war, dass ich die Flucht ergriff und Los Angeles und seinen Menschen den Rücken kehrte. Aber sie erkannten mich nicht, und die Aussichten, dass das so blieb, waren durchaus gut.

»Würden Sie uns bitte Ihren Namen sagen? Und buchstabieren Sie bitte!«

»Nehmen Sie doch die Sonnenbrille ab.« Das kam von einem Fotografen.

»Detective Claire Morgan, Bezirk Canton.« Ich buchstabierte meinen Namen, der Typ mit der Sonnenbrille aber konnte mir gestohlen bleiben.

»Aus informierter Quelle wissen wir, dass es sich bei der hier gefundenen Leiche um Sylvie Border handelt. Wenn das stimmt, wer wurde dann in Nicholas Blacks Erholungszentrum in Missouri gefunden?«

»Das bekannt zu geben, bin ich nicht befugt«, sagte ich angespannt. Dabei versuchte ich, den Kopf so weit wie möglich nach unten zu halten, um mein Gesicht abzuschirmen. »Ich halte mich hier lediglich für einen Lokalaugenschein auf. Ihre Fragen richten Sie bitte an den zuständigen Ermittler des Police Departments von Los Angeles.«

»Was können Sie zu Ihrem Fall sagen, Detective? Ist der Mörder schon bekannt?«

»Die Ermittlungen schreiten voran. Das ist alles, was ich zu diesem Zeitpunkt zu sagen bereit bin.«

»Gilt Nick Black noch als Verdächtiger? Angeblich hält er sich hier in der Stadt auf. Damit wäre er an beiden Mordschauplätzen gleichzeitig anwesend, richtig? Ist er der Mörder, Detective?«

»Wie schon gesagt, richten Sie Ihre Fragen zu diesem Fall an die Behörden hier vor Ort. Wenn Sie mich jetzt bitte entschuldigen, ich muss zum Flughafen.«

Einen Moment hatte ich schon geglaubt, ich würde ungeschoren davonkommen, und sie würden mich in Ruhe nach Hause fliegen lassen, aber dann schob sich Peter Hastings nach vorne, auf seinem Gesicht ein wissendes Grinsen. Ich stellte mich schon auf sein penetrantes Gesäusel ein, aber stattdessen schleuderte er mir einen Satz entgegen, der mich beinahe umgehauen hätte.

»Ist es wahr, Detective, dass Ihr richtiger Name Annie Blue lautet, und dass Sie bis vor drei Jahren als Polizistin in Los Angeles gearbeitet haben?«

Der Boden unter mir schien zu schwanken und alle Geräusche zu verstummen. Ich hörte nur mehr, wie alle Alarmglocken in mir schrillten. Oh Gott, dachte ich, lass mich das nicht noch einmal durchleben. Dann ging ein feuriges Knistern durch die Menge, ich spürte es förmlich auf mich zukommen, wie glühende Asphalthitze im Sommer.

»Kein Kommentar«, sagte ich. Meine Stimme klang merkwürdig fremd, und ich sah mich um, wo Tate abgeblieben war. Er hatte es bis zum Auto geschafft, während ich, umgeben von laufenden Kameras, festsaß. »Bitte lassen Sie mich durch.«

Die Meute bedrängte mich immer mehr und schob mich hin und her. Dutzende Mikrofone wurden mir ins Gesicht gehalten. Du schaffst es, du schaffst es, sagte ich mir gebetsmühlenartig, aber Peter Hastings hatte sich nun nach ganz vorne gekämpft, und in seinem Gesicht stand geschrieben: Ja, oh ja, ich bin Gott. Dennoch kam ihm ein CBS-Reporter zuvor.

»Stimmt es, dass Sie Annie Blue sind, jene Polizistin aus L.A., die in dieses widerliche Dreiecksverhältnis mit Ihrem Ehemann und Ihrem Kollegen verwickelt war. Am Ende war Ihr Kollege ein Krüppel und Ihr Mann und Ihr Sohn tot. Nehmen Sie Stellung dazu, Detective.«

»Kein Kommentar.« Ich kämpfte mich durch die Menge, stieß den einen oder anderen Reporter beiseite, aber neue kamen an ihre Stelle. Am liebsten hätte ich meine Waffe gezogen und mir den Weg freigeschossen, aber wirklich ernsthaft in Erwägung zog ich diesen Schritt, als Hastings mir sein Mikrofon ins Gesicht streckte und mir quasi den Todesstoß versetzte.

»Stimmt es, dass Sie eine Affäre mit Nicholas Black haben, Detective? Sind Sie die Frau auf den Fotos, die wir in unserer Show zeigen?«

In dem Moment, als er mir einen Stapel großformatiger Hochglanzfotos unter die Nase hielt, blieb ich stehen. Ich warf einen Blick darauf und sah, wie ich auf einem der Fotos Black auf dem Steg bei mir zu Hause küsste, auf einem anderen mit ihm auf seiner Yacht frühstückte. Mir war nur noch schlecht. Kurzerhand zerriss ich die Fotos und versuchte mich durch die Menge hindurchzudrängen. Als eine schwarze Stretchlimousine um die Ecke bog, wusste ich, darin saß Nicholas Black, mein Retter, noch ehe er heraussprang und entschlossen auf uns zukam.

»Da kommt Nick Black«, hörte ich einen Reporter rufen, worauf alles wie auf Kommando erstaunt die Münder aufriss, um dann wie eine Flutwelle auf ihn zuzuströmen. Dabei riefen sie, umgeben von einem Gewirr von Kabeln, aufgeregt durcheinander, anscheinend über die Maßen erfreut, dass sie nun zwei Menschenleben anstatt nur eines zerstören könnten. Ich sah, wie Black einige Treppenstufen erklomm, sodass ihn jeder sehen konnte; dann trottete ich mit schwankenden Schritten zu Tates Wagen. Auf halbem Wege tauchte plötzlich John Booker wie aus dem Nichts vor mir auf und zog mich in die Richtung von Blacks Limousine.

Ich riss mich von seiner Umklammerung los. »Was zum Teufel soll das?«

»Ich bring Sie weg von hier, ehe sie in Stücke gerissen werden. Nick übernimmt die Situation, damit Sie die Gelegenheit haben wegzukommen. Er hat seinen Jet auf einem Privatflugplatz bereitgestellt, um Sie nach Hause bringen zu lassen.«

Neugierig warf ich einen Blick zurück zu Black, der nun das Wort an die Fotografen gerichtet hatte. Er sah nicht zu uns her, einige von den Reportern dagegen schon. Booker sagte: »Sie bleiben Ihnen unerbittlich auf den Fersen, bis zu Ihrer Haustür, im Flugzeug, auf dem Flughafen, überall. Dies ist die beste Lösung, glauben Sie mir.«

Er hatte recht, und die Fotos waren der Beweis dafür, dass ich Black besser kannte, als ich es eigentlich sollte. Ich winkte Tate ablehnend zu und zeigte auf die Limousine. Er signalisierte kopfnickend sein Okay, worauf ich hinten einstieg, während Booker zwei Fotografen abwehren musste, die versuchten, sich nach mir ebenfalls hineinzuquetschen. Beim Wegfahren schossen sie durch die getönten Scheiben hindurch noch schnell ein paar Fotos.

»Nick muss ja viel von Ihnen halten«, sagte Booker, als er auf dem gegenüberliegenden Sitz Platz nahm. »Denn normalerweise hasst er diese Paparazzi bis aufs Blut. Er hat schon dreimal gegen sie geklagt und stets gewonnen.«

»Woher hat er gewusst, dass ich hier bin?«

»Er hat wegen diesem neuen Mordfall beim Sheriff angerufen, worauf Charlie ihm gesagt hat, dass Sie in L. A. sind. Dann haben wir Sie auf dem Weg hierher im Fernsehen gesehen.« Er zeigte auf drei in die Konsole eingebaute 20-Zoll-Farbbildschirme, alle drei auf unterschiedliche Programme eingestellt. In der Mitte, auf Fox News, war gerade Blacks Gesicht in Großaufnahme zu sehen. Alle Fragen erübrigten sich; Booker stellte sofort den Ton lauter.

»Meine Beziehung zu Detective Morgan ist rein beruflicher Natur«, sagte Black sehr ruhig, »obschon ich nichts dagegen hätte, wenn es anders wäre. Sie könnte Sie, meine Herren, nämlich jederzeit verhaften, wenn Sie mir tatsächlich zu nahe treten sollten!«

Die Reporter lachten, als würden sie ihn mögen, als hätten sie einen Heidenspaß mit ihm, als würde es ihnen nichts ausmachen, dass er sie verklagte. Er lächelte milde und schien in dem Maße entspannt wie ich angespannt war.

»Wussten Sie über ihre frühere Identität Bescheid, Dr. Black?«, fragte Peter Hastings verzückt und nicht ohne Genugtuung darüber, dass er es war, der ihn mit diesem Schmutz konfrontierte.

»Nein, aber jeder Mensch, der sein Leben wirklich gelebt hat, hat auch eine Vergangenheit. Vielleicht sogar Sie, Peter? Wäre interessant, was meine privaten Schnüffler über Sie in Erfahrung bringen würden.«

Das Gelächter schwoll an, aber Hastings zeigte sich wenig beeindruckt davon. Er schien seine Geheimnisse gut unter Verschluss zu halten, und das nicht ohne Grund. Aber er wäre nicht Hastings, versuchte er nicht, weiter am Ball zu bleiben.

»Ich würde nicht so weit gehen, Sie einen Lügner zu nennen, Doktor, aber ich habe hier ein Foto, auf dem Sie und Detective Morgan einander sehr nahe kommen. Das Foto geht innerhalb der nächsten Minuten auf Sendung. Noch haben Sie die Chance, Black, der Öffentlichkeit die Wahrheit zu sagen.«

Black griff nach den Fotos, die ihm hingehalten wurden, sah aber kaum hin. »Einen Versuch wird man ja als Mann wohl noch machen dürfen, aber leider war sie nicht interessiert. Sollten Sie diese Fotos gemacht haben, dann werden Sie sicher bezeugen können, dass ich mich wenige Minuten später aus dem Staub gemacht habe.«

»Stimmt es, dass sie von Rachegelüsten getrieben wird?«, rief eine rothaarige Reporterin aus den hinteren Reihen. »War sie gezwungen, L. A. zu verlassen, weil sie von Polizeipsychologen als zu gefährlich für den Dienst hier vor Ort eingeschätzt wurde?«

»Ich rate Ihnen, Ihre Spekulationen nicht allzu sehr ins Kraut schießen zu lassen. Ich habe für morgen eine offizielle Pressekonferenz zu diesem Fall anberaumt. Dort werde ich meine Verbindungen zu diesem Fall erläutern und sämtliche bis dahin auftauchenden Fragen beantworten. Den genauen Zeitpunkt und den Ort können Sie im Lauf der nächsten Stunde in meinem Büro erfragen.«

Die Limousine erreichte die sechsspurige Autobahn, und der Fahrer fädelte sich in den Verkehrsfluss ein, ohne auch nur ein

Fahrzeug zu bedrängen »Müssen wir nicht zurück, um ihn abzuholen?«, fragte ich Booker.

»Wir treffen uns dort.«

»Reist er immer in Begleitung von Sicherheitsleuten aus Cedar Bend?«

»Dieses Mal offenbar ja.«

Meine Versuche, aus Booker schlau zu werden, scheiterten kläglich, aber ich spürte, dass er viel mehr war als einer von Blacks Sicherheitsleuten. Als mein Blick wieder auf den Bildschirm fiel, sah ich gerade noch, wie Black in Richtung Straße ging. Darauf legte ich meinen Kopf nach hinten in den gepolsterten Sitz und schloss die Augen. Der denkbar schlimmste Fall war eingetreten. Nun musste ich mir überlegen, wie ich damit umgehen würde.

23

Es stellte sich heraus, dass Black nordwestlich von L. A. in den Bergen von Santa Monica einen Landsitz besaß, eine Ranch, wie sie auch für einen Ölscheich angemessen wäre. Die Limousine passierte eine Abzweigung, die zu einer weiteren in den Bergen gelegenen Prachtvilla mit spektakulärer Aussicht à la Black hinaufführte. Ich schloss die Augen. Wie reich war er eigentlich wirklich? Vielleicht hätte ich ja auch Psychiater werden und ein paar Bücher schreiben sollen. Vielleicht könnte ich mir dann einen Whirlpool leisten. Meine Biografie allein wäre schon ein Bestseller, ganz zu schweigen von den Vorverkaufserlösen aus der Sensationspresse.

Ich fragte mich abermals, was ich da nun eigentlich in Blacks Limousine zusammen mit dem mysteriösen Booker machte. Wie war es dazu gekommen? Im Moment wollte ich die Lage nicht analysieren. Dazu fühlte ich mich einfach zu schlecht, fertig und am Boden zerstört. Mir stand einfach nicht der Sinn danach zu reden, zu erklären, mich zu rechtfertigen, mich zu erinnern. Ich wollte einfach nicht funktionieren. Glücklicherweise war Booker auch nicht gerade die geborene Plaudertasche.

»Wir sollen im Flugzeug auf Nick warten«, sagte er schließlich, als der Wagen an einem Rollfeld haltmachte. Wir befanden uns jetzt in einem kleinen, von Bergen umgebenen Tal. Ich öffnete die Augen, nahm meine Handtasche und folgte ihm quer über die asphaltierte Piste zu Blacks Privatjet. Die Innenausstattung des Flugzeugs war so kostspielig wie alles, was Black besaß, farblich in Schwarz-Braun gehalten und der reinste Luxus. Ich hatte das Gefühl, auf einer Zeitreise in die Vergangenheit zu sein. In meinem Kopf überschlug sich alles und sämtliche Barrieren, die mich vor meiner Vergangenheit schützen sollten, stürzten in sich zusammen. Wie schade, armes kleines Mädchen, sagte ich zu mir, aber mein Versuch, die Lage ironisch zu betrachten, war ein ziemlicher Schuss nach hinten. Also nahm ich in einem der Liegesitze Platz und schloss die Augen. Es half, die Augen zuzumachen. Wenn ich nicht sah, wie mein Leben aus den Fugen geriet, passierte es auch nicht. Ich hörte Booker herumgehen, als wäre er der Hausherr; mit leiser Stimme gab er einer Frau Anweisungen, von der ich annahm, sie wäre die Flugbegleiterin, später einer männlichen Stimme, von der ich annahm, es wäre der Pilot. Abermals fragte ich mich, wer Booker war und was genau er für Black eigentlich machte. Ab und an klingelte irgendwo ein Handy, auch mein eigenes, zweimal, aber ich versteckte mich hinter meinen Augenlidern. Niemand zu Hause. Rückruf nicht erforderlich. Vielleicht musste ich die Augen nie wieder aufmachen; vielleicht könnte ich mich einfach für immer still von Booker beschützen lassen.

Schließlich hörte ich irgendwo in der Nähe Blacks leise Stimme. Ich schlug die Augen auf und sah ihn und Booker am Ende der Kabine, beide groß gewachsen und dunkelhaarig und sehr souverän wirkend, zusammen mit zwei grauhaarigen, distinguiert aussehenden Herren in Pilotenuniform. Ich machte die Augen wieder zu, bis mich Black, nun dicht neben mir, direkt ansprach.

»Schnall dich bitte an, Claire.«

Er saß mir gegenüber, während Booker im Moment nicht zu sehen war. Ich gehorchte und schnallte mich an, sah aber dann auf, als eine junge Frau mit einem goldenen Namensschild, auf dem *Mandy* eingraviert war, mir ein Glas und einen winzig kleinen Pappbecher mit einer Pille darin reichte.

»Ein Beruhigungsmittel«, sagte Black. »Du kannst es ruhig nehmen. Es ist nur leicht und macht nicht benommen.«

»Dann wäre es vielleicht besser, du gibst mir gleich zwei, drei mehr«, sagte ich mit meinem messerscharfen Witz. Black starrte mich an, ohne zu lächeln.

»Nun, ich nehme an, du weißt jetzt, wo du mich schon mal

gesehen hast«, sagte ich und spülte die Tablette mit Wasser hinunter. Mandy nahm das Trinkglas und den Pappbecher wieder mit.

»Ich weiß nicht erst seit heute, wer du bist.«

Das erstaunte mich. »Seit wann?«

»Seit dem Tag, an dem du zum ersten Mal bei mir warst. Ich habe Booker auf dich angesetzt.«

»Booker ist also dein Privatschnüffler.«

»Ganz genau. Wir haben bei der Armee hervorragend zusammengearbeitet. Er ist ein guter Freund von mir und einer der besten Männer, die sie bei den Sondereinsatzkräften je hatten.«

Das erklärte so manches. »Du führst also Buch über alle Leute, die du kennenlernst? Wie der KGB?«

»Du hattest mich von Anfang an auf dem Kieker, und ich will doch wissen, wer meine Feinde sind.«

»Wir sind also jetzt Feinde?«

»Überhaupt nicht. Seit ich über dich Bescheid weiß, verstehe ich dein ... Verhalten. Du hast nach schlimmen Erlebnissen versucht, ein neues Leben zu beginnen. Das ist völlig okay. Wenn du bei mir in Behandlung gewesen wärst, hätte ich dir dieselbe Strategie empfohlen.«

»Du legst deinen Patienten also nahe, sich in den Weiten Missouris zu verkriechen, anstatt der Realität ins Auge zu sehen?«

Black betrachtete mich eingehend, während das Flugzeug anrollte. »Wie du weißt, hab auch ich meine Geheimnisse, und auch ich bin in den Weiten Missouris gelandet. Für mich ist das ebenfalls okay.« Er drückte auf einen Knopf, worauf eine Tür aufglitt und den Blick auf ein eingebautes Spirituosenfach freigab. Er goss sich einen Fingerbreit Whiskey ein und kippte das Glas in einem Zug, wirkte aber keinen Deut glücklicher. Mit seinem sorglos lässigen Auftreten hatte das nicht mehr viel zu tun. Sein Gesicht wirkte ernst. Wir waren plötzlich ein ernsthaftes Paar.

Das Beruhigungsmittel tat seine Wirkung. Meine Arme lagen schwer in meinem Schoß. Mein Kopf rollte zur Seite und wurde gegen die Kopfstütze gepresst, als wir abhoben und im Steilflug in den Wolken verschwanden. Wir gewannen an Höhe, und ich starrte zum Fenster hinaus auf weiße Wolken vor blauem Himmel. Ich war froh, dieses ach so tolle Kalifornien hinter mir zurückzulassen.

»Danke, dass du mich in letzter Minute gerettet hast«, sagte ich nach einer Weile und schaute zu ihm hinüber. »Ich nehme an, du hast eine Menge Fragen, und ich schulde dir ein paar Antworten, also schieß los.«

»Du schuldest mir gar nichts. Und schon gar keine Antworten. Ich weiß, was dir passiert ist, und das macht dich noch interessanter.«

Das hatte ich wohl leider in die falsche Kehle bekommen, denn prompt meldete sich die Zynikerin in mir wieder zu Wort. »Ah, nun kapier ich's erst. Ich bin dein brandneuer Fall. Du willst mich auf die Couch legen und mich für dein neues Buch analysieren. Annie Blue, Gattenmörderin und« – fast hätte ich hinzugefügt Sohnesmörderin, aber das brachte ich nicht über die Lippen, auch nicht unter dem stärksten Beruhigungsmittel. Unsere Blicke trafen sich, und er wusste, was in mir vorging. Überhaupt schien er immer alles zu wissen.

»Ich hasse Psychiater«, sagte ich und schloss die Augen.

»Ich bin nicht dein Psychiater«, sagte er.

Ich schwieg einen Moment; dann betrachtete ich sein Gesicht. »Warum machst du das eigentlich? Du hast dich auf einen Krieg mit den Medien eingelassen, was heißt, sie werden alles tun, um dein Privatleben auszuspionieren, nur um irgendwelchen Schmutz ans Tageslicht zu befördern. Sie werden sehr bald wissen, dass du einen Bruder hast, so wie ihnen auch in meinem Fall nichts verborgen blieb.«

»Wahrscheinlich bin ich einfach unendlich nett.« Er war jetzt wütend. Sein Gesicht war gespannt, der dunkle Teint rot vor Zorn.

»Oh, vielen Dank, mich einfach so abzuspeisen wie ein kleines Dummchen.«

Black war eindeutig der Spaß an mir vergangen. Er sagte: »Du kannst mir vertrauen. Ich will, dass du mir vertraust.«

»Genau, das könnte dir wohl so passen, nicht wahr?«

Black sah mich an und fing dann einfach an zu lachen. »Schlaf jetzt. Besser, du ruhst dich auf dem Flug ein wenig aus, denn glaub mir, Charlie wird dich mit Fragen regelrecht bombardieren, sobald du zu Hause bist.«

Ich schloss die Augen, entspannte mich und schlief ein.

Black weckte mich, kurz bevor wir zur Landung ansetzten, wieder auf einem privaten Rollfeld, wieder von Lakaien in schwarz-brauner Uniform umgeben. Ein Hubschrauber stand bereit, uns nach Hause zu bringen. Junge, was für ein Leben. Aber ich fühlte mich besser, mehr bei mir selbst. Seit dem Nickerchen nach Dotties Grog hatte ich kaum geschlafen. Der Hubschrauber, ein Luxusmodell für sechs Personen, war sicher wieder mit Liegesitzen aus feinstem, handbesticktem Leder, Edelholzbar und Hochflorteppichen in Schwarz- und Goldtönen ausgestattet. Zu meinem Erstaunen nahm Black selbst im Cockpit Platz. Die Talente dieses Manns waren wirklich beachtlich. Ich fragte mich, ob er auch kochen konnte.

»Hier, nimm das, damit wir uns unterhalten können«, sagte er, und reichte mir einen Kopfhörer mit Mikrofon. Dann rückte er seine dunkle Pilotenbrille zurecht und konzentrierte sich auf das imposante Instrumentenbord. Ich war noch nie in einem Hubschrauber geflogen und leicht nervös, aber das war im Moment das geringste Problem, zumal Black auch als Pilot gelassen und souverän ans Werk ging. Innerhalb kürzester Zeit befanden wir uns über den bewaldeten Bergen der Ozarks-Region auf dem Weg nach Cedar Bend.

»Ich mache einen Abstecher über dein Haus, um zu sehen, ob die Medien schon Stellung bezogen haben«, sagte er mir über Kopfhörer ins Ohr. Ich nickte, obschon ich daran noch gar nicht gedacht hatte. Leider waren sie längst zur Stelle. An der

Zufahrtsstraße standen drei Übertragungswägen, und ich sah, wie jemand, ausgerüstet mit Stativkamera und Fernglas, von meinem Steg aus eine Vor-Ort-Reportage ablieferte.

Black zog die Maschine schräg in eine Kurve und steuerte das andere Ende der Bucht an, wo Harve und Dottie wohnten. Auch dort standen bereits Übertragungswägen mit Satellitenschüsseln. Mehrere Personen drückten sich vor Harves Maschendrahtzaun herum. Ich zog mein Handy heraus und drückte Dotties Nummer. Sie meldete sich beim ersten Läuten.

»Claire, wo bist du denn? Harve und ich sind schon ganz außer uns.«

»Wirf einen Blick aus dem Fenster. Ich befinde mich in Blacks Hubschrauber über eurem Haus. Hat euch die Presse belästigt?«

»Ja, jetzt hör ich's knattern. Sie tauchen aus allen Ecken und Enden auf, diese Drecksäcke«, sagte Dottie, und in dem Moment sah ich, wie sie auf die hintere Veranda herauskam und zu uns hochschaute. Dann erschien Harve mit seinem Rollstuhl in der Tür, und sie sagte: »Warte, Harve will dich sprechen.«

»Claire, sieh bloß zu, dass du verschwindest. Die reißen dich in Stücke, wenn du zurückkommst. Du musst dich irgendwo verstecken, jedenfalls so lange, bis ich deine Zufahrt abgesperrt habe.«

»Sag ihm, du kommst mit zu mir. Bei mir bist du in Sicherheit«, sagte mir Black gebieterisch ins Ohr.

Ich hatte kaum eine andere Wahl, also entschied ich mich rasch. »Ich gehe für eine Weile nach Cedar Bend, komme aber so bald wie möglich wieder nach Hause. Sind sie schon drauf gekommen, wer du bist?«

»Noch nicht. Dottie hat sie mir vom Leib gehalten, die Gute.«

»Okay, dann bis bald. Pass auf dich auf.«

Als wir uns Blacks Ferienanlage am See näherten, sahen wir schon von Weitem ein halbes Dutzend Boote und Pontons voller Presseleute im Uferbereich kreuzen. Aber Black hatte recht. Seine Villa war sicher. Dort konnten sie keinen von uns kriegen. Er setzte auf dem kreisförmigen Landeplatz auf, als hätte er das schon Millionen Mal gemacht, und wer weiß, vielleicht hatte er ja auch. Er nahm meinen Arm und führte mich eilends zu sich nach Hause. Drinnen sagte er: »Nun weißt du, warum ich diese strengen Sicherheitsmaßnahmen für meine Patienten aufrechterhalte. Hier können sie dir nicht zu nahe kommen, wie sehr sie es auch versuchen.«

Das Empfangskomitee des Sheriff's Departments hatte dagegen keinerlei Schwierigkeiten, in Blacks Hochsicherheitstrakt einzudringen. Kaum eine halbe Stunde nach unserer Ankunft erschien auch schon Bud in Blacks privatem Refugium. Als er uns auf einem der schwarzen Sofas sitzen sah, von wo aus wir beobachteten, wie die Boote uns beobachteten, sagte er süffisant: »Wie reizend!«

So wütend hatte ich Bud noch nie zuvor gesehen, aber ich nahm es ihm nicht übel. An seiner Stelle wäre ich es auch. Jeder, der die von Peter Hastings verbreiteten Fotos sah, nahm wahrscheinlich an, ich hätte eine ernste Affäre mit Black, und Bud bildete da keine Ausnahme. Auf alle Fälle wäre besser gewesen, so schnell wie möglich aus Blacks Privatsphäre zu verschwinden. Aber dann hätte ich mich den Reportern stellen müssen, und das traute ich mir nicht zu. Noch nicht. Frühestens morgen wäre ich vielleicht dazu in der Lage. Dann hätte die Wirkung des Schocks nachgelassen, und ich hätte mehr Kraft.

»Tut mir leid, Bud«, sagte ich aufrichtig, aber verlegen. »Es ist nicht wahr. Da ist nichts zwischen uns beiden.«

Beide Männer blickten mich an. Dann sah Bud zu Black. »Ich wär' glatt drauf reingefallen. Die Fotos sehen nämlich verdammt echt aus, aber, man darf der Technik heutzutage nicht trauen. Das heißt also, die Bilder von dir und ihm sind getürkt?«

Black stand auf. Besonders glücklich sah er auch nicht aus. Eher wirkte er so, als würde er Bud gleich das Licht ausknipsen.

»Wenn ihr mich bitte entschuldigen würdet, aber macht das lieber mal unter euch aus.«

»Mannomann, Doktorchen, danke. Was für 'n Kavalier aber auch.« Sarkastisch bis zum geht nicht mehr. Black verließ den Raum, ohne darauf zu reagieren. Dann sah mich Bud voller Abscheu an.

Das tat weh, aber er hatte einen guten Grund, wütend zu sein. »Es war ein Fehler von mir, Bud. Aber es war nur dieses eine Mal, draußen auf meinem Steg. Nur dieser eine Kuss, und dann ist er sofort gegangen.«

»Dieser Kuss wird dich teuer zu stehen kommen, Claire, oder soll ich dich lieber Annie nennen?«

Er fühlte sich eindeutig hintergangen. »Bud, ich kann nichts dafür, dass es so gekommen ist. Ich habe dir meine Vergangenheit verschwiegen, weil ich nicht wollte, dass sie bekannt wird. Ich wollte einfach vergessen und von vorn anfangen. Ich habe niemandem ein Wort darüber gesagt. Bitte, versteh mich.«

Bud tigerte vor der Fensterfront auf und ab und nahm dann mir gegenüber auf einem Stuhl Platz. Aufgebracht lockerte er seine Krawatte und runzelte die Stirn. »Es ist ein Fehler, sich auf diesen Kerl, Black, einzulassen. Ich weiß, du hältst ihn für unschuldig, aber was, wenn er es nicht ist? Hast du darüber nachgedacht? Sieh zu, dass du mit mir hier rauskommst, bevor alles nur noch schlimmer wird. Ich bring dich nach Hause. Oder du kannst bei mir übernachten.«

»Mein Haus wird belagert, Harves auch. Und deins auch, sobald ich da auftauche. Black kann die Presse von mir fernhalten, wenigstens so lange bis ich wieder klar denken und einen Entschluss fassen kann. Das ist die Härte, voll die Härte, das jetzt wieder alles neu zu durchleben.«

Bud schüttelte den Kopf und starrte auf den See hinaus. Ein, zwei Minuten lang sagte er kein Wort. »Okay, oh, mein Gott, tut mir leid.« Er strich sich mit der Hand über das Kinn, und ich bemerkte, dass er unrasiert war. Ich hatte Bud noch nie unrasiert gesehen. Allein dass das möglich wäre, hätte ich nie gedacht. »Fast wäre ich ausgerastet, als ich ihn eben so dasitzen sah, wie eine Spinne in ihrem Netz. Er verwickelt dich in seine dreckigen Machenschaften. Und dabei dachte ich immer, du würdest ihn hassen.«

»Er ist nicht der Schurke, für den ich ihn gehalten habe.« Das klang so kleinlaut, dass es sogar mir peinlich war.

»Ja, sicher.« Bud sah weg, stand auf und begann, die Hände in die Hüften gestemmt, auf und abzugehen. Ich wusste in dem Moment, dass sich etwas Schlimmes anbahnte, nur wie schlimm, wusste ich nicht.

»Der Polizei von L. A. ist es gelungen, die Studioleiche zu identifizieren.«

»Jetzt schon.« Ich war erstaunt über die Schnelligkeit, aber mir gefiel nicht, welches Gesicht er dabei machte.

»Die schlechte Nachricht ist die, dass du sie möglicherweise kennst.«

Ich spürte, wie ich innerlich zurückwich. Nicht schon wieder. Ich wartete ab, weil ich mich nicht zu fragen traute.

»Ihr Name ist Freida Brandenberg. Es hieß, ihr beide hättet die Polizeiausbildung zusammen begonnen. Stimmt das?«

Ich nickte, vor meinem inneren Auge erschien das Bild der durchtrainierten blonden Meisterschützin, und als ich an die beiden ebenfalls blonden Buben denken musste, auf die sie so stolz war, wurde mir ganz anders. »Ich hab sie nicht besonders gut gekannt. Wir haben die Polizeiakademie zusammen besucht, hatten aber danach nicht mehr viel Kontakt.«

»Sie ist verschwunden, als sie gerade draußen beim Laufen war, und sie konnten sie aufgrund der Fingerabdrücke identifizieren.«

Ich hätte nicht gedacht, dass es noch schlimmer kommen könnte, aber da hatte ich mich getäuscht. Der Grund waren Buds nun folgende Worte.

»Und jetzt die wirklich schlechten Nachrichten. Schlimm, dass ich dir das sagen muss, aber Charlie hat dir den Fall weggenommen.« Er blieb vor dem Sofa stehen und sah zu mir herunter. »Nicht nur wegen der Fotos mit dir und Black, sondern auch weil du das jüngste Opfer persönlich kennst. Er sagt, es sei reine Formsache. Du wirst beurlaubt, bis sich der Rummel gelegt hat. Du hättest ihn darüber, was in Los Angeles passiert ist, informieren sollen. Er ist außer sich vor Wut und wird mit Anrufen von weiß Gott woher bombardiert. Sogar der Gouverneur hat sich schon gemeldet. Aus dem Grund hat er auch mich hier rausgeschickt, anstatt selber zu kommen.«

»Ich kann ihm alles erklären, wenn er mir eine Chance gibt.«

»Ich soll deine Waffe und das Abzeichen einkassieren. Tut mir leid, Claire.«

Einen Moment lang glaubte ich, das wäre alles nicht wahr; dann dachte ich: *Gut, warum nicht? Die ganze Welt ist aus den Fugen. Es ist nur vorübergehend, sagte ich mir dann, vom Dienst freigestellt, bis er meine Sicht der Dinge kennt. Sieht nicht so schlecht aus. Er stellt mich wieder ein.* Wo blieb jetzt meine weibliche forsche Art? Jetzt, da ich sie dringend gebraucht hätte. Ich stand auf und ging zu meiner Tasche an der Bar, holte mein Abzeichen heraus und warf es ihm vor die Füße.

»Oh Mann, ich fühl mich so was von beschissen«, sagte er, als ich meinen beigefarbenen Leinenblazer aufknöpfte, die Glock aus dem Schulterhalfter hervorholte und sie ihm übergab. Ohne meine Waffe fühlte ich mich wie nackt. Ich war, seit ich Kalifornien damals den Rücken gekehrt hatte, nie mehr unbewaffnet außer Haus gegangen.

»Es wird sich alles in Wohlgefallen auflösen«, sagte er. »Du kennst Charlie ja. Er wird schnell wütend, kriegt sich aber ebenso schnell wieder ein. Sobald er gehört hat, wie du die Sache siehst, ändert er seine Meinung.«

»Okay, sag mir, wenn er sich beruhigt hat. Dann komm ich vorbei und erklär ihm alles.«

Bud nickte und wartete noch einen Moment, aber da es so gut wie nichts mehr zu sagen gab, ging er. Ich hätte den Teufel getan und geweint. Das hatte ich mir schon lange abgewöhnt.

Auch Gefühle leistete ich mir schon seit Langem keine mehr, aber nun waren sie plötzlich da.

»Bud hat mir alles erzählt, Claire. Es tut mir so leid.«

Black war zurückgekommen, stand in der Tür und beobachtete mich. Überhaupt beobachtete er mich ständig, als wäre ich eine tickende Zeitbombe, verdammt noch mal. Wobei er dieses Mal sogar recht haben könnte. Plötzlich überkam mich das Bedürfnis, mich in seine Arme zu werfen, ich besann mich aber eines Besseren. Das würde mir jetzt gerade noch fehlen. »Alles okay. Ich hab schon Schlimmeres mitgemacht. Im Vergleich dazu ist das gar nichts.«

»Ist mir schon klar. Du hast bewiesen, wie stark du bist.«

Ich wartete darauf, dass er mich fragen würde, ob ich darüber sprechen wollte. Ich wusste, es war nur eine Frage der Zeit, und er würde Doktor mit mir spielen. Vielleicht wollte ich, dass er darauf bestand; vielleicht wollte ich ja analysiert werden. Vielleicht wusste ich nicht, was ich tun, sagen oder fühlen sollte. Vielleicht war ich verrückt.

»Solltest du was brauchen, lass es mich wissen«, sagte er nach einigen Momenten angespannten Schweigens. »Ich bin unten in meinem Büro.«

Leben ohne Vater

Einmal wäre Blage auf dem Highway entlang dem Golf von Mexiko, gleich außerhalb von Gulfport, Mississippi, beinahe von einer Polizeistreife gestoppt worden. Aber der braune Ford Crown Victoria nahm dann die Verfolgung eines schwarzen Cadillacs auf, der sie mit gut achtzig Meilen überholt hatte. Blage überschritt das Tempolimit niemals; die neue Frau und die Mutter hassten diese Raserei. Einmal übernahm Blage einen Job in einem Beerdigungsunternehmen, wo er beim Einbalsamieren half. Sein Chef war erstaunt darüber, wie erfahren Blage in so jungen Jahren schon war, und zahlte ihm ein gutes Gehalt, obgleich die drei eigentlich das Geld gar nicht brauchten. Es machte Spaß, wieder unter Toten in Kühlräumen zu sein, wie ein Familientreffen, und einmal stahl Blage eine schwarze Lady aus ihrem Sarg, kurz bevor dieser zur Beerdigung verschlossen werden sollte. Die Mutter und die blonde Frau freuten sich sehr über diese neue Freundin.

Schließlich entdeckte Blage die nächste Person, die er suchte. Es war an einem großen See, und der junge Mann trug ein weißes T-Shirt und eine Badehose und fischte am Ufer. Blage war ihm von seinem Haus her gefolgt und lag im Dickicht und schlug nach Mücken. Als der junge Mann sein T-Shirt auszog und ins Wasser sprang, folgte ihm Blage unbemerkt. Der junge Mann war ein recht guter Schwimmer, aber Blage war auch kräftig. Das Wasser fühlte sich kalt an auf Blages nackter Haut, und das Hackmesser war schwer, als er sich von hinten dem todgeweihten Jüngling näherte.

Der junge Mann bemerkte Blage nicht, da er den Kopf beim Schwimmen unter Wasser hielt. Es war ein Leichtes für Blage, von hinten an ihn heranzuschwimmen und mit dem

Hackmesser mit solcher Wucht auf den nackten Rücken einzuschlagen, dass das Rückenmark durchtrennt wurde. Der Körper zappelte und zuckte und blutete, aber Blage zog ihn ans Ufer, wo er ihn zerhackte und die Teile in einem blauen Rollkoffer verstaute, den er tags zuvor gekauft hatte. An diesem Tag erkannte Blage, dass es angenehmer war, im Wasser zu morden, weil man danach nicht sauber machen musste. Die flüssige Hitze verschwand, und Blage hatte ein gutes Gefühl in Bezug auf diese jüngste Errungenschaft. Ihre kleine Familie wuchs rasant. Nun gab es auch einen Bruder.

Am nächsten Tag verbrannte Blage einige Teile des jungen Mannes und meldete sich zur Arbeit im Beerdigungsinstitut.

Sechs Monate später ermordete Blage die Frau des jungen Mannes. Sie brachte ihre Tochter an jedem Morgen im Auto zur Schule, kehrte dann nach Hause zurück und verbrachte den ganzen Tag allein in dem kleinen weißen Haus mit der Schaukel auf der Veranda. Blage beobachtete sie einen Monat lang täglich über einen vielbefahrenen Highway hinweg, vom Parkplatz eines McDonald-Restaurants aus. Eines Tages dann, als es in Strömen goss und die Menschen mit Regenschirmen oder einer Zeitung über dem Kopf schnellstmöglich ins Trockene rannten, lief Blage in den Garten hinter dem Haus der Frau. Es war nicht abgesperrt hinten, und als Blage hineinkam, war alles still, nur ein Radio spielte. Der heiße Fluss schwoll an, immer höher und höher, und Blage konnte es regelrecht hören, wie die Mutter und die Schwester und der Bruder sagten: »Sie ist genau die Richtige, ganz genau, töte sie, töte sie, wir wollen sie in der Familie haben.«

Die Frau lag in der Badewanne, ließ es sich dort einfach nur gutgehen, während Blage sich auf Zehenspitzen von hinten anschlich und ihren Kopf unter Wasser drückte, bis sie aufhörte, um sich zu schlagen und überall Wasser zu verspritzen. Auf dem Wannenrand lag ein Rasierer, und Blage hielt ihre Hände unter Wasser, damit kein Blut umherspritzen würde, nahm die scharfe Klinge und schnitt so tief in ihr Handgelenk, dass die

Hand nach unten klappte. Das Wasser färbte sich schnell rot und sah aus wie der Feuerstrom in Blages Innerem. Blage sah eine Weile fasziniert zu. Als jemand über den Vordereingang hereinkam und den Namen der Frau rief, geriet Blage in Panik und floh durch die Hintertür in den strömenden Regen. Er fürchtete, erwischt zu werden, und fuhr eilends zum Wohnwagen zurück. Die anderen waren enttäuscht darüber, dass Blage keinen neuen Freund mitgebracht hatte, aber sie hatten Verständnis für Blage und verziehen ihm. Es gab so viele andere da draußen, die nur darauf warteten, dass Blage sie zu ihren Freunden machte.

Blage war achtzehn Jahre alt.

24

Nachdem Bud Cedar Bend mit meinem Abzeichen und meiner Waffe verlassen hatte, beschloss Nicholas Black sehr bald, mich alleine zu lassen. Vielleicht zog ich mich aus dem Grund unmittelbar darauf in ein großes, ruhiges Gästezimmer am hinteren Ende des Gebäudetrakts zurück, so weit entfernt von ihm wie nur möglich, und schloss die Tür. Er war wirklich äußerst taktvoll. Tatsächlich hatte ich ein ungutes Gefühl bei dem Gedanken, mich in meinem gegenwärtigen Zustand in seiner Nähe aufzuhalten. Ich hatte mich schon öfter wie am Boden zerstört gefühlt, und ich wusste, was mir jetzt guttat, nämlich mich in ein dunkles Loch zu verkriechen und meine Wunden zu lecken.

Es knisterte nach wie vor zwischen mir und Black, aber es würde sich garantiert kein Flächenbrand daraus entwickeln. Vielleicht ein andermal, an einem anderen Ort. Aber hier und jetzt, mitten in einer Mordermittlung mit ihm als Verdächtigem und mir als Polizistin war dadurch nur alles komplizierter geworden, und ich hatte den Fall zunächst verloren.

Ich legte mich ins Bett und starrte lange an die Decke. Ich dachte an meinen toten Mann und an meinen toten Sohn, die tote Frau, die an jenem entsetzlichen Abend starb, als sie als Babysitterin bei meinem Sohn war, meine tote Freundin Freida Brandenberg und viele andere tote Menschen. Ich wünschte mir, ich wäre auch tot; so lange jedenfalls, bis ich diese morbiden Grübeleien nicht mehr ertrug und aus dem Bett sprang. Ich dachte, ich hätte gelernt damit umzugehen, aber dieses Mal war es anders. Dieses Mal konnte ich es nicht unterdrücken. Schlimmer noch, ich konnte nicht ablassen von der Wut, die sich zu einem harten, festen Knoten in meiner Brust verfestigte und mich von innen her förmlich auffraß.

Ich nahm eine ausgiebige heiße Dusche, so heiß, dass meine Haut danach runzelig und rot war. Als ich zurück ins Schlafzimmer kam, stapelten sich zahlreiche schwarze Hochglanzkartons auf meinem Bett, alle mit einer Goldprägung des Cedar-Bend-Logos auf dem Deckel. Sie enthielten Sachen zum Anziehen für mindestens einen Monat, alles in meiner Größe, darunter ein rotes Seidennachthemd mit passendem Morgenrock. Irgendwie machte mich das wütend und ärgerlich, aber im Moment stimmte mich alles wütend und ärgerlich.

Ich zog das alberne rote Ding an und schlüpfte wieder ins Bett. Wo zum Teufel waren Blacks Beruhigungspillen? Nun hätte ich sie gebraucht. Ich ignorierte das große Silbertablett mit Obst, Käse und Brot, das jemand auf dem Nachttisch abgestellt hatte. Vermutlich dasselbe lautlose Phantom, das die Kleider gebracht hatte.

Black war wirklich äußerst rücksichtsvoll, versorgte mich mit allem Nötigen, ließ mich aber ansonsten strikt in Ruhe, damit ich mich meinen Problemen widmen konnte. Das war mir nur recht, aber vielleicht wollte ich es auch nicht wirklich. Ich wusste nicht, was ich wollte, nur nachdenken wollte ich nicht mehr.

Als die Zeiger der luxuriösen Uhr auf meinem Nachttisch gen Mitternacht rückten, ging ich nervös im Zimmer auf und ab. In einem Chaos von Gefühlen wandelte sich meine innere Taubheit in Wut, Wut auf alles und jeden.

Ich kam zu dem Schluss, dass ich vielleicht lieber doch Gesellschaft hätte. Also machte ich mich kurzerhand auf den Weg über den langen Flur zu Blacks Büro. Durch die offene Tür drang ein gedämpfter Lichtschein von der Lampe auf dem Schreibtisch, an dem er saß und Zeitungsausschnitte sortierte. Artikel, die mich betrafen. Vielleicht wollte er ja sein ganz persönliches Album über mich anlegen, in dem für jedes schreckliche Ereignis aus meinem Leben ein paar Seiten reserviert waren. Ich sah rot und beschloss, meine Gefühle nicht für mich zu behalten.

»Na lass mich mal raten. Sicher geht es bei dem ganzen Kram um meine Wenigkeit und mein trauriges Leben. Aber ich sag dir eins, du kannst es bleiben lassen, heimlich in meiner Vergangenheit herumzuschnüffeln. Ich steh jetzt persönlich da, in Fleisch und Blut, in diesem süßen Nachthemdchen, das du für mich ausgesucht hast.« Sehr nett war das nicht, aber irgendwie fühlte ich mich dadurch besser.

Black schien erstaunt, mich hier zu sehen. Dann verwandelte sich sein Staunen in Vorsicht, und das aus gutem Grund. Vielleicht lag es an meinem finsteren Gesicht, in dem er las, dass ich ihn im nächsten Moment vielleicht umbringen könnte. Er ignorierte meinen Sarkasmus, denn er blieb völlig ruhig.

»Ich hoffe, du fühlst dich etwas besser.«

»Oh ja, viel besser. Im Moment fühlt es sich nur so an, als wäre ich gerade von einem Lastwagen überrollt worden. Wie geht's dir denn so? Schlägt dir schon das Herz in professioneller Vorfreude, jetzt, da du weißt, was für ein hoffnungsloser Fall ich bin?«

Er stand auf, runzelte besorgt die Stirn, was ihn aber nicht davon abhielt, seinen Blick an diesem Hauch von Nichts, das ich anhatte, nach unten wandern zu lassen. »Hast du schon was gegessen heute?« Vielleicht schaute er ja nur auf meinen leeren Magen.

»Aus irgendeinem Grund hat es mir den Appetit verschlagen. Warum wohl? Du bist doch hier der Seelenklempner. Warum sagst du's mir denn nicht?«

»Du hast eine Menge durchgemacht. Du musst dringend was essen. Warum gehen wir nicht nach unten in die Küche, um zu sehen, was wir dort finden?«

»Was, Doktorchen? Du willst meine Seele nicht sezieren?« Ich wartete kurz ab, um zu hören, wie er darauf reagierte. Er sagte nichts, was mich noch wütender machte, genau so wie seine vorsichtigen Blicke, als trüge ich eine Bombe unter dem verführerischen Negligé. Mir war klar, dass ich meinen Frust, meinen Schmerz und meine Wut an ihm abreagierte; ich wusste, dass das nicht fair war, aber ich konnte es nicht ändern. Ich musste auf jemanden eindreschen, und er war der Einzige, der sich gerade anbot. Und, verdammt, als Psychiater sollte er damit umgehen können. »Wo fangen wir denn nun an? Was soll ich zuerst machen? Mich auf die Couch legen? Oder soll ich mir vielleicht diese Tintenklecksereien ansehen, die du überall rumhängen hast, um deinen verrückten Patienten besser auf die Schliche zu kommen?«

Ich wandte mich der Wand zu, an der die gerahmten Klecks-bilder hingen, und betrachtete sie mit geneigtem Kopf und einen Zeigefinger unter das Kinn gestützt. Manchmal konnte ich so was von unausstehlich sein. »Wow, die sind schlichtweg faszinierend, Dr. Black.«

Black sagte wieder nichts, was mich noch mehr verärgerte.

Ich sagte: »Vielleicht sollten wir zu Ende bringen, was wir auf dem Steg begonnen haben. Ganz Amerika glaubt, wir hätten eine Affäre. Vielleicht sollten wir die Leute nicht enttäuschen.«

»Willst du das wirklich?«, fragte er leise. Du meine Güte, jetzt umkreiste er mich auf Zehenspitzen, als wäre ich eine ge-spaltene Persönlichkeit oder so was. Vielleicht glaubte er, dass ich nämlich durch diese jüngste Katastrophe in meinem Leben den Verstand verloren und mein rüpelhaftes Alter Ego hervor-gekehrt hätte. Vielleicht hatte er unter seinem Schreibtisch eine Zwangsjacke versteckt, falls ich komplett ausrastete.

Ich beantwortete seine Frage nicht, weil ich nicht sicher war, ob ich es wirklich wollte, nicht wusste, warum ich ihn gerade aufgefordert hatte, mit mir ins Bett zu steigen. Ich wollte lediglich, dass er irgendetwas tat, damit dieser Schmerz in meinem Innern aufhörte.

Er durchquerte den Raum, bis er fast vor mir stand und mich ansah. Er steckte die Hände in die Hosentaschen und sagte: »Ich bin mir nicht sicher, ob dafür jetzt der richtige Zeitpunkt ist. Ich helfe dir, wie auch immer ich kann … wir müssen nicht in die Kiste springen, damit es dir besser geht.«

Ich sah ihn einen Moment lang an und fühlte mich durch

seine höfliche Absage verdammt gedemütigt, verbarg das aber hinter einem unbeteiligten, sorglosen Lachen. Ich biss die Zähne zusammen und strich mit den Fingern durch meine feuchten ungekämmten Haare. »Nun, mit diesem Korb hätte ich natürlich rechnen müssen. Was soll man an so einem Tag anderes erwarten?«

Wieder schwieg er. Und wieder war ich stocksauer. Wahrscheinlich brauchte ich jemanden, an dem ich mich festhalten konnte, während er mir auswich und mich stattdessen analysieren wollte. Vielleicht sollte ich zum Steg hinuntergehen und mir Tyler schnappen.

»Warum erzählst du mir nicht alles, was an jenem Abend mit dir und deinem Mann und Harve passiert ist? Die Zeitungsartikel sind nicht sonderlich detailliert.«

»Ich fand sie immer sehr detailliert.«

Die Frage weckte schreckliche Erinnerungen an meinen kleinen Zack, wie er leblos in meinen Armen lag, und an Harve auf der Intensivstation. Ich verdrängte die Erinnerungen und setzte mich auf die Lehne eines weißen Sofas, damit er das kurze Spitzennachthemd unter dem roten Morgenmantel besser sehen konnte. Er tat mir den Gefallen, auf mein Dekolleté zu linsen, um mich dann anzusehen, wie um zu fragen, warum ich ihn anmachte. Dasselbe fragte ich mich auch. Es war so gar nicht mein Stil. Normalerweise jedenfalls. Ich konnte mich nicht beherrschen und war so wütend auf mich, weil ich meine Koketterie nicht lassen konnte.

Er setzte sich in einen wuchtigen Ledersessel und schlug seine langen Beine übereinander. Der Inbegriff überlegener, kontrollierter Männlichkeit, dachte ich.

»Wenn du so an meiner Geschichte interessiert bist, vielleicht sollte ich dann gleich hier einziehen, damit du rund um die Uhr Freud mit mir spielen kannst. War es das, was dir vorschwebte? Vielleicht kann ich ja die Hauptfigur in deinem neuen Buch sein, hm, Dr. Black? Was sagst du dazu?«

Seine Kiefer verkrampften sich und fingen an zu mahlen, und

ich dachte schon, jetzt hätte ich ihn gepackt, bis er, nach wir vor ruhig und nett, sagte: »Meiner Meinung nach versteckst du dich hinter deinen sarkastischen Witzen, um deine wahren Empfindungen abzukapseln. Dann fühlst du dich in deinem Inneren so richtig schön tot und abgestorben, so wie du es magst. Du verschanzt dich hinter einem System aus Verteidigungsmechanismen, damit du wie ein normaler Mensch funktionieren kannst. Ich glaube, du hast deinen Job ein Leben lang gemacht, weil du niemanden an deine wahren Gefühle herankommen lassen willst. Und jetzt, da dir dein Job genommen wurde, fühlst du dich allein und einsam und elend und wütend, aber genau das kommt dir zupass, weil du, als Überlebende, so voller Schuldgefühle steckst, dass du glaubst, du verdienst die ganze Scheiße, die dir widerfährt.«

Mich interessierte das alles nicht die Bohne. »Na wer sagt's denn! Der Meisterpsychiater lässt die Muskeln spielen und stemmt eine 5-Cent-Diagnose in die Höhe. Bravo, Doktorchen.« Ich klatschte in die Hände.

»Das kannst du sehen, wie du willst, aber ein Psychiater ist nun mal genau das, was du im Moment brauchst, ob du's zugibst oder nicht. Du musst dich einfach ausquatschen und dir helfen lassen, ehe es dich völlig zerstört.«

»Ich werde mir nicht die Kleider zerreißen und weinen, solltest du das glauben. Tut mir leid, das hab ich schon probiert und hinter mir.«

Er runzelte die Stirn. »Kannst du mir sagen, was dieses Theater eigentlich soll? Du bist doch extra zu mir gekommen und hast also offenbar das Bedürfnis, darüber zu reden.«

Die Wut in mir ballte sich immer dichter zusammen. Wie ich dieses Gefühl hasste. Warum haute ich nicht einfach ab und ging zurück auf mein Zimmer? Oder warum rannte ich nicht einfach schleunigst nach Hause? Vielleicht sollte ich wirklich anfangen zu reden. Vielleicht ginge es mir dann besser, und das wie Magma glühende Feuer unter meinem Brustbein würde erlöschen.

»Okay, was würdest du denn gerne zuerst hören über die schlimmste Nacht meines Lebens? Würdest du gern hören, wie mein Exmann aussah, nachdem meine 9 mm ihm ein Loch durch die Brust geballert hatten? Oder würdest du gern hören, wie die Babysitterin aussah, nachdem mein Mann sie mit einem Baseballschläger zu Tode geprügelt und im Anschluss daran mein Kind entführt hat?«

Black saß reglos da, und keiner von uns wandte den Blick ab, als sich mein Ton unwillkürlich zu einem Flüstern senkte. »Oder wie Harve aussah, im Cedars-Sinai-Hospital, an all diese Röhren und Monitore angeschlossen und mit einer Kugel im Rückgrat? Oder, am allerschlimmsten, wie Zackie, mein kleiner Junge –«

Ich konnte nicht mehr weiterreden, nicht über meinen Sohn; ich spürte, wie meine Arme und Beine zu zittern anfingen. Mir war regelrecht übel, und ich schloss die Augen und schlang die Arme um die Schultern, während die Wut in mir verebbte. Ich versuchte, den Schmerz zu begreifen, der mich jedes Mal, ob bei Tag oder bei Nacht, überkam, wenn ich daran dachte, wie das kleine, winzige Bündel in meinen Armen lag und wie sein Blut auf dem Weg ins Krankenhaus meine Uniform durchtränkte, während seine großen blauen Augen zu mir hochstarrten, verletzt und durcheinander, bis sie für immer verloschen.

Ich spürte Blacks Hand auf meinem Rücken und erstarrte unwillkürlich.

»Bitte, Claire, ich will dir dabei helfen, das zu verarbeiten.«

»Du wirst mich niemals weinen sehen.« Ich wusste nicht, warum ich das permanent wiederholte, aber es half mir, mich unter Kontrolle zu halten und die Tränen zu unterdrücken. »Nichts bringt mich jemals wieder zum Weinen.« Ich zitterte am ganzen Körper und mir war kalt; die Wut war weg, aber auch meine Energie und sogar der Schmerz. »Ich bin einfach müde, das ist alles, ich will nicht immer von Neuem daran denken müssen. Kannst du mir helfen, nicht mehr daran denken zu müssen? Diese Art Hilfe würde ich brauchen.«

Er zog mich in seine Arme, und er fühlte sich stark und

kräftig an, wie ein Ruhepol, in dem man aufgehen möchte. Ich legte die Arme um seine Taille und schmiegte meine Wange an seine Brust; dann hielt ich ihn fest umschlungen, denn ich brauchte jemanden, an dem ich mich nur für eine Weile festklammern konnte. Er streichelte mir übers Haar, nahm mein Gesicht hoch und drückte seine Lippen zögernd sanft auf meinen Mund. Meine Arme umschlangen seinen Hals, und wir küssten uns und ließen unseren Gefühlen freien Lauf. Dann meldeten sich die schlimmen Erinnerungen in meinem Kopf zurück, und ich wandte mich ab.

Er ließ mich sofort los und trat einen Schritt zurück, um mir Platz zu geben. Währenddessen hielt ich meine Handflächen weiter gegen seine Brust gepresst, und hielt so den Kontakt zu seinem Körper aufrecht. »Ich kann einfach nicht«, sagte ich. »Menschen, die mich lieben, müssen teuer dafür bezahlen. Ich bin gefährlich … Das solltest du wissen.«

»Nun ist es schon zu spät«, sagte er.

Wir sahen uns tief in die Augen, und dann schmiegte ich mich wieder in seine Arme. Danach dachte keiner von uns an etwas anderes als an die nackte Haut unter unseren Händen und Mündern, und die ganze Zeit über, in der wir uns liebten, klammerte ich mich an ihm fest, als wäre er meine letzte Rettung.

Als wir dann später in seinem Bett lagen, schlief Black friedlich, seine Arme locker um mich geschlungen. Ich lag wach, besorgt, aber auch glücklich. Unsere Beziehung war an diesem Abend noch komplizierter geworden, aber ich hatte mich ihm auf eine Weise geöffnet wie noch nie jemandem zuvor, und es ging mir erstaunlich gut dabei. Der Knoten in meiner Brust hatte sich etwas gelockert, und als Black sich im Schlaf umdrehte und mich näher an sich heranzog, schloss ich die Augen und kuschelte mich an seine nackte Brust. Vielleicht konnte er mir ja wirklich helfen, mit mir selbst ins Reine zu kommen. Vielleicht würde ich ihm morgen von dem schrecklichen Albtraum erzählen, der mein Leben war.

25

Als ich am nächsten Morgen aufwachte, saß Black komplett angezogen neben mir am Bett, in vollem Ornat sozusagen, schwarzer Nadelstreifenanzug, frisch gebügeltes weißes Hemd mit goldenen Manschettenknöpfen, gerüstet für einen wichtigen Tag. Wir frühstückten gemeinsam, Kaffee und Croissants und riesige leckere Erdbeeren, und lachten uns ständig an, redeten aber nicht viel von Bedeutung. Vielleicht war er genauso unsicher wie ich. Dann fuhr er weg, während ich zurück ins Bett ging und noch weitere fünf Stunden schlief. Danach fühlte ich mich eine ganze Ecke besser.

Er rief einige Male an, um sich nach mir zu erkundigen, was mir irgendwie gefiel, wobei er auch sagte, dass er rechtzeitig zurück sein werde für ein spätes gemeinsames Abendessen. Ich sagte: »Fühl dich ganz wie zu Hause«, und er lachte. Dann legte ich mich auf die Chaiselongue im Schatten und schlief wieder fünf oder sechs Stunden. Offenbar litt ich unter Schlafentzug, aber mir gefiel es auch, im Unbewussten zu versinken.

Ich wachte erst wieder auf, als ich hörte, wie Black nach Hause kam. Ich lag in den Praxisräumen auf einem großen Ledersofa unter einer Decke aus schwarzem Samt. Draußen war es schon dunkel, und ich hatte kein Licht angemacht, und so sah er mich gar nicht gleich. Ich beobachtete ihn dabei, wie er seine Schreibtischlampe anknipste, dann aus seinem dunklen Jackett schlüpfte, den obersten Knopf seines Hemds aufmachte, sich der grauen Krawatte entledigte und schließlich zur Bar ging. Er nahm eine Flasche Scotch heraus und stellte sie auf dem Tresen ab. Er goss sich ein Glas ein und kippte es auf einmal hinunter, als würde er es brauchen.

Ich sagte: »Arbeitest du immer so hart?«

Er drehte sich abrupt um und setzte sich, noch immer im Halbschatten verborgen, auf die Couch. Er wirkte eindeutig erleichtert. »Ich hab schon gedacht, du wärst sang- und klanglos nach Hause verschwunden. Seit Stunden hat dich kein Mensch gesehen.«

»Ich bin auf dem Balkon eingeschlafen, und dann irgendwann hier reingegangen. Ich hab versucht, über alles genau nachzudenken, wie du es gesagt hast.«

Er goss sich noch ein Glas ein, kam herüber, ließ sich in den Ohrensessel neben mir plumpsen und stellte das Glas auf der Armlehne ab. Mir bot er keinen Drink an. »Und?«

Ich hatte den ganzen Tag über ihn nachgedacht, über uns, darüber, was ich wirklich wollte. Vor allem wollte ich ehrlich zu ihm sein und mich nicht mehr in mich selbst verkriechen, was er mir vorgeworfen hatte. »Durch dich hat sich gestern Abend was in mir verändert. Ich hab keine Ahnung, wie du das gemacht hast, und ich weiß auch nicht, ob mir dieser neue Zustand gefällt. Aber ich glaube schon.«

Black grinste, und ich wusste, es kam von Herzen. Ich hatte das Bedürfnis, ihn neben mich aufs Sofa zu ziehen und alles, was sonst noch war, zu vergessen. Vielleicht weil er ein verdammt guter Liebhaber war und mir Gefühle bescherte, wie ich sie nicht einmal im Traum gekannt hatte.

»Ich habe nun mal ein Auge für Qualität, wenn sie mir begegnet.«

»Wo wir schon bei Neuigkeiten sind. Was gibt's eigentlich Neues über unseren Fall?« Ich hatte den Eindruck, ich hätte das Thema aufgrund der zunehmenden Nähe gewechselt. Black würde das wahrscheinlich als Abwehrmechanismus bezeichnen.

»Die Fernsehsender kriegen gar nicht genug davon. Wir können mal kurz einschalten und hören, was die Experten so zu sagen haben, wenn du willst.«

»Du warst auch schon mal einer von diesen Experten, nicht wahr?«

»Das stimmt. Ab und zu.«

Ich beobachtete ihn dabei, wie er mich beobachtete, aber die Stille war gar nicht so unangenehm.

»Ich fühle mich heute ganz gut«, sagte ich nach einer Weile. »Hab den ganzen Tag nur geschlafen, so lange wie schon seit ewigen Zeiten nicht mehr.«

»Ich wünschte, ich hätte hier bei dir bleiben können.«

Das wünschte ich auch. Ich dachte daran, was wir in der letzten Nacht so alles getrieben hatten, und ich hatte Lust auf eine Wiederholung. Ich setzte mich auf und verschränkte die Arme auf der Brust; irgendwie fühlte ich mich verletzlich. »Ich glaub, was ich gestern Abend geliefert hab, war ganz schön heftig. Ich möchte mich dafür entschuldigen. Verführung ist halt nicht so meine Stärke. Ich muss mich wohl ziemlich blöd aufgeführt haben, oder nicht?«

Black starrte mich sekundenlang an und lachte dann auf. »So schlecht war es gar nicht, wenn man bedenkt, was passiert ist.«

Ich fühlte mich geschmeichelt, aber auch peinlich berührt, und wechselte abermals das Thema. »Hattest du heute Patiententermine?«

Er nickte. »Ja, und bei den Kollegen in Paris gab es Komplikationen in einem Fall. Wir führen über unsere Patienten mehrmals in der Woche Gespräche.«

»Betrachtest du mich jetzt als deine Patientin?«

Er zögerte, was mich ein bisschen störte. Er nippte an seinem Drink und lehnte sich entspannt zurück. »Nein, wir stehen uns mittlerweile viel zu nahe, aber ich habe hervorragende Therapeuten in meinen Diensten, die ich dir empfehlen kann, sobald du dich dazu in der Lage fühlst.«

»Kommt gar nicht in Frage. Ich unterhalte mich mit niemandem außer dir.«

»Na ja, reden können wir immer miteinander.« Er grinste.

»Klingt ja ziemlich unkompliziert.«

»Ich bin in vielerlei Hinsicht unkompliziert.« Er nahm meine Hand und küsste sie, und ich schloss die Augen, als er sie umdrehte und mir einen Kuss auf die Handfläche drückte. Jedoch zog ich die Hand nicht weg, und er verschränkte seine Finger mit meinen.

Ich musste es unbedingt wissen und sagte also: »Du hältst mich für verrückt, nicht wahr?«

»Überhaupt nicht.«

»Meinst du wirklich, es könnte mir helfen, über alles zu sprechen? Nicht nur über diese speziellen Ereignisse, sondern auch darüber, was früher alles so war in meinem Leben?«

»Hast du überhaupt je mit jemandem darüber gesprochen?«

»Nein.«

»Dann meine ich auf alle Fälle, dass es dir helfen würde.«

»Muss ich mich dafür auf die Couch legen?«

»Nein, wir können überall miteinander reden.«

»Würdest du dich zu mir auf die Couch legen?«

Ich machte Spaß, aber es war einfach ein gutes Gefühl, ihn wieder hier zu haben und hoffen zu können, die Platte in meinem Kopf, die dort seit Jahren pausenlos lief, zum Stillstand zu bringen.

»So lange dir klar ist, dass du nicht meine Patientin bist.«

»Und was bin ich?«

»Momentan meine Geliebte.«

»Momentan?«

»So lange du willst. Ich war auf Wolke sieben nach der letzten Nacht.«

»Wart erst mal, bis du mich besser kennst.«

»Ich kenn dich schon jetzt ziemlich gut. Nur deine Vergangenheit ist mir noch unbekannt.«

»Kann ich dir auch Fragen über dich stellen?«

»Natürlich.«

Ich setzte mich auf und machte für ihn auf dem Sofa Platz; Black stellte sein Glas beiseite und legte sich neben mich. Als er seinen Arm um mich legte, kuschelte ich mich an ihn heran wie schon am Abend zuvor.

»Du duftest gut; nach der Seife in meinem Bad«, sagte er.

»Weißt du was? Ich glaube, wir absolvieren alle Sitzungen in der Form wie jetzt, oder vielleicht sogar im Bett. Was meinst du?«

»Klingt gut. Wie fangen wir denn an?«

»Das überlass ich alles dir. Du bestimmst die Regeln. Wer stellt die erste Frage? Ich oder du?«

Anstatt zu antworten, machte ich mich an den Knöpfen seines Hemds zu schaffen, und als es ganz offen war, strich ich mit der Hand über seine kräftigen Brustmuskeln. »Müssen wir uns nicht noch über dein Honorar unterhalten? Bud sagte, du nimmst für eine Stunde tausend Dollar.«

»Ich sag dir eins, ich zahl dir tausend Dollar für jede Stunde, in der du so neben mir liegst und mich massierst. Ist das akzeptabel für dich?« Er drückte mir einen Kuss auf den Kopf, und ich fühlte mich schon beinahe wie im siebten Himmel. Irgendwas hatte dieser Typ, definitiv. Angetörnt hatte er mich ja schon immer, aber jetzt fand ich ihn nur noch scharf.

Ich lächelte und sagte: »Einverstanden, machen wir weiter. Lass deinen Zauberkräften freien Lauf, Doktorchen, und reparier meine Seele.«

»Wo wurdest du geboren?«

»Großer Gott, du willst doch nicht allen Ernstes bei Adam und Eva anfangen, oder? So wie die Seelenklempner in den Filmen, die ich bis jetzt gesehen hab.«

»Das nennt man realitätsnah.«

Ich lächelte wieder und glitt mit den Fingern durch die Haare auf seiner Brust. Unmöglich, dass er ohne Fitnessstudio so einen Körper haben konnte. Ich fragte mich, woher er die Zeit dafür nahm. »In Dayton, Ohio. Du?«

»Charity in New Orleans.«

»In deinem Lebenslauf steht Kansas City.«

»Das hab ich korrigiert, um mich von dem Namen Montenegro zu distanzieren.« Er küsste mich auf die Stirn und sagte: »Sieht so aus, als würde das die angenehmste Therapiesitzung, die ich je hatte.« Dann sagte er: »Ich habe einen älteren Bruder, den du schon kennengelernt hast, leider auf die schlimmste Art und Weise. Aber der krümmt dir garantiert kein Haar mehr, das garantier ich dir. Schwestern gibt's keine.«

Ich lächelte darüber, wusste aber, dass er mehr über meine Familie wissen wollte. Bei dem Gedanken, in ein Thema einzutauchen, über das ich noch nie gesprochen hatte, nicht einmal mit Harve, wurde mir ganz anders. Es fiel mir schwer, aber schließlich sagte ich: »Ein Bruder. Keine Schwestern.«

»Und der Name des Bruders?«

»Thomas.«

»Wo lebt er?«

»Weiß ich nicht. Als ich klein war, hat mich meine Mutter eingepackt und die Familie verlassen.«

»Wie alt warst du da?«

»Im Kindergartenalter, glaub ich. Fünf, vielleicht auch sechs. Ich kann mich nicht so weit zurück erinnern. Ich habe das vage Bild vor Augen, dass er mich mal auf eine Schaukel gesetzt hat, aber es ist wirklich sehr unscharf. Hätte auch jemand anders sein können.«

»Warum seid ihr weggegangen, du und deine Mutter?«

Ich wand mich in seinen Armen. Mir war jetzt so unwohl, dass ich am liebsten aufgestanden und gegangen wäre. Ich mochte nicht darüber reden. Vermutlich fürchtete ich mich davor, was er von mir halten könnte, wenn er die ganzen schmutzigen Details aus meinem Leben erfuhr. Nimm allen Mut zusammen, sagte ich mir, und sag ihm die Wahrheit, so hässlich sie auch war. Stattdessen brabbelte ich ihm eine Halbwahrheit ins Ohr. »Sie mochte nicht darüber reden, sagte einfach, wir könnten dort nicht länger bleiben, und so würde sie mit mir weggehen.«

»Und deinen Bruder hat sie nicht mitgenommen?«

Ich schüttelte den Kopf. »Sie ließ ihn bei meinem Vater zurück. Warum weiß ich nicht. Ich hab's nie verstanden, warum er nicht mit uns gekommen ist.«

»Hast du Erinnerungen an deinen Vater?«

»Eigentlich so gut wie keine. Ich glaube, er war Arzt, aber wir waren, meine ich, nicht so lange mit ihm zusammen.«

»Und als du dann älter warst, wie war es dann? Hast du deinen Vater und deinen Bruder jemals wiedergesehen?«

Ich schüttelte den Kopf und hörte meinen eigenen schweren Atem an seinem Hals. Plötzlich hatte ich den Eindruck zu ersticken. Verdammt, ich hatte keine andere Wahl, ich musste da durch, und ich würde es schaffen. Black war anders als die anderen Psychiater, mit denen ich zwangsweise zu tun gehabt hatte, vor allem die Idioten bei der Polizei in Los Angeles. Er würde mir nicht wehtun oder mich in eine Anstalt einweisen.

»Ich hab mal gehört, dass beide bei einem Brand ums Leben gekommen seien, aber sicher bin ich mir nicht. Meine Mutter ist bald, nachdem wir sie verlassen hatten, gestorben.«

Ich hatte das ebenso große Bedürfnis aufzuhören wie weiterzumachen. Ich streichelte wieder über Blacks Brust und glitt dann tiefer über seinen flachen Bauch. Black sog hörbar die Luft ein.

»Du hast beide nie mehr wiedergesehen?« Er klang außer Atem, und mir war klar warum. Er hatte sich ganz auf die Situation versteift, also streichelte ich ihn weiter, bereit, das Gespräch zu beenden und mich angenehmeren Dingen zuzuwenden.

»Mh-mh.« Ich kniete mich über ihn und seufzte, als er mit den Händen unter mein grünes Cedar-Bend-T-Shirt glitt und meinen nackten Rücken massierte. Mein Blut geriet in Wallung.

»Wie ging's dann weiter?«, fragte er, während er sein Becken gegen meines presste.

Ich lächelte und beantwortete seine Frage mit den Lippen an seinem Mund. Ich war atemlos und erregt. »Ich habe eine Zeitlang in Florida gelebt, bei einer Tante und einem Onkel.« Ich nestelte an seiner Unterlippe, bis er meinen Kopf zu einem tieferen Kuss heranzog. »Dann ging ich in Louisiana zur Schule, genau wie du.«

»Du warst in New Orleans auf dem College? Auf dem Tulane College wie ich?«

Ich machte weiter und hatte mein Ziel fast erreicht. »Nein, auf der Louisiana State University in Baton Rouge.«

Ich hörte, wie ihm der Atem stockte, als ich seinen Kopf zurückbog und seinen Hals mit Küssen bedeckte. »Ich weiß, was du vorhast, Lady, und es fühlt sich wunderbar an.«

»Du musst Akademiker sein, so klug wie du bist«, sagte ich, während ich mich rittlings auf ihn setzte und mir dann das T-Shirt auszog. Ich warf es hinter mich, wobei irgendwas vom Tisch gefegt wurde, aber unsere Blicke versanken ineinander, als er meine Taille umfasste.

»Wie wär's, du beantwortest mir noch eine Frage, ehe wir uns den angenehmeren Dingen des Lebens zuwenden?«, fragte er.

»Okay. Was willst du wissen?«

»Wie wär's, du durchsuchst mich noch mal? Du weißt schon, mir die Füße unter dem Boden wegkicken und mir obendrein einen Magenschwinger verpassen, wie früher schon mal. Denn das macht mich wirklich an.«

»Es hat dir also besser gefallen, als du es zuzugeben bereit warst, hm? Dabei schienst du wegen der Handschellen und der Untersuchungszelle ziemlich ungehalten.«

»Zu dem Zeitpunkt kannte ich dich noch nicht richtig.«

Ich sagte: »Auf den Boden, Black, Beine gespreizt.«

»Nur wenn du mitkommst.«

Ich tat ihm den Gefallen und bereute es nicht. Somit war unsere erste gemeinsame Sitzung ein großer Erfolg.

26

Am nächsten Morgen brach Black bereits in aller Frühe wieder auf, und bald darauf begann sich meine Stimmung merklich zu verschlechtern. Meine Situation belastete mich, und ohne Waffe fühlte ich mich nackt und verletzlich. Da kam es so gegen neun zu einer angenehmen Überraschung. Dottie rief mich über Handy von unten an und sagte, sie hätte die Unterlagen über ähnliche Fälle dabei, die Harve Black zu schicken versprochen hatte.

Ich saß allein auf dem Balkon, neben mir auf einer Anrichte aus Glas und Schmiedeeisen ein üppiges Büffet mit Warmhaltehauben, als Dottie zwischen den blütenweißen, sich im warmen Seewind bauschenden Vorhängen erschien.

Hocherfreut, sie zu sehen, sprang ich auf, aber da kam sie mir auch schon entgegengerannt und schloss mich stürmisch in die Arme. Ich drückte sie ebenfalls, hielt sie dann auf Armeslänge entfernt und sah sie an. Sie wirkte stärker gebräunt als sonst, und mit ihren langen blonden Zöpfen sah sie aus wie eine nordische Göttin. Sie trug das enge schwarze T-Shirt mit der Aufschrift Missouri Tigers und dem Tatzenabdruck, das ich ihr vor fast einem Jahr zum Geburtstag geschenkt hatte, dazu orangefarbene Shorts und schwarz-weiße Laufschuhe. Zu ihrer sportlichen Figur passte die Aufmachung sehr gut.

Dottie präsentierte mir ein Lächeln, das bei ihrer Bräune besonders strahlte. Ihre großen Reifohrringe baumelten hin und her, als sie sich auf dem Balkon umsah. »Wo ist denn der gut aussehende Dr. Black? Ich würde ihn zu gern wiedersehen.«

»Er ist arbeiten, kommt aber später wieder.« Ich wurde

rot und fühlte mich aus irgendeinem Grund wie der letzte Trottel.

»Oh-oh, sieht so aus, als liefe es nicht schlecht zwischen euch beiden.«

Als Dottie mich abermals umarmte, musste ich lachen. »Wir kommen 'ne ganze Ecke besser miteinander aus als zuvor. Ich fand's toll, dass er mich hier aufgenommen hat und die Medienhaie in Schach hält.«

Dottie warf mir einen wissenden Blick zu. »Ist er gut im Bett?«

»Dottie, würdest du das bitte lassen? Wer hat gesagt, dass ich mit ihm schlafe?«

»Du musstest es gar nicht sagen. Du beschimpfst ihn nicht, und das heißt doch, dass ihr's getan habt, oder?«

»Schluss damit«, sagte ich. »Er war sehr hilfreich und zuvorkommend.«

»Kann ich mir denken.«

Wir lachten beide, aber ich wollte endlich das Thema wechseln. »Hast du Hunger? Schau mal, was man uns allmorgendlich hier auffährt. Unter den silbernen Hauben findest du alles, was du dir nur vorstellen kannst.«

»Appetit hätte ich ja schon.«

»Dann greif zu.« Ich selbst hatte überhaupt keinen Hunger, sah aber Dottie dabei zu, wie sie einen Teller vom Büffet nahm. Sie hielt inne und blickte auf den See hinaus.

»Was für 'ne Aussicht!«

»Es ist wirklich sehr nett hier. Black sagt, du und Harve könntet jederzeit nach Cedar Bend rauskommen und alle Einrichtungen nutzen. Kostenlos.«

»Ich nehme an, das hat etwas mit dir zu tun, richtig? Jetzt da er dein Liebhaber ist.«

Dazu sagte ich nichts. Ich war einfach nicht bereit, mir irgendwelche Details herauskitzeln zu lassen, auch wenn wir befreundet waren.

Dottie sagte: »Sieh dir mal diese Scharen von Reportern da

draußen an. Ob die auf ihren Booten auch übernachtet haben? Sie können uns doch hier oben nicht sehen, oder?«

»Nicht so lange wir hier im Schatten bleiben. Glaub mir, ich weiß es. Wird euer Haus auch noch belagert? Ich mache mir Sorgen um Harve.«

»Ja, sie sind immer noch da. Heute hab ich heimlich mein Kajak genommen, um direkt hierher zu paddeln. Ich hoffe, Black hat nichts dagegen. Am Steg traf ich einen ganz heißen Typen in Uniform.«

»Das war sicher Tyler. Er ist echt okay.«

»Harve lässt sich entschuldigen, aber seit den jüngsten Ereignissen geht es ihm nicht so gut. Er ist ziemlich durcheinander und hat letzte Nacht kaum geschlafen. Ich hab ihm darauf einen Grog gemacht, und jetzt schläft er. Ich kann also nicht allzu lange bleiben. Mit Suze treff' ich mich noch kurz zum Laufen, aber länger als ein paar Stunden will ich ihn nicht alleine lassen.« Sie wurde ernst. »Was ist mit dir, Claire? Oder soll ich dich jetzt Annie nennen?«

»Um Himmels willen, nein. Ich bin jetzt Claire. Dieser Schritt war sehr wichtig für mich.«

Sie nickte, und ihre Zöpfe baumelten hin und her. »Kannst du dir vorstellen, dass ich nie auch nur den geringsten Verdacht hatte? Die ganzen letzten zwei Jahre nicht. Du und Harve seid ganz schön verschwiegen.«

Ich stand da und sah ihr dabei zu, wie sie ihren Teller mit Pfannkuchen und Speck und Obstsalat und sonst so gut wie allem voll packte.

Dottie hatte einen erstaunlichen Appetit, aber sie war ja immerhin gerade erst über den See gepaddelt. Ich goss für uns beide schwarzen Kaffee und ein Glas Orangensaft ein und setzte mich neben sie.

Dottie schlürfte ihren Kaffee und sah mich über den Rand ihrer Tasse hinweg an. Ihr Blick wirkte besonders eindringlich unter den langen Wimpern, die sie mit viel mehr Mascara als eigentlich nötig verdichtet hatte. Ich hasste Make-up und fand es einfach dumm, ein hübsches, sauberes Gesicht so zu-zukleistern.

Ich lächelte. »Ich freu mich, dass du gekommen bist. Ich muss dringend mit jemandem reden.«

»Ich weiß. Ich musste mich einfach vergewissern, dass es dir gut geht. Du weißt, was für eine Kämpfernatur ich bin. Harve wollte außerdem Dr. Black und dir diese Unterlagen zukommen lassen, und anstatt sie zu schicken, hab ich sie nun einfach selbst vorbeigebracht. Da sind sie übrigens, ehe wir's vergessen.«

Sie öffnete den roten Rucksack, den sie mitgebracht hatte, zog einen großen braunen Umschlag heraus und gab ihn mir. Ich legte ihn auf die Anrichte hinter uns. Dottie machte sich unterdessen über ihre Rühreier her.

Nach einer Weile sagte sie: »Harve hat erzählt, dass du in L. A. mal eine Auszeichnung für besondere Tapferkeit bekommen hast, weil du einem Kollegen das Leben gerettet hast. Du warst eine von den Jüngsten, denen diese Ehre je zuteil wurde. Aus dem Grund haben sie dann angeblich auch diesen Zwischenfall mit deiner Familie besonders taktvoll abgewickelt, aus Respekt vor dir und so.«

Harve hatte zu viel geplaudert, aber ich zuckte mit den Schultern. »Das ja, aber die Presse hat mich bei lebendigem Leib zerrissen.«

»Es tut mir so leid, dass alles wieder aufgewärmt wird. Aber Harve sagte, dass es beim ersten Mal doppelt so schlimm war, als er Monate im Krankenhaus lag. Ich wünschte, ich hätte ihn damals schon gekannt. Ich hätte ihm helfen können.«

Ja, das waren in der Tat dunkle Monate, und ich hatte nicht die geringste Lust, darüber zu sprechen. Plötzlich wünschte ich, Dottie würde gehen.

Dottie betupfte sich mit ihrer Serviette die Lippen und runzelte die Stirn. »Jetzt bist du ganz aufgewühlt, nicht wahr? Ich sollte nicht so viel darüber reden.«

»Nein, schon gut.«

»Probier doch eins von diesen leckeren Croissants«, sagte Dottie und legte mir gleich eins auf den Teller. »Und dieser Obstsalat ist überirdisch gut. Ein absolutes Muss.«

Dottie hatte ein schlechtes Gewissen und versuchte, ihren Schnitzer wiedergutzumachen. Also gabelte ich ihr zuliebe ein Stück Wassermelone auf und steckte es in den Mund. Es schmeckte eiskalt und süß.

»Habt ihr beide die Nachrichten gesehen?«

»Ja, aber es gibt nicht viel Neues heute Morgen. Sie haben ein paar Aufnahmen von dir und Black gestern im Hubschrauber geschossen, aber wegen der getönten Scheiben konnte man dich nicht erkennen. Wahrscheinlich wird es um sechs ein paar Fotos von mir in meinem Kajak geben. So nötig haben sie's. Das nächste wird dann Harve sein, wie er sie aus dem Fenster beschimpft.« Dottie lachte.

»Bestell ihm von mir, dass wir auch das durchstehen werden.« Ich nahm einen Schluck eiskalten Orangensaft und spürte, dass meine Lippen von Blacks Küssen leicht geschwollen waren. Hoffentlich hatte Dottie das nicht bemerkt.

»Ich glaub, für mich wird's langsam Zeit.«

»Tyler ist sicher bereit, dein Kajak huckepack zu nehmen und dich im Schnellboot hinzubringen, wohin du willst.«

»Danke, aber ich brauch das Training, damit ich fit bleibe.« Sie präsentierte einen überaus beeindruckenden Bizeps und war im nächsten Moment auch schon verschwunden.

Ich blieb noch eine Weile im Schatten sitzen und starrte ins Leere. Dann hörte ich den Hubschrauber kommen. Ich stand auf und ging ein paar Schritte weiter, um die Landung besser verfolgen zu können. John Booker stieg aus, und ich sah, wie Black ihm zur Begrüßung entgegenkam. Sie plauderten und gingen dann weiter, bis ich sie nicht mehr sah.

Voller Erwartung, ihn zu sehen, ging ich den Flur entlang auf Blacks Praxisräume zu. Ich blieb abrupt stehen, als ich hörte, wie Black sagte: »Und was konntest du nun über Claire in Erfahrung bringen?«

Dieses Gespräch in voller Absicht zu belauschen, war nicht unter meiner Würde. Ich zog mich an eine Stelle zurück, an der sie mich nicht sehen konnten, ich sie dagegen schon.

»Vielleicht solltest du dich zuvor besser setzen.« Das war Booker.

»Mach's nicht so spannend, Book. Schieß los.«

»Die Lady hatte kein einfaches Leben. Den Klinikaufzeichnungen zufolge wurde Annie Rose Baker im Lucy Lee Hospital in Poplar Bluff, Missouri, geboren. Der Mädchenname der Mutter war Regina Ann Baker. Vater war gar keiner angegeben.«

Ich runzelte die Stirn, denn das stimmte nicht. Ich sah, wie Black ebenfalls die Stirn runzelte und die Hände in die Hüften stemmte. »Sie selbst hat was anderes gesagt. Sie sagte, sie wäre in Dayton, Ohio, geboren.«. Was meiner Meinung nach auch stimmte.

Booker sagte: »Okay, dann belügt sie dich. Ich habe die Klinikaufzeichnungen mit eigenen Augen gesehen.«

Ich sah, wie Black in einer Schreibtischschublade herumkramte und eine Straßenkarte von Missouri herausholte, hatte aber keinerlei Schuldgefühle, mich weiter versteckt zu halten. Immerhin, zum Teufel noch mal, unterhielten sie sich über mich. Ich spürte, wie sich die Wut in mir zusammenballte, so glutrot und schwarz wie die Gewitterwolken draußen über dem See. Black breitete die Karte aus.

»Poplar Bluff liegt da unten nahe der Grenze zu Arkansas.« Er fasste Booker ins Auge. »Und was ist mit ihrem Bruder?«

»Welcher Bruder?«

»Der Bruder namens Thomas.«

»Ist mir völlig neu. Er kam in keinen Aufzeichnungen vor.«

Black starrte seinen Ermittlerfreund an. »Soll das heißen, sie hat mir nur Lügen aufgetischt? Warum sollte sie das machen?«

Booker legte die Stirn in Falten. »Warum glaubst du, Nick? Um dich aus irgendeinem Grund zu täuschen? Hör zu, ich hab

314

eine ganze Menge von der Dame erfahren, unter deren Dach sie und ihre Mutter eine Weile gelebt haben. Die Betreffende heißt Fannie Barrow.«

Black sagte: »Was hat sie dir erzählt?«

Ja, was hatte sie erzählt? Ich selbst hatte den Namen Fannie Barrow nie zuvor gehört. John Booker hatte einen Sack voller Falschinformationen über mich gesammelt.

»Sie hat gesagt, sie hätte eine Wohnung im ersten Stock gehabt, die sie damals vermietete. Eine nette alte Dame. Hat mir selbst gemachtes Ingwerbrot und ein Glas Milch angeboten. Sie konnte sich noch erinnern, dass die Kleine Annie hieß. Sie war wohl ein niedliches kleines Ding mit langen blonden Haaren, aber sehr schüchtern. Der Vater war Arzt und hieß Herman Landers. Er war Einbalsamierer oder Beerdigungsunternehmer oder so was in der Richtung, aber Regina, die Mutter, nahm Annie und verließ ihn und mietete sich bei dieser Fannie ein.«

»Und von Reginas Sohn hat sie nicht gesprochen? Bist du ganz sicher?«

»Nein, angeblich war da nur diese Kleine mit den blonden Haaren. Okay, ab hier beginnt die Sache unklar zu werden. Der Vater kam offenbar bei einem Brand ums Leben, und kurze Zeit später war die Mutter, also Regina, plötzlich verschwunden. Niemand wusste, was mit ihr geschehen war.«

Ich schloss die Augen. Nun ging es mit all den grausigen Details weiter. Ich hasste die spannungsvolle Erwartung, die ich aus Blacks Stimme heraushörte.

»Wie ging es dann mit Claire weiter?«

»Mrs Barrow zufolge kam Reginas Schwester Kathy, also Annies Tante, und nahm sie mit nach Pensacola. Dort unterrichteten Kathy und ihr Mann Tim an der University of West Florida.«

»Hast du das überprüft?«

»Na klar. Tim und Kathy Owens lebten in einer Stadt namens Ferry Pass, nicht weit von der Universität entfernt. Sie haben sie tatsächlich bei sich aufgenommen. So stand es in den Zeitungsartikeln über Reginas Verschwinden.«

»Wie alt war Annie, als das alles passiert ist?«

»Ungefähr zehn oder elf, glaube ich. Aber jetzt halt dich fest: Sie lebt also mit ihrer Tante und ihrem Onkel zusammen, und da verschwindet Onkel Tim plötzlich beim Fischen an irgendeinem See. Knapp ein Jahr später begeht Tante Kathy Selbstmord, weil sie wohl den Tod ihres Mannes nicht überwinden konnte.«

»Großer Gott.«

»Hat sich in der Badewanne die Pulsadern aufgeschnitten. Annie kam von der Schule nach Hause und fand sie tot und blutüberströmt vor.«

Ich erinnerte mich an den schrecklichen Tag, als wäre es gestern gewesen, und musste mich am Türrahmen abstützen. Der Schmerz nagte an mir, aber Black fragte unablässig weiter.

»Claire hat mir schon erzählt, dass sie einige Menschen verloren hat, aber ich dachte, sie hätte ihren Sohn und den Exmann gemeint.«

Booker gab einen leisen Pfeifton von sich. »Ja, wie soll das ein Mensch verkraften. Wie auch immer, danach lebte sie bei wechselnden Pflegeeltern, bis sie die Highschool in Pensacola abschloss und ein Stipendium für die Louisiana State University bekam.«

»Sie hat gesagt, dass sie auf der LSU war. In dem Punkt hat sie also nicht gelogen.«

»Tatsächlich? Jetzt rat mal! Annies Mitbewohnerin von damals ist auch gestorben. Sie hieß Katie Olsen. Sie ist nachts im Studentenwohnheim auf der Treppe ausgerutscht und hat sich das Genick gebrochen. Auch das ein Unfall, wie es hieß.«

Ich machte die Augen zu und ballte die Fäuste. Ich hatte Höllenqualen mit diesen Erinnerungen durchlebt, und nun warf John Booker die intimsten Details aus meinem Leben durch die Gegend wie eine Handvoll Konfetti. Trotzdem jedoch hörte ich weiter zu und hoffte insgeheim, er hätte etwas gänzlich Neues in Erfahrung gebracht, das ich unbedingt wissen musste.

»Also, Nick, jetzt lass dir den Rest auch noch erzählen und dann sag mir mal, das wäre alles Zufall. Annie hat die Uni nach Katie Olsens Tod verlassen und ging westwärts nach Orange County, wo die Mutter ihres Onkels Tim lebte, eine gewisse Margaret Owens. Margaret war frisch verwitwet und hatte auch den Tod von Tim und Kathy noch nicht verwunden. Sie nahm Annie gerne bei sich auf. Das war die Zeit, als Annie auf die Polizeiakademie ging, ihren Abschluss als mit die Beste ihrer Klasse machte, ihren Dienst bei der Polizei von L.A. aufnahm, einen Typen namens Todd Blue heiratete und einen Sohn bekam, den sie Zachary nannte. Alles in dieser Reihenfolge.«

Das stimmte alles. Aber das Schlimmste sollte noch kommen, und ich war mir nicht sicher, ob ich es ertragen würde, es mir so kalt und gefühllos vorgetragen anzuhören. Aber vielleicht war ich überhaupt nur in der Lage, es mir so anzuhören, ohne jegliche Emotionen, Schmerzen, Schuld und Reue. Ich stand da wie versteinert.

»Es gab also in dieser Zeit keine Unfälle mehr?«

»Du meinst Tote? Nicht über einen Zeitraum von fast zehn Jahren, dann kam es zum großen Knall in L.A. Aber das kennst du ja bereits alles.«

»Ich weiß nicht genau, wie es abgelaufen ist, nur dass es Tote gab. Claire spricht ungern darüber, und ich wollte sie nicht drängen.«

Booker sagte: »Ich habe mich mit einem Freund unterhalten, der bei der Polizei von L.A. arbeitet. Er sagte, der Typ von dem du erzählt hast, du hättest ihn neulich getroffen, Harve? Er war Annies Kollege. Ihr Mann war krankhaft eifersüchtig auf Harve und warf den beiden vor, sie hätten eine Affäre. Er war der Meinung, sie seien zusammen gesehen worden. Natürlich waren sie beruflich ständig zusammen, aber so viel ich weiß, hatten sie nichts miteinander. Trotzdem hatte Annie von Blues Besitzdenken irgendwann die Nase voll und zog zusammen mit

Zachary zurück zu Tims Mutter. Margaret kümmerte sich um den Jungen, wenn Annie im Dienst war.«

»Sie hat also bei der Mutter ihres Onkels gelebt, mit der sie nicht wirklich blutsverwandt war?«

Ich holte tief Luft und zwang mich, ruhig zu bleiben.

»Richtig. Ich nehme an, sie hatte sonst gar keine Familie mehr gehabt. Eines Nachts dann drehte ihr Mann durch. Niemand weiß genau, was ihn dazu gebracht hat, aber er schlug Margaret Owens in ihrem Bett mit einem Baseballschläger tot und verließ mit Zachary das Haus. Er entdeckte Annie und Harve auf Streife, eröffnete das Feuer und traf beide, ehe sie in Deckung gehen konnten. Als Harve ein Schuss ins Kreuz traf, knallte Annie Blue ab. Sie wusste nicht, dass sich ihr Kind mit im Auto befand. Die Kugel durchschlug den Körper ihres Mannes und traf den kleinen Jungen auf seinem Kindersitz.«

»Oh mein Gott.«

Ja, Black, oh mein Gott. Genau so ist es passiert. Und ich habe es Tausende von Male immer wieder von Neuem durchlebt wie eine Art Wach-Albtraum. Auch jetzt befand ich mich in einem Albtraum.

»Ich sag dir eins, Nick, diese Frau war fertig mit der Welt, nach dem, was da passiert ist. Dann fiel sie auch noch den Medien zum Opfer, wurde pausenlos gejagt, bis sie schließlich ihre Sachen packte und die Stadt Hals über Kopf verließ. Ein Jahr lang wusste niemand, wo sie war, und auch ich tappte im Dunkeln, bis sie unter falschem Namen gerade rechtzeitig im Sheriff's Department von Canton erschien, um den Mordfall Sylvie zu übernehmen. Den Rest der Geschichte kennst du.«

Black sagte kein einziges Wort, also fuhr Booker fort. »Niemand hat so viel Pech im Leben. Man muss nicht unbedingt Doktor der Psychologie sein, um zu wissen, dass etwas faul sein muss, wenn der Tod einem Menschen anhängt wie ein nächtlicher Schatten. Ich bin kein Klapsdoktor, aber für meinen Geschmack bringt sie mir doch ein bisschen zu viel Tod und Unheil über ihre Mitmenschen. Hältst du sie eventuell für geistesgestört?«

Black zögerte, und mir wurde fast schlecht. Ich ließ ihn nicht aus den Augen, gespannt darauf, was er antworten würde.

»Sie hat schon Probleme, aber sie ist niemals ein Serienmörder.«

»Nun, ich jedenfalls an deiner Stelle würde die Finger von der Dame lassen und sie aus der Ferne beobachten.«

»Sie könnte im Dienst jemanden töten – den Fall hatten wir ja schon –, wäre aber niemals zu einem kaltblütigen Mord imstande.«

Booker schwieg vielsagend. Dann sagte er: »Na dann, du bist der Psychiater, Nick, nicht ich.«

»Welchen Hintergrund hat die Mutter? Regina Baker?«

»Nach ihrem Verschwinden hieß es in den Zeitungen, sie stamme aus einem kleinen Dorf, aus Hartsville, Missouri, gar nicht weit von hier. Mrs Barrow erinnert sich noch an eine Dame von dort, eine gewisse Helen Wakefield. Helen kam nach Reginas Verschwinden nach Poplar Bluff und kümmerte sich um Annie, bis Kathy und Tim sie abholten.«

Black studierte wieder die Karte. »Mit dem Heli bin ich in weniger als fünfzehn Minuten in Hartsville. Wie war noch mal der Name?«

»Helen Wakefield. Sie steht nicht im Telefonbuch, aber sie lebt auf einer Farm an einem Bach namens Walls Ford in der Nähe des Gasconade-Flusses. Das Kaff ist furchtbar klein. Wahrscheinlich kann dir jeder sagen, wo sie wohnt.«

»Ich fahr da hin. Und du ermittelst bitte, wo Claire sich in dem Jahr aufgehalten hat, in dem sie untergetaucht war. In Farmington, ungefähr eine Stunde nördlich von Poplar Bluff, gibt es eine staatliche Psychiatrie. Versuch rauszukriegen, ob sie sich vielleicht dort behandeln ließ. Sie hasst Psychiater. Vielleicht ist das der Grund.«

Genug gelauscht. An der Stelle beschloss ich, dass keiner von den beiden meine Tante Helen belästigen würde. Ich gab mich zu erkennen. »Genau, ich hasse Psychiater, in der Tat, und jetzt habe ich noch einen weiteren guten Grund, sie zu hassen.«

Beide Männer drehten sich um wie von der Tarantel gestochen. Ich beobachtete Black, der immerhin eine gehörige Portion Schuldbewusstsein zur Schau stellte.

»Hallo, Claire. Ich hab dich gar nicht gesehen. Wie lange bist du denn schon auf?«

»Lange genug, um zu wissen, dass du mich heimlich hast ausspionieren lassen und dass mich dein raffinierter Freund Booker für eine durchgeknallte Mörderin hält, die ihre ganze Familie auf dem Gewissen hat. Wer weiß, vielleicht bin ich das ja auch. Vielleicht will ich im Moment euch beide kaltmachen. Vielleicht würde ich es ja auch tun, wenn ich nur meine Pistole hätte. Und vielleicht würdet ihr es ja auch beide verdienen.«

»Lass mich alles erklären.«

»Oh, wunderbar, Black, gegen eine Erklärung ist nichts einzuwenden. Aber Booker hat doch schon so gut wie jedes abgründige Detail aus meinem Leben vorgebracht. Wahrscheinlich soll ich Ihnen dafür dankbar sein, Booker. Jetzt ist alles raus, und ich muss mich nicht mehr auf die Couch legen und mich analysieren lassen. Sie können ja an meiner Stelle die Sitzungen bei Black absolvieren und mir dann später sagen, ob ich eine Macke habe oder nicht.«

»Ich glaube, ich verzieh mich dann lieber mal und lass euch beide allein«, sagte Booker zu Black.

»Sie sind doch immerhin so diskret, Booker. Na das wundert mich aber. Dass Sie überhaupt wissen, was dieses Wort bedeutet. Und warum wollen Sie jetzt schon gehen? Der Spaß fängt doch erst an. Vielleicht können Sie ja dabei zusehen, wie mich Doktorchen in eine Zwangsjacke steckt und mich medikamentös ruhig stellt.«

»Claire, hör bitte auf.« Black hielt seinen Blick weiter auf mich geheftet, als Booker den Raum über eine andere Tür verließ. Die Bombe zünden und dann das Weite suchen, das Familienmotto der Bookers.

Ich war so zornig, dass ich kaum atmen konnte, aber ich hatte mich im Griff. Ich warf keine Gegenstände durch die Luft, und ich hatte auch keinen der beiden tätlich angegriffen. »Unglaublich, dass ich dir vertraut habe. Dass ich versucht habe, den Mut aufzubringen, dir das alles zu erzählen, während du längst Booker darauf angesetzt hast, im Schmutz meiner Vergangenheit zu wühlen.«

»Ich bat ihn, Ermittlungen über deine kalifornische Vergangenheit anzustellen. Zu dem Zeitpunkt habe ich nicht erwartet, du würdest mich auch nur über einen Abstand von zehn Meilen an dich herankommen lassen, ganz zu schweigen davon, du würdest mit mir schlafen.«

»Nach dem, was passiert ist, sind noch zehn Meilen zu nahe.«

»Sei doch bitte vernünftig.«

»Vernünftig? Leck mich doch.«

Ich drehte mich um und wollte gehen, aber er war sofort zur Stelle und packte mich am Arm. »Mach jetzt keinen Fehler. Wir haben jetzt die Möglichkeit herauszufinden, warum das alles so gelaufen ist. Es liegt nun alles offen auf dem Tisch, und so manches davon ergibt einfach keinen Sinn.«

»Und das musst du mir sagen? Ich habe damit gelebt, mein Guter, von klein auf. Du und Booker, ihr glaubt doch beide, ich hätte alles in meinem Umfeld plattgemacht. Das willst du doch nicht abstreiten, oder? Also frag mich doch, ob ich Blackouts habe und manchmal nicht weiß, wo ich war oder was ich getan habe. Oder ob ich unter Wahnsinnskopfschmerzen leide, die mir schier den Schädel sprengen. Oder was weiß ich, welche Charakteristika Massenmörder sonst noch haben.«

»Hast du denn Blackouts?«

»Oh mein Gott, du glaubst wirklich, ich hätte das alles getan? Sicher glaubst du sogar, ich hätte Sylvie ermordet.«

»Nein, aber ich glaube, du hast mich letzte Nacht belogen,

was deinen Geburtsort betrifft und deinen angeblichen Bruder, den du gar nicht hast, und ich würde gerne wissen warum.«

»Ich habe überhaupt nicht gelogen. So war es mir gesagt worden. Und einen Bruder habe ich sehr wohl. Ich weiß gar nicht mehr, was ich denken soll. Ich kenne nicht einmal diese Alte namens Barrow, die Booker ausfindig gemacht haben will.«

»Es gibt eine Möglichkeit, das zu klären. Vielleicht weiß ja Helen Wakefield was.«

»Tante Helen weiß keinen Funken mehr als ich. Und du wirst nicht bei ihr aufkreuzen und sie völlig durcheinanderbringen.«

»Wart's ab. Mein Bauchgefühl sagt mir, dass sie etwas weiß, das dir helfen könnte.«

»Wenn dem so wäre, hätte sie es mir schon vor langer Zeit gesagt. Kommt nicht in Frage. Ich mein es ernst, Black. Du lässt sie in Frieden. Ich liebe sie mehr als sonst irgendeinen Menschen auf der Welt, und ich werde nicht zulassen, dass du ihr zu nahe trittst.«

»Ich werde auf alle Fälle mit ihr reden. Du kannst entweder mitkommen oder nicht, aber ich bin fest entschlossen, einige längst überfällige Fragen zu stellen.«

»Mistkerl!«

»So bin ich halt.«

Ich beobachtete Black dabei, wie er zum Telefon griff und den Helikopter startklar machen ließ, und sah doch keine Möglichkeit, ihn daran zu hindern. Überhaupt fühlte ich mich völlig hilflos.

Unter keinen Umständen jedoch würde er Tante Helen ohne mich besuchen. Und eine Frage gab es noch, auf die ich eine Antwort haben wollte. »Glaubst du, ich bin in der Lage, jemanden umzubringen und mich nicht mehr dran zu erinnern?«

»Nein.«

»Was glaubst du dann?«

»Ich glaube, wenn man in derart prägenden Jahren so viel Schlimmes durchmacht, könnte das zu ernsthaften psychischen

Störungen führen. Ich habe meine Erfahrungen auf dem Gebiet. Manchmal wird aus so einem Kind in späteren Jahren ein Mörder, oder es spaltet sich auf in mehrere Persönlichkeiten, oder es entwickelt eine dissoziative Identitätsstörung. Aber das muss alles nicht sein. Aus solchen Kindern wird manchmal auch ein beinharter Detective mit grausigen Erinnerungen, die schwere Kopfschmerzen und Schlafstörungen verursachen.«

Ich schwieg dazu, aber genau das war es, was ich hören wollte.

»Ich habe die Angst in deinen Augen gesehen, und ich weiß auch, dass du mitleiden und dich einfühlen kannst. Nein, du bist keine Mörderin. Du brauchst vielleicht jemanden, der dir hilft, deine schreckliche Vergangenheit zu verarbeiten, aber du könntest nie jemanden kaltblütig ermorden oder gar so zurichten, wie es Sylvie passiert ist. Niemals.«

Zu meinem Erstaunen hätte ich am liebsten geweint vor Erleichterung, aber wie immer unterdrückte ich meine Emotionen. »Gib mir das Telefon. Sie würde sich zu Tode erschrecken, wenn plötzlich ein Hubschrauber auf ihrer Farm landet.«

Black gab mir das Telefon. Ich tippte Helens Nummer und kündigte ihr unseren Besuch an.

Leben ohne Vater

Blage mordete von nun an immer öfter, manchmal weil ihn irgendein Mann in einem Auto an den Balsamierer erinnerte oder einfach, weil das Opfer lange blonde Haare hatte wie die Köchin, die eines Tages mit ihrem kleinen Mädchen verschwunden war. Meistens jedoch mordete Blage, weil die Mutter einsam war und sich mit den Freunden langweilte, die Blage nach Hause brachte. Mit ihrem silbernen Wohnwagen kamen sie überall hin und klapperten das ganze Land ab, immer auf der Suche nach geeigneten Opfern.

In Louisiana, wo die Lebenseichen mit langen, grauen Mooszotteln bewachsen waren und die Menschen in einem sanften Singsang redeten, fanden sie einmal ein nahezu perfektes Opfer. Sie war Studentin an der Universität von Louisiana und der Mutter unter den vielen jungen Menschen sofort aufgefallen. Also steuerte Blage einen Campingplatz an, auf dem auch viele Studenten in Wohnwagen lebten. Sie blieben über ein ganzes Jahr und beobachteten ihr angehendes Opfer, wenn Blage nicht gerade in einer Leichenhalle arbeitete, von wo aus er ab und zu einzelne Teile mit nach Hause brachte. Die Mutter war von jedem dieser Freunde immer sehr angetan. Wenigstens für eine gewisse Zeit.

Manchmal ging Blage mit anderen jungen Leuten seines Alters auf dem Unigelände spazieren, und ihn überkam dann der Wunsch, auch zu studieren. Aber letztlich war er doch zufrieden mit seiner Situation. Tote Menschen waren die einzigen, denen man vertrauen konnte; sie waren treu und verschwiegen und ließen einen in Ruhe, wenn man seine Ruhe haben wollte. Eines Tages im April war es dann so weit. Blage beschloss, die kleine Studentin zu ermorden und der Mutter nach Hause zu bringen. Drei Wochen lang verfolgte er sie auf Schritt und Tritt und ließ sie nicht mehr aus den Augen, bis sie eines Abends allein über das Unigelände in Richtung Buchladen ging. Blage folgte ihr auf dem Weg zurück zu dem Appartementblock, in dem sie wohnte, und als sie die Außentreppe zum dritten Stock hinaufging, packte sie Blage von hinten, eine Hand auf ihren Mund gepresst, und warf sie über das Geländer hinunter auf den Betonboden. Ein Mitbewohner im ersten Stock sah sie vom Balkon aus vorbeifallen und schrie laut auf, weshalb Blage sofort wegrannte. Der feurige Strom begann sich abzukühlen, und als Blage das Heulen der Sirenen des Rettungswagens hörte, wurde er hungrig. Auf dem Nachhauseweg nahm er in einem Schnell-restaurant noch zwei Chalupas mit, gefüllte Teigtaschen, eine für ihn selbst und eine für die Mutter.

Blage war dreiundzwanzig Jahre alt.

Das nächste Opfer war eine alte Frau. Blage und die Mutter hatten sich schon ein ganzes Jahr in Kalifornien aufgehalten, und es hatte lange gedauert, bis Blage sie aufspürte. Sie hütete ein Kind, dessen Mutter bei der Arbeit war, und die Mutter war Polizistin, weshalb Blage extra vorsichtig sein musste. Es war jedoch eine hübsche und ruhige Wohngegend, und die Menschen dort gingen früh schlafen, damit sie am nächsten Morgen wieder aufstehen und zur Arbeit gehen oder ihre Kinder ohne Verspätung zur Schule bringen konnten. Dadurch konnte Blage ungehindert durch die Straßen bummeln und in die Fenster spähen, ohne dass ihn jemand dabei bemerkte.

Die alte Frau lebte in einem pfirsichfarben gestrichenen Haus. Im Erdgeschoss war ein Fenster offen, und Blage benutzte eine Taschenlampe, um den Weg nach oben in die Küche zu finden. Das Haus war absolut still. In einem der Schlafzimmer stand ein Kinderbett, und von einem Schränkchen aus warf eine Lampe einen Sternenhimmel samt Mond an die Decke. In dem Bett schlief ein etwa zwei Jahre altes blondes Kind. Blage meinte, es wäre ein Junge, aber es hätte auch ein Mädchen sein können. Blage betrachtete es geraume Zeit. Der kleine Kopf reflektierte das Licht wie ein Spiegel. Das Feuer loderte hoch, und Blages Hand umklammerte den Baseballschläger fester.

An der Tür schnappte jemand vor Schreck nach Luft, und Blage, der sich blitzschnell umgedreht hatte, sah noch, wie die Frau den Flur entlang auf das hintere Schlafzimmer zulief. Blage rannte ihr nach und holte mit dem Baseballschläger aus, als sie nach dem Telefon auf dem Nachttisch griff. Er hieb mehrmals auf sie ein, bis sie reglos liegen blieb. Blage zog das Hackmesser heraus, unterbrach aber, als ein Scheinwerferpaar in die Einfahrt bog und ein schräges Muster von den Jalousien quer über die Wand hinter dem Bett warf. Die Scheinwerfer erloschen, und ein Mann stieg aus. Da hörte Blage das Baby schreien, und der Mann musste es auch gehört haben, denn er rannte im Laufschritt auf den Eingang zu. Blage flüchtete durch den Hintereingang und quer über das Nachbargrundstück, und der Mann kam mit dem schreienden Baby im Arm heraus und fuhr mit quietschenden Reifen davon. Blage schlug mit dem Kombi die entgegengesetzte Richtung ein, zitterte aber unaufhörlich. Dieses Mal war Blage nur mit knapper Not entkommen.

»Du wirst leichtsinnig, und nun habe ich keinen neuen Freund, um mich zu unterhalten«, sagte die Mutter später.

Blage war knapp über dreißig.

27

Die Rinder auf den grünen Weiden meiner Tante Helen stoben auseinander, während wir auf der Suche nach einem geeigneten Landeplatz über den Baumwipfeln kreisten. Ich spürte eine vertraute, friedvolle Ruhe. Diese Farm war der einzige Ort auf der Welt, an dem ich mich ein bisschen wie zu Hause fühlte. Das dazugehörige Land war sanft hügelig und erstreckte sich bis zu einem bewaldeten Höhenzug, der vom jenseitigen Ufer eines Flüsschens namens Walls Ford aus anstieg. Eine Kiesstraße begrenzte den Besitz auf der anderen Seite, und dort standen auch Tante Helens Farmhaus und die Scheune. In der Einfahrt stand ein weißes Polizeiauto. Sicher gehörte es Daniel Harnett, dem Sheriff von White County, der uns die Landeerlaubnis erteilt hatte. Black entschied sich schließlich für eine freie Lehmfläche neben der grau verwitterten Scheune. Wir setzten sanft auf, und er schaltete die Rotoren ab.

Während er seinen Kopfhörer abnahm, warf Black einen prüfenden Blick auf die Instrumente und wandte sich dann mir zu. »Bist du bereit?«

Während des Flugs war kaum ein Wort zwischen uns gefallen, vielleicht weil ich es ihm übel nahm, dass er so nett gewesen war, in meiner Vergangenheit herumzuschnüffeln. Nun schien er zu glauben, ich wäre sein Eigentum und er könnte mit mir machen, was er wollte. Da irrte er sich aber gewaltig. Höchste Zeit, ihn aus seinen Träumen zu wecken.

Um jedoch ehrlich zu sein, ich fühlte mich wirklich besser, seit wir über meine Vergangenheit gesprochen hatten. Und natürlich hatte Black ja auch gesagt, ich sei für die vielen Toten in meinem Leben nicht verantwortlich. Vielleicht hatte ich jemanden gebraucht, der mir das sagte, damit ich es auch selbst glaubte. Vielleicht hatte er recht, dass es ein Fehler war, alles so lange für mich zu behalten.

Aber Black ging das trotzdem alles nichts an, und ich war noch immer sauer auf ihn, dass er mit meinem Leben umging, als wäre es seines. Also sagte ich: »Sie weiß garantiert nicht mehr, als das, was ich dir schon gesagt habe. Du verschwendest nur deine Zeit.«

»Einen Versuch ist es allemal wert. Und wenn sonst nichts dabei herauskommt, habe ich wenigstens jemanden aus deiner Familie kennengelernt.«

»Eines kann ich dir zumindest versprechen, Black, sie wird dich nicht an einen Stuhl fesseln und in den nächstbesten See werfen, wie es deine Familie mit mir gemacht hat.«

»Ich dachte, die Sache hätten wir abgehakt.«

»Nein.« Ich machte die Tür auf und sprang hinaus. Ich entdeckte den Sheriff in seiner dunkelbraunen Uniform und neben ihm meine Tante. Sie trug ein rosafarbenes Kleid, und ihre weißen Haare leuchteten aus dem Grün der Bäume heraus. Sie warteten an einem eisernen Viehgatter, das den Hof von den Weiden hinter dem Haus abtrennte. In einiger Entfernung von uns standen an die vierzig Rinder vereint und glotzten uns verwundert an.

Ich lief voraus und schloss meine Tante stürmisch in die Arme. Ich freute mich wahnsinnig über das Wiedersehen, denn obschon wir ab und zu miteinander telefonierten, lag mein letzter Besuch auf der Farm Monate zurück.

»Respekt«, sagte Tante Helen zu Black, als er mit seiner Pilotenbrille im Gesicht auf sie zukam. »Kommt hier angeflogen wie George W. Bush höchstpersönlich.«

Black lachte und streckte ihr die Hand entgegen. Tante Helen drückte sie auf ihre zupackende Art, und sie taxierten sich. Dann begrüßte er den Sheriff. »Danke für die Landeerlaubnis.«

»Bist du sicher, dass es dir gut geht, Annie?« Helen hielt meine Hand und sah mir in die Augen. Sie war eine gut aussehende Lady, weit in den Siebzigern, und hatte den glatten

Teint jener Frauen aus der Ära, in der Sonnenbräune als unschick galt. Ihre blauen Augen musterten mich. Dann fasste sie Black auf eine Art ins Auge, die sagte: Wehe, du krümmst Annie auch nur ein Haar, dann gnade dir Gott.

»Es ist, als wäre alles erst gestern passiert, Tante Helen.«

»Ich weiß. Ich hab' die Fernsehnachrichten gesehen. Aber du wirst es schaffen. Seit dem letzten Mal bist du so stark, dass dich nichts mehr umhaut. Das weißt du auch.«

»Das stimmt«, sagte Black und legte mir seine Hand auf den Rücken.

Helen sah, wie ich der Berührung auswich, und blickte zu Black. »Ich glaube, um das beurteilen zu können, kennen Sie Annie nicht lange genug. Angeber wie Sie machen mehr Probleme, als sie es wert sind.«

Black steckte das ein wie ein Profi. »Glauben Sie mir, Mrs Wakefield, ich würde Claire niemals wehtun.«

Ich hakte mich bei Tante Helen ein und ging mit ihr zum Haus, ehe sie und Black noch handgreiflich wurden. »Ich freu mich so, dich wiederzusehen, Tante Helen. Setzen wir uns doch auf die Veranda. Da ist es kühl.«

Auf der Eingangsveranda, die sich über die gesamte Vorderfront des alten Farmhauses sowie eine der Seiten erstreckte, fragte Sheriff Barnett Black unverblümt, was er in Hartville wollte, hörte sich die Antwort höflich an – offenbar wollte er sich vergewissern, ob er zwei Damen mit ihm allein lassen konnte –und verabschiedete sich darauf. Ich bedankte mich bei ihm und setzte mich auf meinen Lieblingsplatz, eine weiße Schaukel am Ende der Veranda. Black lehnte sich gegen eine Holzsäule.

»Schöne Farm haben Sie hier, Mrs Wakefield.« Nun legte er sich ja mächtig ins Zeug.

»Vielen Dank.« So schnell ließ sich Tante Helen nicht um den Finger wickeln. Sie beäugte ihn weiter misstrauisch, als könnte er im nächsten Moment ihre Verandaschaukel klauen. Trotzdem blieb sie höflich. Fast kam es mir wie eine Art Höflichkeitskrieg vor, aber ich war entschlossen, mich da rauszuhalten, solange ich nicht wusste, was Black im Schilde führte.

Tante Helen sagte: »Will jemand Limonade? Hab ich heute Morgen frisch gemacht.«

»Klingt toll«, sprudelte Black hervor.

Mannometer. Ich ließ den Blick über die saftigen Weiden gleiten.

Nachdem Tante Helen im Haus verschwunden war, sagte Black: »Deine Tante mag mich anscheinend nicht.«

»Überrascht dich das?«

Black war weiterhin höflich und ignorierte meine Bemerkung. »Wirklich sehr friedlich hier draußen.«

»Deshalb komm ich hierher.«

»Hast du dich auch in dem Jahr, in dem du spurlos verschwunden warst, hier aufgehalten?«

»Ja. Ich saß fast die ganze Zeit auf dieser Schaukel und schaute ins Land. Hier ließ mich jeder Ruhe, und die Medien haben mich nie entdeckt. Ich mag diesen Frieden und die Stille. Am liebsten würde ich hier leben.«

»Verständlich.«

Tante Helen kam nach ein paar Minuten wieder heraus, in der Hand trug sie ein Tablett mit drei Gläsern Limonade mit Zitronenscheibe, einem Teller mit ihrem berühmten zweischichtigen Schokoladenkuchen, weißen Kuchentellern, Gabeln, und weißen Papierservietten mit roten Herzchen drauf. Während sie den Kuchen anschnitt, sagte sie zu Black: »Ich glaube, ich habe Sie schon ein-, zweimal im Fernsehen gesehen. Kann das sein?«

»Ja, Ma'am. Aber die meiste Zeit bin ich einfach Arzt.« Du meine Güte, er machte wirklich einen auf höflich. *Ma'am* und überhaupt. Noch nie hatte ich ihn zu irgendjemandem Ma'am sagen hören.

Tante Helen sagte: »Welche Fachrichtung?«

»Ich bin Psychiater.«

Helen verengte die Augen zu Schlitzen und warf mir einen

fragenden Blick zu. *Seelenklempner?* Dann nahm sie auf einem Schaukelstuhl aus Metall Platz und legte die Hände in den Schoß. »Was wollen Sie also nun von mir wissen?«

»Ich habe ihm schon gesagt, dass du auch nicht mehr weißt, als das, was ich ihm schon gesagt habe, aber er glaubt mir nicht.«

Black setzte sich ebenfalls zu uns und beugte sich nach vorne. »Mrs Wakefield, ich glaube, es gibt da noch ein paar Details aus Claires Kindheit, an die nur Sie sich erinnern. Sie hat soviel durchgemacht, mehr als sonst irgendein Mensch, und ich will, dass sie endlich ihren Frieden findet.«

Helen wirkte beinahe verstört. »Das stimmt, ihre Mutter aber auch.«

»Claire erinnert sich kaum daran, was passierte, als ihre Mutter verschwand.«

Ich sagte: »Ich habe dir alles gesagt, was ich weiß. Wenn da noch mehr wäre, hätte es mir Tante Helen längst gesagt, nicht wahr, Tante Helen?«

Als Tante Helen sich zurücklehnte und einfach schwieg, ließ ich einen Fuß am Boden schleifen und hielt die Schaukel an. Oh-oh.

»Tante Helen? Du hast mir doch alles gesagt, nicht wahr?«

»Natürlich. Vielleicht habe ich aber auch das eine oder andere nicht erwähnt.«

Sofort war mir klar, dass sie etwas verbarg. Und Black ging es, seinem Gesichtsausdruck nach zu urteilen, nicht anders. Er sagte: »Wissen Sie denn, was mit ihrer Mutter geschehen ist? Ist sie wirklich einfach nur verschwunden?«

»Ja.« Helen schaukelte sanft hin und her. »Hat Annie Ihnen gesagt, dass wir nicht wirklich blutsverwandt sind, Dr. Black?«

»Nein, hat sie wohl auch einfach vergessen zu erwähnen.«

»Ich sah keinen Grund, das zu erwähnen.« Aber ich fühlte eine nervöse Unruhe in mir, als fürchtete ich, von einer neuen Welle des Schmerzes überrollt zu werden.

Tante Helen sah zu Black. »Annies Mutter, Regina, war auf der Highschool die beste Freundin meiner Tochter Linda.«

Black sagte: »Wohnte die Familie von Regina auch hier in der Nähe?«

»Ja, aber mittlerweile sind fast alle Familienmitglieder tot. Der Vater war Pfarrer, ein herzensguter Mann, aber streng wie die Hölle mit seinen Töchtern, diesen armen Mädchen. Beide sind so bald wie irgend möglich von Zuhause abgehauen.«

Ich sagte: »Warum hast du mir das nie gesagt, Tante Helen?«

»Ich sah keinen Grund dafür.«

Black hakte weiter nach. »Regina hatte also eine Schwester, ja?«

»Genau. Sie hieß Kathy und hat sich schon vor Jahren umgebracht. Und du, Annie, hast sie gefunden.«

»Ja, ich hab sie gefunden.« Ich hatte plötzlich keinen Hunger mehr und stellte meinen Kuchenteller auf den Tisch.

»Ich glaube, es ist an der Zeit, dir die ganze Wahrheit zu sagen, Annie. Vermutlich wollte ich dich in all den Jahren zuvor schützen.«

»Und die wäre?«

Sie seufzte. »Die Wahrheit ist, dass deine Mutter schon lange vor deiner Geburt mit einem jungen Soldaten auf Heimaturlaub durchgebrannt ist. Als der junge Mann an die Front musste, kam sie wieder nach Hause zurück, aber ihr Vater, dein Großvater Baker, enterbte sie und warf sie aus dem Haus. Darauf kam sie dann hierher und lebte eine Weile mit mir und Linda zusammen.« Tante Helen nahm meine Hand. »In der Zeit stellte sie dann auch fest, dass sie mit dir schwanger war, Annie.«

Ich war wie versteinert, fassungslos, wie sie mir das über all die Jahre hinweg verheimlichen konnte. Tante Helen schüttelte den Kopf. »Es war alles so anders damals; das kannst du dir gar nicht vorstellen! Man war stigmatisiert als ledige Mutter, noch dazu wenn der Vater Geistlicher war. Noch bevor es also jeder sehen konnte, besorgte ich ihr eine Stelle. Sie sollte kochen und saubermachen für Freunde von mir, die eine Suppenküche in Poplar Bluff betrieben. Die Leute konnten sie sicher unterbringen, während sie dort arbeitete, und ich wusste, sie waren in

Ordnung und würden es gut mit ihr meinen. Regina wollte so schnell wie möglich weg von hier. Sie wollte auf keinen Fall, dass hier jemand erfährt, dass sie ein Baby bekommt.«

Ich blinzelte und starrte sie an; dann blinzelte ich nochmals. Das alles war nicht ganz leicht zu verkraften.

Black sagte: »Also hier wurde Claire geboren? In Poplar Bluff.«

Ich sagte: »Warum hat man mir dann gesagt, ich wäre in Dayton, Ohio, geboren worden?«

»Deine Mutter wollte nicht, dass du die Wahrheit weißt.«

Ich saß einfach nur da. Black stand auf und setzte sich zu mir auf die Schaukel.

»Linda und ich blieben mit deiner Mutter so gut wie möglich in Kontakt, in erster Linie telefonisch. Im Schoß ihrer Familie war sie nie wieder so richtig willkommen.«

Black sagte: »Und Annies Vater? Was ist aus ihm geworden?«

»Er kam nie wieder zurück, ist an irgendeinem gottverlassenen Ort gefallen.«

»Wie konntest du mir das alles verschweigen? Und warum hast du so lange ein Geheimnis daraus gemacht? Wer war mein Vater? Wie hieß er?«

»Sein Name war Scott Parker. Und gesagt hab ich dir deshalb nichts, weil ich keinen Grund dafür sah, dir alle diese unschönen Details aufzutischen, noch dazu, weil Regina sich so viel Mühe gegeben hat, sie zu verbergen. Du hast genug durchgemacht. Da musstest du das alles nicht auch noch wissen.«

Black sagte: »Booker fand heraus, dass Regina möglicherweise geheiratet hat in Poplar Bluff, und zwar einen Beerdingungsunternehmer. Stimmt das?«

Tante Helen sah uns beide eindringlich an; sie antwortete offenbar nur widerstrebend. »Nun, sein Name war Landers, und er war von Beruf Einbalsamierer. Sie hat eine gewisse Zeit bei ihm gearbeitet, aber ich weiß nicht wie lange. Er bot ihr ein kleines Haus hinten auf seinem Grundstück, in dem sie kostenlos wohnen konnte. Dafür sollte sie für ihn kochen und sauber machen. Sie nahm die Arbeit an, weil du da so schön in Ruhe spielen konntest, Annie.«

»Mit dem Namen Landers bin ich groß geworden. Heißt das, er hat mich adoptiert, nachdem er und Regina geheiratet haben?«

Tante Helen lehnte sich zurück und betrachtete eine Kuh, die über den Zaun zu uns herübersah. Sie zögerte abermals. Du meine Güte, es kam immer noch schlimmer. »Erzähl mir den Rest, Tante Helen, bitte. Hat er mich adoptiert? Wo ist er jetzt?«

»Tatsache ist, meine Gute, deine Mutter hat ihn nie geheiratet. Sie hat nur für ihn gearbeitet.«

»Aber ich dachte, sie wären verheiratet gewesen. Ich trug seinen Namen.«

»Regina hat ihn nie geheiratet. Sie hat nur allen hier oben erzählt, sie wäre verheiratet, auch ihrer Schwester. Sie schämte sich und wollte nicht, dass ihre Familie wusste, dass du ein lediges Kind bist. Deshalb hat sie für euch beide seinen Namen angenommen. Landers kam bei einem Brand ums Leben, und niemand wusste warum, wie auch schon davor kaum jemand was über ihn wusste, denn der Mann war allem Anschein nach sein ganzes Leben lang ein Einsiedler.«

»Oh mein Gott, ich kann das alles gar nicht glauben.«

»Dann ist deine Mutter eines Tages einfach Hals über Kopf verschwunden. Eines Abends hat Regina, nachdem sie dich ins Bett gebracht hatte, das Haus verlassen, um eine Zigarette zu rauchen. Seitdem ist sie spurlos verschwunden. Gott sei Dank nahm dich ihre Schwester Kathy zu sich.«

Black sagte: »Meinen Sie, Regina hat Claire im Stich gelassen?«

»Nein, niemals. Sie hat dich mehr als ihr eigenes Leben geliebt, Annie. Niemals hätte sie dich einfach so alleingelassen. Irgendwas stimmte da nicht, aber die Polizei konnte nie klären, was ihr zugestoßen war.«

Ich sagte: »Und was ist mit meinem Bruder?«

Zum ersten Mal wirkte Tante Helen völlig perplex. »Regina hatte nie einen Sohn. Nur dich, Annie. Du warst ihr Leben.«

»Aber ich kann mich an ihn erinnern, bestimmt. Sein Name war Thomas.«

Helen schüttelte den Kopf. »Ich weiß nicht, wer das sein könnte. Regina hatte nicht noch ein Kind.«

Black sagte: »Dieser Einbalsamierer also, Dr. Landers, kam bei einem Feuer ums Leben? Wissen Sie, wie es zu dem Brand kam?«

Sie schüttelte den Kopf. »Regina hat mir erzählt, dass er sehr seltsam und komisch war. Er wohnte in einem unheimlichen alten Kasten, wo er auch seiner Arbeit nachging, im Keller. Vielleicht fingen die Chemikalien Feuer, die er dazu verwendet hat, oder etwas in der Richtung. Regina hat auch gesagt, er habe zu viel Whiskey getrunken.«

Ich versuchte, mich daran zu erinnern, aber da war nichts. Es schien unmöglich. »Bist du sicher, dass es da nicht doch einen kleinen Jungen gab, der dort gelebt und mit mir gespielt hat? Ich erinnere mich ganz genau an ihn. Bestimmt.«

»Nun, weißt du, wenn ich so drüber nachdenke, ich glaube, Regina hat mir doch einmal gesagt, dass Landers einen Sohn hatte. Stimmt genau. Sie hat sich noch drüber ausgelassen, wie komisch er sei, schlich angeblich immer nur rum und flüsterte. Sie sagte, er sei ihr geradezu unheimlich, aber es könnte sein, dass du mit ihm gespielt hast, Annie. Ich bin mir sicher, er ist der Junge, an den du dich erinnerst.«

»Hat sie ihn Thomas genannt?«

»Ich weiß es einfach nicht mehr.«

Ich wartete, wobei ich immer unruhiger wurde und kaum mehr still sitzen konnte. »Bitte. Streng dich an.«

Tante Helen machte kurz die Augen zu und sagte dann: »Seinen Namen weiß ich beim besten Willen nicht mehr, meine mich aber daran zu erinnern, dass er einen Spitznamen hatte, keinen besonders schönen. Jetzt fällt es mir ein: Er wurde Blage genannt. Regina hat gesagt, Landers und sein Sohn wären beide so seltsam gewesen, dass sie gekündigt hat, um in die Suppenküche zurückzukehren und wieder dort zu kochen.«

Black sagte: »Claire, es ist ganz normal, dass du geglaubt hast, Thomas wäre dein Bruder, gerade weil deine Mutter den Namen Landers angenommen und überall herumerzählt hat, sie hätte den Mann geheiratet.«

»Vermutlich. Es ist alles schon so weit weg.«

»Fällt Ihnen sonst noch was ein, Mrs Wakefield, das uns weiterhelfen könnte?«

»Ich weiß, dass sie nicht die Todesbotin ist, für die sie sich hält.«

»Todesbotin?«, fragte Black.

»Ja. Aus dem Grund wollte Annie nie für längere Zeit hierbleiben, weil sie befürchtete, mir könnte etwas zustoßen. Das ist natürlich blanker Unsinn. Möglicherweise wird sie auch versuchen, Sie abzuwimmeln, vor allem weil Sie sie offenbar mag. Ich hoffe, Sie lassen das nicht zu, Doktor, wenn Sie ihr wirklich helfen wollen.«

»Ich lass mich nicht so leicht bevormunden.«

Ich stand noch immer leicht unter Schock und musste mir nun anhören, wie über mich gesprochen wurde; deshalb war ich froh, als mein Handy klingelte. Ich schnappte mir das Ding und ging in den Hof hinaus, hörte aber noch, wie Tante Helen hinter meinem Rücken auf der Veranda sagte: »Sie braucht einen Spezialisten, der ihr hilft, die vielen Verlusterfahrungen zu verarbeiten. Aber Sie müssen wissen, sie hasst Ärzte.«

»Das ist mir nicht entgangen.«

»Ich kann mir schon denken, warum. Nach Zacharys Tod musste sie mit den Polizeipsychologen sprechen, und sie hasste diese Leute. Für sie waren das alles Quacksalber.«

Was konnte man sich Netteres vorstellen, als vor den eigenen Augen die Seele seziert zu bekommen. Für gewöhnlich komme ich einigermaßen zurecht. Schwierig wird es nur für mich, wenn jemand Zack erwähnt, dann erleide ich einen Zusammenbruch, es sei denn, ich verdränge alles in tiefste Tiefen, wo es mich nicht mehr berührt. Bestimmte Erinnerungen muss ich in Schach halten, um zu überleben, egal was Black dazu sagt. Ich hatte lange genug dazu gebraucht, mir darüber klar zu werden. Mein Handy piepste. Fast wagte ich es nicht, das Gespräch anzunehmen aus Angst, es könnte eine neue Hiobsbotschaft über mich hereinbrechen.

Es war Bud. »Hey, Morgan. Wo zum Teufel steckst du?«

»Du wirst es nicht glauben. In Hartville.«

»Ich dachte, zur Abwechslung könnte dir mal 'ne gute Nachricht nicht schaden. Deshalb mein Anruf.«

»Wie recht du hast. Los, sag schon.«

»Charlie will dich möglicherweise rehabilitieren. Also sieh zu, dass du nach Hause kommst, um meinen Anruf abzuwarten.«

»Wie erklärst du dir denn den plötzlichen Stimmungswandel?«

»Das sag ich dir, wenn ich dir deine Waffe und das Abzeichen zurückgebe. Wichtig ist nur, dass du so schnell wie möglich nach Hause kommst und in der Nähe des Telefons bleibst.« Weg war er.

Auf dem Weg zurück zur Veranda fühlte ich mich gleich wie neu geboren. Selbst Tante Helens schreckliche Enthüllungen verblassten bei dem Gedanken, wieder arbeiten zu dürfen. Ich konnte ein Lächeln nicht unterdrücken. »Wir müssen los, Black. Charlie hat es sich anders überlegt, und vielleicht krieg ich noch heute meinen Job zurück.«

»Schön für dich«, sagte Black ohne jede Begeisterung.

Tante Helen hingegen schloss mich herzlich in die Arme und sagte, wie glücklich sie über die neue Entwicklung sei. Dann sagte sie leise, sodass Black es nicht hören konnte: »Tut mir leid, dass ich dir das alles vorenthalten habe, Annie. Ich dachte, es wäre besser so. Wirklich.«

»Es ist nicht so schlimm, aber irgendwann mal würde ich gerne mehr über meinen richtigen Dad erfahren.«

»Ich versuche, so viel über ihn zu herauszubekommen, wie ich nur kann. Dann ruf ich dich an«, sagte sie.

Black sagte: »Mrs Wakefield, ich weiß gar nicht, wie ich Ihnen danken soll. Sie haben uns sehr geholfen. Falls Ihnen noch mehr Erinnerungen kommen, würden Sie mich dann bitte anrufen? Ich kann Ihnen eine Nummer geben, über die ich ständig erreichbar bin.«

»Na, da kannst du ja nun stolz drauf sein und mir ewig Vorhaltungen machen«, sagte ich zu Black, nachdem wir Tante Helen verlassen hatten und wieder im Hubschrauber saßen.

Er konzentrierte sich auf seinen Kopfhörer und die Anschnallgurte und half mir mit meinem. »Ich mag deine Tante. Sie ist eine nette Frau.«

»Stimmt. Wie willst du jetzt damit umgehen? Mir kommt das alles so was von spanisch vor, vor allem die Tatsache, dass Helen all die Jahre geschwiegen hat. Versteh ich nicht.«

»Möglicherweise hat sie's nur gut gemeint. Aber mit diesem Landers und seinem Jungen ist etwas faul.«

»Was geht uns das an? Ich bin nur heilfroh, dass er nicht mein Vater ist, wenn er so ein komischer Vogel war. Zumal er sowieso tot ist.«

»Trotzdem soll Booker der Sache mal nachgehen. Mich würde interessieren, was aus dem Jungen geworden ist. Aber dieses Mal bitte ich dich vorher um Erlaubnis. Was meinst du?«

»Mach, was du willst. Ich will nur so schnell wie möglich wieder zurück an meine Arbeit. Also los.«

Black startete den Hubschrauber, und als wir abhoben und Tante Helens Kühe abermals in Aufruhr versetzten, winkte ich zum Abschied. Tante Helen stand mit flatterndem Kleid am Zaun und winkte ebenfalls, während sie mit der anderen Hand ihr herumwirbelndes Haar im Zaum hielt.

28

Wir erreichten Cedar Bend mit einer Schlechtwetterfront im Rücken, die Stürme und jede Menge Regen aus den Gewitterwolken mitbrachte, die sich über das gesamte Südende des Sees hinweg schwarz auftürmten. Die Luft fühlte sich feucht und schwer an und roch geradezu nach Hitze, Regen und Ozon. Ich saß draußen auf Blacks Balkon, starrte auf das Handy vor mir auf dem Tisch und versuchte es zum Klingeln zu bewegen. Black war in seinem Büro damit beschäftigt, die kommenden Termine abzusagen, um bei mir sein zu können. Ich sagte, er solle das nicht machen, und dass ich nicht länger bliebe, aber wie immer hörte er nicht auf mich.

Ich hatte Bilder vom Tatort vor mir liegen und versuchte, die Berichte zu lesen, die Dottie vorbeigebracht hatte, aber ich wartete nur gespannt darauf, endlich den »Mexikanischen Huttanz« zu hören.

Als die Melodie erklang, griff ich so ungestüm zum Telefon, dass ich es beinahe vom Tisch gefegt hätte.

»Gebongt, Morgan. In einer halben Stunde hol ich dich zu Hause ab, natürlich mit der Waffe und dem Abzeichen. Alles klar?«

»Alles klar.«

Ich strahlte ohne Ende, bis Black herauskam und ich sein Gesicht sah.

Er sagte: »Bud, nehme ich an?«

»Ja. Wir sehen uns in einer halben Stunde bei mir zu Hause. Ich bin nun offiziell wieder im Dienst.«

»Gratuliere.« Wie schon zuvor konnte er sich einfach nicht so richtig freuen über mein Glück.

Ich wechselte das Thema. »Ich hab mir Dotties Tatortaufnahmen angesehen und versucht, irgendwelche Gemeinsamkeiten zu entdecken.«

Black ging nicht darauf ein. »Das heißt dann wohl, du verdünnisierst dich?«

Genau das hieß es, und ich begann, die über den ganzen Tisch verstreuten Unterlagen einzusammeln. Ich ließ mir Zeit, den Stapel feinsäuberlich auf Kante auszurichten, ohne dabei Black anzusehen.

Irgendwie fühlte ich mich schuldig. Dann beschloss ich, es einfach hinter mich zu bringen. »Versteh mich nicht falsch, ich bin dir für alles, was du für mich getan hast, sehr dankbar, wirklich. Ich hatte von Anfang an ein falsches Bild von dir, aber es wäre besser, die Sache zwischen uns erst einmal auf Eis zu legen, so lange ich diesen Fall bearbeite.«

»Das war's dann also? Pech gehabt, Black. War nett mit dir, aber für mich ist der Käse gegessen, also hau schon ab.«

»Mach's nicht unnötig schwer. Ich versuche jetzt mit aller Kraft, den Mord an Sylvie aufzuklären. Das ist das Beste, was ich für uns beide tun kann – den Mörder finden und ihn hinter Schloss und Riegel bringen –, und dann sehen wir, wie es mit uns weitergeht. Kann sein, dass sie beim nächsten Mal mein Abzeichen für immer einkassieren. Das musst du doch verstehen.«

»Und ich soll in der Zwischenzeit hier einfach abwarten und Däumchen drehen, bis du es dir überlegst und zu mir zurückkommst?«

»So ungefähr. Lass die Polizei einfach mal machen. Ich halte dich auf dem Laufenden.«

Black sah mich einen Moment lang eindringlich an, dann sagte er: »Okay, Claire, wenn das dein Wunsch ist. Ich bin auf alle Fälle da, falls du meine Hilfe brauchst. Nimm eins von meinen Schnellbooten mit nach Hause. Damit kannst du jedem Reporter entkommen.«

Ich war erstaunt, dann aber erleichtert, dass er mir keine Vorwürfe machte.

340

»Okay, die Unterlagen lass ich dir hier, wenn du willst. Danke, dass du mir das Boot leihst. Danke für alles. Das meine ich ernst.«

»Gut. Ich ruf Tyler an.«

Ich brach überstürzt auf, mit einem miesen Gefühl, weil ich es so gar nicht erwarten konnte, nach Hause zu kommen und Bud zu sehen. Tyler hatte das Boot vollgetankt und startklar gemacht, und ich düste los. Der See war aufgewühlt, der tiefe Himmel fast schwarz, die Berge an den Ufern von Gewitterwolken verhangen. Ich fühlte mich wohl hier draußen und preschte mit voller Geschwindigkeit über die Wellen.

Der Sturm peitschte mir die Haare aus dem Gesicht, und ich hoffte inständig, dass Harve die Medienleute von unserer Privatstraße aussperren konnte. Alle Welt glaubte jetzt, ich wäre mit Nick Black zusammen, und die Paparazzi würden ihn verfolgen wie die Schmeißfliegen. Mir war nun vollkommen klar, warum er sich in dieser Abgeschiedenheit angesiedelt hatte. Was mich betraf, ging ich davon aus, dass mich Bud längst zu Hause erwartete, und er würde sich schon um aufdringliche Reporter kümmern, lange bevor ich überhaupt dort ankam.

Als ich in meine Bucht einbog, sah ich Buds weißen Bronco schon von Weitem an meinem Anleger stehen. Die Hände in den Hosentaschen und wie immer wie aus dem Ei gepellt, lehnte er gegen die Kühlerhaube. Keine Reporter in Sicht. Ich freute mich über das Wiedersehen und lächelte. Vielleicht würde sich jetzt wieder alles normalisieren. Ich hatte Blacks Gesicht vor Augen, erinnerte mich an die Art, wie er mich berührte und wie mein Körper darauf reagierte. Ich musste auch daran denken, mit welcher Entschlossenheit er mich dazu bewegte, mich meiner Vergangenheit zu stellen. Er hatte mir schon jetzt geholfen. Ich konnte bestimmte Dinge beim Namen nennen und aussprechen. *Schluss jetzt, Claire. Denk nicht mehr an ihn und konzentrier dich auf deinen Fall.*

Auf seine gewohnt lässige Art schlenderte Bud mir über die Planken entgegen und fing mit leichter Hand das Seil auf, das ich ihm zuwarf. Er trug seine Polizei-Regenjacke, und ich wünschte, ich hätte meine auch zur Verfügung. Sie war schon seit mindestens einem Monat wie vom Erdboden verschwunden. Wohl oder übel würde ich mich darauf einstellen müssen, nass zu werden.

»Aus Blacks Schatzkästchen?«, fragte er, während er das Boot begutachtete. »Wow. Krieg ich das auch, wenn ich ihn artig darum bitte und mit den Wimpern klimpere?«

Er grinste, also ließ ich ihm die Bemerkung durchgehen. »Es ist geliehen. Hast du meine Sachen?«

Bud hielt eine blaue Plastiktüte in die Höhe, als ich den Steg erklomm. »Sie sind wieder im Geschäft, Detective.«

»Danke.« Es fühlte sich verdammt gut an, mein Abzeichen wieder am Gürtel festzumachen. Noch besser war die Glock in meiner Hand. Ich streifte mein ledernes Schulterhalfter über und fühlte mich wieder ganz. »Also, was ist los? Charlie würde mich doch nie so plötzlich wieder zurückholen, es sein denn, es gibt einen Grund?«

»Im Ha Ha Tonka Nationalpark wurde die nächste Leiche gefunden. Er will, dass wir beide den Tatort in Augenschein nehmen.«

»Dasselbe Muster?«

»Ja. Enthauptung des Opfers, silbernes Isolierband, die kleinen, halbrunden Fleischwunden, alles. Charlie und die Jungs von der Spurensicherung sind bereits vor Ort. Der ganze Park ist abgesperrt.«

»Wir nehmen das Boot. So sind wir schneller.«

Der Ha Ha Tonka Nationalpark war eine große Touristenattraktion, vor allem für Wanderer und Naturfreaks, und ein wahres Paradies für Geologen, die auf Karsttrichter und Felsenhöhlen standen, gerne über natürliche Brücken spazierten oder von Steilwänden in die Tiefe guckten. Ein ausgeklügeltes Wegenetz erschloss die spektakuläre Landschaft samt der berühmten Schlossruine. Der um die vorletzte Jahrhundertwende auf einer Klippe errichtete Bau überragte den Niangua-Fluss und den

Ozarks-See. Auf Liebespaare hatte das Schloss dieselbe Anziehungskraft wie ein Kingsize-Bett in Cancun.

Das Gerippe des alten, vor Jahrzehnten durch einen Brand zerstörten Schlosses tauchte in der Ferne vor unseren Augen auf, und als Bud und ich näher kamen, sahen wir die wuchtigen Steilwände aus dem Wasser ragen und den noch erhaltenen Wasserturm des Schlosses. Ich verlangsamte die Fahrt, als wir uns dem Parkplatz am Eingang des Nationalparks näherten. Ha Ha Tonka bedeutete in der Sprache der Osage-Indianer »lachende Wasser«, aber danach war jetzt niemanden zumute.

Ich stellte den Motor ab und ließ uns von der Kielwelle ans Ufer tragen. Connie O'Hara kam uns auf dem steinigen Strand entgegen, als wir aus dem Boot kletterten. Hinter dem quer über die Zufahrtsstraße gespannten Absperrband drängten sich Reporter. Drei Polizisten hielten sie in Schach.

»Wie geht's, O'Hara?«, fragte ich, als sie bei uns war. Sie wirkte müde, als hätte sie nicht geschlafen.

»Ich find's Scheiße, was hier abgeht.« O'Hara schaute zu den Presseleuten. Von Weitem hörte man das Durcheinander ihrer Stimmen. *Hey, Männer, schon wieder eine Leiche! Rosige Zeiten für uns! Schmeißt die Kameras an und freut euch des Lebens!* O'Hara nahm Blickkontakt mit mir auf. »Üble Geschichte, die Ihnen da in Kalifornien passiert ist.«

»Kann man wohl sagen. Aber jetzt geht's wieder, danke. Wo hat er uns das Opfer hinterlassen?«

»In dem alten Wasserturm. Sie haben auf euch gewartet, ehe sie sie abtransportieren.«

Bud befand sich schon auf dem Fußweg, der zu dem Schloss hinaufführte. Ich beeilte mich, ihn einzuholen. Am oberen Parkplatz bogen wir rechts ab, und schon ragten die Ruinen vor uns auf, ein massives Gerippe aus Granit und Kalkstein. Eine Wand ragte drei Stockwerke hoch auf, die Kamine und Fensterbögen alle intakt. Ich wunderte mich, dass Black das Gemäuer nicht längst aufgekauft und renoviert hatte. *Schluss damit. Denk nicht dauernd an ihn.*

Polizisten säumten den Pfad, der von der Ruine zum Tatort führte. Der Wasserturm lag ein Stück weit entfernt, über einen Weg direkt am Steilhang entlang erreichbar, der einem erst eine Vorstellung der Begriffe »jäh« und »Abgrund« vermittelte. Wir legten die Strecke über die seitlich gesicherten Plankenwege schnell zurück. Ich warf einen Blick in die Tiefe, als mir einfiel, dass hier ein Typ einmal seine Frau in die blau-grün schäumenden Frühlingsfluten hinuntergestoßen hatte, aber das war vor meiner Zeit. Zum Bedauern des Ehemanns verfing sie sich im Gestrüpp zwischen den Felsen, anstatt für immer im Wasser und aus seinem Leben zu verschwinden. Von der Natur ausgebremst. Ich wünschte, dieser Fall wäre auch so einfach.

Charlie Ramsay stand am Fuß des Wasserturms. Für gewöhnlich war der Zugang zu den Treppen im Inneren durch ein Eisentor versperrt, um Touristen daran zu hindern, nach oben zu steigen. Heute jedoch war er offen, die schwere Kette und das Schloss lagen am Boden. Der Turm war aus viereckigen Feldsteinen errichtet und erinnerte an Glockentürme in der Toskana oder an die Bergfriede im England zu Zeiten König Arthurs. Fast hätte ich schon erwartet, den Zauberer Merlin in einem der drei Fenster hoch über mir zu sehen, umflattert von einem schwarzen, mit Mondsicheln und Sternen bedruckten Umhang und mit magisch ausgebreiteten Händen. Oder war das der Typ aus Harry Potter?

»Nun. Wird langsam Zeit, Claire. Annie. Was darf's denn sein?« Die Leute hatten tatsächlich Probleme, wie sie mich ansprechen sollten.

»Claire.«

»Alles klar?«, flüsterte mir Charlie noch zu. Seine Art sich zu entschuldigen, dass er mich suspendiert hatte. Ich nickte.

Im Inneren standen ein paar Männer von der Highway-Patrouille herum und zankten sich über Zuständigkeiten. Ich erkannte O'Haras Mann und begrüßte ihn mit dem obligatorischen ernsten Nicken. Er war deutsch-irischer Abstammung, groß und breitschultrig, und wenn man ihn sich so ansah, würde man ihn am liebsten in einen traditionell gemusterten Skipulli stecken und aufs Matterhorn transferieren.

Ich konzentrierte mich auf Charlie. »Welcher Kopf? Brandenberg?«

Er zuckte leicht mit den Schultern und sog nervös an seiner Pfeife. »Eine junge Frau. Blond. Wohl oder übel wirst du sie identifizieren müssen.«

Ich sagte: »Okay, aber ich habe sie seit Jahren nicht gesehen.« Drinnen sah ich Shag, wie er sich mit der Kamera seinen Weg um die Leiche bahnte. Als er nach rechts auswich, sah ich den toten, gegen die Rückwand gelehnten Körper, das lange blonde Haar über das Gesicht und den nackten Oberkörper fließend. Dieses Mal war das Isolierband schwarz mit Blut verkrustet. Ich erkannte einige der halbmondförmigen Wunden auf ihrem Bauch und den Brüsten. Er hatte also abermals zugeschlagen, und direkt vor unseren Augen.

»Wurde sie bewegt?«

»Noch nicht.«

Bud und ich zogen Handschuhe und Überzieher für die Schuhe an und passten genau auf, wo wir hintraten. Der Boden im Inneren war voller Blutflecken. Die Grundfläche betrug ungefähr sechsunddreißig Quadratmeter, und eine Treppe führte nach oben. Bis auf das Opfer war der Raum leer. Sie saß auf dem nackten Erdboden und sah uns direkt an. Es sah aus, als hätte der Täter ihr die Haare über das Gesicht frisiert. Mir fielen das Isolierband und der schräg geneigte Kopf auf.

»Er hat offenbar einen Trip in den sonnigen Süden Kaliforniens gemacht, Brandenberg ermordet und dann ihren Kopf für diese Leiche hierhergebracht.« Bud kratzte sich am Kinn. »Er hat sich nicht ohne Grund eine alte Freundin von dir ausgesucht. Meinst du, er hat dich auf dem Kieker, weil du gegen ihn ermittelst?«

»Weiß nicht.« Ich richtete den Blick auf Charlie. »Ist eigentlich Gil Serna wieder aufgetaucht?«

Er nickte. »Er wurde in einer Privatklinik in Acapulco,

Mexiko, gesichtet. Von daher kommt er als Täter wohl kaum mehr in Frage. Dieses Opfer stammt wahrscheinlich aus dieser Gegend, ist in den Dreißigern und ziemlich sportlich. Von daher dürfte sie sich heftig gewehrt haben.«

Ich näherte mich der Leiche und ging daneben in die Knie. Wie in den Sümpfen hatten sich schon überall bläulich schimmernde Fliegen angesiedelt, deren Summen den steinernen Raum erfüllte. Es war drückend heiß, und der Gestank von geronnenem Blut haute mich schier um, als wäre ich mit dem Opfer lebendig begraben. Ich ging auf Abstand. »Eindeutig derselbe Täter. Zweifellos.«

Shag nickte. »Dieselbe Wickeltechnik. Ich vermute sogar, es ist dieselbe Rolle. Mittlerweile liegt der Ermittlungsbericht aus L.A. vor, und es passt alles. Kommt viel rum dieser Täter. Und er steht auf langhaarige Blondinen, genau wie ich.« Er grinste, wenn auch nur halbherzig. Kein Ha-ha in den Wassern heute.

»Bist du bereit, die Haare zurückzustreifen«, sagte Charlie zu Shag.

»Ja.«

Bud nahm die Haare zusammen und hielt sie hoch und mir stockte der Atem. Ich sah weg. Das Gesicht war blutbeschmiert und alles andere als unversehrt, aber ich erkannte sie dennoch. »Es ist Freida.«

»Sicher?«

»Ja, sie hatte genau diese Narbe auf dem Kinn. Sie hat sie sich beim Hindernislauf zugezogen.«

Ich war froh, als ein aufgeregter Ruf aus einiger Entfernung vom Pfad her ertönte. Ich sprang hoch, wollte nur noch weg, weg von Freidas starrenden Augen. Draußen atmete ich tief durch. Der Wind hatte mittlerweile mächtig aufgefrischt und rauschte in den Blättern. Die Luft roch schwer nach Regen.

»Hier sind die Kleider des Opfers«, sagte O'Haras Mann. Ich glaube, er hieß George.

»Vielleicht hat er jetzt endlich einen Fehler gemacht«, sagte ich, als ein junger Polizist mit einer braunen Beweismitteltüte auf uns zukam. »Wenn es uns gelingt, ihren Körper zu identifizieren, könnten wir ihm vielleicht auf die Spur kommen.«

Bud nahm die Tüte, holte einen Rucksack hervor, öffnete ihn und zog ein schwarzes T-Shirt heraus. Ich sah auf das T-Shirt hinunter und nahm es ihm aus der Hand. In meinem Kopf drehte sich alles. Ich taumelte rückwärts, als ich die orange-farbenen Shorts sah, die Bud als Nächstes herausfischte. Mein Magen krampfte sich zusammen.

»Was ist denn?«, fragte Charlie. Alle sahen mich an, und als Bud einen Schritt auf mich zukam, wandte ich mich ab und beugte mich, die Hände auf die Oberschenkel gestützt, nach vorne. Ich hatte das Gefühl, als müsste ich mich übergeben. »Das sind Dotties Sachen. Oh mein Gott, sie hatte genau das an, als ich sie zum letzten Mal gesehen habe.«

»Nein, das kann nicht sein«, sagte Bud, den Blick auf die Shorts in seinen Händen fixiert.

Ich betrachtete den Aufdruck, die stilisierte Tigertatze auf dem T-Shirt, hielt es mir dann an die Nase und roch den Duft von Dotties Parfum. Ich richtete den Blick in Richtung Wasserturm und stellte mir vor, wie sie da saß, nackt auf dem nackten Erdboden, der schlanke athletische Körper gestählt vom Laufen, Kanufahren und von Harves Pflege. »Oh mein Gott, sie ist es wirklich.« Dann dachte ich an Harve. Das würde ihn umbringen. Es brachte auch mich um. Ich schlug die Hände vor mein Gesicht und atmete tief durch, bis Charlie nahe an mich herantrat. Seine Stimme klang barsch. »Bist du dir absolut sicher? Solche T-Shirts gibt's doch hier wie Sand am Meer.«

Ein kleiner Hoffnungsschimmer. Bitte Gott, lass es nicht sie sein. Bud untersuchte die Shorts genauer. »Kein Ausweis.«

»Er hat es eindeutig auf Freunde von dir abgesehen«, sagte Bud, die Augen auf mich geheftet. »Das heißt, du kennst ihn eventuell.«

»Und Harve ist allein zu Hause.« Ich zog blitzschnell mein Handy heraus und drückte mit zittrigem Finger die Nummer.

Keine Antwort. »Ich muss da sofort hin. Er könnte in Schwierigkeiten sein.«

Charlie sagte: »Dann mach schon. Los. Wir kommen hier einstweilen allein zurecht.«

Ich sah mich unter den anderen um. Wie konnte ich Dottie da einfach auf dem Boden liegen lassen? Ich hatte sie doch erst an diesem Morgen noch gesehen. Mir fiel ein, wie wir beide auf dem Balkon noch gelacht hatten, wie sie es genossen hatte, mit mir zu frühstücken.

»Soll ich nicht lieber mitkommen?«, fragte Bud. Er stand plötzlich neben mir, als ich mich mit schnellen Schritten auf den Rückweg zum Boot machte.

»Nein. Gib mir die Schlüssel. Ich komm dann mit deinem Auto zurück, sobald ich weiß, dass Harve okay ist. Ich will alleine mit ihm sein, wenn ich ihm die Nachricht überbringe.«

»Der Schlüssel steckt im Zündschloss.«

»Okay.« Meine Stimme stockte, ich musste mich beeilen. Ich begann zu laufen, als ich den unteren Parkplatz erreicht hatte. Als ich endlich am Boot war, klingelte mein Telefon. Ich klappte es auf, während ich einstieg und zum Cockpit ging. Es war Black.

»Stell dir vor, Claire, was Booker mir gerade gesagt hat. Er hat diese psychiatrische Klinik in Farmington angerufen und herausgefunden, dass dieser Einbalsamierer, für den deine Mutter gearbeitet hat, dass dieser Herman Landers im jugendlichen Alter von gerade mal zwölf oder dreizehn Jahren unter psychiatrischer Beobachtung stand. Die Nachbarn hatten ihn gesehen, wie er nackt und blutverschmiert herumlief und einen ausgeweideten Hund am Schwanz hinter sich herzog. Laut Akten muss er wohl ein paar Monate dort gewesen sein und wurde dann von seinen Eltern wieder abgeholt.«

»Black, ich hab jetzt keinen Nerv für so was. Es ist was Schlimmes –«

»Claire, hör zu, denn jetzt kommt's erst. Dieser Herman Landers hatte einen Sohn, und sein Name war Thomas, genau wie du es sagst. Niemand weiß, was aus ihm geworden ist, und es gibt auch keine Sterbeurkunde für jemanden mit diesem Namen. Und in den Zeitungsberichten über den Brand, in dem sein Vater umkam, kommt er auch nicht vor. Verstehst du denn nicht, Claire? Er könnte noch immer irgendwo am Leben sein. Er hat diesen gewaltgeprägten Hintergrund und einen Bezug zu dir … Er könnte es sein!«

»Mir ist das alles scheißegal. Dottie ist tot. Wir haben sie gerade eben im Ha Ha Tonka Nationalpark gefunden. Oh mein Gott, sie ist tot, Black.«

»Was? Wann? Ist es wieder derselbe?«

»Genau.« Meine Stimme brach, und ich schluckte schwer, während das anrückende Gewitter die Verbindung immer wieder unterbrach. »Ich muss zu Harve, um es ihm zu sagen. Oh Gott, ich kann es nicht glauben, dass sie tot ist. Es kann einfach nicht wahr sein.«

Irgendwann konnte ich ihn überhaupt nicht mehr verstehen, worauf ich das Telefon zuklappte, das Boot startete und Vollgas gab. Das konnte einfach nicht sein. Nicht Dottie. Ich musste an ihr Lächeln denken, wie sie mir dauernd sagte, ich müsse essen, und wie sie sich ständig Sorgen über meine Gesundheit machte. Und Harve lag ihr sowieso am Herzen. Nun war sie tot wie all die anderen, mit denen ich eng befreundet war. Black versuchte, irgendein armes kleines Kind aus meiner Vergangenheit dafür verantwortlich zu machen, das wahrscheinlich längst tot war, aber ich wusste es besser. Irgendwie war ich an allem schuld. Ich wusste nur nicht wie oder warum.

Es dauerte ungefähr zehn Minuten, bis ich zu Hause war, und ich sagte mir ständig, dass es ein Irrtum sein musste, aber dann hatte ich unweigerlich den toten Körper in diesem Turm vor Augen und ich wusste, dass sie es war, und mir wurde wieder von neuem speiübel. Gottogott, was würde er nur mit ihrem Kopf anstellen? Irgendwo würde er ihn haben. Wahrscheinlich bewahrte er ihn in der Gefriertruhe auf, bis er ihn auf ein neues Opfer verpflanzen würde. Nun war mir klar, wie Black zumute gewesen sein musste, als ich ihn mit Sylvies Foto konfrontiert hatte. Ich schämte mich darüber, wie ich so herzlos sein konnte, aber wie konnte ich jetzt an Black denken. *Denk an Harve, denk an Harve.*

Ich preschte mit donnerndem Motor an meinem Steg vorbei und erreichte Harves Grundstück wenige Minuten später. Das Schnellboot und auch Dotties Kanu waren weg. Der Mörder musste sie auf dem See oder alleine im Park erwischt haben. Sie liebte es, auf den Wegen im Ha Ha Tonka ihre Runden zu drehen, und machte das auch oft genug, meistens alleine, manchmal auch mit ihrer Freundin Suze. Ich zwang mich zur Ruhe, als das Boot mit zu hohem Tempo den Liegeplatz erreichte und gegen den Steg schlug.

Ich versuchte, mich zu fassen. Ich musste mich einigermaßen unter Kontrolle haben, wenn ich es ihm sagte. Schon beim Aussteigen sah ich, dass Harve nicht an seinem Platz am Fenster saß. Ich rannte zum Haus hinauf und fand den Hintereingang unverschlossen vor. An der Fensterscheibe klebte eine Nachricht. *Bin mit Dottie beim Fischen. Bin bald zurück.*

Ich starrte auf den Zettel. Wenn er mit Dottie fischen gegangen war, hatte der Mörder die beiden möglicherweise zusammen überfallen. Somit könnte Harve auch tot sein. Oder er lag irgendwo verletzt, wo ihn niemand fand. Gegen eine schreckliche Vorahnung ankämpfend, rannte ich zum Boot zurück und schaltete das Navigationssystem an. Harves Boot erschien auf dem Monitor, ein grüner, blinkender Lichtpunkt dort, wo ungefähr Possum Cove sein musste. Dotties bevorzugter Platz zum Angeln. Hier also hatte der Mörder ihnen aufgelauert.

29

Die Ausflugs- und Fischerboote waren angesichts des drohenden Unwetters fast alle vom See verschwunden. Weit hinten in der Ferne, wo Osage Beach lag, grollte der Donner, und Blitze durchzuckten die dicke schwarze Wolkenschicht. Der Wind frischte immer mehr auf. Ich fragte mich unablässig, wie es Harve ging, und ich hoffte nur, während ich südwärts preschte, dass ihn nicht dasselbe Schicksal ereilt hatte wie Dottie.

Sein Boot lag mit unveränderter Position gut zwei Meilen entfernt in Possum Cove. Hier war Dotties bevorzugter Angelgrund, und hier wohnte auch ihre Freundin Suze Eggers. Es leuchtete ein, dass die beiden dort fischten.

Der Himmel hing jetzt so tief, dass er die bewaldeten Berge und Steilhänge am Ufer scheinbar fast berührte, und ich atmete erleichtert auf, als ich Harves Cobalt sichtete, festgemacht an einen alten, halb eingesunkenen Steg. Indem ich nach Steuerbord abdrehte, fuhr ich darauf zu. Als ich feststellte, dass das Boot und der Uferbereich verlassen waren, wuchs meine Unruhe. Ich stellte den Motor ab, manövrierte mein Boot direkt neben Harves, nahm ein Seil und knüpfte die beiden Boote aneinander.

»Harve! Bist du da?«, rief ich, während ich in das andere Boot umstieg und mit den Augen den steinigen Pfad absuchte, der vom Ufer aus durch dichtes Gestrüpp bergauf führte. Keine Antwort. Nur die gegen das Ufer anrollenden Wellen waren zu hören. Ich stieg nach unten, fand aber nichts, bis ich Blutspritzer auf dem Boden sah. Mir lief es eiskalt den Rücken hinunter, und ich zog meine Waffe und kletterte zurück aufs Deck. Der Sturm toste nun mit solcher Kraft, dass die Wellen weiß von Schaum gekrönt quer über die Bucht ans Ufer rasten.

Das Boot schaukelte so stark, dass ich mich nur mit Mühe auf den Beinen halten konnte.

Ich hielt mich am Kabinendach fest und suchte die Baumlinie über dem Wasser ab. Durch die sturmgepeitschten Äste hindurch sah ich schwarze Dachschindeln. Das Haus konnte nur Suze gehören. Der Regen prasselte mir mittlerweile ins Gesicht, aber ich ignorierte den stechenden Schmerz und zog mein Handy heraus, um Unterstützung anzufordern. Ich bekam keine Verbindung, und mir fiel ein, dass es in diesem abgelegenen Winkel kaum Mobilfunkantennen gab. Also versuchte ich es mit dem Equipment im Boot, aber die durch das Gewitter elektrisch so stark aufgeladene Luft brachte alle Kommunikationssysteme zum Erliegen. Ich sah den steilen Berg hinauf. Ganz oben wäre vielleicht ein Handyempfang möglich. Und was noch wichtiger war, Harve könnte sich da oben befinden.

Ich hielt meine Glock einsatzbereit in der Hand, den Finger am Abzug, während ich steil bergauf stieg. Der Pfad wand sich um Gebüsch und Unterholz herum, und während ich voranschritt, suchte ich die Umgebung auf beiden Seiten des Pfads ab, wagte aber nicht, es mir einzugestehen, wonach ich Ausschau hielt. Sollte der Mörder Dottie und Harve hier überfallen haben, könnte er eventuell auch Suze erwischt haben. Oder vielleicht war ja Suze der Mörder. Sie war mir immer schon suspekt gewesen, und gemocht hatte ich sie noch nie. Schon bei unserer ersten Begegnung war es mir kalt den Rücken hinuntergelaufen. Dottie war ihre beste Freundin gewesen, und nun war Dottie tot. Suze hatte Dienst gehabt in jener Nacht, als Sylvie in ihrem Bungalow ermordet wurde. Sie war als Erste am Mordschauplatz gewesen, sie hatte die Gelegenheit …

Am oberen Ende des Pfads kam ich hinter einer alten Scheune heraus. Sie war baufällig und verwittert, und auch das Dach hatte schon bessere Tage gesehen, aber es war genau das Gebäude, das mir schon von unten aufgefallen war. Ich schlich mich seitlich daran entlang, froh dass der Sturm die Geräusche übertönte, die meine Schritte in dem abgestorbenen Laub und

Geröll längs der Wand verursachten. Ich blieb stehen, als ein zweistöckiger Ziegelbau, offenbar das Farmhaus, in meinem Blickfeld auftauchte. Es befand sich in besserem Zustand und sah bewohnt aus. Die Rückseite des Hauses lag ungefähr dreißig Meter vor mir. Es gab dort eine Veranda mit Schaukel. Eine Schotterstraße führte um das Haus herum und in den Wald. Dies musste eines jener Gehöfte sein, die schon vor Generationen erbaut und wie Harves Grundstück nie an irgendwelche Immobilienhaie verkauft wurden.

Ich hielt mich weiter versteckt und besah mir die Fenster des Hauses, vier im oberen Stockwerk und zwei links und rechts an den Seiten der Veranda. Unten hingen dunkle Vorhänge, während die altmodischen Schiebefenster oben mit weißen Laken verhangen waren. Keine Lebenszeichen. Ich stand gegen die Scheunenwand gelehnt und versuchte nochmals, Bud über das Handy zu erreichen, bekam aber auch dieses Mal keine Verbindung. Es goss mittlerweile in Strömen, und mein weißes Poloshirt und die Khakihose klebten mir auf der Haut. Ich spürte die Gefahr in der Luft.

Als ich einen Knall hörte, duckte ich mich und richtete meine Waffe auf die Ecke der Scheune. Es knallte abermals, und ich sah kurz in die Richtung, aus der das Geräusch kam. Das Scheunentor vorne schepperte im Wind. Ich behielt das Haus ein paar Minuten lang im Auge, konnte aber keinerlei Bewegung feststellen. Daraufhin stürmte ich die Scheune, mit ausgestreckten Armen und schussbereit, und suchte sofort Deckung an der Wand.

Drinnen war es dunkel und totenstill, bis auf den Wind, der durch die verfaulten Bretterwände pfiff, das Trommeln des Regens auf dem Dach und das von undichten Stellen herunterplätschernde Wasser. Ich machte einen Schritt vorwärts und wäre beinahe über Dotties Kanu gestolpert. Sie würde es nie in eine Scheune schleppen, sondern hielt es stets einsatzbereit am Wasser. In dem Moment wusste ich, dass ich in das Versteck des Mörders geraten war.

Da stand ein von einer dunkelgrünen Plane abgedecktes Fahrzeug. Nach einem vorsichtigen Rundumblick kniete ich mich auf ein Bein und zog die Plane ein Stück weit hoch. Der schwarze Porsche galt als gestohlen. Der Mörder musste ihn entwendet haben, nachdem er Sylvie ermordet und den Tatort verlassen hatte. Ich atmete tief durch, um meine Nerven zu beruhigen. Okay. Weiter. Der Mörder verbrachte gern eine gewisse Zeit mit seinem Opfer, richtete es auf grausame Weise hin und positionierte die Leiche nach seinen Fantasievorstellungen. Harve könnte hier drinnen sein, verletzt oder sterbend.

Mein Herz raste, als ich aufstand, mein Adrenalinpegel war am Anschlag. Noch immer war es still, nichts rührte sich, bis auf das gelegentliche Scheppern des Scheunentors. Ich schlich mich hinten um den Porsche herum und stieß auf einen klapprigen grünen Ford-Kombi. Dahinter stand ein altmodischer silberner Wohnwagen.

In gebückter Haltung und mit äußerster Vorsicht inspizierte ich das Innere des Fords. Das Armaturenbrett und der Rücksitz waren voller Müll – Hamburgerpapier und Sandwich-Packungen, Getränkedosen und Donut-Tüten –, aber kein Harve, keine Suze, keine Leichen, Gott sei Dank. Der Wohnwagen, ein Zehn-Meter-Teil ungefähr, war Marke uralt und von vorne bis hinten verbeult. Ein metallenes Trittbrett führte zum Eingang. Die Tür war abgesperrt. Ich versuchte, zum Fenster hineinzusehen, aber blaue Rüschenvorhänge verwehrten den Einblick. Ich blickte mich nach Suzes rotem Ford Taurus um, sah ihn aber nicht. Entweder war sie nicht zu Hause, oder sie hatte das Auto draußen geparkt.

Es regnete mittlerweile in Strömen und der frische, angenehme Geruch von feuchtem Staub erfüllte die Luft. Ich ging ans Tor und beobachtete eine Weile die Rückseite des Farmhauses. Ein erneuter Versuch, Unterstützung anzufordern, schlug abermals fehl, und mir war klar, das Handy würde erst wieder funktionieren, wenn das Gewitter nachließ. Ich überlegte, ob ich das Haus alleine betreten oder vielleicht doch lieber zurückfahren sollte, um Hilfe zu holen. Aber ich hatte so gut wie keine Wahl, denn ich wusste, dass Harve da drinnen sein könnte. Und er würde vielleicht nicht lebend wieder herauskommen, wenn ich Zeit damit verschwendete, Verstärkung zu holen.

Sobald mein Entschluss feststand, holte ich tief Luft und rannte über den Hof. Der Boden verwandelte sich langsam in Schlamm, der sich an meinen Schuhen festsaugte, den kalten Regen hingegen spürte ich kaum. Ich erklomm die Treppe zum Hintereingang, stellte mich mit dem Rücken zur Wand und lauschte darauf, ob ich drinnen was hörte. Die Verandaschaukel schwang an verrosteten Ketten quietschend hin und her, und der Sturm hatte einen abgestorbenen Philodendron von der Brüstung geweht und die Erde ausgestreut. Ich sog tief Luft ein, wischte mir den Regen aus den Augen und griff dann mit der linken Hand seitlich an den Türknauf. Er ließ sich leicht drehen.

Meine Nerven flatterten, und ich befeuchtete mir die Lippen. Ein, zwei Sekunden brauchte ich noch, um mich zu fassen. Es bestand die Wahrscheinlichkeit, dass sich Dotties Mörder in diesem Haus befand und dort auf mich wartete. Ich könnte ihn schnappen, wenn ich einen kühlen Kopf behielt und mein Können anwandte. Möglich wäre aber auch, dass er mit mir überhaupt nicht rechnete. Außer natürlich, er hatte mein Boot gehört, aber ich nahm an, dass das Gewitter den Motor übertönt hatte.

Ich drückte die Tür gerade mal einen Spalt weit auf und schlüpfte schnell hinein. Drinnen blieb ich stehen, bis sich meine Augen an das diffuse Licht gewöhnt hatten. Auf den ersten Blick wirkte alles sauber und ordentlich. Links ein Wohnzimmer, rechts ein Esszimmer. Beide Räume waren mit diesen modern-trendigen Möbeln eingerichtet, die in dem alten Haus etwas deplatziert wirkten, deren Stil aber gut zu Suze Eggers gepasst hätte.

Nirgendwo brannte Licht. Alles still. Eine steile Holztreppe führte direkt vor mir nach oben, und dahinter, am Ende eines Flurs, sah ich die Küche. Ich wartete ein paar Sekunden lang, in der vollen Erwartung, dass wie in Horrorfilmen gleich jemand auf mich zustürzen und mich angreifen würde. Aber nichts dergleichen passierte. Vielleicht täuschte ich mich. Vielleicht wohnte Suze Eggers gar nicht hier. Vielleicht war das nur ein harmloses Ferienhaus am See, mit Besitzern aus St. Louis oder Kansas City, die ich gleich zu Tode erschrecken würde, wenn ich bewaffnet auf sie zustürzte. Aber ich wusste, dass dem nicht so war, und die Angst kroch meinen Rücken hoch und tippte mir auf die Schulter.

Ich schlich mich vorsichtig den Flur entlang, vorbei an einem leeren Bad mit einer alten Wanne auf altmodischen Klauenfüßen, und blieb an einer verschlossenen Tür neben der Küche stehen. Ich holte Luft, dann drückte ich sie auf. Weiße Laken hingen vor den Fenstern, sodass ich schlecht sehen konnte. Als sich meine Augen an das gedämpfte Licht gewöhnt hatten, sah ich Suze Eggers Dienstuniform von Cedar Bend. Sie lag zusammen mit einem Berg Klamotten auf dem Fußende des Betts. Im Raum war niemand.

Erleichtert ging ich wieder bis zur Treppe zurück und lauschte. Der Sturm rüttelte mächtig an den Fensterscheiben. Wenn oben jemand war, würde man meine Schritte auf der Treppe niemals hören. Das war beruhigend. Ich erklomm die Treppe und hielt meine Waffe mit gestreckten Armen vor dem Körper.

Oben war es dämmerig, aber durch die verhängten Fenster kam genügend Licht, so dass ich mich orientieren konnte. Ein langer Flur verlief über die gesamte obere Etage, von dem drei Türen abgingen, die alle verschlossen waren. Ich zögerte abermals und lauschte auf potenzielle Killer. Es donnerte in gar nicht weiter Entfernung, und ich zuckte zusammen. Schnell ging ich auf die erste Tür zu. Ich ließ mir zu viel Zeit; Harve könnte sich irgendwo in großer Not befinden.

Ich öffnete die Tür und linste um den Türrahmen. Drinnen

war es noch dunkler, aber auf dem Bett gegenüber erkannte ich eine Gestalt. Ich hielt die Glock auf sie gerichtet, während ich die Wand nach einem Lichtschalter abtastete. Endlich fand ich ihn und machte Licht, und in dem Moment entdeckte ich Harve auch schon. Er lag auf der Seite. Ich war erleichtert, lief aber nicht auf ihn zu, sondern tastete mich langsam vorwärts. Dabei hielt ich meinen Blick auf die Schranktür gerichtet und bewegte ständig meine Waffe zwischen Schranktür und Zimmertür hin und her.

Ich drehte Harve um und stellte fest, dass er atmete. Verletzungen sah ich keine, bis auf eine leichte Schnittwunde über dem linken Auge. Ich flüsterte seinen Namen und ließ die Tür dabei keine Sekunde aus den Augen, aber er reagierte nicht. Er war betäubt, lebte aber und war unverletzt, und ich musste sehen, wie ich ihn hier rauskriegte. Aber zuerst musste ich sicherstellen, dass der Mörder uns nicht irgendwo im Haus auflauerte.

In dem recht sicheren Gefühl, alleine zu sein, schlich ich mich den Flur entlang zur zweiten Tür. Nichts. Zwei hatte ich schon, blieb also nur noch eine Tür. Ich öffnete die dritte Tür am hinteren Ende. Das Fenster war frei, und ich konnte gut sehen. Auf dem Bett bewegte sich jemand, und beinahe hätte ich abgedrückt. Als sich die Gestalt nicht noch einmal bewegte, schlich ich mit gezückter Waffe ans Bett.

»Keine Bewegung«, warnte ich. Doch als ich sah, wer da auf dem Bett lag, wäre mir beinahe die Waffe aus der Hand gefallen. Zuerst traute ich meinen Augen nicht, aber es war Dottie, ebenfalls betäubt, aber sie lebte und atmete noch. Fast hätte ich geweint vor Freude, und ich packte und schüttelte sie. Sie schrie und attackierte mich beim Aufwachen, also drückte ich ihr die Hand auf den Mund und sagte: »Pscht, Dottie, ich bin's. Ich hol dich hier raus. Wo ist Suze?«

Ihre Augen waren schreckgeweitet, aber als ich meine Hand wegnahm, murmelte sie ängstlich und undeutlich: »Sie hat uns was in den Kaffee getan. Ich kann die Augen kaum offenhalten und bin wie gelähmt.«

Ich sah zur Tür. »Es ist Suze, Dottie. Sie ist der Mörder. Wir müssen dich und Harve von hier wegschaffen, bevor sie zurückkommt.«

Dottie versuchte mich anzusehen, und ich sagte leise: »Oh Gott, Dottie, ich bin so froh, dass es dir gut geht. Wir dachten, du bist tot. Wir haben die nächste Leiche gefunden, und dann tauchten deine Sachen auf, und wir haben alle geglaubt, das bist du. Ich bin so froh, Dottie.«

»Harve … Harve …«, sagte Dottie mit schwacher Stimme und versuchte, sich aufzusetzen.

Ich flüsterte weiterhin. »Harve ist okay, Dottie. Versuch bitte, mir zuzuhören. Weißt du, wo Suze hingegangen ist? Kommt sie heute Abend noch zurück?«

Dottie antwortete nicht, worauf ich sie heftig schüttelte. »Dottie, wach auf. Ich muss dich und Harve wegschaffen, ehe sie zurückkommt.«

Sie schlug die Augen auf und blinzelte. »Sie schläft im Keller. Geh da nicht allein runter …«

Daraufhin fiel sie erneut in eine tiefe Bewusstlosigkeit.

Zwar hatte ich keine Kellertür gesehen, aber ich musste der Sache nachgehen. Ich ließ die beiden schlafend zurück und machte mich auf die Suche. Wenn sie tatsächlich im Keller war, könnte sie womöglich meine Schritte auf den alten, knarzenden Dielen im Erdgeschoss hören, weshalb ich nur mit der allergrößten Vorsicht einen Fuß vor den anderen setzte. Licht machte ich keins, sondern tastete mich an der Wand entlang. Schließlich fand ich die Kellertür. Sie war unterhalb der Treppe hinter einem Vorhang verborgen.

Ich öffnete die Tür. Eine schmale Treppe führte hinunter. Am unteren Ende der Treppe baumelte eine nackte Glühbirne von der Decke. Als ich hinunterging spürte ich die Kälte und zitterte in meinen durchnässten Kleidern.

Unten sah ich mich vorsichtig um. In der Mitte stand ein Gartentisch mit ein paar Klappstühlen, an der hinteren Wand eine kleine Gefriertruhe. Mein Blick fiel auf ein schmales Feldbett neben einer alten Kohlenrutsche. Suze lag schlafend unter einer rot-weißen Steppdecke auf der Seite und mit dem Gesicht zur Wand, aber an ihrer Frisur hätte ich sie überall und jederzeit erkannt. In der Situation war ich ihr gegenüber klar im Vorteil, und ich trat mit schnellen Schritten vor das Bett.

»Suze! Mach bloß keine Mätzchen oder du bist fällig! Ich schwöre es!«

Suze rührte sich kein bisschen und wachte auch nicht auf. Ich wunderte mich und zielte auf sie; gleichzeitig riss ich die Decke mit der linken Hand weg. Da entfuhr mir ein lauter Schrei. Samt der Decke flog Suzes abgeschlagener Kopf zu Boden und kullerte mir vor die Füße. Entsetzt sprang ich zurück und stieß dabei gegen die Glühbirne, sodass wild zuckende Schatten irre schwarz-weiße Muster an die Kellerwände warfen. Auf dem Bett war gar kein Körper, nur zusammengerollte Decken. Suze Eggers Kopf war auf der linken Wange liegen geblieben und starrte aus weit aufgerissenen Augen zu mir hoch.

Oh mein Gott, mein Gott, mein Gott …

30

Ich starrte auf den Kellerfußboden, wo Suze Eggers Kopf lag, und versuchte, nicht in Panik zu geraten. Mein Gott, wenn Suze nicht der Mörder war, wer dann? Und wo war er? Ich musste Harve und Dottie aus diesem Haus schaffen. Ich rannte die Kellertreppe hinauf und fand die Tür verschlossen vor. Ich trat mit dem Fuß dagegen, zweimal, und als sie nachgab und ich in den Flur hinaustrat, hörte ich jemanden die Treppe hinauflaufen.

»Stehenbleiben oder ich schieße!«, rief ich und rannte, zwei Stufen auf einmal nehmend, nach oben. Dort war alles still, und ich ging in das Zimmer, in dem ich Harve zurückgelassen hatte. Es brannte kein Licht, und ich streckte die Hand aus und knipste es an. Harve lag noch auf dem Bett, aber nun stand Dottie neben ihm.

Erleichtert rannte ich ans Bett. Dottie war wach und gehfähig. Sie konnte mir helfen, Harve zu tragen. »Komm, Dottie, wir müssen Harve hier rausschaffen. Der Mörder ist irgendwo im Haus.«

Ich rüttelte an Harves Schulter und hielt die Waffe weiter auf die Tür gerichtet. Meine Hände zitterten so stark, dass ich kaum die Waffe halten konnte. »Dottie, hilf mir, ihn vom Bett herunterzuziehen. Mach schon!« Als sie nicht antwortete, drehte ich mich nach ihr um und sah, wie sie das Hackmesser in einer Hand hochhielt. Noch ehe ich reagieren konnte, schlug sie meine Hand mit der Waffe zur Seite und hieb mit dem Beil auf meine linke Schulter ein. Ich schrie auf, als mich der Schlag am Schlüsselbein traf und die Klinge dort stecken blieb.

Im nächsten Moment fiel sie auch schon über mich her, stieß ein schrecklich schrilles Lachen aus, wie ich es noch nie gehört hatte, und versuchte, mir die Waffe zu entreißen. Zwei Schüsse lösten sich und prallten gegen die Wand. Während des Kampfes bewegte sich die Klinge in meinem Knochen hin und her, und mir wurde schwindlig vor Schmerz. Ich fiel fast in Ohnmacht und knickte in den Knien ein. Dottie entwand mir die Waffe und schleuderte sie quer durch den Raum. Sie knallte gegen eine Wand und rutschte dann unter einen Stuhl.

»Oh, Annie, Annie, du hättest nicht hier rauskommen dürfen. Ich wollte dich nicht verletzen. Halt jetzt schön still, Liebes, dann fixier ich dich.«

Ich ächzte und stöhnte vor Schmerz, als sie mich hochhob und zum Bett trug. Sie legte mich behutsam neben Harve und rannte dann aus dem Zimmer. Ich versuchte mit aller Kraft, bei Bewusstsein zu bleiben, blickte nach unten und sah, dass das Hackmesser knapp unter dem Schlüsselbein aus meiner Brust ragte. Es steckte gut zwei Zentimeter in mir. Mein Shirt war zerrissen und der Träger meines BHs durchtrennt. Es hätte noch schlimmer kommen können, wenn mein Schulterhalfter nicht einen Teil der Wucht des Schlags abgefangen hätte. Mein weißes Shirt verfärbte sich bereits rot.

Bei den geringsten Anstalten, mich zu bewegen, wurde der Schmerz so unerträglich, dass ich fast in Ohnmacht fiel. Ich schloss die Augen und biss mir auf die Unterlippe, dann drehte ich unter lautem Stöhnen den Kopf, bis ich Harve sehen konnte. Nach wie vor war er schwer betäubt und hatte sich keinen Zentimeter bewegt.

Oh Gott, ich musste meine Waffe zurückbekommen. Ich riss mich zusammen und versuchte, mich aufzusetzen, aber dadurch grub sich die Klinge noch tiefer in die Wunde. Dann kam Dottie zurück, und ich suchte fieberhaft nach einer Möglichkeit zur Flucht, aber sie stand über mir und drückte mich auf das Kissen zurück.

»Dottie, bitte … hilf mir … ich blute … es tut so weh …«

»Ich weiß, ich weiß, Schätzchen, aber mach dir bloß keine Gedanken über deinen hübschen kleinen Kopf. Ich werde mich um euch beide schon kümmern. Ihr seid meine besten Freunde, und ihr werdet auch Mamas beste Freunde sein. Dottie lässt euch schon nicht verkommen.«

Ich schloss die Augen und holte einige Male tief Luft, wurde aber bei jeder einzelnen Bewegung vom Schmerz überwältigt. Als ich Dottie wieder ansah, war sie gerade dabei, eine große Sticknadel einzufädeln. Oh Gott, ich musste weg, konnte mich aber nicht bewegen. Dann sah ich, wie sie eine große Rolle silberfarbenes Isolierband in die Hand nahm. Sie riss mit einem lauten Ratsch ein langes Stück davon ab und fesselte blitzschnell meine Handgelenke aneinander.

»Dottie … warum … warum machst du das … bitte, hör auf …«

»Sei ruhig, Liebling, sei ganz ruhig. Du wirst noch früh genug alles verstehen. Ich habe eine große Überraschung für dich. Jetzt halt schön still, damit ich dich vernähen kann.«

Als sie plötzlich das Hackmesser aus meiner Schulter zog, wäre ich vor Schmerz beinahe aus dem Bett gefallen, aber das war noch gar nichts im Vergleich zu meinen Qualen, als sie eine ganze Flasche Jod in die offene Wunde kippte. Ich schrie und wand mich auf dem Bett, bis sie mich zwang still-zuhalten.

»Ich weiß, ich weiß, mein Kleines. Es tut höllisch weh«, sagte Dottie, während sie mein Pistolenhalfter und das Shirt mit dem blutigen Hackmesser durchtrennte und kurzerhand zu Boden warf. »Aber es wird besser, sobald ich alles schön vernäht habe.«

Sie griff zur Nadel und drückte die Wundränder mit Daumen und Zeigefinger zusammen. Ich stöhnte abermals und biss auf die Zähne, als sie mit der Nadel seitlich einstach und an der anderen Seite der Wunde wieder herauskam. Oh Gott, ich hielt es nicht aus, unmöglich, und für einen Moment wurde mir schwarz vor Augen, aber nicht lange genug. Ich röchelte und stöhnte, während sie die fünfzehn Zentimeter lange Wunde systematisch vernähte.

»Fertig, nun ist es gut.« Sie schenkte mir ihr dickes, vertrautes

Dottie-Lächeln, während ich nur daliegen und benommen zu ihr aufschauen konnte. Angeekelt befeuchtete ich mir die Lippen und versuchte zu atmen.

»Wie du siehst, bin ich sehr um dich bemüht, wie immer. Macht euch nicht so viel Sorgen. Ich mag euch, das wisst ihr doch. Ich tu euch ungern weh, aber ihr habt mich dazu gezwungen.«

Einen Moment lang konnte ich sie nur schockiert anstarren; dann richtete ich den Blick nach unten, und ich sah die feinsäuberlich nebeneinander gereihten schwarzen Stiche quer über meinen nackten Oberkörper. Aus der vernähten Stelle sickerte noch Blut auf die verbliebenen Reste meines BHs. Dottie entfernte sich vom Bett, war aber nur wenige Sekunden später mit einer Spritze in der Hand wieder zurück. »Das hilft gegen die Schmerzen, damit du auf der Party richtig fit bist. Wir haben uns schon so lange darauf gefreut, dich endlich bei einer Party bei uns zu haben. Wusstest du das, Annie? Alle sind sie schrecklich aufgeregt, dass du wieder bei uns zu Hause bist, wie in den guten alten Zeiten.«

»Was? ... Ich versteh nicht ... welche Party? ... zu Hause? ...« Ich versuchte, einen klaren Gedanken zu fassen, spürte aber nur pochende Schmerzen, und ich konnte an nichts anderes denken. Als sie mit der Spritze in meine Nähe kam, schüttelte ich den Kopf. »Nein ... ich will das nicht ... bitte ...« Dann schrie ich auf, als sie zwischen den Fäden einstach und mir Gott weiß was verabreichte.

»Na, na, du bist doch ein großes Mädchen. Ist doch nur ein klein wenig Morphium gegen die Schmerzen. Es tut mir so leid, dass ich dir wehtun musste. Ich hatte nie die Absicht, aber du wolltest mich ja erschießen, und da konnte ich nicht anders. Ich kann gut umgehen mit dem Hackmesser, findest du nicht, Annie? Ich übe an Körpern, die ich nicht brauche, manchmal auch mit Messern und Äxten. Es macht richtig Spaß. Wenn du willst, bring ich's dir bei.«

Das Mittel wirkte schnell, aber davor versuchte ich noch mit aller Kraft, etwas loszuwerden. Meine Bitte klang verschwommen kraftlos. »Bud … Black … sie werden mich suchen … lass uns frei, Dottie … bitte … du kannst fliehen … ich verrate dich nicht …«

Dottie beugte sich zu mir herunter und sagte dicht an meinem Gesicht: »Oh, das ist aber nett, Liebes, aber ich weiß doch, dass du mich nie verpfeifen würdest. Hast du bis jetzt auch nicht gemacht. Gott, ich hab es so vermisst, dich wieder so bei uns zu Hause zu haben. Ich versprech dir, Annie, ich lass dich nie wieder alleine, nie, nie wieder. Nun bleiben wir für immer zusammen. So wie ich und meine Mutter.«

Dann spürte ich, wie sie ihre Lippen auf meine presste, und der Geruch ihres Parfums benebelte meine Sinne, während das Morphium von mir Besitz ergriff und mich in ein dunkeldüsteres Meer des Vergessens hinab entführte.

31

Benommen und orientierungslos kam ich langsam zu mir. Meine Augen waren schwer, und meine Schulter brannte. Ich konnte nicht klar denken, wusste aber, dass etwas Schlimmes passiert war. Von Weitem grollte der Donner, und ich hörte auch den Regen. Ich bewegte mich nicht, aber der Schmerz war so unerträglich, dass ich versuchte, die rechte Hand zu heben, um zu sehen, was der Grund dafür war.

Als ich das nicht schaffte, öffnete ich die Augen, zwinkerte leicht und mein Blick fiel auf das silberfarbene Isolierband, mit dem ich an den Bettpfosten gefesselt war. Allmählich dämmerte mir, wo ich mich befand, und meine Erinnerung kam zurück. Ich sah die Wunde an meiner Schulter und grübelte, wie lange ich wohl bewusstlos gewesen war. Die schwarz vernähte Stelle war angeschwollen und rot, an den Rändern runzelig und blutete noch immer. Die Wirkung des Morphiums ließ nach.

Ich lag in der Mitte auf einem Doppelbett, und meine Füße waren an den gedrechselten Pfosten des Fußteils festgebunden. Es war dunkel, aber vorne am Bett sah ich flackernde Lichter, und es dauerte eine Weile, ehe ich feststellte, dass es Kerzen waren, etwa ein Dutzend brennender roter Kerzen, die vor einem Spiegel aufgestellt waren. Über dem Spiegel war ein Computerausdruck an die Wind gepinnt, auf dem viele große gelbe Smiley-Gesichter zu sehen waren, und darüber stand in fetten schwarzen Blockbuchstaben: WILLKOMMEN DAHEIM ANNIE.

Oh Gott, oh Gott, Dottie ist der Mörder. Ich musste an Harve denken und daran, wie Dottie mich mit dem Hackmesser attackiert hatte. Entsetzt wandte ich das Gesicht nach links und suchte nach einer Fluchtmöglichkeit. Ich erstarrte. Neben mir auf dem Bett war der Kopf von Suze Eggers, penibel auf einem Essteller mit blauem chinesischem Muster platziert. Auf dem blonden Haar saß ein grünes Partyhütchen in Form einer Melone, und um den Halsansatz schlang sich ein rotbraunes Band aus geronnenem Blut. Vor dem Kopf lag ein zweiter Teller mit blauem chinesischem Muster mit je einem Messer und einem Löffel zur Rechten und einer Gabel zur Linken. In der Mitte des Tellers lag eine exakt gefaltete weiße Leinenserviette und eine dieser Karnevalströten, die sich beim Hineinblasen nach vorne ausrollen.

Ich hörte einen schrecklich tiefen Seufzer, der aber aus meinem Innern kam, und versuchte, mich gegen meine Fesseln zu wehren. Die Augen hielt ich geschlossen – irgendwie hatte ich genug gesehen – und ich bemühte mich mit aller Kraft, nicht in absolute Panik zu versinken. *Bleib ruhig, bleib ruhig, schrei jetzt nicht, verlier nicht die Nerven,* ermahnte ich mich immer wieder, obschon ich wie versteinert war vor Angst. Wo war Dottie? Was machte sie? Wo war ich? Ich musste versuchen mich zu fassen. Es dauerte ein paar Minuten, aber schließlich gelang es mir, ruhig liegen zu bleiben. Ich öffnete die Augen und schaute mich nach einer Fluchtmöglichkeit um.

Am Fußende des Betts waren zwei weitere Teller mit blauem chinesischem Muster und einem schrecklich mumifizierten menschlichen Kopf darauf arrangiert. Beide Köpfe hatten lange blonde, zu Zöpfen geflochtene Haare, die aber stellenweise schon ausgefallen waren. Hier und da hatte jemand versucht, sie wieder anzukleben oder mit präziser Kunstfertigkeit anzuklammern. Ein vierter Kopf, der aussah wie der eines Mannes, befand sich rechts neben mir auf dem Bett. Alle Köpfe hatten ein vollständiges Gedeck mit Besteck und einem Scherzartikel vor sich liegen. Neben jedem Kopf lag ein Plastikhut in einer jeweils anderen Farbe. Außerdem hatte jemand einen Stuhl an das Bett herangerückt, mit zwei Tellern davor, einen für mich und einen wahrscheinlich für Dottie.

Oh Jesus, bitte, bitte, hilf mir, dachte ich in meiner Verzweiflung. Ich biss die Zähne zusammen und zwang mich, ruhig zu bleiben. Weg von hier, lautete mein einziger Gedanke. Bloß weg. Die Köpfe kümmerten mich nicht, und auch was Dottie mit mir vorhatte oder wo sie war oder wo Harve war, das alles war mir egal. Im Moment war sie weg, und ich musste fliehen, ehe sie wieder zurückkam.

Ich sah mich abermals um und stellte fest, dass es ein sehr kleiner Raum war. Das Bett nahm fast die gesamte Fläche ein, sodass kaum Platz blieb für die Kommode, auf der die Kerzen brannten. Einen Moment lang konnte ich mir überhaupt nicht vorstellen, wo ich war; dann fiel mir der alte Wohnwagen in der Scheune ein. Dahin hatte mich also Dottie gebracht. Meine linke Hand war wegen der Wunde nicht gefesselt, und ich versuchte, das Klebeband von meiner rechten Hand zu entfernen. Ich war so schwach, dass ich kaum daran ziehen konnte, aber ich konnte es etwas lockern. Dann unterbrach ich, als ich im Raum nebenan eine Tür gehen hörte. Ich hielt den Atem an.

Dottie kam hereingestürmt und strahlte. Regenwasser tröpfelte von meiner schwarzen Polizei-Regenjacke. Dahin war sie also verschwunden. Sie musste das gute Stück aus meinem Auto gestohlen haben. Ich fragte mich, ob sie damit ihre Opfer bewusst täuschte.

»Du meine Güte, das ist jetzt die reine Sintflut da draußen, und es kommt noch eine ganze Front auf uns zu. Oh, gut, du bist wach. Vermutlich habt ihr euch schon ein wenig bekannt gemacht, während ich weg war?«

Ich sah zu ihr hoch und unterdrückte ein grässliches Schaudern. Sie zog die nasse Jacke aus und kam auf mich zu. »Was macht denn die Schulter, Liebes? Ooooh, das ist ja geschwollen. Ich muss da noch eine Dosis Jod draufgeben.«

Sie kam mit ihrem Gesicht nahe an meines heran, küsste mich auf den Mund und lächelte. »Willst du mich nicht begrüßen?«

»Hi, Dottie«, krächzte ich zwischen spröden, trockenen Lippen hervor.

»Gefällt dir meine kleine Überraschungsparty? Hat auch jeder schön brav Überraschung! gerufen, wie sie es sollten?«

»Ja.« *Spiel einfach mit, spiel mit.* Sie ist verrückt, droht aber noch nicht damit, mich umzubringen. Ich musste versuchen, Zeit zu gewinnen oder sie dazu überreden, mich loszumachen. »Du weißt doch, wie sehr ich Partys liebe«, sagte ich und rang mir die Karikatur eines Lächelns ab.

Dottie klatschte vor Freude in die Hände. »Oh, Annie, ich wusste, dir würde es hier bei uns gefallen. Du kannst meine Schwester und meine Freundin sein. Ich hab dich schon immer geliebt.«

Ich überlegte mir, wer sie war, und ob sie mich wirklich von früher her kannte, aber ich kannte sie nicht, bevor Harve sie engagiert hatte. Irgendwie musste sie mich in ihre psychotischen Fantasien miteinbezogen haben. Ich sah, wie sie um das Bett herumging und jeden der Köpfe auf den Mund küsste. Mir wurde fast schlecht dabei, zwang mich aber, ruhig liegen zu bleiben.

»Meine Schulter tut wirklich verdammt weh, Dottie. Ich glaube, es hat damit zu tun, wie ich liege. Dürfte ich mich aufsetzen? Vielleicht wäre das besser.«

»Okay, aber erst nachdem wir gegessen haben. Es ist schon alles fix und fertig im Ofen. Ich bin am Verhungern, du nicht?« Plötzlich wandte sie sich dem Männerkopf zu und sagte: »Ein bisschen Geduld noch, der Herr! Es ist fast fertig. Es gibt heute Abend Reis mit Hackbraten, wenn es dich unbedingt interessiert.«

Dann war sie auch schon wieder verschwunden, und von nebenan hörte ich Töpfegeklapper und den Wasserhahn. Okay, im Moment geht keine Gefahr von ihr aus. Black wusste, wo ich hin wollte. Er würde sich bald auf die Suche nach mir machen, und Bud würde bei mir zu Hause nachsehen und sich fragen, warum ich nicht in seinem Auto nachgekommen war. Einer von ihnen würde Harves Nachricht finden. Möglicherweise waren sie längst unterwegs und suchten mich. Sie wussten, dass ich mich auf die Suche nach Harve machen würde, und sie wussten auch, dass ich mit einem Cobalt-Schnellboot unterwegs war. Bud wusste, dass Dotties Fischgründe Possum Cove waren, und genau dort würde er nach mir suchen. Es war nur eine Frage der Zeit, bis sie hier auftauchen würden, und bis dahin musste ich am Leben bleiben.

»Los geht's! Essen ist fertig!«

Ich sah, wie Dottie strahlte und jeden einzelnen Kopf ansprach, während sie für jeden eine Scheibe Hackbraten aufspießte und auf den Teller legte. Als Nächstes folgte der Reis in einer passenden Schüssel mit blauem chinesischem Muster, dann Krautsalat und für jeden eine halbe Dillgurke. Ich hatte das Gefühl, ich müsste gleich kotzen. Ich konnte mich nicht rühren und war sprachlos vor Entsetzen.

Dann machte sie eine erneute Runde um das Bett und drapierte vor jedem Kopf eine blütenweiße Serviette. Als alles genau ihrer Vorstellung entsprach, nahm sie neben mir Platz. Sie sah mich an und sagte: »Lasst uns beten.«

Nun machte sie die Augen zu, faltete die Hände und brabbelte etwas von Freunden und Familie und ewigem Zusammenhalt vor sich hin, sah dann auf ihre Armbanduhr und sagte: »Jetzt können wir anfangen. Zuerst nehmen wir alle einen Bissen von dem Hackbraten. Jetzt alle zusammen.« Nachdem sie das erste Stück gegessen hatte, sagte sie: »Mmh, wirklich lecker. Und wenn ich das sogar selbst sage.«

Dann trennte sie ein Stück Hackbraten mit meiner Gabel ab und hielt es mir an den Mund. »Aufmachen, Annie. Es ist wirklich gut. Dir hat doch immer geschmeckt, was ich koche.«

»Dottie, ich habe keinen Hunger. Außerdem tut meine Schulter weh.«

Plötzlich wurde sie wütend, gab mir eine Ohrfeige und sagte streng: »Hör auf zu quengeln. Das ist deine Party. Jetzt mach endlich den Mund auf und iss, oder ich stopf es dir rein.«

Ich öffnete den Mund und aß den Hackbraten. Mir drehte sich der Magen um, und ich presste die Galle zurück, die mir hochkam. Dottie tätschelte mir den Kopf. »Sehr schön, Annie.«

Dann versorgte sie die anderen Köpfe, wobei das Essen jeweils auf der Serviette beziehungsweise dem Bett landete. Dabei redete und lächelte sie unentwegt. Wenn ich mit Lächeln dran war, lächelte ich zurück. Wenn sie mich fütterte, aß ich brav. *Komm ihr entgegen! Mach alles, was sie sagt! Provozier sie nicht!*

»Also besonders gesprächig bist du heute Abend nicht, Annie. Dabei dachte ich, du würdest dich über das Wiedersehen freuen, aber du tust so, als wären wir dir alle schnurzpiepegal.«

»Das stimmt nicht«, sagte ich. »Ich liebe euch, und ihr habt mir so gefehlt.«

Sie sah zu einem der Köpfe mit blonden Zöpfen. »Zufrieden? Sie liebt uns. Ich hab euch doch gesagt, dass sie uns noch immer liebt.«

Es folgte eine lange Unterhaltung mit ihren Köpfen. Dann sprang sie plötzlich auf und sagte: »Also los dann! Zeit, dass ihr wie Suze eure Hüte aufsetzt und den Kuchen reinbringt! Wir wollen hier feiern! Annie ist endlich wieder zu Hause!«

Dottie machte die nächste Runde um das Bett herum und setzte den Köpfen ihre Hüte auf. Ich war als Letzte dran. »Ich weiß schon, dass du nicht Geburtstag hast, Annie, aber ich hab trotzdem ein paar Kerzen auf den Kuchen gesteckt. Ich mag dich so sehr und bin froh, dass du wieder zu Hause bist.«

Ich sah mir die Köpfe mit ihren farbenfrohen Hüten nacheinander an und machte die Augen zu. Oh Gott, ich würde hier niemals mehr rauskommen. Niemand würde mich hier je finden.

Leben ohne Vater

Dies war der glücklichste Tag in Blages Leben. Das kleine Mädchen war zurückgekehrt, und sie waren wieder dicke Freunde. Während sie schlief, hatte Blage die beiden Cobalt-Schnellboote, die unten am Steg festgemacht waren, auf den See hinausgebracht und sie dort treiben lassen, damit ihm niemand auf die Spur kam. Blage war im Kanu durch den strömenden Regen zurückgepaddelt und war nass bis auf die Haut geworden, aber nun würde niemand kommen und das kleine Mädchen suchen und es ihm wieder wegnehmen. Nun würde das Mädchen Blage für immer gehören.

Blage musste allein bei dem Gedanken daran lächeln. Das kleine Mädchen war nun im Zimmer der Mutter. Sie vergnügte sich mit Blages Mutter und deren Freunden, und sie lächelte Blage auf genau die Weise zu, wie sie es zu tun pflegte, ehe sie Blage mit dem Balsamierer alleingelassen hatte. Nun würden sie für immer und ewig zusammenbleiben, und Blage würde alles tun, damit sie immer glücklich war und lachte.

Das Abendessen war ein großer Erfolg gewesen, und das kleine Mädchen hatte ihm gesagt, dass ihm der Hackbraten sehr gut geschmeckt hatte. Es beklagte sich wegen ihrer Schulter, und Blage hatte ein schlechtes Gewissen, weil er ihm hatte wehtun müssen. Aber es würde wieder genesen. Blage würde es gesund pflegen, und sie würden hinaus ins Freie gehen, wenn das Gewitter vorüber wäre, würden schaukeln und spielen und Mr Twitchy Tail wieder füttern. Was für ein Glück. Blage summte vor sich hin, und bestrich den noch warmen Schokoladenkuchen mit einer Karamellglasur. Die Kleine würde hingerissen sein von diesem Kuchen. Blage zündete die Kerzen an und trug ihn ins Zimmer der Mutter.

Das kleine Mädchen lag auf dem Bett und lächelte Blage zu. Oh, gut, der Kuchen gefiel ihm. Hatte sich Blage doch gleich gedacht. »Dein Lieblingskuchen, nicht wahr? Schokolade?«, fragte er. Die Kleine nickte. Ihre Augen wirkten verängstigt. Das gefiel Blage nicht, aber er sah darüber hinweg, weil es so schön war, sie wieder da zu haben.

»Ich mag sie nicht«, sagte seine Mutter plötzlich. »Du liebst sie mehr als mich.«

»Nein, das stimmt überhaupt nicht«, sagte Blage. »Wie kannst du so was sagen.«

»Du liebst sie auch mehr als mich«, sagte der Bruder. »Du hast ihr das größte Stück Hackbraten gegeben, und du hast dich zu ihr gesetzt und sie gefüttert und uns alle ignoriert.«

Blage presste die Hände auf die Ohren, um ihre Klagen nicht länger anhören zu müssen. Jetzt schrien sie sogar, alle auf einmal, laut und durchdringend, bis er nicht mehr geradeaus denken konnte.

»Was ist mit dir, Dottie? Geht's dir nicht gut?«

Das kam von dem kleinen Mädchen, und Blage sah zu ihm hinunter.

Die Mutter kreischte: »Sogar deinen Namen hat sie vergessen. Sie nennt dich bei diesem erfundenen Namen, den du angenommen hast. Sie liebt uns nicht. Sie hasst uns. Und ich hasse sie!«

»Hör auf damit! Ich will das nicht hören!«, schrie Blage und machte dann etwas, was er noch nie zuvor getan hatte: Er versetzte seiner Mutter einen derartigen Schlag, dass sie vom Teller fiel, was er aber fast im selben Moment bereute. Er hob sie vom Boden auf und wiegte sie im Arm, während das kleine Mädchen aus dem Bett zu ihnen herüberstarrte. Sie schien sich schon wieder zu fürchten, und das trieb Blage zur Weißglut.

»Wegen dir habe ich meine Mutter geschlagen«, heulte Blage. »Tut mir leid, Momma, Entschuldigung, aber sie ist schuld.«

»Sie ist böse«, sagte die Freundin der Mutter. »Sie muss sterben. Dann wird sie nett zu uns sein. Ich musste auch erst sterben, ehe ich nett zu euch war. Weißt du das nicht mehr, Blage? Wir alle mussten sterben, ehe wir nett waren und hier mit dir leben konnten.«

»Aber töten will ich sie noch nicht. Ich liebe sie«, heulte Blage mit Tränen im Gesicht.

»Dottie, bitte, bring mich nicht um. Ich liebe dich auch. Ich bin gern hier«, sagte das kleine Mädchen. Sein Gesicht war kreidebleich und angespannt. Es versuchte, sich loszureißen. Es versuchte zu fliehen.

»Doch, du musst!«, sagte Blages Mutter.

»Töte sie, los, töte sie, noch bevor du den Kuchen servierst«, sagte ihre neue Freundin Suze.

»Los, tu es, sofort, dann wird sie nett zu uns sein«, sagte der Bruder.

»Töte sie jetzt, töte sie, töte sie!«, schrien sie alle im Chor.

Das Geschrei hielt an, so sehr sich Blage auch bemühte, sie zum Verstummen zu bringen, indem er ihnen die Sache mit dem kleinen Mädchen erklärte und warum er es so liebte. Schließlich hielt es Blage nicht mehr länger aus, ballte die Hand zur Faust und stieß sie dem kleinen Mädchen ins Gesicht, damit seine Mutter und ihre Freunde endlich Ruhe geben würden. Der Kopf fiel schlaff nach hinten, und aus der Nase floss Blut. Es lag nun völlig reglos da, aber Blage hatte das kleine Mädchen nicht so fest geschlagen, dass er es dadurch getötet hätte. Dazu liebte er es zu sehr. Und obendrein hatte es noch nicht einmal Mr Twitchy Tail wieder gefüttert oder sich von ihm auf die neue Schaukel aus dem Baumarkt setzen lassen, die er an der großen Eiche in Suzes Garten festgemacht hatte.

32

Rrrraaatsch ... Wie durch einen Schleier hörte ich von ferne ein merkwürdiges Geräusch. Ich befand mich auf dem Grund eines dunklen Schachts, fühlte mich sicher dort und wollte bleiben. Ich wollte nicht nach oben ans Licht schwimmen, wo mich Schreckliches erwartete. Ich musste mich in den tiefsten Dunkelzonen verstecken und für immer schlafen. Aber das Licht lockte mich, zog mich immer höher heraus aus der bleiernen Schwärze, und als ich die schlierig grauen Schichten nahe der Oberfläche erreichte, meldete sich der Schmerz zurück. Mein Kopf, mein Arm, die Brust taten mir weh, und ich erstarrte vor Angst.

Und dieses Geräusch, das mir so viel Angst machte, setzte sich fort, schleppend und langsam ... rrrraaatsch ... Dann setzte es einen Herzschlag lang aus ... rrrraaatsch.

Ich nahm allen Mut zusammen, machte die Augen auf und stellte mich dem Schrecken. Ich sah verschwommene Schatten, die sich um mich herum bewegten. Mein Herz raste, und mir war klar, dass ich mich gegen diese unbekannte Gefahr wehren musste. Wo war meine Waffe? Denk nach, denk nach, konzentrier dich. Wo war ich? Warum konnte ich mich nicht bewegen?

Rrrraaatsch ...

Panik überkam mich, begleitet von einem kräftigenden Adrenalinstoß. Ich zwinkerte mehrmals, um besser zu sehen, wobei ich bemerkte, dass ein Auge zugeschwollen war. Dann erkannte ich Dottie Harper auf einem Stuhl mir gegenüber und in meinem Kopf überstürzte sich eine schnelle Folge von Bildern – der makabre, von Kerzen erleuchtete Raum und die abgetrennten Köpfe und die Partyhütchen und die Tatsache, dass ich Dotties Gefangene war. Ihre Haare waren nass, und sie trug einen kurzen weißen Frotteebademantel, als wäre sie frisch aus der Dusche gekommen.

Auf dem Tisch zwischen uns lag ein regloser Körper. Ich blinzelte unter Schmerzen aus meinem guten Auge hervor und erkannte Harve. Seine Augen waren geschlossen, aber seine Brust hob und senkte sich. Er war also am Leben.

»Na du kleine Schlafmütze. War aber auch Zeit, dass du aufwachst«, sagte Dottie nicht mit ihrer normalen Stimme, sondern mit dieser unheimlich säuselnden Kleinmädchenstimme, die ich erstmals an ihr gehört hatte, kurz bevor sie mir ins Gesicht schlug und ich das Bewusstsein verlor.

Ich überlegte fieberhaft und stellte fest, dass wir uns nicht mehr im Wohnwagen befanden, sondern im Keller, wo ich Suzes Kopf gefunden hatte. Wir saßen unter der nackten Glühbirne, die an einer Kette von der Decke hing, und meine Arme waren stramm nach oben gezurrt, sodass die Wunde an meiner Schulter unglaublich schmerzte. Ich versuchte, den verletzten Arm zu befreien, aber Dottie hatte das Seil an einem Eisenrohr unterhalb der Decke festgemacht. Bleib ruhig, bleib ruhig, bloß keine Panik jetzt, spiel mit, rede ihr aus, was immer sie vorhat.

Mit einem glückseligen Lächeln im Gesicht sah sie mir bei meinen Befreiungsversuchen zu. Ich gab den Kampf auf, als Dottie begann, das ohnehin rasierklingenscharfe Hackmesser an einem Abziehleder entlangzuführen, das ebenfalls von der Decke hing. Bei dem Anblick stockte mir das Blut in den Adern, und zu allem Überfluss sah ich dann auch noch einen blutverkrusteten Baseballschläger auf dem Tisch vor mir liegen.

»So ist's brav, Annie. Hör auf, herumzuzappeln, sei ein gutes Mädchen und bleib still sitzen. Gleich beginnt Dotties spezielle Nachmittagsvorstellung.«

Ich fuhr mit der Zunge über meine trockenen Lippen. Dottie war nun noch tiefer in den Wahnsinn abgeglitten; das sah ich an ihrem Blick. Ihre Augen waren schwarz und leer. Sie war bereit, uns zu töten. In meinem Kopf überschlug sich alles. Meine

Beine waren frei. Ich könnte sie einsetzen, um sie zu entwaffnen. *Denk nach, denk nach, verwickle sie in ein Gespräch, halt sie auf.* *Oh Gott,* sie wetzte das Hackmesser, um uns zu enthaupten.

»Dottie, bitte.« Das heisere Gekrächze meiner Stimme erkannte ich kaum. Abermals befeuchtete ich mir die Lippen und unterdrückte die aufsteigende Übelkeit. Ich durfte jetzt nicht in Panik geraten. Ich durfte nicht aufgeben. Vor mir saß doch Dottie. Meine gute Freundin Dottie. Für ihr Verhalten musste es einen Grund geben. Vielleicht hielt sie uns für jemand anderen, jemanden aus ihrer Vergangenheit. Geh der Sache nach. Frag sie, warum. Red es ihr aus. »Hey, Dot, warum hast du mich denn gefesselt? Ich dachte, wir wären Freunde. Bind mich los; mir tut die Schulter weh.«

»Annie, Annie, dich halten immer alle für so klug, aber du bist es gar nicht, oder? Eigentlich bist du sogar ziemlich dumm. Seit zwei Jahren sitz ich dir nun schon so gut wie auf der Pelle, und trotzdem hast du keine Ahnung, wer ich bin und was ich gemacht habe.« Dotties Gesicht war plötzlich wie verwandelt, angespannt, als wäre sie eine völlig andere Person. Sie kochte vor Wut, ihr Gesicht war hochrot angelaufen. Meine Muskeln verkrampften sich. So wütend gefiel sie mir nicht. Ihre Stimme schnellte um eine Oktave nach oben, und ihr Singsang verschärfte sich. »Was Harve auch sagte, es ging immer um Claire. Claire hier, Claire da. Claire ist die beste Polizistin weit und breit. Claire hat Schlimmes durchgemacht. Claire ist die beste Freundin, die ich je hatte. Ich konnte das alles nicht mehr hören, weil ihr beide gelogen habt. Ich wusste, du bist nicht Claire. Du bist Annie. Du warst meine kleine Freundin, nicht seine.«

»Dottie, bitte, hör mir zu. Meine Fesseln sind zu eng. Es bringt mich um. Bitte mach den Knoten etwas lockerer, damit es nicht so wehtut.« Hinter Dottie sah ich in dem Fenster in der Klappe über der Kohlenrutsche Blitze zucken. Draußen war es dunkel, und ich fragte mich, wie lange ich bewusstlos gewesen war, ob es noch dieselbe Nacht oder schon die nächste war. Der

Donner grollte, und der Regen prasselte wieder. Ganze Sturzbäche ergossen sich gegen das Fenster. Ich hörte, wie der Wind in der Dunkelheit gegen etwas schlug.

Harve stöhnte, und wir sahen beide zu ihm.

Dottie sagte: »Oh je. Oh jemine. Die Hauptperson der Show wacht auf, und wir können nicht beginnen.«

Mich überkam eine maßlose Wut, aber ich bemühte mich, mir nichts davon anmerken zu lassen. »Vergiss das, Dottie. Harve hat dir nie was getan. Er bewundert dich. In erster Linie geht's hier doch um mich und nicht um ihn, oder? Um uns beide. Halt ihn da raus.« Ich behielt ihr Gesicht fest im Blick, während ich abschätzte, wie weit ein Fußtritt von mir reichte. Vielleicht könnte ich sie am Kopf treffen, sodass sie das Bewusstsein oder die Orientierung verlor. Aber solange ich gefesselt war, würde uns das nichts nützen.

Der Singsang verschwand. »Aha, nun redest du Klartext. Du kriegst es endlich in deinen dicken Schädel rein. Es geht um dich, genau. Es geht darum, dass du leidest. Und sag mir, Annie, worunter könntest du mehr leiden, als zusehen zu müssen, wie ich deinen Freund bei lebendigem Leib vor deinen Augen zerlege? Wir tun so, als hätten wir es mit einem riesigen Barsch zu tun. Was meinst du dazu?« Sie griff nach einem großen elektrischen Tranchiermesser und steckte es an einem weißen Verlängerungskabel ein. Sie betätigte den Schalter, und ich sah die scharfen Klingen vibrieren und hörte das dumpfe Summen des Geräts.

Ich starrte sie voller Abscheu und Entsetzen an. Wir befanden uns irgendwo am Ende der Welt. Ein Gewitter tobte über dem See, was die Suche nach uns erschwerte, wenn überhaupt jemand nach uns suchte. Es wusste doch niemand, wo wir waren. Kein Mensch würde kommen und uns retten. Niemand konnte Harves Schreie hören, niemand außer mir. »Dottie, so hör doch, mach das nicht, ich flehe dich an. Wir sind doch deine Freunde. Harve und ich, wir beide lieben dich. Das musst du doch wissen. Bitte tu ihm nichts. Lass ihn frei.«

Dotties Zähne blitzten, und für einen Moment oder zwei sah sie fast normal aus. Dann kehrte der Singsang zurück. »Oh, okay, klar, du hast mich überzeugt. Also, ich binde dich und Harve jetzt los. Dann kannst du Bud anrufen und ihm sagen, wo ich bin, und er kann mich dafür einsperren, dass ich Suze und Sylvie und all die anderen umgebracht habe.« Ihre Stirn legte sich in tiefe Falten, als wäre sie plötzlich verärgert. Sie schaltete das Elektromesser aus und fuhr fort, das Hackmesser zu wetzen. Ich schaute Harve an. Er war nicht gefesselt, aber noch schwer betäubt. Dann flatterten seine Augenlider, und mir blieb das Herz stehen. Oh Gott, er kam zu sich.

Ich musste sie von ihrem Vorhaben ablenken. »Warum machst du nur so schreckliche Sachen? Sag es mir, Dottie. Warum hast du Suze getötet? Sie war doch, verdammt noch mal, deine beste Freundin, und ihr beide wart ständig zusammen.«

»Suze war eine dumme Kuh, aber ich brauchte doch einen sicheren Ort, um meine Sachen unterzustellen. Ihr Haus liegt weit abgelegen hier draußen in den Wäldern, und sie hatte keine Familie oder Freunde. Es war einfach ideal, bis sie anfing, herumzuschnüffeln und meine Mutter und ihre Freunde im Wohnwagen fand. In dem Moment war sie fällig, aber ich hab sie sowieso nicht gemocht. Nach der Vorstellung heute Abend ist der Käse hier gegessen, und wir müssen weiter, was aber nicht schlimm ist. Momma und ich sind gern unterwegs.« Dottie legte das Abziehleder auf den Tisch. An der Schnalle klebte trockenes Blut; es war von oben bis unten voll mit getrocknetem Blut. Plötzlich strahlte aus ihrem Gesicht dieses berühmte Dottie-Lächeln, ihre Augen jedoch blieben dunkel und leer. »Bist du bereit? Ich beherrsche mein Handwerk perfekt. Macht die jahrelange Übung, und es macht mir immer wieder Spaß. Ich wünschte, du hättest all die Freunde sehen können, die ich Momma mit nach Hause gebracht habe. Insgesamt waren es zweiundzwanzig. Deine Mutter mit inbegriffen.«

»Meine Mutter?« Ich glaubte ihr nicht. Nichts, was sie sagte, ergab Sinn, aber ich musste sie bei Laune halten. Irgendjemand würde nach uns suchen; das war meine einzige Hoffnung. Bud und Charlie würden mich suchen, und Black, Black hätte mich sowieso am liebsten keine Sekunde aus den Augen gelassen. Er würde die Cobalt per Satellit orten, oder würde das Gewitter das vereiteln? Oder er kam meinem Wunsch entgegen und hielt sich von mir fern. Oh Gott, ich hatte ihm doch gesagt, er solle mich in Ruhe lassen, damit ich erst einmal den Fall lösen konnte. *Bleib ruhig, spiel mit, lass sie reden. Sonst kannst du nichts tun, bring sie irgendwie wieder zur Vernunft.* »Dottie, du brauchst Hilfe, das ist alles. Du bist krank, und Black kann dir helfen …«

Plötzlich hob Dottie das Hackmesser und ließ es auf Harves Kopf heruntersausen. Ich schrie auf, aber die Klinge steckte wenige Zentimeter von Harves Ohr entfernt in der Tischplatte. Sie zitterte von der Wucht des Aufpralls. Ich zitterte vor Erleichterung.

»Du kleine Schlampe«, spuckte Dottie zwischen zusammengepressten Zähnen hervor. »Wie kannst du es wagen, mich dafür verantwortlich zu machen? Du allein bist schuld an allem, du, nicht ich. Du bist krank. Und mich machst du auch krank!«

Oh Gott, sie war total verrückt und lebte offenbar in einer Art psychotischen Täuschung, wonach ich ihr etwas Böses wollte. Wie konnte das passieren? Warum hat niemand von uns bemerkt, wie gefährlich sie war?

Ich versuchte, meiner Stimme einen beruhigenden Klang zu geben. »Ich verspreche, niemandem etwas zu sagen, wenn du uns gehen lässt. Kein Wort, auch nicht zu Bud und Charlie. Ich verhelfe dir zur Flucht.«

»Ach das hatten wir doch schon einmal. Dabei ist uns beiden doch klar, dass so perfekte kleine Polizistinnen wie du keine verbotenen Sachen machen. Dazu bist du zu perfekt und hübsch und wunderbar. Annie muss nicht flüstern und auf Zehenspitzen herumlaufen. Sie muss keine Angst haben.«

»Vor wem hast du Angst, Dottie? Vor deinem Vater? Hat dir dein Vater was angetan?« Es war jedoch nicht mehr Dottie, die da vor mir saß und mich anstarrte. Die im Dämmerlicht funkelnden Augen waren verrückt. Dottie gab es nicht mehr. Diese Person war jemand anders. Sie war ein Monster.

Dottie kam dicht an mein Gesicht heran. Ihre Augen waren so düster und tot, dass es mir eiskalt den Rücken hinunterlief. »Ja, mein Vater war es. Erinnerst du dich noch an ihn? Du hast doch in der alten Remise gewohnt. Ich erinnere mich gut an dich. Ich habe dich nie vergessen. Wir waren die besten Freunde. Du warst wie meine kleine Schwester, mit der ich spielte und Plätzchen zusammen aß. Dann bist du mit der Köchin weggezogen und hast mich alleine zurückgelassen. Seit ich von ihm weg bin, wache ich über dich und deine Freunde. Ich bin dein ganz persönlicher Racheengel.«

Sie grinste verrückt. Dann schüttelte sie Harves Schulter. »Harve ist ein böser Junge und wird nicht wieder aufwachen. Ich hab ihm eine zu starke Dosis gegeben. Ich hätte dich töten können, wann ich immer ich wollte. Weißt du das? Ich habe jahraus, jahrein jeden deiner Schritte verfolgt. Ich bin dir überallhin gefolgt und habe nacheinander alle deine Freunde getötet. Manchmal dauerte es eine gewisse Zeit, bis ich herausfand, wo du hingegangen bist, vor allem nachdem ich deine Tante Kathy und deinen Onkel Tim in Pensacola umgebracht habe. Aber gefunden habe ich dich immer. Einmal habe ich dich für fünf lange Jahre aus den Augen verloren, aber in Los Angeles hatte ich dich wieder eingeholt, gerade rechtzeitig, um deinen Mann gegen dich aufzustacheln. Dazu brauchte ich ihn nur ein-, zweimal anrufen und ihm zuzuflüstern, dass du hinter seinem Rücken mit Harve vögelst.«

Dottie warf den Kopf in den Nacken und lachte, wurde aber sofort wieder ernst und sagte: »Dann hast du dich dieses eine Jahr lang vor mir verborgen, und ich konnte dich nicht finden. Aber weißt du was? Ich habe Harve ausfindig gemacht und ich wusste, früher oder später würdest du bei ihm auftauchen.«

Sie nickte selbstzufrieden. »Und so ist es natürlich auch gekommen, und wir sind wieder gute Freunde geworden, genau wie damals, als wir noch klein waren. Und irgendwie gefiel mir das auch, dich wieder um mich und dein ganzes Vertrauen zu haben. Manchmal habe ich den Grog, den ich dir zum Schlafen verabreicht habe, sehr stark gemacht. Dann bin ich zu dir rübergegangen und habe mich, solange du schliefst, zu dir ins Bett gelegt, aber davon hast du nie etwas bemerkt, oder? Besonders stark hab ich ihn an jenem Abend gemacht, als du zu Blacks Yacht hinausgefahren bist. Als ich später zurückkam, um bei dir zu schlafen, warst du schon weg.«

»Wer bist du eigentlich?«, brachte ich irgendwie heraus, denn vor lauter Angst konnte ich kaum sprechen. Ich versuchte mich daran zu erinnern, was Black mir gesagt hatte, als er im Ha Ha Tonka anrief und davon sprach, wer in seinen Augen all die Leute umgebracht hatte. Ich konnte keinen klaren Gedanken fassen, und nichts ergab wirklich Sinn. Etwas über diesen Jungen namens Thomas hatte er gesagt, aber diese Person hier war Dottie. Fast wäre ich durchgedreht. »Warum tust du mir das an? Was hab ich dir denn getan? Ich habe dich nie gesehen, bis Harve dich engagiert hat.«

»Du wirst bald alles erfahren, kleine Annie. Es wird sich alles klären. Es gibt so vieles, das ich dir zeigen muss, so vieles, das ich dir erzählen muss, seit wir Kinder waren. Ich habe Erinnerungsstücke gesammelt, weil ich wusste, dieser Tag würde kommen, und wir würden beide erleben, dass die Wahrheit ans Licht kommt.« Sie stand auf. »Und ich habe sie alle hier heruntergebracht, damit sie Harves Auftritt mit uns zusammen sehen können. Ist das nicht eine tolle Idee?«

33

Als Dottie im düsteren Teil des Kellers verschwand, kämpfte ich gegen meine Fesseln an und spürte, dass sie ein wenig nachgaben. Vielleicht könnte ich sie lösen oder das Rohr herunterreißen. Ich wand mich verzweifelt, bis sie eine hinten an der Wand stehende Kühltruhe öffnete. Das Licht im Inneren ging an und erhellte ihr Gesicht, sodass es aus der Dunkelheit herausleuchtete. Sie sagte: »Meine Familie ist mir sehr wichtig. Ich hab sie gern alle um mich. Dass sie dich nicht auf Anhieb mochten, hat mich ziemlich enttäuscht, aber das wird sich ändern. Wenn sie dich erst einmal kennen, Annie, lieben sie dich so wie ich dich liebe.« Sie kramte in der Truhe herum und holte dann einen von den halb verwesten Köpfen mit blonden Haaren heraus. Er befand sich noch auf dem Teller mit blauem chinesischem Muster und hatte noch das rote Partyhütchen obenauf. *Oh mein Gott, bitte, bitte, hilf mir.*

»Auf der Party hab ich gar nicht alle vorgestellt. Hab ich vergessen vor lauter Aufregung. Vielleicht war das der Grund für ihre anfängliche Verstimmung. Aber ich hol das jetzt nach. Momma, das ist Annie. Annie, das ist meine liebe Momma. Als Vater sie einbalsamierte, musste ich zusehen. Ich hielt ihre Hand, hab aber nicht geweint. Vorher hatte er sie aus Wut die Treppe runtergestoßen und gesagt, ich sei schuld und müsse ihm helfen, damit sie wieder lacht. Lacht sie nicht schön?«

Dottie stellte den Teller auf den Tisch neben Harves Kopf. »Das ist alles passiert, bevor du und deine Mutter zu uns gekommen seid. Aber Momma war die ganze Zeit bei uns. Vor dem Schlafengehen musste ich ihr immer einen Gutenachtkuss geben. Erinnerst du dich gar nicht mehr an mich, Annie? Vor dem Abendessen musste ich immer nach Hause laufen, damit er nicht wusste, dass wir im Bach gespielt hatten. Erinnerst du dich nicht mehr daran, wie ich am Abend vor euerer Abreise geschrien und gegen eure Tür geklopft habe?«

Allmählich dämmerte es mir, und ich rief: »Oh mein Gott, du sprichst von Thomas. Woher kennst du ihn denn?«

»Und jetzt schau mal, Annie, hier ist deine Momma. Ich hab sie auch erwischt und dafür bestraft, dass sie dich mir weggenommen und mich mit Vater allein gelassen hat.«

Ich stöhnte auf und schloss die Augen, als sie den anderen Kopf mit blonden Zöpfen herauszog; er war gefroren und unkenntlich. *Das ist nicht meine Mutter,* dachte ich völlig außer mir. *Das kann nicht sein. Dottie lügt.* Dottie schlug mir ins Gesicht und hielt meinen Kopf fest, sodass ich hinsehen musste. »Kommt nicht in Frage, Schätzchen, du wirst mir jetzt nicht ohnmächtig werden. Du wirst alles erfahren, was ich durchgemacht habe, nachdem du mich mit ihm allein gelassen hast.«

Von unaussprechlichem Ekel erfüllt, begann ich zu zittern, unablässig, bis Dottie mich an den Haaren packte.

Ich wand mich in den Fesseln und zerrte verzweifelt. »Lass mich frei, lass mich frei. Du bist nicht Thomas, und das ist nicht meine Mutter. Du bist krank. Du sprichst von deiner eigenen Familie, nicht von meiner …«

Sie schlug mich abermals, dieses Mal so fest, dass ich Blut an meinem Mundwinkel schmeckte. Ich hörte auf, mich zu wehren, und hing nun schlaff an den Stricken. Alles war still, bis auf das Geräusch des prasselnden Regens. »Es war nicht so schlimm, als du und deine Mutter da wart, aber dann musstet ihr weg. Ich dachte, du wärst meine Freundin. Wir haben doch immer Mr Twitchy Tail gemeinsam gefüttert. Weißt du das nicht mehr, Annie? Da schau, hier ist er.«

Ich sah, wie sie einen vertrockneten Tierkörper aus der Truhe zog und am Schwanz in die Höhe hielt. »Weißt du nicht mehr, wie wir mit ihm gespielt haben und wie wir gelacht haben und durch den Schlauch gelaufen sind. Wie ich dich auf dieser alten Schaukel angeschubst habe? Du warst die einzige Freundin, die

383

ich je hatte, und du hast mich im Stich gelassen, sodass er schlimme Sachen mit mir anstellen konnte!«

Dottie geriet immer mehr in Erregung. »Willst du sehen, was er mir angetan hat, nachdem du weg warst? Ja? Willst du? Du sollst es sehen, was er mit mir gemacht hat. Dann wirst du mich verstehen, dann wirst du wissen, warum ich deine Freunde töten musste, damit es dir auch schlecht geht.« Dottie sprang auf die Beine und riss ihren Bademantel auf. Darunter war sie nackt, und ich stöhnte auf und kniff die Augen zusammen. »Schau doch, Annie, was er mit mir gemacht hat, damit ich die Frau für ihn war, die er haben wollte. Ich war ein Junge, ich war Thomas, und er hat ein Mädchen aus mir gemacht, weil du mich mit ihm allein gelassen hast.«

»Oh Gott, Dottie, hör auf, hör auf. Ich kann mir das nicht länger anhören …«

»Jetzt also erinnerst du dich an mich? Ich bin dein Freund Thomas. Ich habe dich und deine Mutter geliebt und ihren Apfelkuchen und die Plätzchen mit Schokoladestückchen, aber du hast mich verlassen, hast mich mit ihm allein gelassen!« Voller Zorn riss Dottie das Hackmesser aus dem Tisch und zerhackte den Eichhörnchenkadaver in kleine Stückchen aus Fell und trockener Haut. Dann fiel sie auf die Knie und rang nach Luft. Das Hackmesser hielt sie dabei noch immer fest umklammert. Ich war erstarrt, und mir stockte der Atem.

Nachdem sie sich wieder beruhigt hatte, stand Dottie auf und sah mich an. Der Arm, an dem sie sich in ihrer Raserei verletzt hatte, blutete. »Als ihr beide weg wart, kreisten meine Gedanken nur darum, euch wiederzufinden. Zuerst war deine Mutter dran; sie war überhaupt mein erstes Opfer, das nach meinem Vater dran glauben musste. Wusstest du das? Ich habe ihn mit einem Hackmesser zerstückelt. Dann heftete ich mich an deine Fersen und sorgte dafür, dass du ebenso sehr leiden musstest wie ich, und dass alle, die du je geliebt hast, auch so litten wie ich. Und jetzt ist Harve an der Reihe, was mir irgendwie gar nicht so recht ist, denn er ist nun mal wirklich ein netter Kerl. Aber andererseits ist es dieses Mal ja etwas Besonderes, weil du dabei zusehen wirst.«

»Bitte, bitte, Thomas. Ich war doch noch so klein damals und hab überhaupt nichts gewusst«, flehte ich verzweifelt und mit schriller Stimme, als sie sich über Harve beugte und mit dem Hackmesser ausholte. »Ich flehe dich an, Thomas. Bitte tu ihm nichts! Er hat nichts zu tun mit der Sache, nichts. Nimm mich! Töte mich! Mich hasst du doch!«

Hierauf wurde Dottie ganz still. Sie ließ das Hackmesser herabsinken und sah mich geschockt an. »Ich hasse dich doch nicht, Annie. Ich liebe dich, hab dich stets geliebt. Deshalb hab ich dich nie getötet.« Sie küsste mich auf die Stirn.

»Ich lieb dich auch, Thomas«, murmelte ich heiser. »Ich habe gebittelt und gebettelt, dich nicht allein zu lassen. Ich sagte zu meiner Mutter, du wärst wie mein Bruder, und dass wir ohne dich nicht weggehen könnten.« Ich sah, dass sich Harve leicht bewegte. Offenbar kam er zu sich. Ich fuhr schnell fort. »Ich sagte, ich würde ohne dich niemals gehen, aber ich musste. Ich war klein so wie du, verstehst du das nicht? Ich musste Dinge tun, die ich überhaupt nicht tun wollte, so wie du!«

Dottie war sichtlich betroffen von meinen Worten. Dann starrten wir wie gebannt zum Fenster. Drunten, ganz in der Nähe, in der Bucht, wurde das leise Brummen eines Motorboots hörbar. Als die Bootssirene anfing, kurze Notsignale abzusetzen, ließ Dottie das Hackmesser auf den Tisch fallen und rannte die Treppe hinauf. Es war entweder Black oder Bud, das wusste ich, aber ich rührte mich nicht, bis ich Dotties Schritte hörte, die zur Haustür strebten. Im nächsten Moment hatte sie das Haus schon verlassen. Daraufhin streckte ich ein Bein nach oben und tippte Harve an die Schulter.

»Harve, Harve, wach auf, wach auf. Wir müssen hier raus!«

Harve schüttelte den Kopf. Offenbar hörte er mich. Es dauerte ein paar Sekunden, bis er zu sich kam. Ich rief ihn unentwegt weiter beim Namen, bis er den Kopf drehte und mit verschwommenen Augen in meine Richtung sah.

»Das Hackmesser! Da, auf dem Tisch! Nimm es, schnell, und befrei mich.«

Ich seufzte, als er den Kopf zurücklegte und die Augen zumachte. Dann aber versuchte er, sich aufzusetzen. Dabei musste er irgendwie an den Kopf gestoßen sein, denn dieser fiel vom Tisch, und der Teller mit dem blauen chinesischen Muster zerbrach klirrend in tausend Scherben.

»Da, Harve, neben deinem Kopf. Nimm es und schneide meine Fesseln durch!«

Harve war noch immer benommen und bewegte sich so langsam, dass ich anfing, ungeachtet der Schmerzen in meiner Schulter, an den Seilen zu zerren. Als er das Hackmesser endlich in Händen hielt, schrie ich: »Befrei mich! Befrei mich!«

Er wälzte sich auf die Seite und richtete sich dann so weit auf, dass er das Seil, mit dem ich gefesselt war, treffen konnte. Er verfehlte, traf und verfehlte es abermals. Unterdessen hielt ich die Tür oberhalb der Treppe im Auge und versuchte ihm entgegenzukommen, damit er mit dem Hackmesser besser treffen konnte.

»Harve, beeil dich! Sie kann jederzeit zurückkommen!« Er hieb abermals nach dem Seil, dieses Mal erfolgreich. Er verlor jedoch dabei das Gleichgewicht und fiel kopfüber vom Tisch. Ich kroch über den Boden zu ihm und hielt ihm meine Handgelenke entgegen. »Befrei mich von dem Isolierband. Schnell, schnell, beeil dich!«

»Was ist denn los mit Dottie? Warum fesselt sie dich?«, fragte er verwirrt.

»Schneid einfach das Band durch. Los!«, schrie ich, worauf er mich endlich befreite. Ich steckte das Hackmesser in meinen Gürtel und griff mir den Baseballschläger, blieb aber dann wie gelähmt stehen, als ich oben Schritte hörte. Ich entfernte mich ein paar Schritte von Harve, dorthin, wo es dunkel war, aber Dottie lief an der Kellertür vorbei, in den rückwärtigen Bereich des Hauses. Es schlug eine Tür, dann hörte ich abermals Schritte, die sich zur Haustür hinbewegten, und sie war verschwunden. Hilfe war unterwegs, aber ich konnte nicht damit rechnen, dass sie Dottie erwischten, ehe sie uns erwischte.

Meine Schulter brachte mich schier um und blutete stark. Mir war klar, dass ich Dottie in einem Zweikampf nie besiegen könnte, nicht einmal mit dem Hackmesser als Waffe. Ebenso klar war mir, dass wir nicht aus dem Haus fliehen konnten, ohne ihr in die Arme zu laufen. Also lief ich auf die Kohlenrutsche zu und kletterte über die schräge Betonbahn bis zu der niedrigen Tür mit Fenster hinauf. Ich schaute hinaus, aber es war zu dunkel, um irgendetwas zu sehen. Es goss noch immer in Strömen, und ich drehte den Riegel aus der Verankerung und drückte die Tür auf. Ich wartete sekundenlang mit dem Hackmesser in der Hand, ob Dottie mich sehen würde, aber sie kam nicht. Darauf kehrte ich in den Keller zurück und nahm Harves Gesicht zwischen beide Hände.

»Harve, hör zu. Siehst du diese Rampe. Da musst du rauf. Kannst du dich voranschleppen?«

»Was ist los? …«

»Tu einfach, was ich dir sage, Harve. Kannst du dich bewegen?«

Er begann vorwärtszurobben. Ich klemmte den Baseballschläger unter den Arm, packte ihn am Kragen und zog ihn mit aller Kraft voran. Er war noch immer betäubt, weshalb er alle paar Minuten innehielt und bleischwer wurde. Darauf zog und schob ich ihn weiter voran, bis wir die Tür über der Rampe erreicht hatten. Wir stolperten hindurch und landeten beide auf allen vieren im Freien. Die Nahtstiche meiner Wunde mussten sich gelöst haben, denn ich spürte, wie das Blut heiß an meinem Arm entlang herunterlief. Das Licht auf der hinteren Veranda brannte, und ich sah Dottie auf dem Pfad, der zum See hinunterführte.

»Pscht, Harve, sag jetzt nichts. Versuch nur, möglichst wach zu bleiben.«

Ich kroch in geduckter Haltung über den Boden und zog ihn mit mir in Richtung auf das Gebüsch, das das ganze Haus umgab. Als Harve vor Erschöpfung nicht mehr weiterkonnte, kniete ich mich hin, fasste ihn unter den Armen und zog ihn zum Gebüsch. Bis dorthin brauchten wir mehrere Minuten. Ich dachte an die Scheune als sicheres Versteck, verwarf aber die Idee schnell. Dort würde sie uns sicher finden. Der Wald war die bessere Lösung. Also kämpfte ich mich mit Harve über dem aufgeweichten Boden voran, wobei ich ihn mehr schleppte als trug, und behielt dabei, so weit das ging, weiter den Pfad im Auge. Dann sah ich sie; der Lichtstrahl einer Taschenlampe wies ihr den Weg zur hinteren Veranda. Oh Gott, sie würde sehen, dass wir geflohen waren. Wir mussten uns dringend verstecken.

Ich gab nicht auf, hoffte inständig, sie würde noch nicht gleich im Keller nachsehen, aber es war dunkel, und es goss in Strömen, und Harve stöhnte und ächzte. Dann hörte ich aus der Ferne, wie sie nach mir rief, sah den Strahl der Taschenlampe in weiten Bögen hin und her schwingen. Sie war uns auf den Fersen.

Ich entdeckte einen umgestürzten Baumstamm und zog Harve da hin und begann dann wie verrückt mit dem Hackmesser in dem weichen Erdreich zu graben. Als ich eine Kuhle gebuddelt hatte, rollte ich Harve dicht neben den Stamm und scharrte feuchtes Laub über ihn. Dann, als der Lichtstrahl immer näher kam, legte ich mich, den Rücken an seiner Brust, zu ihm und versuchte verzweifelt, uns beide mit Blättern und Zweigen zu bedecken.

»Annie, was ist –«

»Pscht, Harve«, sagte ich und presste ihm die Hand auf den Mund.

Nun konnte ich Dotties Stimme hören. »Annie, Annie, du bist ein böses kleines Mädchen. Komm du mir mal nach Hause!«

Sie kam näher, ging immer wieder vor und zurück. Ich hielt das Hackmesser fest in der Hand und lugte durch die Zweige. Es blitzte, und ich sah, dass sie nur ein paar Schritte entfernt war.

Ich lag reglos da und wartete darauf, dass sie uns fand.

34

Hu-hu, Annie, wo bist du?« – Ich rührte mich nicht. Harve lag bewusstlos hinter mir. Bei ihrem ersten Versuch, uns zu finden, war Dottie im Dunkeln um den Baumstamm herumgegangen und hatte uns übersehen. Dieses Mal hatten wir möglicherweise nicht so viel Glück. Sie war zum Haus zurückgelaufen, als die Bootssirene abermals ertönte, aber ich war liegen geblieben und hatte versucht, die Blutung meiner Schulterwunde mit einem Stofffetzen von Harves Hemd zu stillen. Ich zitterte unaufhörlich und wurde von Minute zu Minute schwächer. Ich wusste, dass ich Harve keinen Zentimeter mehr weiterschleppen könnte. Mir blieb nichts anderes übrig als zu beten, dass wer sich auch immer in diesem Boot befand, kommen und uns retten würde. Nun war Dottie zurück und kam näher. Allmählich graute der Morgen, und die Dunkelheit wich einem diffusen Licht.

»Ich hab eine neue Überraschung für dich, Annie«, zwitscherte Dottie glücklich. Sie schien immer näher zu kommen. »Du wirst staunen.«

Ich versuchte, sie zu sehen, was mir aber nicht gelang, ohne mich zu bewegen. Und das traute ich mich nicht. Harve stöhnte, und ich erstickte den Ton unter meiner Hand.

»Ich hab keine Zeit, ewig nach dir zu suchen, Annie. Aber ich sag dir was: Ich werde Harve nicht töten, falls das der Grund war, warum du weggelaufen bist. Dazu hab ich ihn sowieso viel zu gern. Ich wollte nur einen Freund von dir vor deinen Augen töten, und außer ihm hatte ich niemanden. Aber das ist jetzt alles anders: Es gibt nun jemanden, den ich töten kann und den ich noch dazu auch überhaupt nicht mag, was die Sache sehr erleichtert. Ich überlasse dir Harve, wenn du dafür mit ins Haus kommst und dabei zusiehst, wie ich Dr. Black töte.«

Ich machte die Augen zu und bewegte mich nicht. Sie log. Das konnte einfach nicht sein, versuchte ich mir einzureden.

»Er ist es wirklich, Annie, und er ist extra hier rausgekommen, um dich zu suchen. Zu Beginn war er dir nicht sonderlich sympathisch, aber dann bist du doch im Bett mit ihm gelandet, stimmt's? Du bist keine gute Freundin, Annie. Mich und Harve hast du ganz vergessen und hast deine ganze Zeit nur noch mit ihm verbracht. Und nun? Stell dir vor, er erwartet dich auf meiner Veranda.« Sie lachte meckernd. Dann war alles still unter den tröpfelnden Bäumen.

Ich überlegte, ob sie einen Mann wie Black überwältigen könnte, aber mit Dottie würde er hier niemals rechnen; er ging davon aus, dass sie tot war. Sollte er das Sirenensignal abgegeben haben, dann hätte sie ihn mit irgendeinem Gegenstand bewusstlos schlagen können. Oder sie hatte ihm auf dem Weg nach oben eine Falle gestellt.

»Pass auf, Annie, hörst du das?« In das Rauschen des Regens mischte sich ein Knistern, ein Geräusch, das ich sehr wohl kannte. Ich biss mir auf die Lippen. Oh Gott, sie hatte ihn mit einem Elektroschocker überwältigt.

»Das ist mein neues Spielzeug, und es funktioniert wirklich gut, Annie. Du solltest sehen, wie er am Boden liegt und zuckt, genau wie Mr Twitchy Tail. Ich wette, so etwas hast du noch nie gesehen, oder? Und weißt du was? Ich geh jetzt auf der Stelle wieder zurück, und dann bring ich ihn alle, zwei Minuten zum Tanzen, und zwar so lange, bis du kommst. Wenn ich dich sehe, hör ich auf damit, aber keine Minute früher. Also solltest du dich jetzt besser beeilen, hörst du?«

Ich legte mich mit dem Gesicht auf den nassen Erdboden und versuchte zu überlegen, was ich jetzt machen sollte, aber ich war ratlos. In meiner Ausbildung hatte ich den Umgang mit Elektroschockpistolen gelernt, und ich hatte gesehen, welche Wirkung sie haben konnten. Nur wenige Sekunden genügten, um einen erwachsenen Mann gefechtsunfähig zu machen. Nach mehreren Sekunden Dauerbeschuss hatte man bereits den Eindruck, der Betroffene wäre aus dem zehnten Stockwerk direkt auf nackten Beton geknallt. Die Waffe war nicht dazu gedacht, mehrmals hintereinander auf eine Person abgefeuert zu werden. Was Dottie vorhatte, würde Black niemals überleben.

Ich atmete tief durch und kroch dann unter dem Baumstamm hervor. Dottie war verschwunden, also deckte ich Harve mit Laub und Zweigen zu. Ich hielt das Hackmesser in der einen, den Baseballschläger in der anderen Hand, während ich geduckt auf das Haus zuging. Vielleicht würde sie für einen Moment nach drinnen gehen und ihn alleine zurücklassen; vielleicht könnte ich eine Möglichkeit finden, ihn wegzuschaffen und in Sicherheit zu bringen. Als ich das hintere Ende des Hauses schon fast erreicht hatte, hörte ich ein statisch geladenes Knistern, dann Blacks gequälten Schrei, gefolgt von Dotties Stimme.

»Das ist Schuss Nummer fünf, Annie, aber wozu zählen? Du bist nicht sonderlich nett zu deinem neuen Freund, wenn du mich alles mit ihm machen lässt. Nun komm schon, so schlimm ist er gar nicht. Sogar ich bekomme langsam ein schlechtes Gewissen, ihn so zu misshandeln.«

Ich konnte sie jetzt sehen. Sie saß auf der Verandaschaukel. Das rechte Bein hatte sie auf die Brüstung gelegt und schaukelte gemütlich hin und her, als würde sie einen stillen verregneten Vormittag genießen. Dann streckte sie den Arm aus, zielte mit dem Elektroschocker auf Blacks Brust und drückte ab, worauf sein ganzer Körper in Zuckungen verfiel. Das hielt ich nicht aus, ich konnte einfach nicht dabei zusehen, wie sie ihm wehtat. Ich legte das Hackmesser und den Baseballschläger beiseite und erhob mich. Als Dottie mich sah, sprang sie auf und klatschte in die Hände.

»Wusst ich's doch. Du hältst es nicht aus, ihn leiden zu sehen. Du liebst ihn, nicht wahr?«

Black zuckte noch immer leicht. Er hatte die Augen zu und stöhnte. Ich musste ihn vor Dottie retten.

»Dottie, hilf mir doch.« Ich fasste an meine blutende Schulter und sank auf die Knie. »Ich bin zu schwach und kann nicht mehr weiter. Ich hab so viel Blut verloren. Du musst die Wunde noch einmal nähen, sonst verblute ich noch.«

»Wirst du nicht. Das ist doch nur ein Trick. Wenn du glaubst, du könntest mich hereinlegen, hast du dich getäuscht.«

»Bitte, hilf mir, bitte, dann bleibe ich für immer bei dir, Dottie. Ich schließe mich deiner Familie an, denn da gehör ich doch hin, zu dir und deiner Familie.«

Dottie zögerte und kam dann bis zur Treppe nach vorne. Ich sah, wie Black sich hinter ihr vom letzten Elektroschock erholte und versuchte, nach ihr zu treten.

Ich sagte: »Ich liebe dich so sehr, Dottie. Das weiß ich erst, seit du diese tolle Party für mich gegeben hast und ich wieder mit allen zusammen sein durfte. Es war wunderbar. Endlich war ich nicht mehr traurig und einsam. Ich war so glücklich, wirklich glücklich.«

»Ist das dein Ernst, Annie? Du willst wirklich für immer bei uns bleiben und die neuen Freunde kennenlernen, die ich mit nach Hause bringe?«

Black war jetzt bereit, und ich hielt den Atem an, als er ein Bein anwinkelte und mit der Ferse gegen sie trat, so fest er konnte. Er traf sie am Hinterkopf, und sie taumelte kopfüber die Treppe hinunter. In einem plötzlichen Adrenalinstoß griff ich mir das Hackmesser und attackierte sie. Sie überschlug sich, richtete sich auf allen vieren wieder auf und hieb mit der Elektroschockpistole nach mir, aber ich wich dem Schlag aus und fügte ihr eine klaffende Wunde quer über dem Rücken zu. Sie schrie vor Schmerz, rappelte sich aber auf und rannte auf den Pfad zu. Ich nahm das Hackmesser und schnitt damit das Seil durch, mit dem Black an den Händen an die Decke gefesselt war. Er fiel zu Boden, und ich kniete mich neben ihn und durchtrennte seine Handfesseln. Er war noch immer halb benommen, aber als er unten an sein Bein fasste, sah ich, dass er eine Waffe an der Wade trug. Ich nahm sie aus dem Halfter und rannte Dottie hinterher. Meine Gedanken kreisten nur darum, wie ich sie aufhalten konnte. Sie sollte bezahlen dafür, was sie mir und den Menschen, die mir nahe standen, angetan hatte.

Als ich oben am Pfad angekommen war, war sie bereits auf halbem Weg nach unten. Ich zog die Waffe, zielte und schoss, traf aber nicht, dann rannte ich los, schlitterte mehr den Hügel hinunter, als dass ich lief. Sie wollte in Blacks Cobalt-Schnellboot fliehen, ich aber wollte sie auf keinen Fall entkommen und neue Morde begehen lassen, und wenn ich selbst dabei umkam. Ich schoss abermals, verfehlte sie aber durch die Bäume hindurch. Dann war sie im Boot. Sekunden später sprang ich hinterher in den Bug des Boots, die Waffe schussbereit, aber als sie den Rückwärtsgang reinknallte, stolperte ich und mir fiel die Waffe aus der Hand. Der Motor starb ab, und ich stürzte auf die Waffe zu, in dem Moment jedoch riss Dottie ein Ruder aus der seitlichen Verankerung und hieb mit solcher Wucht auf mich ein, dass ich mein Schienbein bersten spürte.

Stöhnend taumelte ich in Richtung Waffe, aber dann tauchte wie aus dem Nichts Black plötzlich auf, packte Dottie, verwickelte sie in ein Handgemenge und stürzte mit ihr zusammen ins Wasser. Ich griff mir die Waffe und zog mich an der Bordwand der Cobalt hoch, um Dottie zu erschießen, als über uns vom Haus her Sirenen ertönten. Black hatte aber Dottie schon an der Kehle gepackt, würgte sie und drückte sie unter Wasser. Er war außer sich vor Zorn, sein Kopf war hochrot, und mir war klar, dass er sie ertränken würde.

»Black, Black, lass sie los, lass los. Es ist vorbei!«

Black ließ nicht von ihr ab, schien mich nicht einmal gehört zu haben. Also schoss ich in die Luft, worauf er sich zu mir umdrehte und zur Vernunft kam. Er ließ sie los. Sie trieb, mit dem Gesicht nach unten, im Wasser. Als er im Begriff war, sich auf die Heckplattform zu hieven, erschien Bud mit der Waffe in der Hand auf dem Pfad. Black robbte auf mich zu, noch immer zitternd vor Wut, und brach erleichtert und erschöpft zusammen.

»Jesus, wir müssen die Blutung stoppen«, murmelte Black, während er sein Hemd auszog und gegen die klaffende Wunde an meiner Schulter presste. Er streckte sich und rief über die Schulter Bud zu, der Dotties schlaffen und leblosen Körper aus dem Wasser zog.

»Wir brauchen einen Rettungswagen. Claire ist schwer verletzt!«

Ich fasste Black am Arm und flüsterte matt: »Harve liegt in der Nähe der Scheune im Wald, an einem Baumstamm versteckt. Sie sollen ihn da rausholen.«

»Okay, wird gemacht«, sagte Black, während er sich mein geschwollenes Bein besah.

Ich sagte: »Jetzt, sie sollen ihn jetzt gleich rausholen.«

Black gab mit lauter Stimme die entsprechenden Anweisungen, und das war auch das Letzte, woran ich mich erinnerte, ehe ich in dunkle Bewusstlosigkeit versank, wo mich mit Sicherheit keine Schmerzen plagen und niemand mit einem Hackmesser verfolgen würde.

Epilog

Nicholas Black bestand darauf, dass ich mich in seiner Villa auf den Bermudas erholte. Natürlich widersetzte ich mich, sagte ihm, dass Harve mich brauchte, nach allem, was mit Dottie passiert war. Er sagte, Harve könne ebenfalls mitkommen. Er könne in einem eigenen Gästehaus wohnen mit einer eigenen Pflegerin, die kein verdammter getarnter Eunuch war.

Also machten wir uns in Blacks Privatjet auf die Reise. Die Bermudas entpuppten sich als wahres Paradies mit türkisfarbenem Wasser und milden Lüften und hinreißend schönen Villen. Blacks Villa war ein Traum in zartrosa mit einem Pool mit Meeresblick und drei Gästehäusern inmitten von üppig blühenden Blumen und schattigen Lichtungen über dem Strand.

Thomas Landers alias Dottie Harper hatte überlebt und saß nun in einer psychiatrischen Anstalt für Schwerverbrecher. Der arme Thomas würde nicht mehr weitermorden, und ich erinnerte mich nach wie vor kaum an die Zeit, als wir als Kinder miteinander gespielt hatten. Auf Blacks Veranlassung hin wurde er von einem ganzen Team von Ärzten betreut und behandelt, vor allem weil Black herausfinden wollte, warum er Sylvie Border als Opfer ausgewählt hatte, aber auch deshalb, weil Black ihn mit bloßen Händen umbringen würde, würde er ihn jemals selbst wieder zu Gesicht bekommen.

Bisher war Thomas recht entgegenkommend gewesen, was seine mörderische Vergangenheit betraf. Mit Sylvies Ermordung hatte er es angeblich bewusst darauf angelegt, mich ins Rampenlicht zu stellen, wollte mir mit einer erneuten öffentlichen Diskussion über den Tod meines Sohns wehtun. Sylvies Tod war reines Mittel zum Zweck gewesen. Alles war einfach eine schreckliche Tragödie, und ich verdrängte sie tunlichst, was mir auch gelang, abgesehen von jenen Momenten, wenn ich mitten in der Nacht schweißgebadet erwachte und nachsah, ob sich nicht neben mir im Bett ein abgetrennter Kopf auf einem Teller mit blauem chinesischem Muster befand. Aber neben mir lag Gott sei Dank immer nur Black, und er war ein probates Mittel gegen meine Albträume.

Ich räkelte mich in einem Liegestuhl im Schatten und fühlte mich fast ein bisschen wie Madonna oder Barbra Streisand oder sonst irgendeine Jet-Set-Diva. Nur dass ich ein Gipsbein hatte und eine mit ungefähr fünfzig Stichen erneut genähte Wunde oberhalb meiner Brust. Wir hatten schon über eine Woche in unserem kleinen Garten Eden verbracht; Black hatte alle Termine abgesagt und war keinen Moment von meiner Seite gewichen. Seine Begegnung mit der Elektroschockpistole hatte er überwunden, noch nicht verdaut hingegen hatte er die Tatsache, dass ihn dieses Zwitterwesen überwältigt hatte. Ich riet ihm nachträglich, dass er die alte Boxtechnik des Wegduckens hätte anwenden sollen, die er mir so ans Herz gelegt hatte. Darauf antwortete er, dass wir beide in dieser Hinsicht Nachholbedarf hätten, und dass er meine Gesellschaft nun sehr genoss, da ich ihm nicht die Beine wegschlagen konnte, um ihn nach Waffen zu durchsuchen. Ich sagte, ich könnte mir schon denken, dass ihm das gefiel. In Wirklichkeit aber dachte ich, er wollte mit mir zusammen sein, um sicherzustellen, ob ich nicht verrückt geworden war nach der gemeinsam mit meinem alten Freund Thomas verbrachten Nacht.

Wahrscheinlich bedurfte ich sogar einer intensiven psychologischen Betreuung, und das Gute unter anderem an Black war, dass er mir die Psychobehandlung zusammen mit einer Menge anderer Annehmlichkeiten nebenbei nur allzu gerne auch im Bett verabreichte. Es schadete ebenfalls nicht, dass er Arzt war und mir sämtliche Schmerzmittel verschreiben konnte, die ich brauchte. Ich glaube, er sah darin vielleicht auch eine Möglichkeit, mich ein wenig ruhig zu stellen.

»Zeit für deine Schmerztablette.«

Black nahm zwischen meinen Beinen Platz. Er hatte eine schwarze Badehose an und trug sein Hemd offen, und obwohl er stark gebräunt war, sah ich noch die vielen nadelstichartigen Verletzungen an den Stellen, wo der Elektroschocker ihn getroffen hatte. Er reichte mir eine Tablette und ein Glas Eistee, und legte dann eine kühle Hand auf meinen nackten Schenkel. Der Gipsverband reichte von unterhalb meines Knies bis zu den Zehen. Ich trug einen gelben String-Bikini, weil Black der Meinung war, den könnte ich bei all den Verbänden leichter an- und ausziehen. In erster Linie Letzteres. Aber damit konnte ich leben. Mit allem konnte ich jetzt leben, vor allem mit Black.

»Mir geht's ziemlich gut.«

»Vielleicht sollte ich mal nach deinem Verband sehen.«

»Vielleicht solltest du dir mal lieber nicht soviel Sorgen machen. Ich bin es nicht gewohnt, dass sich jemand um mich kümmert und mich von vorne bis hinten verwöhnt.«

»Dann wird es langsam Zeit, dass du dich daran gewöhnst«, sagte er und küsste mich ausgiebig und hingebungsvoll. Ich schlang die Arme um seinen Hals und zog ihn zu mir auf die Liege herunter.

Also gut, okay, ich hatte mich in ihm getäuscht. Er war gar nicht so übel. Er war sogar verdammt gut.

Leben nach Dottie

Blage gefiel es im Krankenhaus recht gut, aber er war verärgert darüber, dass sie ihm seine Mutter und ihre Freunde einfach weggenommen und beerdigt hatten. Die Mutter mochte die Dunkelheit nicht, und sie hasste Würmer und Insekten. Sie musste außer sich gewesen sein vor Wut. Der Geruch in den breiten, hellen Fluren erinnerte Blage manchmal an die Balsamierungsräume im Keller seines Vaters. Seine Zeit verbrachte Blage in Gesprächen mit den Ärzten, die sehr nett waren und ihm förmlich an den Lippen hingen. Sie glaubten ihm alles, sogar die dicksten Lügen, die er ihnen auftischte. Sie sagten, Blage würde wahrscheinlich nie mehr freikommen, aber Blage war zuversichtlich. Blage ging jeden Tag in die Klinikbibliothek und las alles über das Thema Psychiatrie, Geisteskrankheiten, dissoziative Störungen, Psychopathen und Persönlichkeitsstörungen; außerdem prägte er sich alles ein, was die Ärzte über seinen eigenen Fall sagten.

Wenn die Zeit dafür gekommen war, würde Blage genau wissen, was er sagen musste, um entlassen zu werden, auch wenn es in der Anstalt ganz angenehm war, und dann würde Blage sich erneut an Annies Fersen heften. Blage liebte sie so sehr, und just bevor dieser Black ihm den Tritt an den Kopf verpasst hatte, hatte sie noch gesagt, sie würde zu Blage ziehen und mit ihm im Wohnwagen zusammen über Land reisen und alle Freunde kennenlernen, die er mit nach Hause brachte. Ach, da gab es eine Krankenschwester, die für Blages Medikamente zuständig war! Sie hatte lange blonde Haare, die sie zu Zöpfen geflochten wie eine Krone auf dem Kopf trug. Sie wäre die ideale Freundin. Blage hatte sie fest im Auge behalten, seit sie sie ihn hier weggesperrt hatten. Und neue Teller mit blauem chinesischem Muster ließen sich auf jedem x-beliebigen Floh-markt finden.

Oh ja, Blage konnte kaum es erwarten, bis es so weit sein würde. Es wäre einfach perfekt, nur sie beide, Blage und Annie, würden im Wohnwagen kreuz und quer durch das Land reisen, immer auf der Suche nach neuen Freunden für ihre Mütter. Im Himmel könnte es nicht schöner sein. Dessen war er sich sicher. Wenn er nur daran dachte, wurde er schon ganz nervös! Er hoffte, seine Mutter würde wissen, dass er kommen und sie retten würde ... sehr, sehr bald.

Copyright der Originalausgabe © 2006 by Linda Ladd
Published by Arrangement with
KENSINGTON PUBLISHING CORP., New York, NY, USA
Copyright der deutschsprachigen Ausgabe
© 2009 Verlagsgruppe Weltbild GmbH,
Steinerne Furt, 86167 Augsburg

Dieses Werk wurde vermittelt durch die Literarische Agentur
Thomas Schlück GmbH, 30827 Garbsen.

Übersetzung: Christian Kennerknecht
Redaktion: Ingola Lammers
Umschlaggestaltung: zeichenpool, München
Umschlagabbildung: © Shutterstock
(TTphoto/Chen Ping Hung/Alex James Bramwell)
Satz: Lydia Kühn
Gesetzt aus der Garamond 11/12,5 pt
Druck und Bindung: CPI Moravia Books s.r.o., Pohorelice

Gedruckt auf chlorfrei gebleichtem Papier

Printed in the EU

ISBN 978-3-86800-081-8

2014 2013 2012 2011
Die letzte Jahreszahl gibt die aktuelle Ausgabe an